범 죄 소 설

천국의 밤
le paradis noir

황의건 지음

신파출판

이 소설 속 이야기는 모두 허구이며 이야기 속 등장하는 인물과 장소, 상황 등은 현실의 특정인, 특정 사건 혹은 특정 장소와는 전혀 무관함을 명백히 밝힙니다.

목차

1. 라스트 크리스마스
2. 해피 블러드
3. 세렌디피티
4. 구독연애
5. 선수 입장
6. 진실 (하지 않은) 게임
7. 에덴이라는 골프장
8. 릴리 피
9. 몸친구
10. 앵두
11. 개미지옥
12. 애일당
13. 세 여자
14. 옥여사
15. 죗값
16. 프레임
17. 남매의 유니버스
18. 불행한 피
19. 초이스
20. 시거 키스
21. 수컷 좀벌
22. 패닉 룸

23. B룸

24. 천국의 밤

25. 골프백

26. 가십걸

27. 에로스, 다른 세상

28. 로망스, 같은 세상

29. 보통 여자

30. 옻독

31. 미세스 문

32. 발 달린 골프공

33. 판도라

34. 리셋

35. 연애편지

36. 러브 엠바고

37. 그들만의 리그

38. 처음 만나는 자유

39. 길티 플레져

40. 마이 퍼니 발렌타인

41. 천국의 아침

1. 라스트 크리스마스

말로만 듣던 그 꽃은 실체가 있었다. 불그죽죽하고 거대한 꽃잎 가운데 꽃대가 하늘 높은 줄 모르고 치솟아 있었고, 냄새는 또 어찌나 고약하던지 어지러워 구토가 나올 지경이었다. 그런데도 그는 선유도 식물원, 그 자리에 한참 동안을 머물러 있었다. 이유는 몇 년에 한 번 피는 진귀한 꽃구경이어서가 아니라 자신보다 훨씬 더 불행해 보이는 꽃의 절박함에 위로를 받았기 때문이었다. 그는 진동하는 썩은 내를 맡으면 맡을수록 끝이 보이지 않던 자신의 불행이 조금씩 지나갈 것만 같았다. 꽃은 다정한 꽃말 대신 끔찍한 악취를 뿜어내며 주변의 모두를 학대하고 있었지만, 오히려 그 악취는 그에게 존재의 의미를 각인시켜 주고 있었다. 그래서 그는 계속 살기로 하였다.

그 꽃의 이름은 '시체꽃'[01]
듣기만 해도 참으로 기이하고 불길하기 짝이 없는 이름이었다.

그리고 그의 이름은 '천국'
부르기만 해도 참으로 기분이 좋아지는 그런 이름이었다.
사람들은 종종 그의 성씨를 묻곤 하였는데 그럴 때마다 그는 그냥 웃어 넘겼다. 그의 이름은 천국, 그게 다였으니까.

2020년 12월 24일,
성탄 기분을 전혀 느낄 수 없는 크리스마스 이브였다. 오후 1시 반, 천국의 휴대폰으로 전화 한 통이 걸려 왔다. 하필 그때 천국은 '불알친구' 일랑과 늦은 점심을 먹고 있었다. 전화를 건 관리인은 당일 불쑥 전화해 바로 출동해 달라는 것도 모자라 장황하게 이것저것을 참견하였다.

---

01) **시체꽃** 시체꽃은 이름처럼 시체가 썩을 때 나는 악취를 풍긴다. 높이가 3미터까지 자라고 꽃이 아주 굵고 길어서 실제로 보면 겁부터 나는 비주얼이다. 시체꽃의 꽃가루는 파리가 옮긴다. 지독한 냄새 때문이다. 그래서 이 꽃에는 벌이나 나비 대신 항상 파리 떼가 몰려든다. 꽃이 피기 전 꽃망울이 기형적으로 생긴 거대한 남성 성기를 닮아서 공식학명조차 '기형 음경화'라는 뜻은 '아모르포팔루스 타이타늄'(Amorphophallus Titanum)이다.

"근데 절대 몰라야 해, 여기 주민들은. 자살이든 아니든 간에 누가 옆에서 죽었는데 며칠 동안이나 방치됐다고 소문이라도 나 봐. 난리 나, 집값 떨어진다고. 내가 바로 잘린다니까."

청국장은 이미 다 식어 버렸다. 무조건 웃돈을 얹어 주겠노라는 말에 솔깃해 천국은 바로 승낙했지만, 전화를 끊을 듯 말 듯 꼬리를 무는 관리인의 상담은 이미 오 분을 넘어가고 있었다. 이제 좀 끊으라는 일랑의 수신호를 보고 나서야 통화는 겨우 끝이 났다.

"일랑아, 도곡동인데 고독사래. 어이없지?"

천국은 식은 밥을 청국장에 털어 넣고 비비다 잠시 생각에 잠겼다. '고독사'라니, 그것도 도곡동 주상복합에 사는 부자 노인네가 일주일이 넘어서야 발견되다니.'

특수 청소 용역이 아직 익숙지 않은 일랑도 의아해하긴 마찬가지였다. 천국과 일랑은 식사를 마치고 바로 현장으로 출동했다. 최근 매스컴에 '유품 정리사'라는 직업이 부쩍 알려지면서, 갑자기 대형 폐기물 업체들이 너나 할 것 없이 '유품 정리'란 타이틀을 달고 시장에 들어왔다. 무분별한 출혈 경쟁은 천국의 회사 같이 작은 업체들에게 엄청난 타격이었다. 영혼 없이 물건을 버리고 없애는 데만 초점을 맞추거나, 돈 되는 것만 골라서 파는 목적으로 기계적인 서비스를 제공하는 업체들 사이에서 천국의 업체 경쟁력은 크게 밀렸다. 그래서 그날처럼 일이 들어오면 화장실에서 보던 볼일도 끊고 무조건 달려 나가야만 하는 상황이었다. 도곡동 출동만 해도 벌써 그날의 두 번째 현장이었다.

현장에 도착하자 주변 눈치 살피느라 예민하게 굴던 관리인은 주민들이 웬만해서는 타지 않는 비상 승강기 쪽으로 두 사람을 안내했다. 승강기 앞에서 잠시 멈춘 천국과 일랑은 알루미늄 트렁크에서 방호복을 꺼내 정성껏 챙겨 입기 시작했다. 장갑을 낀 후 신발 위에 파란색 덧신도 잊지 않았다. 두 사람은 흡사 '고스트버스터즈' 영화에 나오는 주인공처럼 꽤 비장한 각오로 승강기에 올랐다. 주상복합의 비상 승강기는 너무 비좁았고 현기증이 날 정도로 빨랐다. 승강기는 단숨에 그 둘을 지하 주차장에서 끌어올려 27층 복도에 토해 내었다. 관리인이 알려준 대로 일랑이 2701호의 비밀번호를 누르려 하자 천국은 일랑을 멈춰 세웠다.

"잠시만."

천국은 고개를 숙이고 마음속으로 축문을 읊었다.

"아, 그렇지."

일랑도 천국을 따라 고개를 숙이며 눈을 꾹 감았다. 천국은 언제나 문을 열기 전, 망자의 명복을 빌며 문을 여는 허락을 구했다. 형식적이나마 상처 입은 생을 위로하는 그만의 절차였다. 축문을 마치고 천국이 고개를 들자 일랑이 비번 네 자리 숫자와 *을 눌렀다. 천국은 출발신호를 기다리는 수영 선수처럼 마지막 숨을 크고 깊게 들이마셨다. 이제 곧 망자가 만들고 떠난 완벽한 밀실이 열릴 참이었다.

드드드 드드드드.

바로 그때 천국의 호주머니 속 휴대폰 진동이 울려 대기 시작했다.

"안 받아?"

일랑이 걱정스럽게 물었다.

"일 끝나고."

"개새끼들, 아직 입금 못 해서 그런 거지?"

"……."

천국은 오른쪽 장갑을 벗어 휴대폰을 꺼내 발신자를 확인한 후 바로 비행기 모드로 바꿨다.

문이 열리자, 공간 전체를 눈에 담기도 전에 집안을 가득 채우고 있던 역겨운 냄새가 천국과 일랑의 콧속을 날카롭게 찔렀다. 은은한 라벤더 섬유 유연제 향 위로 부패한 시체가 만든 독하고 역한 냄새가 진동했다. 이율배반적인 냄새의 조합은 분명 그곳의 망자가 마지막 순간까지 꽤 정갈하고 상냥한 사람이었단 걸 그들에게 말해 주고 있는 것만 같았다. 냄새만 아니라면 아직도 누군가 살고 있을 것만 같이 집안에 온기가 남아 있었다.

"우욱~! 죽은 사람 치워 주러 왔다가 우리가 죽겠다."
"창문이나 열어."
"우~ 우욱, 아, 씨바. 천국아, 넌 진짜 아무렇지도 않냐?"
3개월 전, 일을 배워 보겠다고 뛰어든 일랑이 구시렁대며 창문을 열었다. 차가운 겨울 오후의 공기가 방안으로 휘리릭 빨려 들어왔다.
"인간은 냄새로부터 자유로워질 수 없어!"
천국이 작업 가방을 펼치며 일랑에게 말했다.
"진짜 적응 안 되네. 벌써 석 달째인데. 야, 무슨 비법 없냐?"
"비법?"
"응, 비법."
"참아. 그게 비법이다."
"못 참겠으니까 그러지."
"숨 쉬는 거랑 냄새는 원래 한 세트라니까."
"세트? 뭐래~."
"냄새 맡기 싫음 숨을 쉬지 말라고."
"뭐? 그럼 나보고 죽으라고?"
"응. 못 죽겠으면 그냥 꽃향기다, 생각해라."
"꽃향기? 천국아, 너 지금 꽃이라고 그랬냐?"
"응, 꽃. 시체꽃!"

몇 년 전, 선유도에서 처음이자 마지막으로 본 그 꽃과의 인연은 소중하기만 했다. 현장에서 천국이 작은 것 하나도 놓치지 않도록 그의 후각을 최대치로 끌어올린 계기가 되었기 때문이었다. 물론 현장에서는 후각이 다가 아니었다. 귀중품과 다시 살펴볼 유품, 매각할 유품, 폐기할 유품 등으로 구분하고 반출과 매각, 폐기 절차를 되도록 동시에 결정하기 위해서는 시작은 언제나 듣는 작업부터였다. 유족은 물론 주변인들에게 망자가 어떤 사람이었는지 탐문을 한 뒤에야 비로소 고인이 생전 어떤 물건에 더 많은 의미를 뒀을지 판단할 수 있기 때문이다. 하지만 주변 모르게 고독사 뒤처리를 해야 할 때, 귀로 듣는 정보는 전무했다. 그래서 그날 천국은 귀와 눈보다 코로 더 많은 정보를 얻어야 했고, 매 순간 해야 할 일들을 후각으로 결정했다. 어느새 천국의 후각은 그렇게 선천적인 것에 더해 후천적으로 더 예민해졌고 결정적인 순간에 매우 유능할 수 있었다.

죽은 사람이 있던 공간을 청소하는 일이란 말 그대로, 그 공간을 원래대로 아무 일도 없었던 것처럼 되돌려 놓는 일을 의미했다. 그러기 위해서는 죽은 자가 이승에 남기고 간 최후의 흔적들과 냄새를 완벽하게 지워야만 했다. 만일 유품이 있던 공간을 다 비우고도 망자의 체취를 못 지운다면 의뢰인들은 돈을 내려 하지 않을 것이다.

천국은 의뢰인의 별다른 요청이 없더라도 언제나 귀중품과 유서를 가장 먼저 찾아냈다. 또 편지나 사진 등 유족에게는 굉장히 소중하지만 한 번 버려지면 다시 찾을 수 없는 물품들은 심혈을 기울여 분류했다. 일기장처럼 개인적인 정보가 담긴 물건도 우선 수색 대상이었다. 젊은 나이에 숨진 사람들은 휴대폰이나 노트북 등에 유서를 남기는 경우가 더러 있다. 비밀번호를 찾는데 애먹기도 하지만 죽은 자의 흔적을 찾아 지우는 일에 있어 천국은 그 어떤 것에도 거침이 없었다. 이승에서 그들의 흔적을 깨끗이 지워 내는 일이야말로, 혹시라도 머뭇거리며 그곳을 떠나지 못하는 영혼들에게 자, 당신은 더 이상 고단한 이곳의 주인이 아니야, 라고 인증해 주는 것만 같았다. 자기 나름대로 일종의 망자를 위한 의식처럼 천국의 청소는 언제나 그렇게 신속하고 진지했으며 망설임이 없었다.

안방과 작은 방, 피아노 하나만 덜렁 남은 넓은 거실 그리고 의자 네 개와 식탁이 놓인 부엌, 꽤 큰 평수의 아파트였지만 정갈했던 고인의 살림살이는 묵은 물건 없이 단출해 1톤 화물 차량 한 대면 족해 보였다.
'어쩌면 죽기 전 살림을 미리 조금씩 줄여 나갔을지도……'
소소하지만 쓰고 아린 생각들이 천국의 머리를 잠깐 스쳤다.

천국과 일랑의 손이 바빠졌다. 우선 거실 입구에 널브러져 있는 이불과 혈흔 부유물을 수거하고 의료 폐기물로 분류하여 배출했다. 다행히 혈흔과 부유물이 바닥 콘크리트까지 스며들지 않아 혈흔 제거제로 분사만 하면 되었다. 영원히 지워지지 않을 것 같던 막막한 냄새들이 조금씩 세상 밖으로 끌려 나갔다. 한참 동안 두 사람은 한마디도 말을 나누지 않았다. 침대 위와 바닥, 그리고 욕실 앞까지 말라붙어 이어진 혈액과 체액을 닦고 또 닦아 내었다.

뻐꾹 뻐꾹 뻐꾹 뻐꾹
"이게 무슨 소리지? 무섭게."
망자의 집에서 갑작스레 울려 퍼지는 뻐꾹새 알람 소리에 일랑이 겁을 집어먹었다.
"시계 알람 소리 같은데."
소리의 근원을 탐색하기 위해 두 사람은 커다란 거실을 가로질러 건너편 방으로 갔다.
"뭐야, 앵무새잖아!"
황당하게도 새장 안에서 뻐꾹새 소리를 낸 건 바로 노란색 부리를 가진 초록색 앵무새, 아마존 종이었다. 녀석은 나름대로 필사적인 방식으로 구조 요청을 하고 있었다. 주인을 먼저 보내고 홀로 며칠을 버텼을 것이다. 다행히 새장 안에는 아직 물이 남아 있었다.

"참나, 무슨 앵무새가 뻐꾹새 소리를…… 나 새 진짜 싫어하는데."
"여긴 내가 알아서 할게. 일랑이, 넌 가서 하던 거나 마저 해."

천국의 눈에 제일 먼저 들어 온 건 바로 새장 옆에 가지런히 놓인 투명 봉지였다.

'마이 버드 프리미엄 내추럴 셀렉 미니- 펠렛'

새 모이였다. 분명 한글로 씌어 있으나 도무지 알 수 없는 현란한 외래어의 조합이 앵무새의 울음 소리처럼 낯설기만 했다. 작업이 급했지만 며칠이나 재대로 먹지도 못하고 방치됐을 놈을 그냥 지나칠 수 없는 노릇이었다. 천국은 조심스레 새장 문을 열었다. 새장 속 녀석이 갑자기 깃털을 크게 부풀렸다. 천국은 잠시 멈칫했지만 그건 어디까지나 새를 배려하기 위해서였을 뿐, 외로움과 배고픔에 지친 놈의 공격성에 두려움 같은 건 전혀 없었다.

죽은 자가 남기고 간 반려 동물들은 자신의 반려인을 끝까지 버리지 않고 지키다가 결국 같이 죽는다. 살아남더라도 거두는 이가 없다면 순장을 당하기 일쑤다. 천국은 지난 3년 동안 경험을 통해 누구보다 그 사실을 잘 알고 있었다. 천국은 안타까운 마음에 모이를 한 줌 쥐어 세례를 주듯 먹이통에 뿌렸다.

"먹어. 배고프잖아!"
어느새 경계하던 녀석이 천국의 다정한 목소리에 모이를 콕콕 찍어 먹기 시작했다. 그 방 한가운데에는 커다란 금고 하나만이 덩그러니 놓여 있었다. 금고는 누가 보란 듯 반쯤 열려 있었고 그 안에는 개인적인 소소한 기록들과 장부, 세무 영수증들, 그밖에 각종 서류 등이 가지런히 보관되어 있었다. 천국이 재빨리 다가가 금고 속 유품들을 대충 분류하기 시작했다. 슬쩍 노트 몇 권을 열어보니 도저히 알아볼 수 없는 이상한 글자들이 빼곡히 적혀 있었다. 아, 대체 이게 어느 나라 말이지? 천국은 눈이 어지러워 얼른 노트를 다시 덮었다.

천국이 금고 속을 다 비우고 막 방을 나서려던 찰나, 앵무새가 또 노래를 부르기 시작했다. 배부르게 모이를 먹은 감사의 표시일까. 녀석은 노래를 멈출 생각이 전혀 없어 보였다.

"예쑤님 찬양, 예쑤님 찬양, 할렐루야~ 하나님, 감사합니다. 예쑤님 찬양, 예쑤님 찬양"

앵무새는 고장 난 녹음기처럼 무한 반복하듯 예수님을 찬양했다. 훗. 기막힌 놈일세. 참 나. 천국은 뭔가 홀린 것처럼 앵무새를 바라보고 있었다. 툭. 그때 금고 위에 작은 액자 하나가 앞으로 엎어졌다. 천국이 액자를 다시 세워 올렸다. 곱게 한복을 차려입은 젊은 여성이 사진 속에서 미소를 보냈다. 아주 오래전, 고인이 눈부시게 젊고 아름다웠던 그 시절이었다.

잠시 사진을 들여다보던 천국은 바로 액자에서 사진을 빼냈다. 죽은 자는 언제나 말이 없고, 중요한 것들을 여기저기 숨겨 두기 마련이기에 혹시나 고인이 사진 뒤에 중요한 무언가를 숨겨 두기라도 했을지 확인하기 위해서였다. 만에 하나, 아무 생각 없이 그런 것을 그냥 버렸다가는 훗날 유족들이 찾아와 시비를 거는 일도 종종 있었기에 반드시 꼼꼼히 살펴봐야만 했다. 액자 틀 안에서 빠져나온 사진 가장자리에는 그 사진이 찍힌 날짜가 박혀 있었다. [87.12.24]

'어랏, 찍힌 날이 크리스마스 이브네.'

우연이라기 하기엔 기막힌 우연이었다. 그날은 천국의 스물한 번째 생일날이기도 했다. 사진 속 날짜를 보자 천국은 조금 쓸쓸한 기분이 들었다.

"일랑아, 사다리차 올려. 가구랑 검은 봉지들만 먼저 내려 보내고, 흰 봉지들은 남기고."

일랑이 있는 안방으로 건너간 천국이 말했다.

"응, 알써. 근데, 너 이거 봤어?"

일랑이 은행 통장을 내밀었다. 통장의 잔고에는 이백만 원이 찍혀 있었다. 통장 속에는 고인이 적은 메모가 함께 얌전히 접혀 끼어 있었다.

'제 관 값이에요. 제 마지막 길에 수고가 많으십니다. 고맙습니다.'

천국과 일랑은 잠시 고인의 메모에 숙연해졌다. 고인은 분명 자신의 죽음을 구체적으로 예측하고 준비했던 것 같았다. 드드드드, 일랑의 휴대폰 진동 벨이 울렸다. 장갑을 벗고 호주머니에서 전화기를 꺼낸 일랑이 천국의 얼굴을 보았다.

"그 새끼들인데, 받을까?"

"줘, 내가 받을게"

천국은 일랑의 휴대폰을 쥐고 복도로 빠르게 뛰어나가며 전화를 받았다.

"여, 여보세요! 아, 아뇨, 저 천국인데요. 작업 중엔 전화 못 받는다고 말씀드렸잖아요."

"그니까, 이자를 제때 처넣으라고, 이 씨불노마. 전화기는 왜 자꾸 꺼 놓구 지랄이냐고!"

천국이 고3 때 갑자기 아버지가 사고로 돌아가셨다. 하지만, 그에게는 슬픔을 느낄 겨를조차 없었다. 장례가 끝나자마자 천국의 새엄마도 홀연히 사라졌는데 몇 주 뒤 새엄마가 아버지의 사고 보험금을 수령 해 갔다는 사실을 알게 되었다. 그뿐만이 아니었다. 새엄마는 아버지가 죽자마자 천국도 모르게 살고 있던 집을 사채 업체에게 저당 잡혔다. 사채 빚은 이자가 이자를 더해 천국이 죽을 때까지

다 갚아도 갚을 수 없을 정도로 엄청나게 불어나 있었다. 그때부터 천국의 청춘은 협박과 독촉으로 하루하루 지옥으로 변했다. 그의 인생은 하루아침에 '청춘의 빛'에서 '청춘의 빚'으로 변질되었다. 태권도 청소년 국가 대표였던 그의 꿈과 영혼에 빚의 고리가 단단히 채워졌다. 용인 체대에 수석으로 합격했음에도 시도 때도 없이 강의실까지 달려드는 건달들 때문에 결국 대학 생활도 두 달 남짓 더는 못 버티고 포기하고 말았다. 결국 아버지가 살아 계실 때 용돈 벌이로 가끔 거들던 특수 청소 용역이 스무 살 천국의 밥벌이가 되었다.

통화 중인 천국은 묵직한 방호복 안에서 김이 모락모락 날 정도로 식은땀을 흘려 내고 있었다. 죽은 자들이 내 뿜는 처절한 암모니아의 냄새보다 사채 업체 용역들의 거머리 같은 겁박이 더 싫고 구역질났다. 그들의 독촉을 틀어막는 유일한 방법은 밀리지 않게 매월 이자를 갖다 바치는 길뿐이었다. 네 시간 넘게 숨조차 쉬기 힘든 작업을 한 뒤에 이따위 독촉 전화를 받는다는 건 그야말로 펄펄 끓는 사우나 열 가마 안에 들어가 있다 바로 45도 열탕 속으로 머리를 처박는 일과도 같았다. 전화를 끊자 천국은 다리에 힘이 풀리고 호흡이 가빠졌다. 방호복 지퍼를 반쯤 내리고 비상구 문에 잠시 등을 기댔다. 후우, 아무 생각 없이 잠시 그렇게 기대어 서 있기로 했다. 비상구 문틈으로 비집고 들어온 찬바람이 아래에서 위로 천국의 분노를 잠시나마 서늘하게 식혀주었다. 기분이 조금 나아졌다.
'띠~일꺽'
앗. 바로 그 순간, 천국이 기대고 서 있던 그 비상구 문이 훅하고 열렸다.

천국의 문이 열렸다.

2. 해피 블러드

나무는 꽃(花)이 없이(無) 열매(果)를 맺었다.

그러나 나무는 열매를 맺기 위해 꽃을 피우고 수분을 하였다. 다만 그 과정이 너무나도 은밀하여 사람들은 나무가 꽃 없이도 열매를 맺는다고 착각해 기이하게만 여겼다. 봄이면 나무는 어김없이 잎겨드랑이로 구슬 모양의 초록빛 돌기가 솟아났고, 돌기 안쪽에서는 꽃이 무성하게 터졌다. 그 작은 돌기는 바로 꽃주머니. 그 견고한 꽃주머니 안쪽에 수줍게 숨은 꽃들은 때가 되면 치명적인 향기로 주위의 좀벌을 유혹하였다.

꽃향기에 취한 좀벌은 그곳을 보금자리라 생각하여 자신들보다 더 작고 미세한 구멍 안으로 파고들었다. 날개가 찢기고 몸통은 터져 나갔다. 하지만 좀벌은 일억 년 동안 이어 온 생명의 약속을 지키기 위해 기꺼이 희생을 무릅쓰고 꽃가루받이를 이루었다. 그렇게 힘겹게 수분이 이루어졌다. 좀벌은 수분을 이루고 나서야 사랑을 나누었다. 그것은 다음 세대를 위한 짝짓기였다. 암컷은 백 개 이상의 알을 낳고 그곳을 홀연히 빠져나갔다. 살아서 나갈 수 있는 것은 오직 암컷뿐, 수컷은 돌기에 묻혀 자신의 생을 그 안에서 마감했다.

나무의 이름은 무화과. 무화과나무에 홀리듯 반한 여자의 이름은 유지온.

4년 전, 지온은 우연히 무화과나무가 담 밖으로 보이는 가회동 한옥 고택에 반해 버렸고, 충동적으로 그 집을 덜컥 사 버렸다. 당시 고택은 그 집만큼이나 나이가 많은 유명한 장인의 옻칠 공방이었으나, 장인이 돌아가시자 쓸쓸하게 방치돼 있던 상태였다. 나름 문화재적 가치가 있는 아름다운 고택이었지만 부동산 투자 관점에서는 그저 유효기간이 다 돼 쓰러져 가는 한옥일 뿐이었다. 부동산 가치가 전혀 없는 건물을 덜컥 산 것에 대해 지온은 한동안 현실적인 고민을 해야만 했다. 그러나 일말의 후회도 없었다. 그녀는 곧 그곳에 사옥을 짓기로 마음먹고 실행에 옮겼다. 고택 주변의 작은 건물들을 하나, 둘 사들이기 시작해 지금의 부지를 확보하는데 꼬박 2년이 포개졌다. 건물을 올리는데 또다시 1년, 결국 3년이라는 적잖은 시간이 걸렸다. 지온은 지난해 봄, 가회동 사옥으로 이사를 했다.

세상 사람들은 '유지온'이라는 이름 석 자 보다 소셜 미디어 아이디인 '키네틱[02] 우먼'으로 그녀를 더 잘 기억했다. 지온은 삼오그룹의 1남 2녀 중 장녀이자 둘째이며 그 집안에서 유일하게 피가 다른 혼외 자식이었다. 그녀는 두 돌이 조금 지날 무렵에서야 유씨 집안의 호적에 정식으로 오를 수 있었다. 생모는 입학이나 졸업 같은 기념일이면 어김없이 나타나 지온의 주변을 맴돌았으나 알고도 모르는 척, 그녀는 아주 어릴 적부터 자신의 생모를 외면했다. 그녀에게 피는 물보다 진하지 못했다.

불우한 가족사는 함구 되었고, 가족은 대외적으로 지온을 혼외 자식 취급할 수 없었다. 삼 남매 모두 '서산댁' 이라는 유모의 품에서 자라서인지 엄마에 대한 잔정은 자식들 누구에게도 없었다. 오빠와 여동생에게도 엄마인 정화경 여사는 그리 살가운 존재가 아니었다. 지온 역시 엄마로서의 정 여사에게는 인의(人義)를 두지 않았다.

사옥은 고택을 비켜 올라가 'ㄱ'자 모양의 3층짜리 콘크리트 건물이 되었다. 지온의 마음을 사로잡았던 무화과나무는 있던 자리에 그대로 두었다. 지온은 무화과나무가 가장 잘 보이는 3층 끝으로 자신의 사무 공간을 배치했다. 고택은 국내 최고의 전문가에게 맡겨 최대한 원형을 보존하는 선에서 보수공사를 완료하였고, 일반인에게는 개방하지 않기로 했다. 고택의 이름은 '애일당 (愛日堂)'이

---

02) **키네틱** kinetic 운동의, 움직임의, 운동에 의해 생기는

되었다. 하지만 현판을 따로 내 걸거나 사람들 앞에서 그곳을 '애일당'이라고 부르는 일은 없었다. 그녀는 사사건건 의미를 부여하는데 관심이 없었으며, 그런 사소한 일로 사람들의 무성한 주목을 받는 것 또한 내켜 하지 않았다.

'애일당'을 에워싸고 있던 담은 허물었다. 집의 전면이 개방되자 현대식 사옥뿐 아니라 주변 환경과의 경계도 사라졌다. 고택 내부는 외관과는 딴판으로 최첨단 시설을 갖추고 있었다. 빛과 소리뿐 아니라 시간까지도 박제할 수 있을 정도로 외부와 완벽하게 차단된 공간이었다. 지온은 공간을 은밀하게 독점하고자 했다. 세상과 격리되고 싶을 때, 도망가고 싶을 때, 사라지고 싶을 때, 애일당은 폐쇄된 그녀의 밀실이 되어 줄 것만 같았다.

사옥은 지온이 지난 십 년간 영혼을 바쳐 일군 그녀의 브랜드, '키네틱 우먼'의 온라인 사업부가 사용하게 되었다. 최근에는 1층 로비에 비건 레스토랑 '달리'가 새로 문을 열었고, 지하 1층에서는 필라테스 스튜디오 '파워 하우스'가 소수 정예 회원제로 운영되고 있었다. 지온은 거의 매일 이 스튜디오에서 두세 시간을 보냈다. 하지만 어찌된 영문인지 정작 지온이 애일당에 들어가는 일은 거의 없었다. 아니, 공사가 끝난 뒤에는 단 한 번도 없었다.

오전 7시, 그날도 예외는 아니었다. 모닝커피를 마신 후 지온은 캐딜락[03] 위에서 '스프레드 이글' 자세로 몸을 풀고 있었다. 생각이 많은 아침이었다. 몇 개월 전 회사 내부에서 불미스러운 사건이 터졌고 그로 인해 최근 소비자 여론이 급격히 안 좋아져 매출이 급감했기 때문이다. 브랜드 9주년이던 작년까지만 해도 '키네틱 우먼'은 큰 마케팅 비용을 집행하지 않고서도 가뿐히 육백억 매출을 달성했다.

---

03) **캐딜락** 필라테스 캐딜락은 조셉 필라테스에 의해 병상에 누워 있는 환자들이 좁은 공간에서 근력, 유연성 강화와 재활 운동을 위해 고안 해낸 기구로써 침대 모양에 사각형 기둥이 모서리에 철봉처럼 세워져 있고 각종 운동기구들이 그 철봉대에 매달려 있다.

이변이 없는 한 내년에는 미국 진출을 하여 '룰루 레*'과 한판 붙을 각오를 다지고 있었다. 업계에서는 일 년 안에 '키네틱 우먼'의 천억 달성이 무난할 것이라 관망하고 있었다. 그리고 머지않아 코스닥 상장을 움켜쥘 계획도 가지고 있었다. 적어도 그 사건이 터지기 전까지는 그랬다.

그 불미스러운 사건의 전말은 대충 다음과 같았다. 여성 임원 중 한 명이 남자 팀장에게 상습적인 성추행을 자행했고 회사는 남자 팀장의 피해 사실을 인정하고 보상하는 차원에서 여성 임원 K를 보직 해임하고 적법한 절차에 따라 퇴사를 시켰다. 그게 다였다. 그러나 퇴사에 앙심을 품은 K는 사건의 본질을 왜곡시키고 여혐으로 이슈를 만들더니 회사의 얼굴이자 메신저인 지온에게 '여자의 적은 여자'라는, 진부하지만 효과적인 프레임을 씌웠다. 그 바람에 여성 소비자를 상대하는 지온의 브랜드는 적잖은 이미지 타격을 입어 매출이 곤두박질을 치는 상황이었다. 최근에는 반갑지 않은 악몽까지 지온의 아침을 괴롭히고 있었다.

'자, 잡생각은 비우고, 포커스!'
스스로에게 최면을 걸 듯 지온은 기구 위 기둥을 두 손으로 꽉 움켜쥐었다. 그녀의 길고 탄력 있는 두 다리가 그네처럼 매달린 트라페즈 위에 한쪽씩 차례로 걸렸다. '후우~' 그녀가 호흡을 아끼듯 나누어 내쉬며 '풀업'을 시작하자 코어에 힘이 잔뜩 들어간 그녀의 몸이 수평으로 천장을 향해 천천히 떠올랐다. 무의식 깊이 결계한 그녀의 기억들도 표면으로 부화 되었다.

열흘 전, 익명의 전화 한 통이 그녀에게 걸려 왔다. 휴대폰 속 여성의 목소리는 떨고 있었다. 처음 듣는 목소리였지만 지온은 왠지 낯설지 않았다.
"여보세요. 저…… 거기……."
여성은 머뭇거리다 입을 간신히 떼었다.

"누구시죠?"

한동안 말이 없더니 여성은 조용히 흐느끼기 시작했다.

"전화 잘못 거셨어요."

지온은 사무적인 말투로 말한 뒤 바로 전화를 끊었다.

"어맛!"

지온의 팔에 힘이 풀렸다. 지온의 엉덩이가 캐딜락 위로 쿵 떨어졌다. 기억의 파편들도 스튜디오 바닥으로 떨어져 사방으로 흩어졌다. 왼쪽 손목이 조금 뻐근했지만, 다행히 다치진 않았다. 집중된 힘은 폭발하지 못하고 잘게 쪼개졌다. 지온은 왼쪽 손목을 살살 돌려보며 '안 되겠어, 오늘은 여기까지.' 아직 시동도 걸리기 전이었지만, 그날은 아침 운동을 멈추기로 했다.

지온은 바닥에 작은 베이지색 카펫을 깔고 그 위에 가부좌를 틀어 앉았다. 두 눈을 감고 두 손을 자신의 허벅지 위에 걸친 후 코로 숨을 길게 내 쉬었다. 그녀의 아침 명상이 시작됐다. 언제나 생각을 비우고 그것을 채우기 위해 그녀는 하루를 그렇게 시작했다. 갑자기 그녀의 두 눈에서 뜨거운 눈물이 흘러내렸다. 알 수 없는 눈물에 지온은 내심 당황했다. 그녀는 흐르는 눈물을 타월로 말끔히 닦았다, 마치 그날 울지 않았던 사람처럼.

지온은 지극히 일중독이었다. 분명 그녀의 사업 수완은 후천적 노력보다는 타고난 것이었다. 그녀의 아버지 삼오그룹의 총수, 유일환 회장은 80년대 초 최초로 국내에 현대적 축산 유통 시스템을 도입한 장본인이었다. 마장동 축산물 시장에 전국 각지로부터 고기를 납품하는 축산 유통업으로 시작해 이제는 대체육을 개발하는 첨단 글로벌 바이오산업까지 그야말로 고기 업계 최초이자 최고로 자수성가한 입지적인 인물이었다. 최근에는 골프, 레저, 호텔 사업까지 그 영역을

넓혀 자회사만 10개가 넘었으나, 얼마 전 갑자기 일선에서 물러나 지온의 오빠가 가업을 물려받았다. 급작스럽게 이루어진 승계의 배경에 대해서는 증권가 '지라시'가 돌 정도로 말들이 많았지만 그렇게 된 진짜 이유는 친족 외에 아무도 몰랐다.

10년 전 그녀가 스물아홉 살이 되던 해, 지온은 결혼식을 이틀 앞두고 딱히 납득할 명분도 없이 일방적으로 파혼을 선언했다. 이해할 수 없는 전격 파혼을 선언한 재벌 2세를 향해 세간의 관심은 뜨거웠다. 배우 못지않은 그녀의 외모와 스타일 또한 한몫을 했다. 그녀는 내성적인 편이었지만 자신을 향한 부정적이고 폭력적인 마녀사냥의 위기에서도 생각보다 과감했다. 아니, 공격적일 정도로 온라인을 통해 적극적으로 대처했다. 그리고 딱 일주일 만에 누구의 도움도 없이 혼자만의 힘으로 그녀는 부정적 여론의 판을 뒤집어 버렸다.

그때부터 그녀는 유지온이라는 이름 석 자 대신 소셜 미디어 아이디인 '키네틱 우먼'으로 더 많이, 더 자주 불리기 시작했다. 지온은 영민했다. 모든 건 타이밍이라고 믿었고, 파혼이 자신을 새롭게 태어나게 할 전화위복의 기회라는 걸 직감했다. 지온은 자신을 향한 세상의 관심이 시들기 전에 온라인 패션 사업을 시작했다. 세상의 모든 일은 반드시 다음의 길을 예비한다. 그 어떤 것도 우연히 일어나는 법은 없다. 사업을 벌이기 전, 그녀는 이미 철저히 준비되어 있었다.

그녀는 어릴 적부터 몸 쓰는 걸 유난히 좋아해 수영, 승마, 발레, 요가 할 것 없이 모든 걸 즐겼던 스포츠 마니아였다. 필라테스를 만난 건 대학 3학년 여름 방학 무렵이었다. 승마 중 낙마하여 허리를 다쳤는데, 그때 재활 치료로 만난 필라테스에 깊이 빠져들었다. 그러다 자신의 취향에 맞는 운동복이 마켓에 존재하지 않는다는 것을 그 무렵 알게 됐다. 블루 오션을 발견한 것이다. 언제나 그랬듯이 지온은 안 좋을 위기를 기회로 바꾸는 재주가, 아니 재능을 타고 났다.

'키네틱 우먼'은 그녀의 일상적 필요와 타고난 취향이 절묘한 시기에 만나 탄생한 필라테스 전용 스포츠웨어 브랜드였다. 평소 즐겨 입는 스타일로만 디자인한 '운동복 같지 않은 운동복', '아우터 같은 이너웨어'가 그녀의 브랜드 전략이었다. 운동 후에 바로 클럽이나 미슐랭 식당을 가도 땀 냄새 걱정이나 스타일 걱정을 할 필요가 없는 그녀의 브랜드에 MZ 세대들은 뜨겁게 반응했다.

"마이 퍼니 발렌타인, 스윗 코믹 발렌타인. 유 메이크 미 스마일 위드 마이 하트~."
쳇 베이커의 '마이 퍼니 발렌타인' 노래가 지온의 휴대폰에서 흘러나왔다. 그녀의 벨소리였다.
"어, 아해야."
지온은 눈물을 삼키고 아무렇지도 않은 척 전화를 받았다.
"어, 근데 너, 목소리가 왜 그래?"
귀신을 속여도 아해는 속일 수가 없었다.
"뭐가. 명상 막 끝나서 그래. 벌써 나온 거야?"
지온이 말을 돌렸다.
"응, '달리'로 올라올래? 같이 아침 먹자."

아해는 지온의 공기 같은 친구다. 초등학교 동창인 아해는 업계에서도 보기 드문 귀하고 귀한 비건 셰프였다. 그녀가 비건이 된 건 대학 시절, 동물 복지 동아리였던 '복동이' 때문이었다. 아해는 불행하게 죽어 가는 동물을 보는 게 끔찍하다고 생각했다. 선한 의지로 가입한 동아리였으나 오히려 동물들의 더 많은 불행한 죽음을 목도하게 되었고 결국 고기를 회피하기에 이르렀다. 얼마 전, 그녀는 파격적인 조건으로 지온에게 스카우트되었다. 아해는 지온의 사옥 1층 비건 레스토랑

'달리'의 수석 셰프이자 '키네틱 우먼'의 새로운 식음료 사업부 디렉터이다.

서울대 생명과학부 학부에서 대학원까지 수석으로 졸업했으며 본인의 취미를 살려 '르꼬르동블루 한국'에서 정식으로 요리까지 수료한 아해였다. 충분히 걸맞은 자리임에도 재벌 친구를 둔 그녀의 속마음은 늘 조심스러웠다. 아해의 집은 지온의 집으로부터 은혜를 대물림했다. 4년 전 지병으로 돌아가신 아해의 아버지는 원래 동네 작은 중국집을 운영했었다. 한때 명동에서 가장 유명한 중화 요리점의 주인이 된 것은 순전히 지온의 아버지 덕분이었다. 언젠가부터 아해는 지금의 성공이 자신의 노력보다는 지온의 덕이라 여기게 되었다. 때로는 지온의 높고 견고한 울타리 때문에 삶이 불안했다. 심지어 스스로 납득이 안될 만큼 쉽게 의기소침해지곤 하였다.

지온은 커다란 종이 가방을 한 손에 움켜쥐고 지하 스튜디오에서 1층 레스토랑까지 단숨에 올라왔다. 레스토랑의 널찍한 직사각형 공간에는 천고가 매우 높은 흰색 천장과 마룻바닥, 그리고 '장 푸르베' 빈티지 테이블과 의자가 전부였다. 창문이 없는 맞은 편, 기다란 흰 벽면 전체에는 달리의 그림 '기억의 지속'이 채워져 있었다. 지온이 갓 데뷔한 신진 페인터에게 의뢰하여 작업한 모사 벽화였다. 아해는 두유 라테를 만들고 있었다.

"좋은 아침…… 앗, 너 머리… 왜 그랬어?"
하룻밤 새 파격적인 숏 카트로 변해 버린 아해의 모습을 보고 지온은 화들짝 놀라고 말았다.
"그냥……."
"그냥? 야, 그게 그냥이니?"
"오믈렛 해줄게, 금방."

아해는 두유 라테가 담긴 머그잔을 지온의 앞에 내려놓자마자 바로 주방으로 쏙 들어가 숨어 버렸다. 그러나 개방형 주방인지라 병아리 콩으로 열심히 오믈렛을 만들고 있는 아해의 옆모습이 훤하게 보였다. 지온의 시선이 따갑게 느껴지자 아해가 먼저 입을 열었다.

"내일 크리스마슨데 뭐할까, 우리? 너 생일이잖아."

지온은 말없이 라테를 마시며 아해의 머리를 미심쩍은 듯 바라보고 있었다. 오믈렛 접시를 들고 아해가 다가와 앉으며 다시 물었다.

"왜 대답이 없어? 내일 어떻게 할 거냐고? 작년처럼 너희 집에서 영화 볼까?"

"음, 비브르 사비 어때?"

"장 뤽 고다르? 작년에도 그거 봤잖아. 올해는 립반윙클의 신부 어때?"

"이와이 슌지? 좋지. 근데 우리 그거 말고 러브레터 보자."

"맘대로 해. 근데 미란이 그 지지배가 우리를 가만히 둘까?"

"제발! 이제 서른아홉인데 생일 좀 안 하면 안 될까?"

지온은 오믈렛을 한입 물며 시큰둥하게 대답했다.

"어머, 이거 정말 맛있다. 아해야."

"좋아할 줄 알았어."

"근데 이게 진짜 계란이 아니라고?"

"응. 꼭 진짜 계란 같지?"

"심지어 계란보다 더 맛있어. 신기해. 가짜가 더 진짜 같다니."

"가짜 아냐. '대체'라고 해. 지온아, 너 이참에 비건으로 갈아타는 건 어때?"

"됐어. 난 아직 남의 살 못 끊어. 양해 바람."

"존중함. 나도 뭐 탄소 중립 이런 거창한 거는 몰라. 요리할 때만이라도 더 이상 불행한 피는 안 봐도 되니까."

"아참, 아해야, 이거."

지온은 가지고 온 큰 종이 가방을 테이블 위로 올렸다.

"이게 뭐야?"

"드레스, 내 웨딩드레스."

"뭐? 이걸 아직도 갖고 있었어? 꺼내 봐도 돼?"

"그럼."

아해가 드레스를 꺼내 테이블 위에 조심스럽게 펼쳐 보았다. 웨딩드레스가 테이블 두 개 위를 다 차지하며 가득 펼쳐졌다.

"훗. 생각해보니까 신랑은 버려 놓고 웨딩드레스만 간직하고 있었더라고."

"네 잘못 아니잖아."

"팔자지 뭐."

"못써. 그런 말 자꾸 하면."

"게이 남편이랑 살 뻔했는데도?"

"게이인 게 그 사람 잘못은 아니지만, 그걸 속이고 너랑 약혼까지 한 건 명백한 잘못이지. 혼인 빙자 사기 결혼? 뭐 그런 거니까. 아무튼 그 남자는 범죄자야, 너는 피해자고."

"사실 속은 것도 아니었어."

"뭐?"

"알고 있었다고. 결혼 전에 리차드가 어떻게 알고 말해 줘서. 근데 뭐 주변에 보니까 애 생기면 그때부터 다 각방 쓴다더라. 그래서 나도 눈 딱 감고 열 번만 하자, 애 생길 때까지만. 아버지도 그 집에 꼭 시집가라 난리였으니까. 근데 어떻게 그놈은 내 손 한 번을 안 잡니? 지금 생각해도 열 받아. 내가 그렇게 별루야?"

"훗. 네 손은 내가 맨날 잡아 주잖아. 자, 이리 와."

아해는 안쓰러운 표정으로 지온의 두 손을 꼭 잡아 주었다. 그러자 감동한 지온이 아해에게 말했다.

"아해, 너 같은 남자는 왜 없을까. 난 가끔 네 가슴 속에 꼭 남자가 살고 있는 거 같아. 그것도 내가 원하는 이상형."

"뭐래."

아해가 잡았던 두 손을 휙 놓았다.

"아무튼 아해야, 그 드레스 당근에 내다 팔든가, 아니면 어디 좋은데 기증해 줘. 십 년 전 거지만 한 번도 안 입은 거잖아. 그래도 그거 피비 파일*가 디자인한 드레스야."

"생각나. 안 그래도 그때 내 들러리 드레스도 셀*에서 해줬었잖아."

아해는 커피가 흘러내리는 줄도 모르고 머그잔을 기울인 채 지온에게 집중하고 있었다.

"어맛. 아해야."

"앗. 미안."

지온은 테이블 위에 있던 휴지를 한 움큼 잡아 아해의 자리를 대충 닦았다. 다행히 웨딩드레스에는 한 방울의 커피도 튀지 않았다.

"내일 우리 본사에서 앰플 개발한 거 좀 갖다 줄까?"

"벌써 다 됐어? 육즙이랑 피처럼 보이게 하는 그거?"

"응. 오빠가 그러는데 대체육이지만 진짜 고기 육즙이랑 맛도 똑같다네. 갖다 줄게. 다음 레시피에 적용도 해 볼 겸."

"……."

"왜? 싫어?"

"아냐, 갖다 줘. 적어도 불행한 피는 아니니까"

"피 아니래도, 앰플! 이 맹꽁아."

"맛이랑 색깔이 완전 피랑 똑같을 거잖아."

"나, 정했어."

"?"

"그 앰플 네이밍 정했다고. '해피 블러드' 어때? 네가 하도 불행한 피, 불행한 피 노래를 하니까. 됐지?"

"해피 블러드?"

아해의 얼굴에 그날 처음으로 화색이 돌았다.

"농담! 그랬다가는 당장 단체로 항의 들어오겠다, 비건들한테. 무슨 드라큘라 식단이냐고."

"아냐, 난 좋은데……! 나 같은 사람한텐 위안이 되는 이름이야."

"좋긴 뭐가 좋니? 그로테스크한데……. 아 참, 내일 11시, 맞지?"

"온라인 패션쇼?"

"응."

"근데 도시락, 정말 모델들 거만 준비하면 돼?"

"아니다. 내가 지금 먹어보니까, 남자 스태프들 줘도 되겠어. 따로 시키려고 했는데 안 그래도 되겠어. 내일 같이 부탁 좀 해도 될까요? 이 셰프님."

"그래, 그럼. 모델들 브리토 30개랑 남자 스태프들 비건 버거 30개씩 준비할게. 지온아, 근데 너……."

"?"

"내일 쇼 끝나고 꼭 가 봐. 그때 주소 준 거 아직 가지고 있지?"

"……."

"같이 가줄까?"

"됐어. 안 가. 내가 거길 왜 가."

기분이 갑자기 훅 가라앉은 지온은 창밖으로 고개를 획 돌렸다. 커다란 통창으로 겨울 아침 햇살이 눈부시게 들어오고 있었다. 창밖에 무화과나무가 보였다. 무화과나무는 푸른 싹 하나 돋우지 못한 채 앙상해져 있었다. 바람이 스칠 때마다 나무의 가지들은 위태롭게 흔들리고 있었다.

"아해야, 근데 이상하지 않니? 우리가 이사 오고 나서는 왜 저 나무에 무화과가 안 열릴까?"

정오가 조금 지났다. 지온의 휴대폰으로 문자 메시지 한 개가 들어왔다.

[도곡 하이팰리스 관리실입니다. 급한 일이오니 꼭 연락 주세요.]

문자를 받은 지온의 심장이 빠르게 뛰기 시작했다. 잠시 망설이던 지온은 문자가 들어온 발신 번호를 꾸욱 눌렀다.

"여보세요? 아, 저는 여기 관리소장인데요, 며칠 전에 여기 아주머니께서 돌아가셨는데요, 핸드폰에 그쪽이랑 통화기록이 있어서 연락드려 봤습니다. 최근에 통화한 분이 그쪽밖에 없어서 저 혹시 어떻게 되시는 분이신지…… 아, 여보세요? 여보세요?"

당황한 지온은 황급히 전화를 끊어 버렸다. 어느새 지온은 새로 산 핸드백을 집어 들고 차에 올라타 있었다. 그리고 며칠 전 아해가 보내 준 주소를 확인했다. 지온이 내비를 켜고 떨리는 목소리로 말했다.

"도곡 하이팰리스."

내비 속 에이 아이 (AI)가 그녀의 명령에 저항 없이 친절한 음성으로 반복했다.

"네, 도곡 하이팰리스로 안내하겠습니다."

차안에선 그녀와 20대를 함께 한 '누자베스 Nujabes'의 음악이 흐르기 시작했다.

30분쯤 후, 머릿속이 복잡했던 지온은 하필 다 와 근처에서 그만 길을 잘못 들어 버렸다.

"경로를 이탈했습니다. 잠시 후, 다른 경로로 안내하겠습니다."

지온은 자신이 무슨 정신으로 운전했는지조차 기억이 잘 나지 않았다. 하지만 결국 목적지에 도착했다. 지온은 연락을 준 관리소장에게 따로 전화는 하지 않았다. 그 누구에게도 자신이 그곳에 갔다는 사실을 알리고 싶지가 않았다. 지온은 차 안에서 잠시 지나가는 사람들을 살폈다. 긴장한 탓인지 목이 심하게 말랐다. 차 안에 두었던 에비앙 생수는 이미 빈 병이었다. 다행히 '추파춥스'가 몇 개 생수 병 옆에 있었다. 지온은 사탕을 하나 까서 입에 넣었다. 입안에 단침이 돌자 갈증이 조금은 해소된 느낌이었다. 저만치 커다란 장바구니를 든 여자가 보였다.

그녀가 주차장에서 승강기 안으로 들어가려고 유리문 앞에 카드키를 막 대려던 참이었다. 지온은 차에서 내리며 큰 소리로 그녀에게 물었다.

"저기요, 여기 비상구가 어디 있나요?"

여성은 잠시 머뭇대더니 지온을 살폈다.

"비상구요? 거긴 아무나 못 들어가는 덴데…….'

여자는 지온을 외면한 채 재빨리 유리문 안으로 들어가 엘리베이터를 타고 사라졌다.

10분 넘게 지하 주차장 안을 헤매고서야 지온은 겨우 비상구 계단을 찾을 수 있었다. 아해가 준 주소는 27층이었다. 쉽게 엄두도 못 낼 27층을 지온은 계단으로 올라갈 작정이었다. 폐쇄 공포증 따위는 없었지만, 언제부터인가 지온은 엘리베이터를 탈 수 없었다. 승강기 안에 있으면 안 좋은 생각이 떠올랐고, 떠오른 생각을 좇다 보면 알 수 없는 힘이 생각을 밀쳐 내었다. 짓눌려 흩어지는 생각을 지켜보는 불쾌한 감정이 싫었고, 생각 없는 생각이 그녀를 더욱 불안하게 만들었다. 지온에게 엘리베이터는 문명의 이기가 아니라 운명의 장난처럼 이상한 존재가 되고 말았다. 그래서 계단이었다. 인생은 뭐, 언제나 선택이니까.

앗, 이런……! 계단을 오르기 전, 지온은 신발을 내려다보았다. 그녀의 발등 위에서 사각형 버클 장식이 단아하게 반짝이고 있었다. 그날도 그녀가 즐겨 신는 '로*비비에르, 벨드 뉘' 블랙 스틸레토였다. 지온은 한 치의 망설임도 없이 구두를 벗어 들었다. 그리고, 맨발로 계단을 오르기 시작했다. 그녀는 런지 자세로 17층까지, 한달음에 올랐다. 18층부터는 속도를 조금씩 줄여 가며 호흡을 가다듬어야 했다. 페이스를 조절하며 26층까지, 드디어 목전이다.

"한 층만 더 올라가면 돼. 한 층만 더…….'

마침내 27층에 도착했다. 호흡이 턱까지 차올랐다. 이마는 비 오듯 흘러내린 땀으로 범벅이 됐다. 지온은 코트 소매로 이마의 땀을 톡톡 찍어 닦아 내었다. 그리곤 자신의 긴 생머리를 좌우로 크게 한번 흔들어 마음을 진정시킨 뒤, 바로 핸드백을 열어 렌즈가 검고 큰 '린다*로우' 선글라스를 꺼내어 썼다. 셋, 둘, 하나!
'띠~일꺽!'

지온이 천국의 문을 열었다.

3. 세렌디피티

앗, 쿵.

예상치 못한 상태에서 비상구 문이 열리자, 문에 기대고 있던 천국은 그대로 바닥에 나자빠지고 말았다. 그는 전기에 감전된 사람처럼 한동안 아예 미동조차 하지 못했다. 큰 대(大)자로 누워 있던 천국이 눈을 번쩍 떴다. 비상구 형광등 불빛이 그의 눈에 한꺼번에 쏟아져 들어왔다. 심하게 그의 눈이 부셨다. 깜짝 놀란 지온이 바닥에 쓰러진 천국을 내려다보며 물었다.

"앗. 괜찮으세요?"

그의 눈이 부신 까닭은 불빛 때문이 아니었다. 사람인 듯, 사람이 아닌 듯 뭔가 성스러운 기운이 그녀로부터 전해져 내려와 그 순간 천국의 두 눈을 그토록 눈부시게 하고 있었다.

"괜찮으신 거죠? 아저씨!"

'아저씨?!'

그때, 천국의 귀에 꽂힌 '아저씨'란 그녀의 그 한마디는 혼미했던 천국의 정신을 흔들어 깨워 다시 현실로 데리고 왔다.

'젠장, 아저씨라니, 스물 둘한테.'

중학생 때부터 또래보다 예닐곱 살은 족히 많아 보여서 '아저씨' 소릴 듣는 건 천국에게 예사로운 일이었다. 늘 아무렇지도 않은 척했지만 한참 예민한 사춘기 시절에는 노안 콤플렉스에 심하게 시달리던 그였다. 천국은 가까스로 허리를 세우고 앉아 무너진 자존심을 애써 추스르며 입을 열었다.

"여기 계단은 비상시에만 사용하셔야 합니다. 갑자기 이렇게 문을 여시면 곤란하죠."

자리를 털고 일어난 천국이 평소와 달리 퉁명스럽게 말했다.

"죄송합니다. 실례했어요."

지온은 선글라스를 벗고 천국의 눈을 똑바로 바라보며 건조하게 사과했다. 그리고 머리를 한 번 쓸어 넘긴 후 다시 선글라스를 고쳐 썼다. 그녀가 복도 안으로 여유 있게 걸어 들어갔다. 그녀는 보수적인 잉크 빛 롱코트 속에 강렬한 퍼플 컬러의 브이넥 캐시미어 스웨터를 입고 있었다. 그녀의 하얗고 긴 목이 브이넥 스웨터 때문에 더 도드라져 보였다. 천국은 그 자리에서 멀어져 가는 그녀의 뒷모습을 멍하니 바라보다 문득 뜨거운 피가 심장에서 배꼽 아래로 흐르는 걸 느꼈다.

'웃. 제발. 빨리 하고 집에나 가자, 천국아.'

천국은 비장한 각오로 방호복 지퍼를 끝까지 끌어 올렸다. 어느새 천국은 지온의 뒤를 따라 점점 더 빠르게 걷고 있었다. 그녀가 앞서간 자리에는 그녀의 옅은 잔향의 자욱이 남아있었다. 그것은 그날 천국이 맡은 냄새 중 가장 슬픈 냄새라고 해도 무방했다. 어디선가 한 번쯤은 맡아본 적 있는 무화과 향과 흡사하면서도 한편으론 매우 다른 이국적인 열매의 향이었다. 천국은 잠시만이라도 그녀의 냄새를 제대로 확인하고 싶었다. 하지만 그 독특한 체취는 천국의 뇌에 도달하기도 전에 흔적도 없이 서둘러 자취를 감추었다.

어느새 그녀 바로 뒤까지 따라간 천국은 순간 자신의 눈을 의심하지 않을 수 없었다.

'앗. 맨, 맨발이라니!'

그녀는 구두를 신지 않고 있었다. 걸을 때마다 검정 스타킹을 뚫고 나올 듯 그녀의 까치발 뒤꿈치가 희끗희끗 보였다. 지온은 한 손에는 백을 걸치고 다른 한 손에는 구두를 쥔 채 맨발로 사각사각 걸어가고 있었다. 한발 한발 걸을 때마다 그녀의 손에서 사각형 모양의 구두 버클 장식이 조금씩 반짝거렸다. 지온은 2701호 앞에서 걸음을 멈추었다. 천국도 그녀의 뒤에서 걸음을 멈추었다.

"뭐죠? 왜 저를……."

"혹시 유족이신가요?"

천국이 단도직입적으로 그녀에게 물었다.

"아……, 아뇨. 유족 아니에요."

그녀는 자신 없는 목소리로 대답했다. 그녀가 거짓말을 하고 있다고 느낀 천국은 그녀를 몰아세웠다.

"그럼, 여기 계시면 안 됩니다. 마스크도 안 쓰셨잖아요, 지금."

지온은 굳어진 표정으로 한발 옆으로 비켜섰다. 천국은 문을 열고 다시 안으로 들어갔다. 탁. 문이 닫혔다. '아, 똑같이 생겼어. 아까 그 사진 속 여자랑!' 갑자기 천국이 닫았던 문을 휙 하고 다시 열었다.

"앗."

이번엔 지온이 깜짝 놀라 뒤로 물러섰다.

"여기 사시던 분……, 아까 오전에 나가셨습니다."

"네?"

"돌아가셨다고요. 오늘 새벽녘에야 발견되셔서 아침에 경찰 다녀가고, 저흰 3시간 전에 여기 현장에 투입됐습니다. 연고자 따로 없으시다 들었는데……, 유족이시면……."

"아니라니까요, 유족."

그녀가 천국의 말을 자르자 잠시 암전 같은 침묵이 흘렀다. 그녀는 더 이상 버틸 자신이 없어 보였다.

"실례했어요."

그녀는 가볍게 목례를 하고 바로 돌아섰다.

"저기요."

그녀의 뒤통수를 향해 천국이 크게 소리쳤다. 그녀가 걸음을 멈추었다.

"거기 딱, 일 분만 있어요. 제가 드릴 게 있으니까."

천국이 금고 속에서 발견한 유품들과 사진 액자를 황급히 챙겨 다시 문을 열

39

고 복도로 나왔다. 얼마나 빨리 뛰어나왔는지 쓰고 있던 마스크가 벗겨져 눈을 가릴 지경이었다. 마스크를 재대로 고쳐 쓰며 천국이 그녀에게 가지고 나온 물건을 건넸다.

"저, 여기…… 앗."

그러나
그곳엔 이미 아무도 없었다.

4. 구독연애

그리고 꼭 1년이 흘렀다.

좁쌀 같은 싸라기눈이 내리고 있었다. 1년 새 천국의 삶은 낮과 밤이 완전히 뒤바뀌어 있었다. 밤에 일하고 낮에는 잠을 잤다. 천국의 밤은 낮보다 길었고 본능적이었으며, 필요 이상으로 생산적이었다.

연예 기획사들이 삼삼오오 모여 있는 청담동 뒷골목, 영동대교 진입로와 맞닿은 마지막 길목에 7층짜리 회색빛 신축 건물이 한강을 마주하고 있다. 건물 1층의 플라워 숍은 밤 10시가 넘도록 불이 꺼지지 않고 있었다. 가게 안에서는 젊은 남자가 커피를 마시며 누군가와 심각하게 통화 중이었다. 남자는 몰라보게 스타일이 확 바뀐 천국이었다. 적당한 길이의 머리카락은 제대로 그루밍되어 세련되었고 패션 전문가의 손길이 닿은 듯 연예인의 아우라 마저 느껴졌다. 천국은 쌩로* 블랙 라이더 재킷에 안 맞춘 척, 딱 맞게 블랙 진을 받쳐 입고 있었다. 거기에다 아무나 쉽게 소화할 수 없다는 블랙 가죽의 첼시 부츠까지! 그의 출중한 신체 조건은 확 바뀐 스타일에 더욱 빛을 발하고 있었다.

"뭐, 생일이 별건가. 응. 내가 더 많이 사랑하는 거 알죠? 고마워요. 잘 마실게. 응. 끊어."

겉보기에 번지르르한 그의 외모와는 달리 천국의 영혼은 그 빛이 거의 다 꺼져 가고 있었다. 그는 사랑을 말하고 있었지만 거짓이었고, 숨을 쉬고 있었지만 살아 있는 게 아니었다. 그는 천국이었지만 지옥이라고 불러도 좋을 만큼 스스로 비참했다.

사실 간판도 없는 그 꽃집은 제대로 가짜였다. 꽃을 사는 사람도 파는 사람도 없는, 그러나 꼭 진짜 같은 가짜 꽃집이었다. 그 꽃집은 한낮에는 굳게 닫혀 있다가 밤 11시가 되면 어김없이 불이 켜졌다. 꽃집의 내부 벽면에는 삼면이 모두 빌트인 투명 냉장고가 설치되어 있었다. 냉장고 안은 겨울이라곤 믿기지 않을 정도로 가득 찬 희귀한 꽃들로 생기가 넘쳤다. 하지만 그곳은 외부인의 동선을 거르는 일종의 위장 공간으로 같은 건물 7층 루프탑, 비밀 호스트 클럽으로 고객을 안내하는 리셉션일 뿐이었다. 고객들은 이 비밀스럽고 은밀한 곳으로 발을 들이기 위해 반드시 두 가지가 필요했다. 하나는 한도가 충분한 신용카드, 또 하나는 가짜 사랑을 감당할 수 있는 두꺼운 심장이었다.

7층 엘리베이터에서 내리면 두 사람이 나란히 걷기에도 비좁은 복도가 십여 미터쯤 이어졌다. 복도 끝에 다다르면 수동식 미니 회전문이 버티고 있었고 회전문 바로 오른쪽 눈높이에 정사각형의 작은 황동색 간판이 걸려 있었다. 마치 교토의 미슐랭 식당을 연상시키는 고급스러운 간판이었다.

시
벨
롬.

세로로 쓰인 명조체의 간판을 처음 봤다면 분명 피식하고 웃음이 터질지도 모르겠다. '시벨롬'은 어감상 쌍욕처럼 들릴 수도 있지만 프랑스어로 'Si bel homme, 미남자'를 뜻한다. 말 그대로 미남자들이 운영하는 회원제 호스트 클럽인 그곳에서는 돈 많고 외로운 여자들에게 '시벨롬'들이 그 어디에서도 누릴 수 없는 파격적인 유흥과 한정판 사랑을 제공하고 있었다. 천국은 그런 '시벨롬'에서 제일 잘 나가는 선수 중 한 명이 되어 있었다.

탁탁.
누군가 커다란 통유리 문을 두드렸다. 일랑이었다. 천국이 안에서 문을 열었다.
"웬일이야?"
"이랑이 호출 받고 왔지. 미역국은 먹었냐?"

"미역국은 무슨…….."

"새끼. 생일 축하한다. 이따 새벽에 한잔할래?"

"됐어. 일은 좀 어때? 이제 할 만하냐?"

"묻지 마라. 영원히 힘들어."

"왜? 아직도 냄새 때문에 고생하냐?"

"됐고, 뭐 먹을 거 좀 없냐?"

천국이 인터폰을 들어 주방에 전화를 넣었다.

"아, 이모님. 전데요, 북엇국 하나랑 김치 볶음밥 하나만 일 층에 내려 주세요."

천국은 전화를 끊자마자 바로 등 뒤에 빌트인 냉장실 문을 열었다. 긴 팔을 쓰윽 넣어 몇 번 더듬더니 꽃들 사이에서 와인 병 하나를 비집어 꺼내 보이며 일랑에게 물었다.

"마실래?"

일랑은 천국이 주는 음식이라면 그게 뭐든 맹신했다. 천국이 따라 준 술을 한 모금 마신 뒤 일랑의 두 눈이 휘둥그레졌다.

"뭐야? 뭔 와인이 이리 고소해?"

"맥주야, 임마."

"거짓말. 이게 맥주라고?"

"하여튼, 촌놈. 넌 혀도 부실해."

"그것만 튼실하면 된다. 우히히히히. 생일이라고 옥여사가 보낸 거냐?"

"오크통에서 숙성한 벨기에 수제 맥주라신다. 알고나 마셔."

"베, 벨기에? 유럽이냐? 훗. 역시 클래스가 다르군."

"비싼 술 안 반갑다."

"허긴, 술 보단 입금, 입금이 최고지."

옥여사는 천국의 고정 스폰서다. 옥여사의 나이를 정확히 아는 이는 아무도 없었다. 나이보다 엄청 젊어 보이는 거라고 추측만 할 뿐, 그녀의 진짜 나이는 천국조차 알지 못했다. 다만 시벨롬, 태리 사장으로부터 그녀가 명동 사채 시장에서 '옥여사'로 통하는 상당한 재력가라는 정보가 다였다. 천국은 태리 사장의 추천으로 '시벨롬'에서 일한 지 석 달 만에 옥여사를 자신의 고정 스폰서로 잡는 데 성공했다. 1년 동안 공식적으로 유효한, 그야말로 구독 경제 시대에 발맞춘 '구독연애'이었다. 진짜 사랑 따위는 아무리 찾아봐도 존재하지 않았지만, 로맨스의 실체는 구체적으로 살아 있는 생계형 연애였다.

만일 일 년이 지나서도 여전히 그 선수가 좋다면 스폰서는 선수의 동의하에 자동 연장을 요청할 수 있는 우선권이 있었다. 월 제공 금액에 따라 연애 기간 동안 선수는 월 몇 회 이상의 만남을 약속하고 스폰서의 취향에 맞는 데이트와 섹스를 제공한다. 물론 하기에 따라서는 고정 월 생활비 외에 추가로 용돈이나 쇼핑, 여행 같은 다양한 유흥도 지급될 수 있었다.

벨기에 수제 맥주 한 병을 거의 다 비울 무렵, 일랑의 주머니에서 휴대폰이 진동으로 움찔거렸다. 동생 이랑에게서 온 전화였다.
"뭐? 임마, 천천히 말해. 뭔 소린지 하나도 모르겠······."

띠띠띠띠.

그때 디자이너 '아베 치토 사카*'의 신상, 연회색 나그랑 캐시미어 코트를 입은 여자가 꽃집 유리문 비번을 야무지게 누르고 있었다. 여자는 익숙하게 가게 문을 통과하더니 거침없이 일랑을 향해 돌진했다. 동생과 전화 통화를 하고 있던 일랑은 그만 그런 그녀의 기세에 눌려 통화를 멈추고 말았다. 여자는 들고 있던 클러치를 테이블 위로 휙 신경질적으로 집어 던졌다. 그리고 찰싹! 일랑의 오른쪽 뺨을 그녀가 가차 없이 후려갈겼다.

"아니, 아줌마. 왜 이러세……."

"닥쳐. 아줌마라니! 너 그따위로 살지 마. 이 개자식아!"

뺨을 얻어맞은 일랑이 황당한 표정으로 천국을 돌아보았다. 천국은 눈을 질끈 감았다 뜨고는 자본주의 미소로 그녀를 달래 주듯 말했다.

"아, 미세스 문. 진정하시고……. 자, 말로 하시죠, 말로. 뭐 마실 거라도 좀 갖다 드릴까요?"

그러나 중재에 나선 천국의 그 어떤 말도 소용이 없어 보였다.

"그래도 십 프로쯤은 진심이라 믿었는데…… 흑."

미세스 문이라 불리는 여자는 울컥했는지 잠시 말을 삼켰다.

"십 프로도 못 해주니? 템프로 주제에! 진짜 끝이야, 이제."

여자의 목소리가 떨렸다. 진실을 말하고 있었지만 진심은 아니었다.

"내놔. 차 키."

영문을 전혀 모르는 일랑이 천국의 눈을 쳐다보자, 천국은 얼른 테이블 아래 서랍을 열어 두 개의 키를 들어 보이며 물었다.

"이 중에 어느 거였죠?"

"두 개 다야. 이리 내."

미세스 문은 할 말, 못 할 말들을 분리수거 하듯 쏟아 낸 뒤, 차 키 두 개를 꽉 움켜쥐고는 상심한 걸음으로 꽃집을 나가 버렸다. 동생, 이랑은 이 모든 상황을 일랑의 폰을 통해 실시간으로 듣고 있었다. 여자가 나가자 일랑이 폰에 대고 소리를 질렀다.

"야, 이 개새. 또 뭔 사고를 쳤어?"

"아냐, 형. 그냥 그 미친년이 또 오버하고 지랄하는 거라니까. 하, 돌겠네. 증말."

"너 당장 안 튀어 오지?"

"아, 형. 이번만 봐주라. 내가 스케줄이 꼬여서 그래. 출근 안 하면 가게에다

30만 원 빵 해야 하자나. 이따 마감 전까지는 들어갈게. 사랑해, 형!"
 툭. 일랑의 말이 끝나기도 전에 동생, 이랑의 전화는 끊어졌다.

 일랑과 이랑은 일란성 쌍둥이다. 둘은 늘 이런 식이었다. 그런데, 둘은 쌍둥이가 아니라 한 사람처럼 서로의 '분신'과도 같았다. 학교 다닐 때도 대리 출석은 물론, 마음만 먹으면 서로를 언제든 완벽하게 대체할 수 있었다. 시벨롬에서도 종종 일랑이 동생의 대타를 뛰어 주고 TC[04]를 닦아 쓰기도 했다. 하지만 이랑의 최측근인 태리 사장조차도 아직까지 그 사실을 전혀 알아채지 못했다.

 이랑과 일랑 그리고 천국, 이 셋은 초등학교 때부터 동네 친구였다. 이랑은 어릴 때부터 동갑인 천국을 꼬박꼬박 '형'이라고 불렀다. 이랑은 자기보다 나이가 훨씬 더 많은 손 위 선배에게조차 형이라는 호칭을 잘 쓰지 않았지만 형인 일랑이 천국과 먼저 친구가 되는 바람에 족보가 꼬이지 않는 차원에서 일찌감치 호칭을 그리 정리했다. 이랑은 평소 친형 일랑 보다도 천국이 자신의 라이프스타일과 훨씬 더 잘 맞는다고 생각했다. 이랑과 천국은 호스트바에서 함께 선수 생활을 하게 되면서부터 그냥 친구로 호칭을 재정리하기로 했다.

 아무튼 천국은 그래도 운이 꽤 좋은 편에 속했다. 아무리 재기를 겸비한 그 바닥의 출중한 선수라 해도 데뷔한 지 석 달도 안 되어 월 5백 이상의 안정적인 생활비를 꽂는 물주를 만난다는 건 모두가 부러워할 기적에 가까운 일이었다. 하지만 계약서도 안 쓰는 고정 스폰서십이라는 게, 말이 좋아 년 단위로 월 5백만 원이지 모든 게 불확실하기 짝이 없는 한시적 지원일 뿐이었다. 게다가, 고정 스폰서를 잡는 그 순간부터 시벨롬에서 받는 고정월급은 사라지고, 고정 스폰서가 팔아주는 술값의 50%를 영업비 명목으로 받는 것이 다였다. 그래서, 에이스 선수들은 고

---
04) 4) TC Table Charge 일명 팁. 손님이 선수에게 지불해야 하는 서비스 비용.

정 스폰서를 한 명에서 두 명, 심지어 두 명에서 세 명으로까지 늘려가려고 안간힘을 썼다. 그러나 말이 쉽지, 한 명도 벅찬 고정 스폰서를 두 명 이상 감당하기란 영혼이 가출하는 지름길일 뿐, 그 누구도 멀티 스폰서십의 결과는 좋지 못했다.

사라진 새엄마의 사채 빚으로 신체 포기 각서까지 써야 했던 천국에게 옥여사의 지원은 그야말로 가뭄의 단비와도 같았다. 처음 시작부터 옥여사가 천국의 사채 빚을 변제해 주기로 약속해 주었기 때문에 천국은 그녀에게 일정 기간 자신의 영혼을 담보 잡혔고 당분간 그녀에게만 집중하기로 결심했다. 그의 사생활 대부분은 그녀로부터 통제받았고 어찌 보면 그것은 당연한 이치였다. 세상에 공짜란 없으니까. 사실 따지고 보면 천국의 빚이 완전히 사라진 것은 아니었고, 그저 한 사채업자에서 또 다른 사채업자로 이관되었을 뿐. 당분간 신변의 위협 따위는 걱정하지 않아도 되었지만, 살얼음 위를 걸어가듯 언제 어느 순간 신체 한 부분 어딘가를 포기하는 것보다 더한 무언가를 옥여사를 위해 포기해야 할지도 몰랐다.

화류계에서 선수로서의 유통기한은 생각보다 짧다. 기껏해야, 신선도를 인정받는 전성기가 1~2년, 퇴물로 취급받지 않으려 발악하는 시간이 또 1~2년. 그렇게 길어야 3~4년이 전부다. 그 안에 팔자를 못 고친다면 출근해도 손님방에 잘 들어갈 수도 없는 게 그 바닥의 현실이었다. 대기실 반장 노릇이나 하다가 결국 이도 저도 아닌 게 돼 버려 그 바닥을 떠야 하는 게 화류계 생활이다. 접대부라는 직업이 영업 사원처럼 성격 좋아 성실하게 열심히 매진한다고 성공하는 일이 아니기에 시벨롬의 태리 사장과 에이스 선수들 간의 암묵적인 팀플레이는 무척 중요한 문제였다. 노동집약적으로 서로 상생해야만 그 바닥에서 살아남을 수 있었다. 다른 업소와 달리 '시벨롬'은 손님이 선수를 대놓고 지명하는 '초이스'나 그날 밤 바로 2차를 나가는 시스템으로 운영되지 않았다. 선수들은 자유롭게 30분 단위로 이 방 저 방을 옮겨 다녔고, 손님이 마음에 들어 하는 눈치를 보이면 오히려 선수가 손님에게 의중을 물어 계속 눌러앉아 있을지를 결정했다. 달리 말하면 선수가 손님을 '초이스' 하는 거다. 손님을 '초이스' 하는 데 성공한 밤이면, 선수는 이 방 저 방에서 나오는 자잘한 TC를 합한 것보다 몇 배 높은 고액의 지명 TC를 받을 수 있었다. 손님과 '케미'만 맞으면 낮에 이루어지는 은밀한 만남도 허락되었다. 손님에서 스폰서로 발전하는 것은 어디까지나 선수 하기 나름이었다. 태리 사장은 선수들의 가게 밖 만남을 적극적으로 밀어주었다. 모든 게 매출과 직결돼 있었으니까. 단 고정 스폰서로 발전하지도 못하면서 단순히 손님과 눈이 맞아 연애만하다가 출근까지 못 하는 날이면 어김없이 회당 30만 원의 벌금이 선수에게 부가되었다.

태리 사장은 에이스 선수들의 고객 관리는 물론 선수들 개개인의 개인적 애로 사항, 신상 문제까지도 연예인 기획사 대표처럼 철저히 상의하고 관리했다. 고정 스폰서를 못 찾는 선수들에게는 태리 사장이 직접 나서서 적극적으로 다리를 놓아 주었고, 스폰서에게는 소개비 명목으로 최하 년 5천만 원 이상의 가게 매출을 따로 보장 받았는데 보통은 1억 이상의 매출을 올려주곤 하였다. 최상위급 고객의 신상은 철저하게 비밀에 싸여있었으나 대부분 한때 성공한 여자 연예인이거나 동종 업계의 잘나가는 텐프로 여성이었다. 아주 드물게 평범한 가정주부도 포함돼 있었지만, 말이 가정주부지 실제로는 준 재벌급 이상의 건물주이거나 유명인의 아내였다.

천국은 차츰 '시벨롬' 안에서 벌어지는 온갖 탐욕과 추악함 속에서도 조금씩 안정을 찾아갔다. 아버지가 죽고, 새엄마가 자신을 버리고 떠났던 그 무렵, 선유도에서 난생처음 추악하고 기괴한 시체꽃 냄새를 맡으면서도 외려 안도감을 느끼며 그 자리를 거부할 수 없었던 바로 그때, 그 순간처럼……

밤 11시가 조금 넘자 1층 꽃집으로 태리 사장이 내려왔다.

"오늘 방미란 님 예약 있던데. 이랑이 네 고객이니까 특히 신경 써서 모셔라. 신규 VIP 회원 두 명 더 모시고 온다던데 혹시 누군지 미리 정보 좀 챙겼어?"

일랑이 무슨 말을 해야 할지 모르고 머뭇대자, 천국이 얼른 대답을 챙겼다.

"네, 형. 걱정 마세요. 리스트는 안 왔는데 동창 분들이시라니까 선수 한 명만 더 로테이션 돌리다가 분위기 봐서 자리에 앉힐게요."

"안 돼. 오늘은 그렇게 하면. 얼핏 이야기 들었는데, 이쪽에 자주 오는 여자들이 아니래. 게다가 이름만 대면 누군지 단번에 아는 여자들일 텐데……. 괜히 애들 돌리지 말고, 너희 둘만 붙박이로 앉아. 내가 적당한 타이밍에 들어가서 분위기 볼게. 오늘 룸 안에서의 일은 절대 철통 보안 유지해 주고……. 발렛한테 밖에 기자들 없는지 주변 단도리도 좀 부탁한다. 알았지? 그럼 나 잠깐만 나갔다 온다."

태리 사장이 천국과 이랑의 탈을 쓴 일랑에게 눈에 힘을 주며 계속 말했다.

"야, 근데 이랑이 너 오늘 얼굴이 왜 그냐? 컨디션 조절 안 하지?"

하루 종일 일하다 와 피곤에 절어 있는 일랑의 낯빛에 못마땅하다는 듯 태리 사장이 인상을 구긴 뒤 꽃집 문을 열고 나갔다. 가게 앞에는 그의 성공을 증명하듯 노란색 람보르기니가 그를 요란스럽게 마중하고 있었다. 그는 지진이 날 것 같은 시끄러운 굉음을 남긴 채 그 차와 함께 어디론가 이내 붕 사라져 버렸다.

"차 소리 쥑인다. 그치, 천국아."

"뭐가 쥑이냐? 난 시끄러워 죽겠다."

그때, 람보르기*가 빠져나간 그 자리로 카키색 벤* G바겐 한 대가 후진으로 천천히 들어왔다. 잠시 후, 차에서 여자 두 명이 내렸다. 한 여자가 고개를 갸우뚱하며 휴대폰으로 주소를 확인하는 듯 보였다.

"이상하네. 분명 여기가 맞는데……."

"미란이한테 문자 좀 해 봐. 아해야."

"아, 여기래. 꽃집으로 들어가래."

51

"뭐야, 이 밤에 웬 꽃집?"

"몰라, 나도. 걔가 언제 설명하디? 지 맘대로지. 항상."

지켜보고 있던 일랑이 자리에서 벌떡 일어나 문을 열며 인사를 건넸다.

"추워요. 어서 들어오시죠."

어색한 표정으로 인사를 받는 둥 마는 둥 하다 아해가 자신 없는 목소리로 물었다.

"저, 11시 예약…… 인데요."

"네. 올라가시죠."

일랑이 엘리베이터 단추를 꾹 눌렀다.

"아니…… 한 명 더 오면, 그때 같이 올라갈게요."

지온이 정중히 거절한 뒤 플라워 숍 안을 쓱 둘러보았다. '앗, 저 목소리는……' 냉장고에서 꽃을 꺼내려던 천국의 얼굴이 갑자기 굳어졌다. 세상이 온통 '음소거' 처리된 것처럼 아무것도 그의 귀에 들리지 않았다. 어느새 냉장고에 있는 그 어떤 꽃보다도 더 강렬하고 이국적인 그녀의 향기가 천국의 주위를 압도하고 있었다.

벌써 1년이 흘렀다.

많은 것들이 변해 있었다. 천국은 그중에서도 자신이 가장 변했다고 생각했다. 하지만 그 이국적 향기에 다시 또, 천국은 뜨거운 피가 심장에서 배꼽 아래로 흐르는 걸 느꼈다.

그녀를 향한 천국의 본능은 변한 게 하나도 없었다.

5. 선수 입장

"야, 내 친구들 왜 여기다 세워 둬? 이것들이 빠져 가지구. 싸이즈 딱 나와, 너네!"

오 분 늦게 도착한 방미란이 분위기를 휘어잡으며 꽃집 안으로 들어섰다. 어색했던 실내 분위기가 삽시간에 녹아내렸다.

"앗, 죄송합니다. 여기서 기다리신다고 해서……."

천국이 변명하듯 대답했다.

"됐고. 천국이 너, 오늘 각오해."

미란이 앞장서 엘리베이터에 오르자 그녀의 기세에 눌려 남은 사람들도 우루루 엘리베이터에 따라 올랐다. 하지만 지온은 엘리베이터 앞에 우두커니 서 있었다.

"먼저 올라가. 너무 좁아."

그녀는 엘리베이터 문이 빨리 닫히길 기다리는 사람 같았다.

"아, 나랑 같이 가."

아해가 재빨리 엘리베이터에서 내리려 하자 "아, 제가 모실게요." 키가 아주 큰 천국이 아해의 어깨를 가볍게 누르듯 잡은 뒤 혼자 앞서 내렸다.

"그럼 위에서 봐."

엘리베이터를 잡고 있던 방미란은 닫힘 버튼을 바로 눌렀다.

"미스터리야, 진짜. 폐쇄 공포증 모 그런 것도 아니라며. 다 멀쩡하다가 꼭 남자들 앞에서만 저러는 건 뭐니?"

아해와 일랑은 짜증 섞인 미란의 목소리를 못 들은 척, 각자 다른 방향을 응시하고 있었다. 세 사람은 마치 오늘 처음 엘리베이터에서 만난 사람들 같았다.

"여기, 계단이 어디죠?"

꽃집에 단둘이 남은 지온이 천국에게 물었다.

"이쪽으로 오세요. 누나."

천국이 지온의 등에 자신의 왼손을 가볍게 대어 지온을 안내하려 하자 그녀가 몸을 획 틀었다. 민망해진 천국의 손이 허공에서 주먹을 쥐었다.

"그쪽, 선수 맞아?"

"네? 네. 선수 맞는데요."

"누나라니, 아마추어같이. 나랑 몇 살 차이도 안나 보이는데."

나이 이야기에 천국은 뜨끔 했다.

"앗, 죄송합니다. 호칭, 뭐라 부를까요?"

"몰라. 이미 늦었어."

천국은 꽃집 뒤편 비상계단으로 지온을 안내했다. 사실 그 계단을 이용하는 사람은 거의 없었다. 계단 입구는 칠흑 같았다. 천국이 오른손 바닥으로 벽을 먼저 훑었다. 스위치를 찾을 수 없었다. 어느 정도 어둠에 눈이 익숙해지자 지온은 천국을 따라 천천히 어두운 계단을 오르기 시작했다. 천국은 오늘은 뭔가 일이 꼬일 것만 같은 안 좋은 예감이 들었다. 긴장한 탓인지 천국의 후각은 극도로 예민해졌다. 계단을 오르는 동안 바닥에서 올라오던 쾌쾌한 콘크리트 냄새는 지온의 혼곤하고 몽롱한 냄새에 서서히 밀려나고 있었다. 수십 개의 체취가 한꺼번에 천국의 코끝으로 전해졌다. 음과 양, 소외된 것과 귀한 것, 더러운 것과 고독한 것들이 만나 하나가 되어 습하고 어두운 그곳에 스며들고 있었다.

4층 계단을 돌 때쯤, 조금씩 간격이 벌어지던 지온의 모습이 보이질 않았다. 천국은 잠시 걸음을 멈추고 지온을 기다렸다. 아, 맞다. 천국은 얼른 주머니에서 휴대폰을 꺼내 손전등 기능을 켰다. 또각또각…… 계단을 밟는 그녀의 구두 소리가 가까워졌다. 잠시 후, 불빛 안으로 지온이 들어오자 천국은 그녀에게 손을 내밀었다.

"이름이?"

손을 잡는 대신 지온이 그에게 물었다.

"천국입니다."

지온의 얼굴에 묘한 미소가 번졌다.

"미안, 비웃는 거 절대 아니니 오해 마."

"상관없어요."

천국은 담담하게 답했다.

"이름 좋네. 무시무시한 계단보단 천국의 계단이 훨얼 낫지."

"……."

지온은 '천국'이란 그의 이름이 당연히 업소 예명일 거라 멋대로 짐작했다. 승부욕 있는 지온이 천국보다 더 빨리 계단을 오르기 시작했다. 천국은 그녀의 발끝에 휴대폰 손전등을 비추며 뒤따라 올라갔다. 한발 한발 계단을 오를 때마다 그녀의 발에서 사각형 구두 버클이 반짝거렸다.

천국이 VIP 룸 문을 조심스레 열자 지온이 먼저 안으로 들어갔다. 그새 미란이 일랑의 무릎 위에 올라앉아서 메뉴를 보고 있었다.

"사장은? 너네 정말 이러기야? 오늘 내 친구 생일이라고. 이런데 절대 안 오는 앤데……. 너네 나 가오 빠지게 정말 이럴래? 좋은 말로 할 때 당장 가서 태리 사장 불러 와."

미란이 일랑의 무릎에서 흔들 목마를 타듯 위아래로 흔들어 대며 '컴플레인'을 걸고 있었다.

"미란아. 일 절만 해. 너 별로야. 지금."

지온이 소파에 앉으며 미란을 자제시켰다.

"지지배. 꼭 저래."

미란은 일랑의 무릎에서 내려와 자세를 고쳐 앉은 뒤, 그의 귀에 대고 속삭였다.

"낯설다, 자기, 오늘. 까불지도 않고. 원래이랬어? 자본주의 미소 좀 보여 줘 봐."

이랑을 두 번밖에 본 적이 없던 미란은 일랑을 이랑으로 완전히 착각했다. 그 와중에 천국은 태리 사장에게 긴급 문자를 넣고 있었다. 다행히 태리 사장으로부터 바로 답변이 왔다.

"저, 태리 형, 곧 올라오신대요."

천국이 보고하듯 미란에게 말했다. 그러자 기분이 살짝 풀린 듯 미란이 천국을 보며 말했다.

"그럼 돔페리*! 서비스 오케이?"

"오케이!"

썰렁했던 분위기가 조금씩 살아나기 시작했다. 방미란과 일랑이 거의 다 마셨다지만 네 사람이 샴페인 3병을 비우는 데 20분도 걸리지 않았다. 추가로 샴페인 4병이 또 들어왔다. 샴페인 뒤로 태리 사장이 셔츠 앞섶을 풀어 헤치고 만세를 부르며 따라 들어왔다. 다행히 태리 사장은 미란의 눈치를 살피느라 경황이 없어 일랑을 알아보지 못했다. 일랑이 동생 이랑에게 문자를 보냈다.

[지금 감당 안 됨. 딱 1시간만 룸에서 있다 사라질 거니까 그다음은 너 알아서 하든가.]

[쏘리, 나 1층. 지금 나와. 화장실에서 웃옷만 바꿔 입자. 선수 교체.]

"저, 화장실 좀"

거머리처럼 놓아 주지 않는 미란에게 일랑은 겨우 양해를 구했다. 일랑은 천국의 '어디 가?' 하는 표정을 못 본 척하며 룸을 슬쩍 빠져나왔다. 일랑이 나가자마자 바로 옆방에 있던 순철 선수가 태리 사장의 특명을 받고 투입되었다. 태리 사장보다 나이는 많지만 그 바닥에선 노래 하나로 죽은 테이블 위에 꽃을 피운다는 그였다. 듬직하고 두툼한 그가 방으로 들어오자, 모두가 신기하다는 표정으로 그를 바라보았다. 하지만, 순철은 개의치 않고 들어오자마자 바로 마이크를 잡았다. 태리 사장이 번호를 눌렀다.

짠 짠 짜 잔 짜라라라 짠짠 짜.

반주가 흘러나오자 갑자기 그가 집개손가락으로 지온의 얼굴을 탁 가리키며 큰소리로 외쳤다.

"아가씨. 잠깐만!"

앗. 뭐지. 지온이 어색 해하며 고개를 벽 쪽으로 돌리자, 천국이 지온을 가볍게 안으며 순철 선수의 부담스러운 시선을 막아 주었다.

"오빠 아직 싸라 있다. 나 아직 싸라 있어. 은빛 정열의 싸. 나. 이."

착착착. 착착착. 좌삼삼. 우삼삼, 현란하게 골반을 흔들며 왔다리 갔다리, 순철의 노래가 시작됐다.

"짜란다. 꺄~!"

진짜다. 죽은 테이블의 분위기가 다시 살아났다.

숨이 차 못 뛰는 게 아냐
여유가 있어 그래
세상에 맞서는 법도 알거드으으은
밤거리 찬란한 불빛이 외~에에면 한다 해도~
그래, 오빠 아직 살아 있다
가슴이 불타는 정열의 싸. 나. 이. 헛!

모두가 자리에서 박수를 치며 리듬에 맞춰 몸을 흔들었다. 그만큼 순철의 노래는 신명이 났다. 노래에 진심인 순철은 노래가 끝나자 성시경의 '두 사람'을 연거푸 불렀다. 모두가 눈을 감고 그의 감미로운 목소리에 몸을 실었다. 지온도 천국의 품에 자신의 몸을 슬며시 기댔다. 천국은 지온을 품 안에 더 가까이 안았다.

때로는 이 길이 멀게만 보여도
서글픈 마음에 눈물이 흘러도
모든 일이 추억이 될 때까지

우리 두 사람
서로의 쉴 곳이 되어

서툴고 또 부족하지만
언제까지나 네 곁에 있을게
모진 바람 또 다시 불어와도
우리 두 사람
저 거친 세월을 지나가리

노래가 끝나자 신이 난 방미란이 자기도 노래를 불러야만 한다며 테이블 위에 요염하게 걸터앉았다. 이번에도 태리 사장이 번호를 눌렀다.

사는 게 의미가 없어
왜 자꾸 힘 빠지는 건지
나나나 지금 뭔가 반전이 필요해
한 컷 두 컷 나만의 액션 만드는 거야
레디 큐!

큐 사인이 떨어지기가 무섭게 언제 벗었는지 미란이 니트 밖으로 꺼내 올린 브래지어를 리듬에 맞춰 빙빙 돌리며 노래를 부르기 시작했다. 꺄~악. 룸 안의 수컷들 모두 일제히 환호성을 질렀다. 디 따리라리 디 따리라리 후렴구가 나오자 모두 자리에서 일어나 같이 춤을 추기 시작했다. 분위기가 절정에 달하자 모두가 따라 함께 외쳤다.
 "쉿 레디 큐. 쉿 레디 큐. 쉿 레디 큐."

노래가 끝나기를 밖에서 기다리던 이랑이 타이밍을 딱 맞춰 룸 안으로 들어왔다. 그의 손에는 생일 케이크가 들려 있었다. 미란이 특별히 주문 제작하여 마련한 지온의 생일 케이크였다. 지온의 취향을 고려한 심플하고 럭셔리한 새빨간 체리 빛 치즈 케이크였다. 골드와 실버 초콜릿으로 딥핑 된 왕방울만 한 체리 두 개가 숫자 '1' 생일 초를 사이에 두고 가지런히 올라가 있었다. 천국이 리모컨으로 생일 축하 노래를 찾아서 켰다. 모두 일어나 함께 생일 노래를 불러 주었다. 지온은 쑥스러운 듯 백에서 검정색 선글라스를 꺼내 쓰고는 생일 노래가 다 끝날 때까지 선글라스를 벗지 않았다. 마침내 축가가 끝나자 지온은 마지못한 척 일어나서는 선글라스를 이마에 올린 후 촛불을 세게 불었다. 그리고 숫자 '1' 생일 초를 케이크에서 빼내어 등 뒤로 휙 던져 버리고는 큰소리로 외쳤다.

　　"서른아홉? 흣 내 나이가 어때서!"
　　"니 나이가 어때서!!!"
　　아해와 미란이도 함께 외쳤다. 여자 셋이서만 '러브 샷'을 했다.

　　지온과 아해는 초등학교 동창이었지만, 미란은 아니었다. 지온과 미란은 10살 때 같은 발레 학원을 다니면서 친구가 되었다. 엄밀하게 따지면 아해는 지온을 통해 미란과 친구가 되었다. 지금껏 수십 년간 세 사람 사이에서 균형을 잡아 온 건 언제나 아해였다. 이제 생일이 아니면 셋이 한자리에 모이기도 어려운 나이가 되었지만, 지온이 고등학교 졸업 후 미국 유학을 떠나기 전까지 세 사람은 분명 절친 중 '절친'이었다.

　　"동안이시네요, 진짜."
　　지켜보던 천국이 믿을 수 없다는 듯 지온을 보며 말했다.
　　"자긴 몇 살이야?"
　　천국은 씁쓸하게 웃으며 그녀의 눈을 피했다.

"와, 근데, 누나 이 케이크 완전 섹시! 꼭 불알 가타, 장식이."

이랑은 미란의 브래지어를 머리에 쓰고 휴대폰으로 세 사람의 사진을 찍어 주다가 장난기가 발동하자 농을 던지기 시작했다.

"오늘이 내 불알친구 생일이니까."

미란은 이랑의 머리를 헝클이며 말했다.

"어후, 이제야 너 같네. 나한테 공사 치는 줄 알았지 뭐야. 암튼, 너네 오늘 확실히 해. 여기 오늘 내 생일자 친구가 말야, 알지? 키네틱 우먼. 정말 어마어마한 빤쓰 누나거든!"

"하이테크 기능성 웨어라고 해줄래? 제발."

한껏 추켜세워진 지온은 기분이 나쁘지 않은지 미란의 말을 넙죽 받았다.

"어쩐지, 포스가 달라 보이시더라구요. 한잔 주세요. 유 대표님."

약삭빠른 태리 사장이 잽싸게 명함을 꺼내 지온의 앞에 내려놓은 후 자신의 빈 술잔을 지온에게 들이대었다. 지온이 태리 사장에게 술을 따라 주며 말했다.

"방미란, 넌 왜 데뷔한 지가 벌써 십 년인데, 방송용 미담 하나가 없니?"

지온의 한마디에 미란의 얼굴이 싸늘해졌다.

"뭐?"

미란이 정색을 하며 허리를 곧추세우고 앉았다.

"나쁜 년이잖아. 너."

천국과 이랑도 동시에 허리에 기합이 들어갔다.

"한결같이 나쁜 년! 그래서, 난 미란이 널 사랑해!"

아해가 두 사람을 보다가 마시던 샴페인을 뿜었다.

"안 본 눈 어디서 사? 고딩이니, 너네?"

6. 진실 (하지 않은) 게임

분위기가 무르익자 태리 사장의 영업이 본격적으로 시작됐다. 순철 선수는 언제 나갔는지 자리에 없었다. 그러나 그가 없어진 걸 태리 사장 빼고는 아무도 눈치 채지 못했다.

"지나씨랑은 완전 다르시네요. 언니 되시죠?"

"지나? 유지나? 사장님이 내 동생을 어떻게 아시지?"

지온이 고개를 돌려 미란을 쳐다보자, 미란은 시치미를 뚝 떼며 얼버무렸다.

"나랑 몇 번 왔었어. 이혼하고 하도 우울해 하길래. 너, 니 동생한테는 관심 1도 없잖아."

"아, 너랑 지나랑 둘이 그런 사이였어? 난 또 몰랐네."

지온이 의외라는 표정을 지으며 샴페인을 한 모금 마셨다. 이랑은 기분이 상한 미란에게 말린 무화과 안주를 입에 물어 그녀의 입속으로 집어넣었다. 미란은 키스하듯 안주를 받아먹었다. 아까부터 겉돌던 아해에게도 태리 사장이 무화과를 권했다. 아해는 싫다며 고개를 저었다.

"왜 안 드세요?"

"그냥 둬, 걔 비건이야"

지온이 대신 태리 사장에게 말해 주었다.

"비건? 채식주의자?"

태리 사장이 놀라며 물었다.

"난 아니야. 난 미테리언. 알지? 난 남자랑 고기 절대 못 끊어. 호호호"

미란이 이랑에게 기대어 음탕하게 웃었다.

"근데 비건이랑 무화과랑 무슨 상관? 무화과는 과일 아닌가?"

이랑이 고개를 갸우뚱하며 무화과를 집어 잠시 쳐다보다가 입에 넣고는 껌처럼 질겅질겅 씹었다.

"꽃이 말야, 열매 안에서 펴어허."

술이 취한 아해는 발음이 샜다. 물론 그녀는 그것을 느끼지 못했다.

"진짜 요만한 좀벌들이 자기보다 훨씬 더 작은 꽃 턱을 뚫고 들어가서는 그 안에서 그야말로 열정적인 사랑을 나누지."

"오~ 이케요?"

이랑은 미란의 허벅지에 자신의 허벅지 바깥쪽을 비비며 아해에게 물었다.

"응 바로 그케. 후후. 그러면 몸에 달라붙은 꽃가루가 여기저기 막 엉키면서 자연스럽게 수분이 돼. 그러고 나서 암컷은 알을 낳고 할 일을 다 했으니까 이제 거기서 나가지. 알을 낳고 나니까 아주 몸이 날씬해졌거든. 근데 그 안에서 사랑만 나누고 꿀만 빨던 숫벌은 어떻게 됐을까? 뚱뚱해져서 절대 그 구멍 밖으로 못 빠져나오고 그 안에서 죽는다고."

"어. 왜 수놈만 죽어. 새드앤딩이네."

태리 사장이 절망적인 목소리로 말했다.

"자연의 섭리니까……. 암튼 지금 우리가 먹는 바로 요부분이 무화과의 꽃이고, 껍질이 꽃받침. 알겠쪄? 여러분, 유기농이 좋다지만 무화과를 유기농으로 먹는 거는 절대로 비추! 먹다가 벌이 씹힐 수도 있거든. 그래서 나 같은 비건은 무화과 잘 못 먹어. 아니, 먹으면 안 돼, 절대로……"

술이 취했어도 아해는 나름 또박또박 중학교 생물 선생님처럼 설명했다.

"우와, 이 누나 진짜 유식하다. 쩝쩝 박사시네."

짝짝짝. 이랑은 감탄해 마지않으며 박수를 세 번 쳤다. 그러자 미란이 이랑의 고개를 잡아 자기 쪽으로 돌리며 경고했다.

"넌 나만 바라봐. 알겠지?"

"넵."

"박수도 치지 마. 딴 여자한테."

"넵. 넵."

이랑이 짧고 확실하게 대답하며 고개를 끄덕이더니 애교 섞인 목소리로 미란에게 말했다.

"그니까, 누나. 사지 말고 입양 좀 하라니까."
"입양? 뭘? 너?"
"응, 나"
"입양은 부담스러."
"부담스러? 내가?"
"구독할래. 요즘은 그게 대세더라. 그치 지온아, 아닌가?"

천국과 지온은 미란의 말을 듣고 있지 않았다. 둘은 서로에게 너무나 집중하던 참이었다. 천국이 조심스럽게 지온에게 물었다.
"혹시 그쪽도 비건이세요?"
"노. 난 간헐적 채식주의."
"네? 간헐적…… 연애주의?"
"마셔!"
지온은 어색한 미소를 지으며 샴페인 잔을 천국의 잔에 부딪쳤다.

결국 모든 선수들은 돈 때문에 만나고, 돈 때문에 떠난다. 시벨롬에 드나드는 여자들에게 가짜 명품으로 치장하는 것은 수치스러운 일이었지만 가짜 사랑을 구하는 데에는 당연하고 당당했다. 그것은 마치 '당근 마켓'에서 리셀을 하는 것처럼 습관적이고도 쿨했다. 누군가에게는 유효기간이 다 한 사랑일지라도 또 다른 누군가에게는 충분히 리사이클링이 될 수도 있었다.

지온의 서른아홉 번째 생일을 빙자해 여섯은 그날 밤 그렇게 계속 술을 마셨다. 지온은 잠시 어디 갔다 온 사람처럼 정신이 혼미했다가 서서히 돌아오고 있었다. 천국은 습관처럼 계속해서 룸 안에서 생성되는 이러저러한 냄새를 코로 쫓고 있었다. 이랑은 일랑과 문자를 몰래 주고받다가 미란에게 걸려 야단을 맞고

의기소침해 있었고, 아해는 여전히 꿔다 놓은 보릿자루처럼 혼자서만 술을 마셨다. 술김에 무화과도 몇 개 집어 먹었다. 태리 사장은 그날의 가게 매상을 휴대폰으로 보고 받고 있었고 슬슬 자리를 정리하고 싶어 머리를 굴리는 중이었다.

더 마시면 필름이 끊기겠다 싶었는지 방미란이 모두에게 선언하듯 말했다.
"오늘 먼저 일어나기 있기 없기? 다 같이 끝까지 함께 가는 거야, 알았지?"
"감자탕 오케이?"
이때다 싶어 태리 사장이 맞장구를 쳤다.
"자, 그럼 여기서 나가기 전에 우리 술도 좀 깰 겸 침목 도모 차원에서 진실 고백 한 가지씩 어때? 딱 30초씩만. 대신 진짜, 진짜 솔직하기."
미란이 뜬금없이 진실 게임을 제안하자 지온이 그 제안을 받으며 말했다.
"오늘은 내 생일이니까 내가 순서 정할래."
그렇게 얼떨결에 30초 진실의 순간이 찾아왔다. 입구 쪽에 앉아 있던 태리 사장이 제일 먼저 지목됐다.
"저는 제 영업 비밀 하나 깔게요. 실은 제가 낮에 사업이 하나 더 있어요. 한, 삼 년 됐는데, 바디 프로필 스튜디오를 역삼동에서 운영하고 있씁니닷. 헤헷."
"야, 그게 무슨 고백이야. 그냥 홍보잖아. 하나 더 까. 아님 바지를 내리든가."
미란이 불만스러운 목소리로 태리 사장에게 말했다.
"에이, 끝까지 들어보세요, 지금부터 제가 바프 스튜디오를 하는 그 진짜 이유를 깐다니까요. 그게 제 30초 진실이에요."
룸 안에 모두가 귀를 세우고 태리 사장의 말을 듣고 있었다.
"사실 그 바프 스튜디오는 그냥 형식상 하는 거구요. 그걸 빙자로 거기 오는 애들을 여기 시벨롬으로 캐스팅하고 있다고요. 나름 빅픽처라니까. 이랑이도 거기서 처음 만났죠. 사진 찍으러 왔는데 녀석이 성격도 좋고 페이스도 아주 괜찮길래 바로 딱 캐스팅했죠. 헤헷."

"그리고, 바로 천국이, 이놈을 제가 딱 캐스팅! 저 잘했죠? 태리 형!"

타이밍을 놓치지 않고 이랑이 잽싸게 끼어 들었다.

"아, 전우애 그만 불태우시고요, 자, 다음은 이랑씨가 진실해질 차례."

지온이 이랑에게 바통을 넘겼다.

"사실 전 프로 골프 선수였어요."

"대박. 진짜?"

미란이 화들짝 놀라며 물었다.

"다쳐서 이제 프로로는 못 뛰지만…… 그래도 아직 싱글입죠."

"그래도 아직 선수는 선수지."

태리 사장이 흐뭇하게 말했다.

다음은 아해 차례였다.

"내 첫 키스는……."

키스라는 단어에 모두가 귀를 쫑긋 세웠다.

"내 첫 키스는 바로 지온이었어."

아해의 고백에 모두가 허탈해 했다.

"어후 뭐야, 둘이! 너무 섹시 하잖아."

이랑이 입맛을 다시며 말했다.

"내가 키스에 좀 진심이었거든. 중3 때였나? 그치 지온아, 너 기억나?"

"응. 고등학교 들어가서도 연습한다고 더러 했었어. 딥키스. 덕분에 아주 늘었지, 안 그래?"

그러자 태리 사장이 손을 저으며 단호하게 말했다.

"에이 너무 약해, 약해. 다른 거 하나 더 고백해 봐요. 하나 더, 아해씨."

아해가 잠시 생각을 하더니, 비장한 표정으로 고백을 추가했다.

"있잖아, 난 비건 셰프지만 가끔 고기가 먹고 싶기도 해."

아해의 진실에 모두가 진심으로 웃었다. 그런데 갑자기 당사자인 아해는 울기 시작했다.

"우리 아해, 많이 취했네. 괜찮아, 아해야. 고기 먹고 싶으면 먹음 되지. 뭐가 문제야."

지온이 자리에서 일어나 아해 옆으로 가더니 그녀를 옆에서 안아 다독거렸다.

"안 돼. 한 번 정했으면 정한 대로 해야지. 난 그럴 수 없어. 난 절대로, 절대로, 고기를…… 먹지 않을…… 거야."

술에 취한 아해가 고집스럽게 말했다.

"그러시든가. 아해 쟤가 아주 일관성이 있다니까. 자, 다음은 내 차롄가?"

지온의 지목을 받지도 않았는데 미란은 스스로에게 30초를 부여했다.

"실은 나, 웃지 마. 음…… 난 취미가 다이어트고 특기가 요요야. 나 사실 다이어트 업체랑 지금 광고 콜라보 중인데 요요가 또 와서…… 실패하면 위약금 물어줘야 하는데, 그러기 싫어서 몰래 지방 흡입 수술 또 했어. 나 연예인이니까 입단속들 잘해, 알았지?"

미란의 고백은 어디부터 진실이고 어디까지가 아닌 건지 구분이 잘 안 됐지만 어딘지 모르게 짠하게 느껴졌다.

"대충 살고 싶어서 열심히 사는 놈, 천국입니다. 네, 본명이 천국 맞고요. 성이 천, 이름이 국입니다."

가만히 듣고 있던 지온이 혼잣말로 중얼거렸다.

"이런……, '토니 타키타니[05]'네."

천국은 자신의 고백을 이어갔다.

"아, 여기는 영업 방침상 초이스도 없고, 가명도 없습니다. 그래서 모두가 본명을

---

05) **토니 타키타니** 무라카미 하루키의 단편소설로 2005년 최초로 영화화되었는데 고독한 한 남자와 쇼퍼홀릭 여성과의 기발한 러브스토리이다. '토니 타키타니'는 남자 주인공의 이름이며 이 영화의 시작은 '토니 타키타니의 진짜 이름은 정말로 토니 타키타니였다'라는 남성의 독백으로 시작한다.

씁니다. 여기 태리 사장님도 본명 맞으십니다. 그쵸, 형?"

"암만, 클 태, 이로울 리, 고 태립니다."

태리 사장이 장단을 맞췄다.

"VIP 고객님들만 모시니까 로테이션 지정 실명제!"

"나이는 몇 살이야?"

지온이 또 나이를 물었다.

"몇 살처럼 보여요?"

망설이던 천국이 대답 대신 지온에게 되물었다.

"글쎄, 설마 태리 사장님이 더 아래?"

지온의 말이 끝나기 무섭게 태리 사장이 뒷목을 잡으며 말했다.

"난 말 못 해. 본인이 본인의 입으로 직접 까시죠."

"서른 셋······" 천국이 입을 열었다.

지온은 '내 짐작이 역시 맞았어'하는 표정으로 고개를 끄덕였다.

"······처럼 보이는 스물 셋입니다. 저 아저씨 아닙니닷."

"야, 나도 아저씨 아니거든"

진짜 서른셋인 태리 사장이 천국의 코에 땅콩을 던졌다.

"서른셋! 이 아니라, '서른셋'처럼 보이는 '스물셋'이란 말이지? 아, 근데 그래도 그건 아해랑 나 빼고 이미 다 아는 사실이니까 다른 거 하나 더 까세요."

지온은 천국에게 추가로 30초 진실을 요구했다.

천국이 조금 주저하다 입을 열었다.

"실은 여기서 일하기 전에 유품 정리 용역 사업을 했었어요, 얼추 한 2년 반 정도."

천국은 자신을 응시하는 지온의 시선을 느낄 수 있었다.

"근데······ 그 일이 마무리를 후각으로 해야 하는 작업이어서······ 그러다 보니, 한 번 맡은 냄새는 잘 안 잊어버려요."

천국의 이야기를 듣고 있던 지온의 눈이 반짝였다.

"아무나 하는 일 아니라던데, 힘들지 않았어?"

지온은 작은 목소리로 천국에게 물었다.

"아뇨, 태권도보다는 쉬었어요."

"태권도?"

"주니어 국가 대표 선수까지 한 놈이라니까요."

이랑이 진심으로 자랑스럽게 천국을 치켜세우며 말했다.

"정말? 멋지네."

지온이 반색하자 태리 사장도 거들었다.

"천국이 쟨 진짜 개 코에요."

"개 코?"

지온이 나란히 앉아 있는 천국을 보며 계속 말했다.

"나도 한 코 하는데. 그럼, 지금 나한테 무슨 냄새 나?"

"야, 너 말 잘해야 돼, 지금. 지온이 코도 장난 아니거든. 요즘 섬유 유연제 만든다고 프랑스 조향사까지 섭외해서 난리 부르스거든."

듣고 있던 미란이 끼어 들었다.

"아, 저 근데 전 향수 브랜드 이름 같은 건 잘 모르는데……."

"그런 건 몰라도 돼. 그냥 지금 나한테 어떤 냄새가 나는지 물어보는 거야."

"무화과!"

천국이 일 초의 망설임도 없이 그녀에게 말했다.

"뭐야. 지온이 너, 오늘 무화과 너무 먹었나 보다."

미란이 웃으며 말했다.

"아냐. 있어 봐, 방미란. 계속 해봐, 천국씨."

천국은 지온의 손목을 자신의 코에 갖다 대며 계속해서 조심스레 하나씩 열거하기 시작했다.

"갈색 빵 냄새, 생강, 달콤한 꽃냄새랑 그리고 귤 냄새."

"이게 다 무슨 뚱딴지같은 소리래?"

미란이 이해할 수 없다는 듯 고개를 갸우뚱거렸다.

"인정."

태리 사장을 보며 지온이 감탄했다. 그때, 취기가 좀 빠져나간 목소리로 아해가 끼어 들었다.

"지온아, 너 오늘 그거 뿌렸어?"

"응. 아해야, 너가 나한테 선물 해준 거. 세르쥬루*, 진저브레드 쿠키 향 향수야."

지온은 자신의 향수 이름을 커밍아웃했다.

"저, 근데 뭔가 익숙한 나무 냄새도 많이 났어요."

"나무 냄새?"

지온이 다소 의아해하며 물었다.

"네, 뭔가 옛날 장롱 냄새 같은……, 근데 너무 좋아요."

천국이 코를 손으로 한번 쓱 문지르며 말했다.

지온이 자신의 손목을 아해의 코에 대주며 물었다.

"아해야, 혹시 나한테 옻나무 냄새나?"

"아니. 안 나는데."

지온은 자신의 손목 안쪽을 아예 코에 파묻으며 한참 동안 천국이 말한 그 냄새를 쫓았다. 천국은 그녀의 팔을 살짝 잡아 자신의 허벅지 위에 놓은 뒤 그녀의 귀에 대고 작게 속삭였다.

"타임아웃!"

"아, 내 코에서는 절대 안 나는데."

지온이 신기해하며 천국에게 말했다.

"자기 냄새는 원래 자기가 모른다면서요."

"어. 그러게. 실은 우리 사무실 자리가 원래 나전칠기 공방이었어. 옻칠한 나무 자재들이 버리기 너무 아까울 정도로 훌륭해서 내 방, 사무실 가구로 재활용해서

73

쓰고 있거든."

"아, 그럼 정말 다행이네요."

"다행이라니?"

"저도 그 일하면서 알게 된 건데, 원래 몸에서 그런 독특한 냄새가 나면 당장 병원에 가서 진단부터 받아야 하거든요."

모두가 천국의 말을 경청하고 있었다.

"예를 들면, 장티푸스에 걸려도 갓 구운 갈색 빵 냄새가 나고요, 디프테리아 환자는 지금 그 향수처럼 달콤한 열매 냄새가 나기도 해요. 결핵성 림프선염에 걸리면 김빠진 맥주 냄새, 파상풍으로 돌아가신 분한테는 분명 사과 썩는 냄새가 났었어요."

갑자기 터진 천국의 말문에 모두가 어안이 벙벙해졌다.

"기막혀. 재능 한번 비상하네. 근데 그렇게 적성에 맞는 일을 왜 그만뒀어?"

지온이 또 천국에게 물었다.

"우~ 뭐야."

두 사람의 대화가 사뭇 진지해지자 경청하고 있던 모두의 입에서 마침내 야유가 터져 나왔다.

"아, 알았어, 그만할래. 재밌으라고 그랬어. 이제 내 차례네. 있자나……, 난, 음……, 사실 이혼까진 아니지만, 파혼했었어. 됐지?"

지온이 자신의 십 초 고백을 얼렁뚱땅 마무리하자 미란이 큰소리로 항의했다.

"야, 유지온, 너 지금 싸이즈 딱 나와. 태레비 뉴스까지 나온 게 무슨 고백이니? 아해 지지배가 고기 먹고 싶다는 얘기보다 하나도 안 쇼킹해. 딴 거 하나 더 꺼내. 넌 생일이니까 특별히 더 쎈 거로."

"쎈 거? 그래 좋아. 우리 엄마 계모야. 우리 집에서 나 혼자만 배가 달라. 훗……, 됐지?"

언제나 남들 뒤에서 듣던 말, 태어나 처음으로 지온 스스로 남들 앞에서 당당하게 말했다. 취해서 충동적으로 한 말은 분명 아니라고 지온은 생각했다. 그날 밤 지온은 분명 뭔가 후련한 표정이었다.

만취했던 사람들 모두 30초 남짓의 가벼운 고백에 밀려 서서히 깨어나고 있었다. 그들은 서로의 취중 진담을 건성인 척, 아닌 척 꽤 귀담아 듣고 있었다. 아주 잠시였지만 그것이 가상의 유대감이라 할지라도 그날 밤, 그 방에서 심금을 울린 순철이의 노랫가락처럼 부분 부분 분명히 진심을 느낀 밤이었다. 단 한 번이라도 살면서 지독하게 외로워 본 적이 있었다면 어찌 감히 스치는 인연을 함부로 업신여길 수 있단 말인가. '원나잇 스탠드'로 천 년이 안 부러운 '하룻밤 만리장성'을 쌓을 수만 있다면 그 또한 인생의 로또가 아니던가.

"지금 몇 시야?"
문득 지온이 시간을 물었다. 벌써 새벽 5시가 다 되어 가고 있었다.
"다 같이 우리 골프장으로 가는 거 어때? 거기서 해장하고 골프 치자. 오늘 감사 있어서 외부인 안 들어오는 날이야. 가자. 응? 가자."

7. 에덴이라는 골프장

새벽 5시 반, '시벨롬'에서 제공한 기사 딸린 검정색 벤을 타고 지온과 일행은 해남으로 향했다. 해남에는 지온의 본사 호텔 레저 사업부가 운영하는 '에덴 골프장'이 있다. 지온의 오빠가 그곳 레저 사업부 총괄 책임자였으며 지온 역시 골프장의 지분을 꽤 가지고 있었다. 에덴 골프장은 멤버십 회원 뿐 아니라 일반인 출입이 가능한 6개 홀 4개 코스, 총 24개 홀로 운영되고 있었다. 중앙에 클럽하우스가 있고 사방으로 6홀 코스 4개를 배치한 구조였다. 지온은 평소 18홀 골프는 너무 길다고 생각했다. 자신같이 12홀 라운드가 적당하다고 생각하는 골퍼들을 위해 컨디션이나 시간 상황에 맞게 6홀, 12홀, 18홀, 24홀 중 원하는 방식으로 경기를 할 수 있도록 디자인하여 재작년 초 개장했다. 지온은 한국 골프장의 오랜 관습인 운영의 틀도 바꾸었다. 일명 '노 캐디' 시스템이었다. 카트는 전 코스를 자동으로 주행했으며, 그러기 위해 코스 정보가 내장된 아이패드를 지급했다. 골프장에 올 때 격식을 갖출 것 없이 골프복 차림으로 와도 되는 그런 골프장이었다.

"캐디 없이 치면 우리끼리 훨씬 오붓하고, 무엇보다 젊은 사람들한테는 금액도 훨씬 저렴해."

가는 차 안에서 지온은 은근슬쩍 자신이 기획한 골프장 시스템을 자랑했다.

"레미제라블 코스도 있었네. 왜 몰랐지, 난."

"레미제라블이라니. 국민 개그맨이 그게 무슨 망언이니?"

"엄허, 왜 개그를 다큐로 받고 그래?"

"비하하는 게 어떻게 코미디니? 그건 비극이지. 노 캐디 코스는 레미제라블이 아니라, 젊고 실속 있는 MZ 세대들을 위한 거라고."

"아후, 아라써. 취소, 취소 퉤퉤퉤. 너, 그거 알아? '방송심의윤리위원회'보다 지온이 네 앞에서 개그 치는 게 백만 배 더 어려운 거?"

그들은 살얼음이 앉은 도로를 밤새 기어가다시피 이동했다. 일행 모두 그 덕에 차 안에서 조금이나마 잠을 청할 수 있었다. 아침 10시, 도착하자마자 일행은 허기부터 채웠다. 클럽 하우스의 식당은 내부 감사에도 불구하고 문을 열고 그들을 맞아 주었다. 다들 선지 해장국을 게눈 감추듯 비웠다, 비건인 아해만 빼고. 아해는 미역국을 시켰는데 공교롭게도 전복 미역국이었다. 술이 덜 깬 아해는 두부를 먹듯 복스럽게 전복 두 마리를 꼭꼭 씹어서 금세 다 해치웠다. 하지만 일행 중 그 누구도 그녀가 무엇을 먹었는지 신경 쓰지는 않았다. 해장을 마친 남자 셋, 여자 셋은 1시간 뒤 해장 라운딩을 기약하고 남녀 사우나로 쪼개졌다.

사우나는 그리 크지 않았지만 있을 건 다 있는 핀란드식 사우나였다. 아해는 탕 안에서 잠시 선잠이 들었다. 지온과 미란은 사우나 중앙에 있는 증기탕에서 디톡스를 하고 있었다. 그때, 사우나 문이 열리고 한눈에 봐도 몸매가 끝내 주는 여자가 타월도 걸치지 않은 맨몸으로 당당하게 사우나 안으로 들어왔다.
"외부인 안 들어오는 날이라며."
미란이 지온에게 핀잔주듯 말했다.
"그러게, 이상하네. 오빠 손님인가?"

지온은 자존심이 조금 상했다. 자기가 모르는 일이 이 골프장에서 일어나고 있다는 사실보다 그것을 미란에게 들킨 것에 더 화가 났다. 여자는 주위를 한번 쓱 둘러보더니 조심스레 왼쪽 발부터 탕 안에 담그며 슬며시 들어왔다. 아해가 눈을 떴다. 갑자기 나타난 낯선 여자의 가슴은 체형에 비해 비현실적으로 풍만했다. 족히 D컵은 돼 보였다. 성형한 거니까. 아해는 애써 저 가슴은 진짜가 아냐, 라고 생각했지만 자꾸만 탐스러운 그녀의 가슴 쪽으로 시선이 갔다. 미니멀한 자신의 가슴이 조금 초라하게 느껴졌다. 아해는 탕 안으로 더 깊숙이 자신의 몸을 낮춰 물로 가슴을 숨겼다.

밖에는 눈이 다시 내리기 시작했다.

"핫, 이게 골프장이야, 스키장이야."

간만에 골프장에 나와 한껏 들뜬 이랑이 입김을 불며 허리를 슬슬 돌리며 풀고 있었다. 태리 사장이 어디선가 공수해 온 핫팩을 이랑과 천국에게 나눠주며 천국을 흘끔 쳐다보며 말했다.

"근데 천국이 너, 옷이 좀 작네. 그래가지고 공 칠 수 있겠어?"

"괜찮아요. 칠만 해요."

클럽하우스 프로 숍이 문을 닫아 여벌로 가지고 있던 태리 사장의 골프복을 빌려 입은 천국은 멋쩍은 듯 미소를 지어 보였다.

"골프복 구독하는데 알려 줄 테니까 천국이 너도 거기서 입어라. 이랑아, 너 개인 연습장 오픈했으니까, 천국이 좀 데려가서 연습 좀 빡세게 시켜."

"네, 형."

"그리고, 현이랑! 넌 오늘 나대지 말고 제발 살살 쳐라, 산통 깨지 말고. 나머지 사람들하고 박자 좀 맞추라고."

태리 사장이 눈알을 부라리자 이랑이 꼬랑지를 내렸다.

"예 썰."

한편, 여자 사우나 탈의실에서는 미란이 드라이기로 시끄럽게 머리를 말리고 있었다. 지온은 이미 옷을 다 챙겨 입고 오빠 유지홍 부회장에게 문자를 넣고 있었다. 그 사이, 그날의 불청객이었던 그 여자가 사우나를 마치고 탈의실로 나왔다. 그녀의 눈이 미란의 눈과 마주쳤다. 미란의 드라이기가 멈추자 갑자기 어색한 정적이 흘렀다.

"메리 크리스마스."

여자가 먼저 미란에게 인사를 건네며 정적을 깼다. 탄력 있는 여자의 몸에서 물방울이 또르르 구슬처럼 떨어지고 있었다.

"누구……?" 미란이 물었다.

"개그맨, 방미란씨죠? 저 왕팬. 근데, 정말 많이 빠지셨다. 완전 예뻐요. 저, 이따가 같이 사진 한 장 부탁해도 될까요?"

"아, 네……, 감사합니……."

"릴리 피라고 해요. 여기 너무 좋죠? 저 아는 오빠가 여기 골프장 주인이라서."

맞은편 소파에 앉아 있던 지온은 손목시계를 들여다보며 둘의 대화에 귀를 기울였다. 베젤 한쪽이 심하게 구겨진 모양의 시계가 오후 12시 5분을 가리키고 있었다. 소장하고 있는 8개의 시계 중 그녀가 가장 아끼는 '카르티* 크래쉬' 18K 옐로우 골드였다. 7년 전 크리스마스, '살바도르 달리'를 유난히 사랑하는 딸을 위해 크리스티 뉴욕 경매에서 아버지가 생일 선물로 사 주신 시계였다. 지온은 요즘 이 시계를 볼 때마다 가슴이 저릿하다. 공식적으로는 대외비지만, 최근 자신도 알아보지 못할 만큼 아버지의 치매 병증이 나빠졌기 때문이다.

지온의 오빠, 유지홍 부회장으로부터 답장이 왔다. 예상대로 오빠도 지인들과 그곳에 와 있었다고 했다. "얘들아 나가자. 시간 다 됐어." 예민해진 지온은 아해와 미란을 재촉한 후 자리에서 일어나 먼저 입구 쪽으로 걸어 나갔다.

"저기, 지홍 오빠한테 말씀 많이 들었어요."

그때 막 밖으로 나가려는 지온의 뒤통수에 대고 릴리 피가 말을 걸었다.

"네?"

지온이 걸음을 멈추고 고개를 돌렸다.

"키네틱 우먼님, 맞죠? 긴가민가했네요, 넘 어려 보이셔서!"

"좋은 시간 보내다 가세요."

지온은 릴리 피의 말을 단칼에 자른 뒤 밖으로 휙 나가 버렸다. 무안해진 릴리 피가 어깨를 한 번 들썩이고는 자신의 라커로 갔다. 이상한 분위기를 감지한 아해가 신발을 신다 말고 미란에게 조용히 물었다.

"미란아, 쟤 누구야?"

"나가자. 얼른 신어."

"아, 알았어. 아…… 앗!"

아해가 갑자기 휘청거렸다.

"어후, 너까지 왜 그래?"

미란은 아해를 붙잡으며 짜증을 냈다.

"미안……, 내가 저혈압이잖아."

밖에는 군데군데 눈이 쌓여 있었지만, 골프를 못 칠 정도는 아니었다. 밖으로 나온 아해와 미란이 잰걸음으로 지온을 쫓아갔다.

"잠깐만, 지온아. 무슨 일인데?"

아해가 지온을 따라잡으며 물었다.

"……."

지온은 말없이 계속 앞만 보고 걸었다. 그녀의 매서운 걸음에서 꽉 채운 화가 느껴졌다.

"무슨 일이긴. 지온이 오빠가 풀뱀이랑 몰래 골프 치러 왔다가 딱 걸린 일이지."

사태 파악이 빠른 방미란이 아해의 팔짱을 낚아채며 귓속말로 말했다.

"풀뱀? 그게 뭔데?"

"있어. 근데 너, 진짜 몰라?"

"미란아, 나 정말 몰라."

"내숭은. 같이 골프 쳐주고 돈 받는 언니들. 이래도 몰라? 저래 봬도 쟤네들 보기 플레이어 이상이야. 프로지. 근데 골프만 프로겠니?"

"그럼 뭐가 또 프론데?"

"그거."

"그거?"

"응. 그거. 쟤네들 골프 끝나고 2차도 가. 돈 따로 더 받고. 요즘은 쟤네들 관리하는 에이전트도 생겼대. 나보다 낫지? 난 소속사도 없어서 혼자 다 하고 있는데. 부럽다. 암튼."

저 멀리서 천국의 일행이 보였다. 방미란이 손을 흔들며 제일 먼저 이랑에게 달려갔다.

"뭐야, 너무 멋있잖아."

숨을 헐떡이며 뛰어온 미란이 이랑의 엉덩이를 가볍게 두드려 주었다.

"가게 밖에서 보니까 나 좀 괜찮지? 여기가 원래 내 나와바리잖아."

이랑이 미란 앞에서 보란 듯이 헛스윙을 날렸다. 두 사람은 꽤 죽이 잘 맞아 보였다.

"안 추워요? 왜 그렇게 얇게 입었어요?" 태리 사장이 아해에게 다정하게 핫팩을 건네며 다가섰다.

"아, 네."

아해는 어색하게 핫팩을 받아서는 바로 지온에게 건넸다.

"우리만 온 줄 알았는데, 유감스럽게도 우리 말고 미친 팀이 한 팀 더 있네. 우리 오빠가 지인들 초대했나 봐. 그래도 여긴 코스가 네 개니까 서로 부딪힐 일은 없을 거야."

지온이 조심스럽게 상황을 일행에게 설명했다.

"저, 커피 좀 가져올게요."

그때 천국이 말했다.

"그늘집 아직 안 열었어. 어디가 어딘지도 모르면서. 나랑 같이 가."

지온은 천국을 데리고 클럽하우스 안으로 들어갔다. 식당은 이미 문을 닫았고 믹스 커피라도 구하려면 지하 1층으로 내려가야만 했다. 두 사람은 문 앞에

'STAFF ONLY'라고 적혀 있는 복도 맨 끝 방으로 갔다. 직원들이 간이 휴게실로 사용하는 자그마한 공간이었다. 정수기 옆에는 흰색 장식장에 커피믹스가 무심하게 놓여 있었다.

"믹스 커피 좋아해?"

커피 믹스 봉지 끝을 뜯으며 지온이 물었다.

"아, 네. 그럼요."

천국도 지온을 따라 커피 믹스를 집었다.

"하긴, 싫어하기 힘든 맛이지. 악마 같아."

지온은 종이컵에 커피 믹스를 털어 넣고 정수기에서 온수를 받았다. 그리고 첫 잔을 천국에게 건넸다. 천국이 먼저 커피를 한 모금 들이켰다. 그때 밖에서 웅성거리는 소리가 들려왔다. 지온은 집게손가락을 들어 천국의 입에 살짝 포갰다.

"쉿."

휴게실 문이 열렸다.

"오, 지온이 너, 여기 있었구나."

유지홍 부회장이 천국을 힐끗 쳐다본 후 말을 이었다.

"젠장, 커피 한잔 마시기 드럽게 힘드네. 너네도 커피 마시러 내려왔냐?"

"응. 오빠. 근데, 성탄절에 여긴 웬일이야? 새언니는?"

"아, 저, 그……, 감사라 확인할 거도 좀 있어서 이차 저차 겸사겸사 뭐……"

유지홍 부회장은 말을 얼버무렸다. 아무래도 문밖에 있는 일행들이 신경 쓰이는 눈치였다.

"들어오세요. 저희 다 했어요."

지온이 오빠의 일행들을 안으로 안내했다.

"감사합니다."

키 크고 이마가 꽤 넓은 남자가 인사하며 문밖에서 들어섰다.

"어머, 문 의원님."

"아, 지온 대표. 여기서 또 보네."

문건성 의원이었다. 그는 지온 오빠의 고등학교 대선배이면서 '참된 청년당' 당 대표이자, 삼오그룹 본사가 있는 지역구 국회의원이기도 했다. 그의 등 뒤에 서 있던 릴리 피가 지온에게 눈인사를 보냈다. 지온은 목례를 하고는 바로 방을 나섰다. 천국도 바로 커피를 들고 지온을 따라나섰다.

"천국씨~!"

그때 천국의 이름을 부르는 소리가 복도 끝까지 울렸다. 앞서가던 지온이 걸음을 멈추었다. 천국도 멈추었다. 천국의 이름을 부른 건 릴리 피였다. 릴리 피가 천국과 지온의 뒷모습을 보며 묘한 미소를 보내고 있었다.

"저, 천국씨, 잠시만."

릴리 피가 다시 한 번 천국의 이름을 불렀다.

"커피 식어. 못 들은 걸로."

지온은 천국을 돌아보지도 않고 정면을 응시하며 말한 뒤 다시 앞장 서 걸어가기 시작했다. 지온의 목소리는 차분했지만, 분명히 릴리 피의 귀에까지 들렸을 정도로 크고 또렷했다. 지온의 말이 떨어지기 무섭게 천국은 성큼성큼 지온을 저만큼이나 앞질러 밖으로 함께 걸어 나갔다.

"어이없어."

릴리 피가 혼잣말로 중얼거렸다.

"왜? 아는 사람이야?"

문 의원이 물었다.

"에이, 나가기 전에 제대로 인사하지 그랬어?"

눈치가 빤한 유지홍 부회장이 믹스 커피를 릴리 피에게 건네며 달랬다.

"칫. 나도 못 들은 걸로."

릴리 피는 한 모금, 커피를 입에 대는 시늉만 하고는 방을 휙 나섰다.

"어디가?"

문 의원이 릴리를 따라 나갔다.

"공 안 쳐? 릴리, 갑자기 왜 그래?"

문 의원이 릴리의 팔을 붙잡으며 재차 물었다.

"오라버니, 나 화장실."

"아, 쏘리."

릴리 피가 여자 화장실로 들어갔다.

"누군데? 아까 그 새끼가."

여자 화장실 안까지 쫓아 들어온 문 의원은 릴리 피가 들어간 칸 앞에 서서 계속해서 문을 두드리며 같은 질문을 반복했다.

"누군데……, 릴리야, 그 새끼가 누군데……, 응? 누군데, 그 새끼가……!"

아, 저 변태 새키. 릴리 피는 그동안 쌓인 피곤과 짜증이 한꺼번에 밀려오는 것만 같았다. 그녀는 변기에 앉아 일을 보는 대신 유지홍 부회장에게 문자를 넣었다.

[지홍 오빠, 나 진상 처리반 아님. 문건성은 이번 주까지 만이야. 더는 안 돼.]

[왜 이래. 이제 거의 다 왔으니까 조금만 더 조져놔]

릴리 피가 소변을 본 뒤 변기에 물을 내렸다. 그리고 변기에서 일어나 변기 뚜껑을 닫고 운동화를 한쪽씩 벗었다. 그리고 방금 입었던 레깅스를 다시 손바닥으로 돌돌 말아 뱀 허물 벗듯 벗겨 내렸다. 밖에서 기다리던 문 의원은 화장실 문 앞에서 한 발 뒤로 물러섰다. 그가 바닥에 흘러내린 그녀의 허물 아니, 레깅스를 지긋이 바라보더니 차가운 화장실 바닥에 엎드려 삐죽 나온 그녀의 레깅스를 떨리는 손으로 만지작거리기 시작했다. 문 의원이 구걸하듯 또 그녀에게 물었다.

"자기야, 그 안에서 뭐 해?"

"보면 몰라? 국회의원이?"

"아까 그 새끼도 혼내 줬어? 자기가?"

"모르는 새끼라고 했지? 모르는 인간은 안 혼내. 룰이야. 것도 몰라? 당 대표라는 새끼가?"

릴리 피는 화장실 안에서 문을 한번 세게 쾅 친 다음 팬티를 벗었다. 그리고 화장실 문 너머로 벗은 팬티를 휙 집어 던졌다. 한두 번 해 본 솜씨가 아니었다.

"닥치고 이거나 그 아가리에 처 물고 있어."

"으······."

문 의원의 입에서 얕은 신음이 새어 나왔다. 그는 팬티를 주워 들더니 자신의 코를 박아 비벼 대기 시작했다. 릴리 피는 문틈으로 그런 그를 유심히 훔쳐보고 있었다.

문 의원의 넓은 이마는 송골송골 땀이 맺혀 형광등 불빛에 번들거렸다.

"아까 그 새끼는 잊으라고. 나도 모르는 새끼니까."

릴리 피가 문을 휙 열고 나오면서 말했다. 문 의원은 바닥에 무릎을 꿇고 앉아 릴리의 팬티를 입에 물고 있었다. 릴리 피가 골프공을 손에 꼭 쥔 채 그에게 물었다.

"나 오늘 빤쓰 안 입고 칠 건데, 좋아?"

릴리 피가 문 의원의 거기를 지그시 밟으며 살살 돌려 댔다.

"응, 좋아. 자기."

"걸레 새끼. 아가리 벌려."

릴리 피는 쥐고 있던 골프공을 그의 입에 처넣었다. 그러자 그는 그녀의 팬티를 두 손에 꼭 쥐고 골프공을 눈깔사탕처럼 입안 한가득 받아 물었다.

"으으."

문 의원은 좋아서 어쩔 줄 모르겠다는 표정을 지었다. 그는 벌겋게 달아오른 얼굴로 연신 신음을 토해 냈다. 릴리 피는 문 의원의 거기에 발을 붙인 채, 세면대 위 거울에 비친 자신의 상반신을 올려다보았다. 의미심장한 미소를 짓는 거울 속 그녀의 모습 위에서 빨간 불빛이 반짝거렸다. 누군가 미리 설치한 몰래카메라가 거울 뒤에서 돌아가고 있었다.

오후 내내 눈발이 날리다 멈추기를 반복했다. 여섯 명은 함께 라운딩을 시작했다. 눈치 없는 이랑은 태리 사장의 사전 경고에도 불구하고 축지법을 쓴 듯 장타를 날리며 앞으로 치고 나갔다. 사우나에서 아이라인까지 그리고 나온 방미란은 마시던 생수병까지 집어 던지며 의욕적으로 더블 보기를 잡아냈다. 저혈압이라고 엄살을 떨었던 아해는 믹스 커피 대신, 서울에서 들고 온 레드불을 두 캔이나 혼자서 다 마신 후 야멸차게 공을 쳤다. 내기 골프도 아닌데 다들 목숨 건 사람들처럼 골프공을 쫓아다녔다. 천국과 지온, 오직 그 둘만이 뒤처져서 여유 있게 코스를 즐기고 있었다. 9홀까지 공을 치는 내내 지온은 별로 말이 없었고 그런 지온에게 천국은 이상한 죄책감이 들었다. 왜지? 내가 미안할 건 없는데. 하면서도 그런 그녀가 자꾸 신경 쓰였다. 아까 그 릴리 피 때문일지도 모른다고 천국은 혼자 지레짐작할 뿐이었다.

"그냥 치니까 맹숭맹숭 재미없죠?"

어색한 분위기를 깨 볼 요량으로 천국이 지온에게 먼저 말을 걸었다.

"아니, 재밌는데. 왜 자기는 재미없어?"

"다음 홀부터 우리 둘이서만 내기할래요?"

천국이 씨익 웃으며 지온에게 말했다. 퍼팅에 집중하던 지온이 천국의 '내기'라는 말에 쥐고 있던 6번 아이언을 그린에 내려놓으며 대답했다.

"글쎄, 난 원래 그런 돈에는 승부욕이 안 생겨."

"그럼 돈 말고 다른 내기 할까요?"

"응. 좋아. 내가 이기면, 아까 그 여자, 뭐 하는 여자인지 솔직하게 다 까기."

"네?"

"둘이 잤어?"

"아……."

천국은 대답을 헤매고 있었다.

"잤네."

"아직 내기 시작도 안 했는데요. 내기 끝나고 가르쳐 드리던지 할게요. 대신에 제가 이기면요, 지온씨한테 드리고 싶은 게 있어요."

"뭔 소리야? 자기가 이기고 나한테 뭘 또 줘. 그게 무슨 내기야?"

"손해 볼 게 없는 내기잖아요. 지온씨가 이기면 릴리 피에 대해서 솔직히 다 말해 드릴게요."

"좋아, 그럼."

멀리 앞서가던 이랑이 천국과 지온에게 빨리 오라고 손짓을 했다. 천국과 지온은 9홀을 부지런히 마치고 일행들을 기다리고 있는 '그늘집'으로 들어갔다. 일행은 삼산 막걸리를 마시고 있었다. 천국과 지온이 들어서자 이목은 둘에게 집중되었다.

"뭐야, 지온이랑 천국씨만 왜 이렇게 느려."

미란이 막걸리처럼 허스키한 목소리로 천국을 쏘아보며 말했다.

"이제부터 속도 좀 낼게요. 지온씨랑 내기했거든요."

천국이 막걸리를 원샷하며 대답했다. 어느새 막걸리 한 잔을 다 비운 지온도 얼굴이 발그레해졌다. 아해가 지온을 보며 속삭였다.

"고만 마셔, 지온아. 이거 12도짜리래."

"정말? 어쩐지 핑 돌더라."

하지만 일행은 '그늘집'에서 막걸리 두 병을 더 비우고서야 후반 라운딩을 돌기 시작했다. 천국과 지온이 내기한다는 말에 일행 모두 커플끼리 짝을 지어 내기하기로 했다. 역시나 죽이 잘 맞는 이랑과 방미란은 공도 잘 맞았다. 레드불 기운이 떨어진 아해는 내기에도 시큰둥해져 눈밭에 공을 굴리듯 몰고 갔고, 그런 그녀에게 태리 사장은 무한 인내심을 발휘하며 골프 지도를 하고 있었다. 아해와 태리 사장은 지난밤보다 훨씬 더 자연스러워 보였다.

10홀부터 천국의 공이 갑자기 달라졌다. 내기에 동기부여가 됐는지, 타고난 운동신경 덕분인지 천국의 공은 내기 후부터 꽤 잘 맞았다. 9홀까지 잘 치던 지온은 막걸리 몇 잔 후 조금씩 흔들리기 시작했다. 두 사람은 별 대화도 없이 11홀까지 아주 치열하게 공을 쳤다. 이랑과 미란 커플은 제일 앞으로 치고 나가 이미 12홀로 제일 먼저 이동했다. 뒤쳐진 아해와 태리 사장 커플을 뒤에 두고, 천국과 지온은 이랑과 미란 커플을 뒤쫓기 시작했다.

12홀에 먼저 도착한 이랑은 티샷을 멋지게 날렸다. 그러나 페이드가 제대로 걸리면서 슬라이스가 나고 말았다.

"젠장, 눈 반 그린 반이네. 도대체 어디로 공이 튀어 간 거지?"

이랑이 푸념하듯 혼잣말을 내뱉은 후, 공이 날아간 서쪽 방향으로 미란과 함께 이동하기 시작했다.

띠오 띠오 띠오. 잠시 후, 어디선가 구급차 사이렌 소리가 눈 쌓인 그린에 울려 퍼지기 시작했다. 그때 지온에게 전화가 걸려 왔다. 클럽하우스 리셉션에서 걸려 온 전화였다.

"아, 여보세요. 김 부장? 어. 안 그래도 전화하려고 했었어. 지금 이 사이렌 소리, 무슨 일이야?"

"저, 좀 전에, 부회장님 코스에서 누가 다치셨나 봅니다. 그래서……"

"설마 오빠가 다친 건 아니지?"

"네. 아마 같이 오신 여성분께서 다치셨나 봅니다. 구급차 출동시켰으니까 곧 그쪽에 도착할 겁니다."

"알았어. 그쪽으로 갈게."

왼편 코스에 있던 릴리 피가 재수 없게도 이랑의 슬라이스 난 공에 맞았는지 쓰러져 있었다. 다행히 그녀의 호흡은 곧 돌아왔지만, 머리에서 피가 멈추지를 않았다. 하얀 그린 위에는 그녀가 흘린 핏자국이 더욱 선명했다. 구급차가 릴리 피를 태우고 떠나자 모두 라운딩을 멈추고 그린에서 빠져나갔다. 그러나 지온은 마지막 12홀까지 골프를 다 치고서야 천국을 데리고 그린에서 나갔다. 그날 지온은 천국과의 내기에서 졌다. 내기에서 진 지온은 천국에게 자신의 휴대폰 번호를 주었다.

그들이 모두 떠난 뒤 텅 빈 골프장에는 눈보라가 더욱 세차게 휘몰아쳤다. 얼어붙은 땅 위의 풀들이 필사적으로 매달려 흔들리고 있었다. 눈 덮인 풀들 위로 방금 누군가 지나간 발자국들이 한 줄로 찍히기 시작했고 그것들은 이내 눈에 덮여 흔적도 없이 사라져 버렸다. 그날 오후, 칼바람과 사투를 벌이고 있던 것은 풀들만이 아니었다. 흰색 모자에 흰색 파카를 입은 한 남자가 카메라 가방을 어깨에 둘러메고 에덴 골프장의 북쪽 끝 문을 향해 힘겹게 발자국을 지우며 걸어가고 있었다.

8. 릴리 피

릴리 피는 해남 종합병원 응급실에서 응급 처치를 받은 그 길로 서울 삼오클리닉으로 후송되었다. 다음날 새벽, '2판4판'이라는 유튜브 채널에 기이한 동영상 하나가 올라왔다. 2분짜리 영상의 썸네일에는 '재벌 2세 A양, 남성 접대부와 짜릿한 골프'라는 자극적인 타이틀이 달려 있었다. 영상을 올린 유튜버는 전직 파파라치 연예 가십 전문 기자 출신인 이용이라는 작자였다. 삽시간에 그 동영상은 조회 수 20만 이상을 기록했고, 그 영상을 재생산하는 기사들이 포털 사이트 메인에 도배되었다. 재생산되고 있는 기사 중에는 A양이 삼오그룹의 차녀, 유지나 이사라는 익명의 댓글이 달리기도 했으며, 심지어 어떤 유튜브 채널에는 유지온일까, 유지나일까 궁금하다며 두 자매 모두를 조롱하는 영상까지도 떴다.

엘리베이터 문이 열렸다. 탈까 말까 지온은 망설이고 있었다.
"지온아, 지온아."
저만치 복도 끝에서 아해가 그녀의 이름을 부르며 빠른 걸음으로 다가오고 있었다. 아해는 교복을 입고 있었다. 지온도 교복을 입고 있었다. 지온은 아해를 그 순간 외면하고 싶었다. 엘리베이터에 올라타자마자 닫힘 단추를 타타탓 여러 번 연속으로 눌렀다. 간발의 차이로 아해의 얼굴 위로 엘리베이터 문이 닫혔다. 분명 아해는 눈물을 흘리고 있었다. 엘리베이터가 천천히 내려가기 시작했다. 덜컹 덜컹 덜커덩. 위태롭게 내려가던 엘리베이터가 굉음을 내면서 13층과 12층 사이 어딘가에서 덜커덕 걸려 멈춰 섰다. 평평했던 바닥은 한쪽으로 심하게 기울어졌다. 엘리베이터 천장 형광등이 깜빡거리다 퍽 거린 뒤 나가 버리고 말았다. 그 때부터 기나긴 어둠이 시작됐다. 한참 뒤, 다시 덜컹, 덜커덩 요동치는 굉음 소리가 머리 위에서 들려왔다. 추르르르르르르르. 끈이 끊어진 것처럼 엘리베이터는 다시 엄청난 속도로 내려가기 시작했다. 아니, 어쩌면 다시 올라가고 있었는지도 모른다. 지온은 비명 소리조차 입에서 나오지 않았다.

"지, 지온아."

사무친 엄마가 지온의 이름을 불렀다. 지온의 눈에서 뜨거운 눈물이 흘러내렸다. 아버지가 엘리베이터에서 내리자, 엄마의 얼굴이 닫히는 엘리베이터 문으로 서서히 가려져 갔다. 아빠! 지온을 그냥 휙 지나쳐 복도 안으로 유 회장이 들어가자, 지온이 빠르게 그를 쫓아 뛰기 시작했다.

"아빠! 아빠! 어디 가."

아버지는 이미 보이지 않았다. 복도 끝 방에서 묘한 웃음소리가 새어 나오자, 지온이 그 방문을 열었다. 그곳에 아버지가 있었다.

"아빠!"

아버지가 큰 소리로 지온에게 말했다.

"문 닫아!"

방 안에는 아버지 말고, 한 사람이 더 있었다. 교복을 입고 있는 어린 지온이었다.

"지온아…… 네가 왜 거기에……"

지온이 이상한 꿈을 또 꾸었다. 아침 8시, 지온은 그룹에서 대외 언론 홍보를 담당하는 동생 유지나 이사에게 연락을 받고서야 꿈에서 깨어나 사태의 심각성을 알게 되었다.

"그냥 두는 게 나아, 언니. 기사 억지로 내리는 게 더 이상해 보여. 막말로 그게 우리랑 무슨 상관인데. 안 그래? 무리해서 기사 내리는 순간 그게 진짜 언니 일, 내 일이 되는 거야. 그게 또 우리 회사 일이 되는 거고."

"알겠어, 지나야. 미안해. 괜히 나 때문에 너까지."

"이럴 때일수록 뻔뻔해져야 해. 사람들은 금방 잊어. 반응하지 말자. 그냥 어디 잠시 여행이나 다녀 와, 언니."

지온이 할 수 있는 일은 별로 없어 보였다. 동생의 말이 백번 옳았다. 속수무책이었다. 동생과의 전화를 끊자마자 다시 울리는 전화, 방미란이었다.

"응. 미란아."

"여보세요? 난데, 기사 봤어. 지금 이 상황 뭐니? 지온아."

"나도 몰라."

"어쩐지, 그날 그 풀뱀년 공 맞아 피 철철 흘릴 때부터 알아봤다니까. 이거 그년 짓이 분명해. 너한테 앙갚음하는 거야. 지가 다친 게 분해서."

"미란아, 너 지금 이게 릴리 피가 그랬다는 거니?"

"당연하지. 릴리 피 좋아하시네. 걔 본명이 피은영이란다."

"심증만 가지고 괜한 사람 잡지 마, 너."

"지온아. 이 시국에 순진하게 왜 이래? 이 바닥에서 알 사람들은 다 알아. 그 피은영이라는 애랑 그 기레기 유튜버, 이용이라는 작자랑 같이 몇 년 째 붙어먹은 거. 내가 어제는 더러워서 모른 척 그냥 피했던 거야. 너 기억하지? 작년에 내 요요 기사. 그것도 그 새끼가 올린 거잖아."

"끊어. 나 지금 피곤해. 나중에 통화하자, 미란아."

지온이 먼저 전화를 끊었다. 이 모든 일의 원흉이 꼭 방미란 때문인 것만 같아 열불이 끓었다. 하필 왜 내 생일에 생전 가지도 않는 호스트바를 데려가서는! 또 왜 하필 거기서 호빠 선수들과 새벽에 골프장까지 갔던 건지……. 지온은 휴대폰을 끄고 침대 옆 바닥에 풀썩, 무겁게 앉아 명상을 시작했다. 지온은 지난 하룻밤 벌인 자신의 행동들이 얼마나 자기답지 않았는지 인정해야만 했다.

목욕탕 욕조에 뜨거운 물이 쏟아지고 있었다. 지온은 욕조에 물을 다 받는 동안 줄곧 욕실 안 거울로 자신의 얼굴을 물끄러미 바라보고만 있었다. 거울 전체로 김이 서려 자신의 모습이 희뿌옇게 더 이상 보이지 않게 되자, 그 위에다 알 수 없는 여섯 글자를 오른쪽에서 왼쪽으로 기이하게 적었다. 그녀의 손가락이 지나간 자리에 글자가 생겼다.

'온지유 한심한'

새겨진 글씨 위로 지온의 얼굴이 글씨만큼 비쳤다. 사실 그것은 그저 '한심한 유지온'이라는 글자를 뒤집어 적어 놓았을 뿐, 별다른 의미는 없었다. 지온은 아주 어렸을 때부터 거울에 반사된 것처럼 단어를 거꾸로 뒤집어 적는 기막힌 재주가 있었다. 그게 한글이든 영어든 모든 가능했다, 그것도 아주 빨리. 기억을 더듬어 보면 딱히 연습해서 얻어진 재주도 아니었던 것 같다. 아마도 그녀는 그 재주를 가지고 태어났음이 분명했다. 어쩌다 무언가 일이 잘 안 풀려 자신을 자책하거나 혼자만 간직하고 싶은 비밀이 생기는 날이면 어김없이 일기장에 그 내용을 뒤집어 거꾸로 적었다. 혹시 누가 봐도 남들이 쉽게 눈치 채지 못하도록 거꾸로 적다 보니 어느새 거꾸로 적는 것이 그녀의 버릇이 되었다. 그녀는 단어를 거꾸로 뒤집어 노트나 일기장에 적는 것뿐 아니라 중학생이 되어서는 주술처럼 머릿속이나 허공에 적는 것 또한 습관처럼 즐겼다.

지온은 갑자기 마음이 바뀌었다. 욕조에 받은 뜨거운 물을 놔두고 일부러 차가운 냉수로 샤워를 했다. 냉기를 빨아들인 지온의 피부는 소름이 돋았다. 머리부터 발끝까지 온몸의 세포를 깨울 것처럼 지온은 차가운 물줄기에 몸을 맡겼다. 그러다 불현듯 지금 당장 릴리 피를 꼭 만나야겠다고 생각했다. 대충 물기를 훔친 뒤, 지온은 바로 휴대폰을 켰다. 그새 휴대폰에는 부재중 전화가 오십 통도 넘게 들어와 있었다. 그중에는 모르는 번호가 반이었고, 아해의 부재중 전화는 열한 번이나 찍혀 있었다. 지온은 아해에게 [걱정 마. 나 괜찮아] 라는 짧은 문자를 남기고 서둘러 외출 준비를 시작했다.

오후 2시 반, 지온은 논현동 삼오클리닉 센터 앞에 도착해 있었다. 그녀의 젊은 아버지가 설립했고 늙은 아버지가 환자로 들어간, 바로 그 병원이었다. 지온은 아버지가 아닌 릴리 피가 입원한 병실로 직행할 참이었다. 예의상 오빠에게 릴리 피에 대해 대놓고 물어보지는 않았지만 릴리 피의 병실을 묻자 내켜 하지 않던 지온의 오빠 유지홍 부회장은 문제의 동영상보다는 릴리 피가 다친 것에 대해 더 신경을 쓰는 눈치였다.

릴리 피는 '시벨롬'에서 천국의 첫날, 첫 고객이었다. 천국이 안정된 스폰서를 잡을 때까지 최고의 고객이기도 했다. 그뿐 아니라 천국에게 프로다운 잠자리 교육을 전수한 여자이기도 했다. 그녀 또한 재벌들과 골프 치고 매춘을 하는 풀뱀의 삶을 살고 있었기에 그 방면에서는 알아주는 고수였다. 어쩌다보니 상류층 남자들의 BDSM[06] 섹스 노리개로 전락한 그녀였지만 사실 그녀는 '스위치[07]' 성향을 가진 바이 섹슈얼 여성이었다. 그녀의 주 고객은 그녀에게 욕을 해 달라거나, 때려 달라거나 하는 '디그레이디[08]' 성향의 남자들이 대부분이었다. 문 의원도 그중 한 명이었다.

지온은 담당 간호사에게 면회를 신청하고 방문자 라운지에서 차례를 기다렸다. 5분 후, 간호사는 지온을 릴리 피의 병실로 안내했다. 릴리 피는 병원에서 제일 좋은 1인실 특실 침대에 누워 팔뚝에 수액을 꽂고 휴대폰을 손에 쥔 채 문제의 동영상을 반복해서 보고 있었다.

"흠. 미쳤어. 미쳤어. 왜 시키지도 않은 짓을. 흠, 어쩌지······."

그녀를 에워싸고 있는 바이탈 장비가 민망할 정도로 릴리 피의 안색은 좋아 보였다.

---

06) **BDSM** Bondage 구속, 결박 Discipline 훈육 Dominance 지배 Submission 굴복 Sadism 가학 Masochism 피학의 약자
07) **스위치** 에스엠 성향 중 섭과 돔을 넘나들며 말 그대로 스위치처럼 딸깍딸깍 성향을 바로 바꿔 둘 다 가능한 성향을 일컬음
08) **디그레이디** 상대에게 육체적 정신적 학대를 통한 수치를 느끼며 성적 쾌감을 얻는 에스엠 성향자로 디그레이더의 상대적 입장의 성향자를 일컬음

똑똑.

지온은 작게 두 번 노크를 한 후 입원실 안으로 들어갔다. 손에는 새하얀 백합 한 다발이 들려 있었다.

"몸은 좀 어때요?"

가져온 꽃을 그녀의 침대 머리맡에 조용히 내려놓으며 지온이 물었다.

"아직 모르죠. CT도 찍고 다 했는데. 그래도 며칠은 더 지켜봐야 한다니까."

"완치될 때까지 여기 의료진이 완벽하게 케어할 거예요."

"당연히 그러셔야죠. 저, 근데 여긴 무슨 일로?"

"몇 가지 확인할 게 좀 있어서, 릴리 피씨."

"확인? 다친 사람한테 무슨 확인을 하실까."

"우리 오빠랑 어떻게 아는 사이에요?"

"노코멘트 할게요. 가족끼리라도 프라이버시는 지켜 주셔야죠. 유 대표님."

릴리 피는 올 것이 왔다는 표정으로 지온에게 철벽 방어를 쳤다.

"지금부터 내가 하는 말 잘 들어요. 그쪽이 우리 오빠랑 무슨 일을 도모하는지는 몰라도 제발 거기서 난 빼 줘요. 피은영씨."

지온이 릴리 피의 본명을 부르자, 일그러진 릴리 피의 얼굴에 살기가 돌았다.

"그 이름, 부르지 마. 나도 잊은 지 오래된 이름이야."

"피은영씨, 나, 돌려 말하는 거 잘 못 해. 그러니까, 좋은 말로 할 때 그 유튜브 영상 당장 내려."

"부르지 말랬지! 그 이름."

흥분한 릴리 피의 목소리가 심하게 떨렸다.

"그리고 그 영상, 나 정말 모르는 일이야."

릴리 피는 딱 잡아떼며 모른 척했지만 어설픈 그녀의 연기가 지온에게 통할 리 없었다. 그때 지온의 핸드백 속에서 '마이 퍼니 발렌타인', 그녀의 벨소리가 울렸다.

"여보세요. 천국씨? 아……, 지금 통화 괜찮아. 말해요."

천국이었다. 유튜브 영상을 보고 당황한 그가 바로 지온에게 전화했던 것이다. 기막힌 타이밍에 온 그 전화를 지온이 놓칠 리 없었다. 지온은 보란 듯 '천국'이라는 이름을 릴리 피 앞에서 대놓고 부르며 통화하기 시작했다. 천국의 목소리가 전화기 밖으로 간간이 새어 나왔다. '천국씨'라는 지온의 한마디에 릴리 피는 부대끼는 마음을 가차 없이 드러내 보였다. 릴리 피는 무심한 척 안간힘을 다해 천국의 목소리를 쫓았지만, 통화의 내용은 도저히 들을 수가 없었다.

"태리 형이 좀 전에 말해 줘서……."

"영상 보고서 전화 한 거구나."

"네. 괜찮으신 건지……."

"안 그래도, 그거 해결하러 누구 좀 만나는 중이야. 천국씨도 아주 잘 아는 사람."

지온이 릴리 피의 두 눈을 뚫어져라 쳐다보며 통화를 이어갔다.

"네? 누구……."

"나중에 말해 줄게. 아참, 나한테 뭐 줄 거 있다 그랬잖아. 설마 벌써 까먹은 건 아니겠지?"

데면데면하던 어제와는 딴판이었다. 지온의 태도에 천국은 갈피를 잡을 수 없었지만, 상냥한 그녀가 한편으로는 마음에 들었다.

"그럴 리가요. 제가 이긴 내긴데."

"이따 5시쯤 어때? 장소는 문자로 보내 놓을게."

지온이 전화를 끊자 병실 안에는 몇 초 동안 불편한 침묵이 흘렀다.

"나 대충 알고 왔어. 그니까 그 영상 당장 내려. 솔직히 그날 우리 처음 본 날, 골프장에서 천국씨한테 들은 소리도 좀 있고."

지온은 본능적으로 천국의 존재를 무기 삼아 릴리 피를 자극하고 있었다. 처음부터 작정한 것은 아니었지만, 지온은 이미 그렇게 하고 있었다. 지온 스스로도 릴리 피를 흔들어 대는 자신에게 내심 놀라는 중이었다.

"이만 가 주세요. 제가 지금 너무 몸이 아파서……. 하여간 세상에 믿을 놈

하나도 없어."

릴리 피는 이불을 머리까지 끌어올리더니 침대 깊숙이 쏙 들어가며 말했다. 이불 위로 지온이 두툼한 흰 봉투를 휙 던졌다.

"웃. 이게 무슨 짓이에요? 환자한테."

놀란 릴리 피가 이불을 내리며 지온을 쏘아보았다.

"지금부터 한 시간 줄게. 내려, 그 동영상."

지온은 그 말을 끝으로 자리를 떴다. 약이 바짝 오른 릴리 피가 팔에 꽂은 주사바늘을 자기 손으로 훅 뽑아 버렸다. 피가 튀었다. 바이탈 기기 심박 수가 빠르게 오르기 시작했다. 병실을 나가는 지온의 뒤통수를 향해 릴리 피는 악을 다해 소리를 질렀다.

"그딴 새끼 말을 믿어? 천국이 그 새끼가 대체 뭐라 그랬는데?"

나가려던 지온은 릴리 피의 침대로 돌아와 거만한 표정으로 말했다.

"궁금해? 그럼 그 동영상 내려. 다 말해 줄게."

"남자를 믿다니! 도대체 어디가 좋은데, 그 자식이!!"

릴리 피는 천국이 지온을 좋아하고 있음을 직감했다. 지온은 그 직감을 향해 찌르고 몰아붙였다. 그래야 더 많은 정보를 얻을 수 있다는 걸 지온은 본능적으로 알고 있었다. 자극하면 할수록 릴리 피는 조금씩 이성을 잃었다. 뒤탈 없이 상황을 깔끔하게 정리하기 위해서라도 누가 무슨 목적으로 그따위 동영상을 올렸는지 지온은 꼭 알아내야만 했다. 그래야만 같은 일이 반복되지 않도록 완벽하게 뒤처리를 할 수 있으니까.

"질문이 좀 유치하지 않아? 사람 좋아하는 데 무슨 이유를 꼭 갖다 붙여야 해?"

"하긴, 모. 돈 앞에 장사 없겠지."

갑자기 평정심을 찾은 릴리 피는 지온을 돈 많은 헤픈 여자로 몰아세웠다. 지온은 자존심이 무너졌지만 불필요한 자존심 따위, 순간 병실 밖으로 던져 버렸다. 지온은 단 한자국도 물러설 생각이 없었다.

"천국씨가 돈으로 어쩔 수 있는 사람 아닌 거, 당신도 잘 알면서 왜 그래? 피은영씨."
"제대로 보긴 보셨네. 반짝반짝 빛이 나는데 자기만 그걸 몰라, 빙신."
"방금 돈 앞에 장사 없다고 했죠? 나, 그 말 딱 하나 믿고 이만 갈게요. 실례했어요."

지온이 시야에서 사라지자 릴리 피는 1분여 남짓, 죽은 나무처럼 미동도 하지 않았다. 그러다 갑자기 벌떡 일어나 자세를 고쳐 앉더니만, 지온이 던지고 간 봉투를 집어 들고는 그 안을 유심히 들여다보았다. 빳빳한 백 달러짜리 지폐가 빼곡히 들어 있었다. 봉투를 잡은 자리마다 피가 얼룩으로 번졌지만 릴리 피는 개의치 않았다. 그녀는 봉투에서 돈을 모두 꺼내어 야무지게 세기 시작했다. 오만 달러였다. 정확히 두 번을 반복해서 세고 나서야 그녀는 이불 속 밑으로 돈 봉투를 깊숙이 집어넣었다. 그리고 유튜버 채널의 주인, 이용에게 문자를 보내기 시작했다.

[그 영상 당장 내려. 왜 시키지도 않은 짓을 하고 난리야?]

바로 답장이 왔다.

[뭔 상관. 얻어걸린 대박 특종 이구만. 너랑 계약한 건 납품 했잖아. 잔금이나 빨리 보내라.]

[대박 특종? 까고 앉았네. 지랄 그만하시고 그 영상 지금 당장 내리세요, 오라버니. 자다가도 떡이 생길 테니.]

[싫은데.]

[그럼 할 수 없지. 내가 가지고 있는 작년 그 영상들 바로 다 업로드 시킬게. 아마 '미투'로 24시간 내로 바로 인생 끝장날 거야. 사요나라.]

[아, 진정해. 릴리. 왜 또 그래. 알았어, 알았으니까. 잔금이나 입금해.]

[선 삭제, 후 입금. 네고 없음.]

문자를 주고받고 십 분도 되지 않아 문제의 동영상은 '2판4판' 채널에서 연기처럼 사라졌다. 포털 사이트 역시 관련 기사들을 하나둘 내리기 시작했다. 병실 밖으로 나온 지온은 병원의 지하 1층 관리실에서 CCTV를 통해 릴리 피를 조용히 지켜보고 있었다. 영상이 삭제된 것을 확인하자 그제야 지온의 부풀었던 긴장감이 내려앉았다. 약간의 미열도 느껴졌다. 집으로 돌아온 지온은 문자로 천국과의 약속을 다음 날 5시로 미뤘다. 지온은 자신의 집에서 만나자며 도산공원 집 주소를 메시지와 함께 남겼다. 집으로 그를 부르는 게 부담이었지만, 아직 외부에서 누군가를 만나고 다닐 정도로 안심할 단계는 아니었다. 천국은 집에서 보자는 지온의 메시지에 잠시 놀랐지만, 상황이 상황이니만큼 별다른 뜻이 없다는 것 정도는 짐작했다.

다음날 오후 5시, 릴리 피는 의료진의 만류를 무릅쓰고 퇴원을 강행했다. 그녀는 성수동 자신의 집으로 가서 수면제를 털어먹은 뒤 시체처럼 잠이 들었고, 문 의원의 전화도 유지홍 부회장의 전화도 받지 않았다. 같은 시각, 천국은 도산공원 지온의 집 앞에 도착했다. 천국이 초인종을 누르자 자동문이 열렸다. 마당이 없지만 미술관처럼 군더더기도 없는 아담한 2층 단독주택이었다. 천국이 계단을 올라 현관 앞에 들어서자 딱 맞게 지온이 현관문을 열어 주었다.

"안녕하세요?"

천국이 멋쩍게 웃으며 인사를 했다.

"안녕 못하지. 자긴?"

"뭐, 그냥……."

"근데 대체 그게 뭐야? 선물이야?"

그의 손에는 보자기로 엉성하게 싸맨 새장이 들려 있었다.

"네, 대신 반품 안 되는 선물."

천국과 지온의 대화 소리에 새장 안의 앵무새가 끼르릉, 소리를 냈다.

"어머 대체 뭐야, 이게?"

거실 소파에 앉기 전, 천국은 새장을 싸고 있는 보자기를 열었다.

"어머, 앵무새잖아."

"앵두에요. 귀엽죠? 저, 근데 물 한 잔만 주실래요?"

천국은 몹시 목이 말랐다. 혹시나 지온이 앵두를 싫어하면 어쩌나, 자신이 괜한 행동을 하는 것은 아닌지 오는 내내 긴장을 한 탓이었다.

"내 정신 좀 봐."

지온은 거실 뒤편에 있는 주방으로 가서 방금 내린 에스프레소 커피 두 잔과 에비앙 한 병을 가지고 왔다.

"천국씨, 나 실은 어제 그 여자 만나고 왔어."

"……."

"뭐야, 하나도 안 궁금해?"

"네."

"훗. 하긴. 나도 자기랑 무슨 사이인지는 하나도 안 궁금해. 근데……."

"근데요?"

"예상이 맞았어. 유튜브 기사 난 거 그 여자 짓이었어."

"확실한가요? 그런 짓 할 만큼 무모한 사람은 아닌데."

"물론 심증만 있고 물증은 없었어. 그래서 다녀온 거야, 그 여자한테."

"그럼 물증은 잡으셨나요?"

"아니. 그래도 영상은 내려갔어. 돈이 좀 들었지만."

"……."

천국은 또 말이 없었다.

"참 묘한 재주가 있는 거 같아."

"네?"

"완벽한 타이밍에 말 아끼는 재주. 조금 전 그런 침묵이 바로 금이거든. 긍정도 부정도 않는."

"거짓말하는 거보단 나으니까요."

"맞아. 난 거짓말 하는 사람 싫어."

"아무튼, 그 여자한테 우리 이야기는 앞으로 절대로 안 했으면 좋겠어. 약속해 줘."

"네."

"근데 왜 그런 짓을 했을까? 돈 때문도 아니라면 딱 하난데."

"뭐 짚이는 거라도 있나요?"

"있어. 근데 그 짚이는 데가 내 오빠라서 너무 짜증이 나. 아무튼 물증이 없으니, 나 편하게 생각하는 수밖에."

"아……, 그렇군요."

"그나저나 내가 내기에서 졌으니 뭐, 받기는 하는데 이유는 알아야 하잖아, 내가 왜 이 앵무새를 받아야 하는지."

그때 천국은 메고 온 검정색 가죽 백팩에서 몇 권의 노트와 작은 앨범 하나를 꺼내 주섬주섬 테이블 위에 올려놓았다.

"실은 아주 오래전부터 이것들을 드리고 싶었어요."

"뭐?"

각각의 노트 표지에는 천국이 붙여 놓은 분류 스티커가 가지런히 붙어 있었다. 맨 위의 노트에 적혀 있는 '진달래 여사, 2020.12.24.' 스티커가 지온의 눈을 가시처럼 찔렀다.

보고도 믿을 수 없는 이름 진. 달. 래.

지온은 들고 있던 커피 잔을 테이블 위에 내려놓으며 천국의 눈을 똑바로 쳐다보며 물었다.

"누구야? 당신."

지온의 목소리가 뾰족하게 떨리고 있었다.

9. 몸친구

"아뇨. 지온씨가 내 얼굴은 못 봤어요."

"어떻게? 그게 말이 돼?"

"작업 중엔 방호복에 마스크까지 다하고 있으니까."

"아……."

지온의 1년 전 기억 속에는 그날의 상황만 존재할 뿐 천국의 실체가 없었다. 우연치고는 너무 심한 우연인 지금의 상황을 지온은 쉽게 받아들일 수 없었다. 반면 천국의 기억 속에서 지온은 꽤 구체적으로 존재했다.

"전 다시 봤을 때 바로 알아봤는데."

"그런데 이제 와서 이걸 왜 나한테 주는 거야? 대체 원하는 게 뭐야?"

혼란스러운 지온의 숨소리가 거칠어졌다.

"원하는 거, 그런 건 없어요. 원래는 반려 동물은 주인이 죽으면 대부분 안락사 시키는데 앵두를 제가 데려가 키우다 보니 지금 이것들도 버릴 수가 없었어요. 다른 의도는 없었으니 오해는 마세요. 아참, 저, 그리고 이거."

천국이 노트 사이에서 통장을 꺼내 지온에게 건넸다. 지온이 통장을 열자 안에 고인이 적은 작은 메모 한 장이 그 속에서 나왔다.

'제 관 값이에요. 제 마지막 길에 수고가 많으십니다. 고맙습니다.'

지온은 한동안 메모에서 눈을 떼지 못했다. 충혈된 그녀의 눈에서 어느새 눈물이 흘러내렸다. 천국은 그런 그녀를 모른 척하며 담담하게 자리에서 일어섰다.

"이만 가보겠습니다."

"……."

"저, 주제넘은 소리지만……. 슬픈 것도 너무 참으면 병 돼요."

"홋. 지금 병 주고 약 주는 거야?"

"아니, 그냥 그렇다고요."

"우리 아버지가 해 준 말이에요. 남자도 슬프면 울어도 된다고. 근데 제가 슬픈 적이 거의 없어서……."

천국은 그날 저녁, 지온을 혼자 두는 게 더 낫겠다고 판단했다. 자신 앞에서 날이 선 그녀가 복잡한 심경 때문에 실컷 울지도 못하는 게 마음 쓰였다.
"알고 있어. 자기는 보니까 희노애락 표정이 다 똑같아."
"제가요? 아닌데! 함 보세요. 자, 희……, 노……, 애……, 락……."
천국은 얼굴로 희노애락 네 글자를 써 보이며 썰렁한 조크를 시도했다. 그의 한결같은 표정을 보던 지온이 훗, 얕은 콧바람 소리를 내며 웃었다.
"슬프면 차라리 우는 게 낫다며. 왜 웃겨?"
"지온씨!"
천국이 갑자기 목소리를 내리깔며 진지하게 그녀의 이름을 불렀다.
"?"
"저, 이제 진짜 갈게요. 가게에 가 봐야 해서."

천국은 자리에서 일어나 성큼성큼 현관으로 향했다. 회색 뉴발란* 스니커즈를 신고 있는 그를 향해서 지온이 약속했다.
"조용해지면 가게로 한번 갈게."
"네. 곧. 가게에서든 어디서든 또 얼른 보고 싶어요."
천국이 현관문을 열고 나갔다. 지온은 닫힌 문을 응시하며 몇 분 동안 같은 자리에 서 있었다. 그리고 입을 열어 읊조렸다.

"고마워."

밤 11시 반, 지온의 집에서 나온 천국은 시벨롬으로 출근하지 않았다. 천국은 성수동 릴리 피의 집으로 향했다. 택시 안에서 그녀에게 수없이 전화를 걸었지만 응답이 없었고 왠지 불길한 예감이 들었기 때문이다. 택시는 서울 숲 근처 한강이 훤히 내려다보이는 '팬타곤 나인' 주상복합 입구에서 멈추어 섰다. 솔직히 릴리 피의 경제적 능력으로는 도저히 살 수 없는, 능력 밖의 공간이었다. 무슨 돈으로 그녀가 그곳의 비싼 월세를 낼 수 있는 건지 아무도 알 수 없었다, 심지어 천국까지도.

15층 엘리베이터에서 내린 천국이 그녀의 집 초인종을 눌렀다. 인기척은 없었지만, 그녀는 집에 있는 게 확실했다. 그녀가 나올 때까지 천국은 계속해서 초인종을 눌렀다. 그렇게 오 분이 지났을까, 수면제 기운을 떨치지 못해 부스스한 릴리 피가 만사 귀찮은 표정으로 문을 열었다.

"뭐야. 갑자기!"

"나 여기 계속 서 있어? 그냥 갈까?"

릴리 피가 머리를 집 안쪽으로 까딱거리자, 천국은 안으로 들어가 거실 소파 옆에 있는 '바*프렌드' 안마 의자에 털썩 끼어 앉았다. 그러자 릴리 피가 매섭게 쏘아붙였다.

"생각할수록 킹받네. 너 골프장에서 왜 나 쌩깠어?"

"비즈니스 중엔 서로 모른 척하기로 안 했어?"

안마 의자에서 벌떡 일어난 천국은 자기 집처럼 자연스럽게 침실 안으로 쓱 들어갔다.

"죽을 뻔했는데 병원에도 안 오고."

방 안으로 들어가 버린 천국에게 릴리 피는 소리를 높여 투정하듯 말했다.

"안 죽고 살아 있잖아."

"죽을래? 천국! 너 진짜 마이 컸다."

릴리 피가 방 안으로 들어가 침대 위에 가로로 누워 있는 천국의 앞에 섰다.

"내가 원래 크자나."

천국이 갑자기 일어나더니 릴리 피를 번쩍 안아 침대 위로 던졌다. 어깨에 걸친 그녀의 시스루 실크 가운이 스르르 뱀 허물처럼 미끄러져 매트리스 위로 톡 떨어졌다.

"설마 너, 지금 유지온이랑 있다 온 건 아니지?"

"무슨 상관."

천국은 그녀의 젖무덤에 얼굴을 파묻고 며칠 굶은 아기처럼 그녀의 가슴을 흡입하기 시작했다. 현란한 애무를 받으면서도 나름 최대한 이성을 잃지 않으려는 듯, 릴리 피가 끝없이 중얼거렸다.

"공사 치면서 자꾸 사적인 감정 넣고……, 그러는 거……, 아……, 아니라고 말했지. 읍."

"시끄러."

천국은 릴리 피의 입을 막으며 더 세게 키스했다. 그러다 그가 바지 지퍼를 내리려 하자 갑자기 릴리 피가 천국의 손을 잡아채며 말했다.

"안 돼. 여긴 나만 열 수 있어. 내 구역이야."

"웃"

릴리 피가 천국의 바지 지퍼를 한 번에 훅 내렸다. 어느새 두 사람은 격렬하게 혼성 격투기를 즐기듯 섹스의 절정을 향해 나아갔다. 릴리 피의 그곳이 흥분해 뜨거워졌다. 순간 천국은 조금 전 만났던 지온의 모습이 떠올랐고 절정의 그 순간에서도 그녀를 떨쳐 낼 수가 없었다. 혼란과 흥분의 그 어디쯤에서 터져 버린 천국은 결국 뜨거운 릴리 피의 안에 차가운 사정을 했다. 릴리 피는 사정한 천국의 입술에 자신의 입술을 가져갔다. 앗 차가워. 릴리 피는 소스라치게 놀라 입술을 떼었다. 천국의 모습은 온데간데없고 유지온이 거기 있었다. 지온이 서늘한 눈동자로 릴리 피를 내려다보고 있었다.

띵동. 띵동.

초인종 소리가 점점 크게 들려오기 시작했다. 모든 게 릴리 피가 수면제를 먹고 약에 취해 꾼 꿈이었다. 릴리 피는 최근 기이한 꿈들을 꾸고 있었다. 수면제를 먹으면 더욱 그랬다. 병원에서 퇴원하자마자 수면제를 털어먹은 릴리 피는 비몽사몽 꿈에서 벗어나려고 아까부터 안간힘을 쓰고 있었다.

쾅쾅쾅.

초인종 소리에도 기척이 없자, 누군가 문을 세게 두드리기 시작했다. 이윽고 릴리 피의 무거운 두 눈이 떠졌다. 이불에서 스르르 빠져나온 릴리 피가 현관으로 다가서서 물었다.

"누, 누구세요?"

"문 열어. 나야. 비번은 왜 바꿨어?"

문 너머로 들리는 천국의 목소리, 릴리 피는 그제야 안도하며 문을 열었다.

"혹시 몰라서 바꿨어. 자기 생일이 새 비번이야. 1224 별. 됐지?"

천국은 그녀의 설명에 별반 대꾸도 없이 그냥 집안으로 저벅저벅 걸어 들어와 거실을 좌우로 한 번 살핀 후 소파에 앉았다. 물을 잔뜩 먹은 솜인형처럼 무거워진 릴리 피는 침실로 다시 들어가 잠에 취했다. 천국은 네이비색 컬러의 피코트를 벗어 소파 손 걸이에 얹은 뒤 리모컨을 찾았다. 테이블 밑으로 떨어져있던 리모컨이 삐죽 고개를 내밀었다. 천국은 리모컨을 주워 TV를 켰다. 그에게 망설임이란 찾아볼 수 없었다. 오히려 내 집처럼 모든 게 익숙해 보였다. 잠시 여기저기 채널을 돌리던 천국은 골프 채널에 TV를 고정시키고는 몸을 더 깊숙이 소파 안으로 집어넣었다.

1년 전, 천국은 잠시 여자들에게 영혼을 팔아 돈을 벌고 그 돈으로 빚을 갚아 다시 일상을 되찾아 보리라 작정했었다. 그러나 천국은 요즘 들어 부쩍 자신이 무엇을 위해 살고 있는지 알 수 없었다. 생각해보면, 불나방처럼 그야말로 얼결에 호스트 세계에 뛰어들었다. 술자리야 어찌어찌 흘러갔지만, 잠자리는 별개의 문제였다. 시벨롬은 업계에서 '초이스' 없는 '클린 바'로 유명했지만 천국이 2차를 뛰지 않고서는 새엄마가 남기고 간 빚을 감당할 수 없었다. 팔자를 고치기 위해서가 아니라 지옥 같은 현실에서 벗어나기 위해 천국은 고정 스폰서를 잡아야만 했고, 고정 스폰서를 잡기 위해서는 잠자리에서 한 방에 끝내 줄 '프로페셔널'한 기술이 필요했다.

숫총각이나 다름없던 천국은 여자를 '네이*'와 '트위*'로만 배웠다. 타고난 왕성한 혈기는 태권도로만 분출했다. 그런 천국이 발랑 까진 또래 친구들만큼 여자를 잘 알 리 만무했다. 다행히 타고난 외모와 좋은 매너 덕분에 술자리에서 늘 지명을 받아 가게 매출을 견인하고 있었지만 한눈에도 그는 잠자리에서 '쑥맥'으로 보였다. 그런 그에게 영양가 있는 후견인이 생기지 않는 건 어찌 보면 당연한 일이었다. 그렇게 의미 없는 두어 달이 흘렀고 천국은 초조해지기 시작했다. 그 방면에 소질이 없음을 깨닫고 차라리 발을 뺄까 이런저런 고민을 하던 차에 거짓말처럼 릴리 피가 그의 눈앞에 나타났다. 엄밀히 말하자면 태리 사장의 앞에 나타났다고 해야 맞겠다. 태리 사장은 릴리 피의 인맥과 수완을 높이 샀으며 무엇보다도 빈틈없이 채워진 그녀의 낮과 밤을 화류계 선배로서 기꺼이 인정했다. 시벨롬의 호스트들에게 훌륭한 스폰서를 연결하는 일이야말로 태리 사장의 가장 중요한 업무 중 하나였다. 화류계 사람 장사는 다단계 사업과 유사하다. 아래 단계의 인간들이 많이 벌수록 윗자리 포주는 자다가도 떡이 생겼다.

태리 사장은 릴리 피에게 천국의 잠자리 지도를 노골적으로 부탁하는 대신 당분간 그녀의 공짜 유흥을 약속했다. 테리 사장은 천국이 준비되는 대로 이랑의 메인 스폰서인 옥여사에게 천국을 소개할 요량이었다. 물론 그 사실까지도 릴리 피에게는 넌지시 일러두었다.

"모야, 메리트가 하나도 없네. 그리구, 나 싫어. 옥여사 쪽이랑 지금 내가 이래 저래 얽혀 있는 거 오빠도 잘 알면서."

맨처음 릴리 피는 태리 사장의 제안을 단칼에 거절했다.

"선수끼리 왜 이래? 그럼 천국이를 이참에 확 네 거로 만들어 버리든가. 옥여사야 뭐 비즈니스잖아. 거기서 잭팟 터지면 천국이 뒤로 숨고 넌 빠져. 자기도 이 생활 빨리 청산해야지. 이제 서른 넘었잖아. 내 보기엔 자기도 유효기간 얼마 안 남았어."

결국 태리 사장은 귀 얇은 릴리 피를 회유하는데 성공했다. 옥여사를 천국의 스폰서로 앉히는 은밀한 프로젝트 함선에 릴리와 태리는 그렇게 함께 올랐다.

이런 뒷사정을 전혀 모르던 천국은 태리 사장의 말대로 릴리 피를 고객으로 응대했고 자신을 좋아해 주는 첫 고객이라는 고마움에 가게 밖에서도 자주 만났다. 릴리 피는 천국에게 여자를 구체적으로 몸소 알려준 사람, 그야말로 첫 여자이자 첫 고객이었다. 그리고 나중에는 떼려야 뗄 수 없는 '몸친구'가 되어 버렸다.

"아니, 그보다 훨씬 더 아래야. "

첫 섹스를 나누던 날 밤, 릴리 피는 버자이나가 정확히 어디인지도 모르는 천국이 어이가 없었다. 그러나 한편으로 신선하기도 했다. 그가 미숙했지만 확실한 수컷이란 걸 릴리 피는 진즉에 간파했다. 초행길이라 조금 낯설어 헤맸을 뿐, 스물 하나 숫총각 천국은 그 방면으로는 천부적 재능을 타고났다고 해도 과장이 결코 아니었다. 천국은 복잡하고도 미로 같은 여자의 성정을 너무나도 쉽게 무장해제 시켰다.

무엇보다 릴리 피는 천국이 자신의 성향부터 탐구할 수 있도록 이끌었다. 절절하고 지난한 현실 때문인지는 몰라도 천국은 그 어떤 변태적 성향에도 별다른 거

부감이 없었다. 릴리 피는 아랫도리 '화학적 찰떡 융합화', 몸과 마음이 따로 또 같이 넘나들 수 있는 '프로 선수 감정 조절', 더 나아가 고객 취향에 따른 '맞춤형 잠자리 성향 개발과 태도' 과정에 이르기까지 하나하나 세세히 몸과 입으로 몸소 친히 알려주었다.

어떤 섹스에도 감정은 없다. 곱하기 0.
섹스와 식사는 같다. 먹고 나면 싼다. 그래서 0으로 다시 비운다.

상대에게 받은 만큼만 되돌려 주기. 곱하기 1.
그게 좋은 거든, 나쁜 거든. 딱 그만큼만. 그 이상, 그 이하도 없다.

상대가 두 배 좋아하게 만들기. 곱하기 2.
통화 시간, 문자의 양 등 정량적 수치로 기록하고 관리하기.

아이러니하게도 정작 '몸 따로, 마음 따로'를 부르짖던 릴리 피 자신은 천국에게 단순한 잠자리 상대 그 이상의 감정이 생기고 말았다. 그러나 천국에게 연애 감정 따위는 사치에 불과했다. 천국의 하루는 원래 사채 이자를 버는 것으로 시작해, 이자를 납입하는 것으로 끝이 났었다. 옥여사로부터 월 오백만 원의 지원을 받게 되자, 비로소 천국은 신체 포기 각서에서 극적으로 해방될 수 있었고 일랑에게 얹혀 사는 신세도 겨우 면할 수가 있었으니 말이다. 그럼에도 천국은 옥여사 몰래 릴리 피를 계속 만날 수밖에 없었다. 릴리 피가 천국을 그냥 쉽게 놓아주려 하지 않았기 때문이었다. 태리 사장도 그녀와 약속한 게 있었으니 그런 상황을 방관하는 것으로써 부추겼다. 천국은 점점 더 릴리 피와 옥여사, 두 여자의 요구를 거절할 수 없게 되었다.

옥여사는 명동에서 수십 년간 활동한 사채 시장의 큰손이었다. 최근 몇 년 전부터는 삼오그룹 유지홍 부회장과 손잡고 부동산 개발 사업에 몰두해 왔다. 두 사람은 57조 규모의 정부 사업 개발사로 선정되기 위해 물불을 가리지 않았다. 지난 수 년간 경기도청, 국토교통부 등 결정권을 행사하는 모든 기관 단체장과 정치인들에게 공을 들였다. 문 의원은 그중 핵심 인사였고, 릴리 피는 그를 커버하는 '철벽녀'를 담당했다. 대규모의 정부 사업은 도시 재생 뉴딜 사업의 일환으로 김포 공항을 폐쇄하고 그 자리에 대규모 아파트 단지와 아웃렛 쇼핑몰을 조성하는 프로젝트였다. 공항 내 비행기 격납고는 최고급 레스토랑으로 변신할 예정이었고 삼오그룹의 차세대 핵심 비즈니스 중 하나였다. 릴리 피는 유지홍 부회장의 신임을 얻은 바 있는 검증된 최고의 섹스 로비스트로서 그 사업을 추진하는 데 촉매제 역할을 톡톡히 해오고 있었다. 알고 보면, 삼오그룹은 경영 후계자에 대한 대외적 이미지 관리에 매우 철저한 편이었다. 그 덕에 유 부회장과 릴리 피의 인연을 두고는 각종 루머가 분분하여 증권가 지라시에도 종종 등장했지만, 철저한 비즈니스 관계로 보는 시각이 우세했다.

새벽 2시가 지났다.
이상한 기사가 잠잠해질 때까지 당분간 가게에 나오지 말라고, 테리 사장은 뒤늦게야 천국에게 연락을 넣었다. 간만에 누려보는 호사스러운 게으름이었다. 옥여사에게는 몸이 안 좋아 약 먹고 잠을 좀 자겠노라 메시지를 보냈다. 평소 같으면 당장 뛰어왔을 그녀였지만 어쩐 일인지 메시지 한 통 들어오지 않고 조용히 있었다. 아마도 연말이라 공사다망한 모양이라고 천국은 그냥 그렇게 생각했다.

TV를 보던 천국은 느닷없이 허기를 느꼈다. 생각해보니 하루 종일 제대로 먹지를 못했다. 냉장고 안에는 생수 몇 병과 말라비틀어진 피자 몇 조각만이 뒹굴고 있었다. 천국은 냉장고 문을 닫은 후, 릴리 피가 잠든 침실 문을 열었다. 릴리 피는 여전히 자고 있었다. 그녀의 얼굴을 잠시 바라보던 천국은 다시 침실 문을 조용히 닫고 거실로 나가 TV 앞에 앉았다. 언제 그랬냐는 듯 그새 허기가 말라 버렸다.

한편 지온은 그 시각이 될 때까지 천국이 전해 주고 간 생모의 사진들을 하나하나 살펴보고 있었다. 그녀의 백일 기념 독사진과 자신을 안고 있는 젊은 시절의 생모 사진을 빼면 대부분 그녀가 잘 모르는 시간들이었다. 그것들은 자신의 생모가 남기고 간 몇 가닥 삶의 궤적이었다. 사진을 다 본 후 지온은 일기장으로 보이는 노트 한 권을 열어 보았다.
"어, 이게 뭐지? 앗."
지온은 심장이 멎을 것만 같았다. 노트 속 모든 문장들은 처음부터 끝까지 모조리 글씨가 뒤집혀 기록 되어 있었다. 평소 자신의 습관과 너무나도 똑같아서 지온은 소름이 돋을 지경이었다. 지온은 엄마가 뒤집어 적은 기록들을 한 권씩 차례차례 하나도 빠짐없이 읽어 내려가기 시작했다. 다른 사람들에게는 절대로 쉽게 읽힐 리 없는 암호 같은 글씨였지만 지온은 거침없이 단번에 읽어 내려갈 수 있었다.

생모의 기록을 모두 다 읽은 지온은 2층으로 올라가 침실 테라스로 나가는 유리문을 양옆으로 활짝 열었다. 먼저 테라스 구석에 놓인 바비큐 그릴을 열어 식용유를 조금 부었다. 그녀는 생모의 유품들을 모두 다 태울 작정이었다. 사진도, 노트도, 이백만 원의 잔고가 담긴 통장도, 그 안에 들어 있던 메모도 모두 다 타오르는 불길 속으로 미련 없이 내던지고서야 지온의 손에 사진 한 장만이 남았다. 자신과 꼭 닮은, 한복을 곱게 차려입은 생모의 이십 대 모습의 사진이었다.
"참 예뻤네. 우리 엄마."
사진을 보던 지온의 입가에는 엷은 미소가 번졌다.

"예수님 찬양, 예수님 찬양, 할렐루야~ 하나님, 감사합니다. 예수님 찬양, 예수님 찬양"

그때였다. 집안 어디선가 찬송가 노랫소리가 들려왔다.
어? 이게 무슨 소리지?

10. 앵두

"아……, 이런 맙소사!"

새장 속 앵무새가 찬송가를 부르고 있었다. 두 손으로 입을 틀어막아도 비명이 새어 나왔다. 지온은 거실 카펫 바닥 위에 그만 주저앉고 말았다. 앵두의 노랫소리, 그건 분명 죽기 전 짧은 통화로나마 들었던 생모의 목소리와 똑같은 소리였다. 지온이 자리에서 일어나 앵두가 있는 새장으로 다가가자 갑자기 앵두가 노래를 멈추었다. 새장 안에서 앵두가 푸드득 날갯짓을 했다. 지온은 새장 사이로 손가락을 넣어 앵두의 머리를 살며시 쓰다듬어 주었다. 그러자 앵두가 그토록 그리던 지온의 손에 조만한 얼굴을 비볐다. 지온은 더 이상 앵두가 낯설지 않았다. 지온이 앵두를 만지며 들릴 듯 말듯 속삭였다.

"어, 엄마."

그녀가 새장 문을 열었다. 앵두는 눈치를 보는가 싶더니, 새장 밖으로 나오자마자 휙 위로 날았다. 천장에 매달려 있는 샹들리에에 앵두가 내려앉았다. 지온이 앵두를 올려다보며 다시 한 번 소리 내 불러 보았다.

"어, 엄마~!"

그날 밤, 지온은 거실에서 앵두와 함께 싱글몰트 위스키를 스트레이트로 연거푸 두 잔이나 마셨다. 앵두는 거실 여기저기를 날아다니다 결국 부엌 냉장고 옆 싱크대 위에 놓인 황금빛 오렌지 착즙 기구 옆에 안착했다. 지온은 아직 앵두를 다시 새장에 가둘 엄두가 나지 않았다. 손에 잡히지 않는다면 애쓰기보다 그냥 당분간 이렇게 서로 거리를 두고 지켜보자고 지온은 마음먹었다. 지온이 앵두를 뚫어지게 쳐다보자 앵두도 고개를 갸우뚱거리며 그녀를 쳐다보았다. 하루 종일 비운 속을 술로 채운 탓인지 금방 취기가 올랐다. 새벽 3시가 넘은 시간, 지온은 갑자기 휴대폰을 열어 아해에게 문자를 보냈다. 5분이 지나도록 답이 없었다. 아해는 잠들었을 것이다. 휴대폰을 물끄러미 바라보던 지온이 갑자기 누군가에게 전화를 걸었다.

"여보세요? 천국씨?"

그 새벽, 지온의 전화를 받고 천국은 지온의 집으로 다시 찾아왔다.
"이 시간까지 안 자고 뭐 했어요?"
"난 낮이 밤이잖아요."
"어머, 피! 이마는 왜 그래?"
"아, 나오다 어디에 부딪혔어요. 괜찮아요."

앵두를 손에 올려 조심스럽게 새장 안에 넣으며 천국이 대답했다. 지온은 욕실로 들어가 소독약과 일회용 밴드를 가지고 나왔다.
"자, 이거. 그냥 두면 얼굴에 상처 나."
"아, 네."

천국이 소독 솜으로 상처를 대충 닦은 뒤 밴드를 붙이려 하자 지온이 밴드를 빼앗으며 말했다.
"이리 줘 봐요. 내가 해줄게."

천국은 지온에게 다친 상처를 내어 주었고 지온은 일회용 밴드를 정확한 상처 부위에 맞춰 붙여 주었다.
"고마워요."
"아. 배고파. 천국씨, 혹시 지금 뭐 먹을래요?"

지온이 천국을 유혹했다.

지온을 따라 천국은 부엌으로 들어갔다. 은은한 옻나무 향이 그곳에서도 맴돌았다. 지온은 냉동고에 얼려 놓은 하얀 덩어리 두 개를 꺼내어 냄비 속에 툭 넣었다. 그리고 냄비를 아일랜드 식탁 위에 설치된 인덕션에 올리고 불을 켰다. 잠시 후 냄비 속 하얀 덩어리는 트러플 감자 수프로 변신하였다. 천국이 먼저 냄새를 음미했다.

"왜 안 먹어?"

"같이 먹어요."

"먼저 먹고 있어. 나 한 가지만 더하고."

지온의 권유에도 천국은 숟가락을 들지 않았다. 마치 주인의 지시를 기다리는 충견처럼 수프 앞에서 지온을 기다리고 있었다. 그 사이 지온은 오븐에서 스테이크를 굽기 시작했다. 그녀의 손은 매우 빨랐고 아주 노련해 보였다. 집안일 따위는 신경도 안 쓸 사람으로 보였는데 의외였다. 지온은 스테이크를 뚝딱 구워 내더니 와인 냉장고에서 나파밸리 적포도주 한 병을 꺼내와 천국의 앞에 마주 앉았다.

"아차."

지온은 수프를 먹으려 숟가락을 들었다가 뭔가 중요한 것을 잊은 사람처럼 황급히 내려놓았다. 그리고는 휴대폰을 열어 음악을 튼 후에야 다시 아무 일도 없다는 듯 수프를 먹는 데 집중했다. 드뷔시의 달빛이 집안 곳곳에 안개처럼 퍼졌다.

"수프가 다 식었네."

"식은 게 더 맛있어요."

"식은 게 맛있다니, 식성이 이상한 거 아냐?"

"나름 미식가인데……."

천국은 순식간에 수프를 마신 후, 안심 스테이크를 일정한 크기로 잘랐다. 지온은 와인을 따서 그의 잔에 먼저 따라 주었고, 자신의 잔에도 조금 따랐다. 둘은 와인 잔을 부딪치지도 않은 채 바로 스테이크를 먹기 시작했다. 음식이 입으로 들어가는 순간, 두 사람은 그제야 깨달았다, 자신들이 몹시 허기졌다는 사실을.

두 사람 사이로 광파오븐 속 마이크로웨이브 같은 보이지 않는 정적이 흘렀다. 포도주 한 병이 순식간에 사라졌다. 샐러드나 후식 같은 건 없었다. 그저 두 사람 앞에 놓인 커다란 스테이크 한 덩이가 전부였지만, 천국은 전혀 부족함 없이 꽉 찬 느낌이 들었다. 식사가 끝날 때까지 드뷔시의 달빛은 멈추지 않고 계속 흘렀지만, 천국은 그 음악이 무한 반복되고 있다는 사실을 전혀 깨닫지 못했다.

"천국씨 아버지는 뭐하셔? 물어봐도 돼?"

지온이 뜬금없이 천국의 아버지에 대해 물었다.

"우리 아버진 갑자기 왜요?"

"몰라, 그냥 궁금해. 아들한테 슬프면 울어도 된다고 하는 아버지시잖아. 내 이상형이야."

"어쩌죠? 지온씨 이상형 돌아가셨어요."

"아, 미안."

"뭘요. 기억은 잘 안 나지만 젊으셨을 때 산에서 수목 관리를 하셨어요. 혹시 아보리스트라고 알아요?"

"산에서 나무 보살피는 사람?"

"네. 아주 높은 나무에 올라가서 나뭇가지도 쳐 내고……, 그러다 결국 빌딩 외벽을 타셨지만. 엄마 죽고 서울로 이사 와서부터는요."

"대단하시다. 그거 진짜 아무나 못 하는 일인데."

"지금은 아무도 없어서 편하긴 한데……, 어? 근데 이거 왠지 공사 당하는 기분인데, 지금!"

"몰랐어?"

"훗. 완전 날림 공사네요."

천국의 표정이 잠시 어두워졌다. 지온은 생각에 잠긴 천국을 살피더니 물었다.

"왜 그래?"

"아버지가 어느 날 집에 여자를 데려왔어요. 고1, 여름방학 때."

"새엄마?"

"네. 근데, 새엄마를 엄마라고 안 불렀어요. 한 번도."

"다 커서 만났는데 엄마 소리가 안 나올 법도 해. 나야 머, 아예 기억이 없으니까."

"아 근데, 이 시점에 갑자기 저 질문 하나 해도 돼요?"

"응. 뭔데?"

"지온씨, 왜 남자 시계 차고 있어요? 무슨 사연이라도 있는 시계에요?"

지온은 꽤 오래되어 빈티지가 된 롤렉* 오이스터 남자 시계를 멋으로 차고 있었다. 천국에게 시계를 차는 패션 스타일까지 이야기 해주긴 뭣해 지온은 그냥 말을 아꼈다.

"맘에 들어?"

지온이 시계를 풀어 천국에게 건네며 말했다.

"차 봐."

"아, 아니에요. 그런 뜻."

"그런 뜻? 공사?"

"네."

"한번 차 보라니까."

마지못해 천국은 지온이 건넨 시계를 찼다. 그 시계는 지온의 아버지 유 회장이 젊은 시절 즐겨 차던 시계였다. 지온은 그 시계를 찬 아버지의 모습을 너무나 사랑했다. 몇 년 전, 아버지께는 하루만 빌리겠다고 말해 놓고 여태 그냥 가지고 있던 소중한 시계였다. 지온은 천국에게 그런 시계를 채웠다. 지온이 느슨하게 줄을 줄이지 않고 팔찌처럼 시크하게 차던 거라 천국의 손목에 채우자 기가 막히게 딱 맞았다.

"잘 맞네. 그거 자기가 차. 빈티지라서 돈은 안 되니까 팔진 마."

"······."

"아, 내가 재미난 이야기 하나 해줄까?"

"뭔데요?"

"나, 낳아 준 엄마 직업이 뭐였는지 알아?"

"글쎄요."

"승강기 승무원."

123

"승강기 승무원? 그런 직업도 있나?"

"응. 엘리베이터 걸. 지금은 없어졌지만, 있었어. 예전에는."

"아……."

"사진을 보니까 우리 엄마 유니폼이 한복이었나 봐. 우리 아버지 호텔에서 일하던 직원이었대. 자기 새엄마는 지금은 같이 안 살지?"

"사라졌어요. 아빠 장례식 끝나자마자."

"쎄다, 정말이야?"

탁. 그 순간, 지온의 앞에 놓여있던 와인 잔이 쓰러졌다. 술을 섞어 마신 지온은 테이블 위에 머리를 대자마자 그새 잠이 들었다. 천국은 지온을 깨우지 않기로 했다. 조용히 잔을 치우고, 지온을 바라보고 있었다. 그냥 그러고 싶었다. 혹시나 그녀가 깰까 봐 더 이상 먹지도, 마시지도, 움직이지도 않았다. 지금 이 순간이 그대로 박제되어 그녀 옆에서 영원히 앉아 있고 싶다고, 천국은 그런 자신이 바보 같다고 생각했다.

천국은 그날 새벽 그렇게 해 뜨는 아침까지, 팔이 저리도록 미동도 하지 않고 지온의 앞자리를 지켰다. 그녀가 깊은 잠에 빠지자, 천국은 차고 있던 시계를 손목에서 조용히 풀어 지온의 머리맡에 얌전히 두고 자리에서 슬며시 일어나 그녀의 집에서 나왔다.

/ 11. 개미지옥

연말이 지나고 새해가 되면 어김없이 마음이 허한 남자들이 모여들었다. 그곳은 옥여사가 돈세탁을 위해 불법적으로 운영하는 경륜장이었다. 경기는 스크린으로 불법 중계되었지만, 실제 경기는 합법적으로 광명시에서 진행되고 있었다. 다른 섹션에 비해 비교적 한산한 노블레스 룸이었지만 가끔 들려오는 심한 욕설은 경기의 감초였다. 하긴 판돈이 3천 배당까지 가니, 한 번의 배팅만으로도 몇 억은 쉽게 딸 수도, 날릴 수도 있었다. 아무나 출입할 수 있는 구역이 아니었다.

"손님 오셨습니다."

검은 양복에 덩어리가 아주 큰 용식이 옥여사에게 각을 잡고 보고했다.

"모시고 온나."

유지홍 부사장과 문 의원이 용식의 뒤를 따라 옥여사가 앉아 있는 테이블로 다가왔다.

"한 번쯤은 확 까고 보여드려야겠기에 이리로 모셨습니다. 문 의원님."

옥여사가 빨강색 가죽 장갑을 천천히 벗으며 포스 있게 말했다.

"새해 복 많이 받으십쇼. 옥여사."

문 의원도 그녀에게 새해 인사를 건네며 자리에 앉았다. 유지홍 부회장이 바로 옆에 앉으며 입을 떼었다.

"옥여사님, 우리 삼오가 다음 달이면 제1개발사로 확정될 겁니다. 안 그렇습니까? 선배님."

"브라보!"

옥여사가 이미 알고 있음에도 분위기를 맞추러 평소 입버릇처럼 잘 쓰는 추임새를 넣었다.

"흐음."

문 의원이 뭔가 불편한 기색을 바로 내비쳤다.

"어므낫, 미리 축하드려요. 문 의원님. 아시다시피, 삼오는 너무 유명한 회사라서 비딩이 들어갈 때만 좋지, 나중에 수익 배당할 때는 보는 눈이 많아서 불리한 점이 많아요. 그래서, 따로 합작회사를 미리 세팅해 두었습니다. 주식회사 '화통대미 化通大尾'라고……. 이참에 저희 같은 민간 사업자의 수익을 경기시가 환수하는 조항 같은 건 확실하게 꼭 빼 주셔야 합니다. 그 뒤는 여기 경륜장에서 다 알아서 안전하고 화끈하게 빨아 드릴 거니까 염려마시구요. 오호호호."

"오호, 옥여사, 이거 오늘 너무 나가시네. 그런 건 제가 장담할 수가 없는 사항입니다. 흠……, 일개 경기도지사 따위를 움직인다고 될 일이 아니잖소. 어험."

문 의원이 한 발 빼자, 유 부회장이 나섰다.

"아이참, 선배님도. 다음 주에 VIP하고 신년 조찬 잡히신 거 알고 있습니다."

"뭐, 조찬 자리에서 꺼낼 이슈는 아니잖나. 기회를 좀 보자고. 후배님."

"아, 네……. 어떤 방식으로든 위에서 움직여만 주시면 나머지는 제가 따로 커버하겠습니다."

때마침 좀 전에 시작한 경륜 경기가 막 종료되었다. 그날의 마지막 배팅이었다.

"몇 번에 거셨나요? 문 의원님."

"3번, 썬더버드."

"브라보! 브라보! 올해 운수 대통하시겠어요. 오호호호호호호."

"선배님, 이거 참, 새해 벽두부터 행운이 따라 주네요. 아 하하하하하."

유 부회장도 박수를 치며 옥여사와 장단을 맞추었다. 20분 전, 노블레스 룸으로 입장하면서 문 의원은 유 부회장이 사준 티켓으로 마지막 경기에 배팅을 했다. 옥여사는 그 번호를 사전에 실시간으로 보고 받았고, 광명시는 옥여사의 지시에 따라 3번을 1등으로 골인시켰다. 어느새 용식이는 상금이 담긴 검은 돈 가방을 들고 문 의원 옆에서 대기하고 있었다. 문 의원은 유 부회장이 대신 사준 단돈 30만 원짜리 티켓 한 장으로 그날 오후, 단숨에 9억 원을 현금으로 그 자리에서 배당받았다. 여자보다 돈을 더 밝히는 문 의원은 기쁜 내색을 억지로 숨겼지만 어쩔 수 없었다. 그는 돈 가방을 받아 들며 옥여사와 후배 유지홍에게 말했다.

"내가 재운이 좀 있긴 하지."

그것은 그저 시작에 불과했다. 김포공항 재개발 사업이 시작되면 단지 삼십 배가 아니라 삼천 배 이상의 수익을 나누어 가질 욕망을 그들은 하나씩 설계하고 있었다.

연말이 지나고 새해가 되면 어김없이 마음이 허한 여자들이 모여들었다. 그곳은 강남 최고의 멤버십 호스트 클럽 '시벨롬'이었다. 곧 나이 한 살을 더 먹게 되는 불안감 때문인 건지 2월 말까지 예약은 이미 꽉 차 있었다. 이런 대목에 테이블을 뛰지 못하고 있으니, 자기 잘못은 아니라지만 천국은 왠지 눈치가 보였다. 천국은 태리 사장에게 가게에 출근해도 좋을지 한 번 더 물어보았다. 그러나 돌아온 대답은 따로 연락할 때까지 쥐 죽은 듯 조용히 쉬고 있으라는 말뿐이었다. 옥여사 덕분에 버는 족족 사채 이자로 들어갔던 빡센 인생에서 벗어나긴 했어도 천국은 왠지 늘 불안했다. 불안한 삶은 이미 그에게 일상이었다. 아무것도 하지 않는 삶, 사채 이자를 내지 않아도 되는 인생이란 그에게 오히려 불안하기 짝이 없었다.

천국은 일랑과 함께 그의 오피스텔에서 떡국 없는 새해를 맞이하고 있었다.
"야, 너 옥여사만 믿고 이렇게 맨날 이렇게 쉬어도 돼? 새끼, 아주 팔자가 늘어졌군."
일랑이 옷을 챙겨 입으며 천국을 흘겨보았다.
"당분간 가게에 얼씬도 말라는 데 어떡해. 일 나가냐?"
침대와 한 몸이 된 천국이 뒹굴 거리며 일랑에게 물었다.
"오늘 하루는 쉬려고 했는데……. 오라는 데 있으니 고맙지 뭐. 후딱 갔다 올게."
"물 들어올 때 노 저어라, 일랑아."
"저게 아주 요즘 교만해졌어."
"일랑아, 너 간만에 이 교만한 형님 덕 좀 볼래?"
"뭐?"

말은 그랬지만 천국은 일랑을 따라나섰다. 특수 청소 작업을 의뢰받은 곳은 성수동. 하필 주소지가 우연히도 릴리 피가 살고 있는 바로 그곳, '성수동 펜타곤 나인' 주상복합이었다. 지난 일 년 간 천국이 일랑의 집 다음으로 잠을 많이 잔 곳이기도 했다. 가는 내내 천국은 얼굴이 죽상이었고 일랑은 그런 천국을 한껏 놀렸다.

"하필 또 거기라니. 릴린지 뭔지, 영원히 거기서 못 헤어나는 거 아냐? 지금 보니까 아주 개미지옥이라니까."

"조용히 해라. 너."

"짜식. 마스크나 단디 올려 써라. 혹시 알아? 그 여자랑 딱 만날지. 크윽."

며칠 전 새벽, 천국이 지온의 집으로 가기 위해 그 집을 막 나설 때였다. 시체처럼 잠을 자고 있던 릴리 피가 신기하게도 천국과 지온의 그 조용한 통화 소리에 귀신같이 잠을 깼었다.

"이 시간에 어딜 가? 그 무거운 골프백까지 들고서."

거실 한복판에 선 채, 허리에 양손을 짚고 미간을 찌푸리며 릴리 피가 천국에게 물었다.

"잘 있어. 갈게."

"무슨 꿍꿍이야? 어디 가는데?"

"그동안 고마웠어."

천국은 현관에 앉아 신발 끈을 묶으며 느닷없이 작별 인사를 했다.

"갑자기 너 왜 그래? 태리 오빠가 너한테 무슨 소리 했어?"

"왜? 내가 뭐 들으면 안 되는 거라도 있어?"

"아, 아니. 그런 게 어딨어."

릴리 피는 다리에 힘이 풀렸는지 안마 의자에 앉았다.

"가기 전에 마지막으로 한번 안아 보고 가게. 자, 이리 와. 릴리."

그게 마지막 포옹일지도 모른다는 공포가 엄습해 오자 그녀는 못들은 척 안마 의자의 버튼을 눌렀다. 좌석이 뒤로 젖혀지면서 서서히 내려가기 시작했다. 천국은 두 팔을 벌리고 열을 세기 시작했다. 하나, 두울, 셋…… 릴리 피는 그 자리에서 꿈쩍도 하지 않았다.

"싫어? 그럼, 나 그냥 간다."

"누구 맘대로! 이대로 나가면 너, 옥여사랑도 끝인 줄 알아."

뒤로 누운 자세로 릴리 피가 천장에다 대고 미친년 혼잣말처럼 중얼거렸다.

"관두자."

"가지 말라니까!!!!!"

팍. 윽. 그때, 어디서 났는지 그녀는 쥐고 있던 골프공을 천국을 향해 세게 집어던졌다. 천국은 피한다고 피했으나 공은 천국의 이마를 정통으로 맞고 바닥으로 굴러 떨어졌다. 어느새 릴리 피가 천국의 뒤로 다가와 그의 허리를 감싸며 등에 얼굴을 묻고 있었다. 천국의 이마에선 피가 흘러내리고 있었지만, 두 사람 모두 아랑곳하지 않았다.

"가지 마, 여기서 나가면 지옥이야."

"갈 거야, 여기도 지옥이었어. 잘 지내."

"……."

천국은 매달리는 릴리 피에게 일말의 미련조차 남아있지 않았다. 옥여사라는 스폰서가 생겼으니 이제 릴리 피에게 더 이상 볼일이 없어져서가 아니라, 불안정한 자신에게 집착하는 건 옥여사 하나만으로 충분했기 때문이었다. 언제부터인가, 릴리 피의 감정에서 진심의 무게가 느껴지면서 천국은 못 견디게 부담스러워졌다. 게다가 릴리 피는 옥여사와 너무 많이 비즈니스가 얽혀 있었다. 천국도 어렴풋이 짐작은 하고 있었기에 앞으로 행동거지를 더 조심해야겠다고 생각했고 릴리 피와 손절하는 쪽으로 탈출구를 모색하고 있었다.

천국은 릴리 피의 백허그를 천천히 풀며 발밑에 떨어진 피 묻은 골프공을 주워 그녀에게 내밀었다.

"릴리, 이런 거 화난다고 함부로 던지고 그러지 마. 진짜 다쳐."

"행운의 공이야. 그니까, 천국씨가 그 공 가져가."

"됐어."

"가져가라니까."

릴리 피는 천국의 손에 그 공을 쥐어 주었다. 천국은 더 이상 골프공 따위로 그녀와 실랑이를 벌이고 싶지 않았다. 그냥 일분일초라도 빨리 거기서 나가고 싶었다. 천국은 골프공을 거실의 안마 의자 쪽으로 포물선을 그리듯 아래서 위로 가볍게 올려 던졌다.

휘익, 쏙.

희한하게도 그 공은 안마 의자 방석 위로 떨어지더니 등받이 홈 안으로 쏙 들어가 숨어 버렸다.

"가지 마, 제발."

릴리 피가 힘없이 매달리며 말했다. 천국은 그런 그녀를 그대로 둔 채, 현관문을 열고 밖으로 나갔다. 어디선가 칼바람이 들어와 릴리 피의 가슴 속을 날카롭게 찌르더니 그녀를 뚫고 지나가 버렸다. 예상보다 이른 이별 통보였다. 릴리 피는 천국이 막 나간 현관문을 바라보다, 갑자기 문을 확 열고 맨발로 뛰쳐나갔다. 저 멀리 복도 끝 엘리베이터를 기다리고 있는 천국이 보였다. 자기 분에 못 이긴 릴리 피가 고래고래 소리를 질러 대기 시작했다.

"야~~~~~~~~~~~~~ 아~~~~~~~~~~야~~~~~~~~~~~~~~악!"

때마침, 같은 층에 사는 이웃 여자가 커다란 빨간색 리모* 트렁크를 끌고 엘리베이터 쪽으로 걸어 나오고 있던 참이었다. 갑작스러운 비명에 깜짝 놀란 그 여자는 귀를 막으며 천국에게 걱정스러운 얼굴로 물었다.

"저 여자분, 왜 저러세…… 어맛, 저기요, 피."

"네? 아, 넵."

그녀의 집요한 관심이 부담스러운 천국은 마지못해 대답하며 이마의 피를 소매로 닦았다. 그때, 복도 끝 비상구 쪽에서 두 사람이 사라지기만을 기다리며 숨죽여 엿보고 있는 그림자 하나가 아른거렸다. 푹 눌러쓴 검은색 야구 모자에 검은색 마스크까지, 누가 그림자이고 누가 사람인지 분간하기가 어려울 정도로 비상구 앞은 어두웠다. 그림자가 휴대폰을 꺼내 어딘가에 급하게 문자를 넣었다.

[천국이 지금 막 릴리 피 집 밖으로 나갔음]

그림자의 주인은 다름 아닌 이랑이었다.

15층 엘리베이터의 문이 열렸다. 천국이 먼저 엘리베이터에 탔다. 천국을 따라 그녀도 엘리베이터에 탔다. 천국이 먼저 1층을 눌렀고 그의 눈치를 보던 이웃 여자가 지하 2층을 눌렀다. 이웃 여자가 들고 있던 트렁크와 천국의 골프백으로 그날따라 엘리베이터 안이 몹시 비좁게 느껴졌다. 앗, 젠장. 천국은 그제서 휴대폰을 안에 두고 그냥 나온 것을 깨달았다. 엘리베이터가 1층에서 멈추고 문이 열렸는데도 천국이 내리질 못했다.

"안 내리세요?"

이웃 여자가 천국에게 물었다.

"아, 네."

지하 2층에서 내릴 때까지 이웃 여자는 줄곧 힐끔거리며 천국을 훔쳐보고 있었다. 이웃 여자는 천국이 다시 15층 단추를 누르자 안타까운 미소를 지었다. 이웃 여자는 천국이 참 멀쩡하게 잘생겼다고 생각했다. 한밤중에 저렇게 소리 지르는 교양 없는 여자에게 천국이 다시 돌아간다는 사실이 그 이웃 여자는 내심 못마땅하고 안타깝기 그지없었다.

15층에 다시 올라간 천국은 곧바로 릴리 피 집안으로 들어가지 못하고 잠시 복도를 배회했다. 얼마 후, 릴리 피가 다시 잠들어 잠잠해진 것을 확인한 후에야 천국은 조용히 비번 1224*을 누르고 안으로 들어갔다. 거실 테이블 위에 두고 나온 휴대폰을 챙겨 천국은 그길로 지온의 집으로 다시 향했다.

"휴우, 아, 씨바. 십년감수했네. 아니 왜 나갔다가 또 온 거래?"
복도 끝 비상구 앞에서 사라지는 천국의 뒷모습을 바라보며 이랑이 안도의 한숨을 내쉬고 있었다. 이랑은 다시 릴리 피 집 앞으로 한 발 한 발 걸어갔다.

이랑이 릴리 피의 집 앞에서 초인종을 누를까 말까 망설였다.

12. 애일당

"젠장, 도대체 뭔 냄새냐, 이렇게 좋은 건물에."

성수동 펜타곤 나인 16층 복도에 도착한 일랑이 푸념 섞인 목소리로 말했다. 천국이 마스크를 잠시 벗은 뒤 냄새의 근원을 찾기 위해 신경을 집중시켰다. 일랑도 천국을 따라 마스크를 벗었다. 우웩. 헛구역질이 나오자 일랑은 얼른 다시 마스크를 뒤집어썼다. 복도 중간쯤에서 천국의 걸음이 멈췄다. 천국은 1607호 초인종을 눌렀다. 아무도 없는 빈집이었다. 잠시 후 관리소장이 열쇠를 들고 올라와 문을 열었다.

"소장님, 여기 언제부터 비어 있었나요?"

천국이 관리소장에게 물었다. 감이 안 좋았다.

"한, 삼 개월 된 거 같은디, 왜?"

집 안에 들어서자 숨어 있던 썩은 악취가 숨겨왔던 면모를 드러냈다. 시체 썩는 냄새가 안에서 진동했다. 천국의 뒤를 따라 일랑과 관리소장도 조심 조심 베란다로 나갔다. 베란다 하수구에는 구더기가 피고 있었다.

"일랑아, 너는 여기부터 치우고 있어. 소장님, 여기 아래층이 몇 호죠?"

"7호 아니믄 11호 인디······. 층마다 구조가 달라서 헷갈리네."

갑자기 천국의 동공이 흔들렸다.

"임마, 너 왜 그래?"

일랑이 천국의 팔을 툭 치며 물었다. 천국은 아무 말 없이 현관 밖으로 나왔다.

역시나 15층 복도에서도 악취가 났다. 펜타곤 나인은 아직 비어 있는 세대가 대부분인 신축 건물이었다. 그나마 입주한 사람들도 새해 연휴라서 여행을 떠나고 대부분 집을 비운 상태라 건물은 마치 유령의 집처럼 썰렁하게만 느껴졌다. 그 바람에 여태 민원이 들어온 게 없었다고 관리소장은 설명했다. 천국은 익숙한 15층 복도를 따라 냄새의 근원지를 쫓기 시작했다. 천국의 발걸음이 결국 릴리피의 집 앞에서 멈추었다.

"천국아, 여기가 거기 맞지? 그 여자 집."

"응."

천국의 불길한 낌새를 눈치 챈 일랑은 어느새 천국의 옆에 내려와 서 있었다.

"천국아, 넌 올라가 있어. 내가 혼자 들어가 볼게."

"됐어."

"되긴 뭐가 돼. 올라가 있으래도. 저, 소장님, 여기 문 좀 열어 주세요."

천국은 물러서지 않았다. 이윽고 관리소장이 문을 열었다. 천국은 일랑의 만류에도 불구하고 제일 먼저 앞장서 안으로 들어갔다. 잔뜩 겁을 먹은 관리소장은 안으로 더 들어가지도 못하고 복도로 다시 나가 일랑을 붙잡고 횡설수설하기 시작했다. 역한 냄새가 진동하는 거실을 지나 천국이 베란다의 미닫이문을 떨리는 손으로 열었다. 역시나, 그의 안 좋은 감은 한 번도 틀린 적이 없었다. 베란다에는 릴리 피, 그녀가 나 몰라라 방치된 채로 처참하게 죽어 있었다. 베란다 사방에 튀고 흐른 피는 벌써 검붉고 찐득하게 굳어 있었다.

아아아아하, 이런…….

그때 천국의 고통스러운 목울림이 복도 밖까지 새어 나왔다. 천국은 누군가 머리카락을 힘껏 당기는 것처럼 머리 거죽이 뻣뻣해졌다. 다리에 힘이 빠진 천국은 바닥에 주저앉고 말았다. 속이 파도를 타듯 출렁대더니 천국은 결국 헛구역질이 났다. 그가 시신 앞에서 헛구역질하기는 이번이 처음이었다. 필시 아는 사람의 시신이어서 그랬을 것이다.

"뭐야, 왜 그래? 천국아! 헉, 이런……."

뛰어 들어온 일랑이도 시신 앞에서 얼음처럼 굳었다. 두 손을 바닥에 짚고 헛구역질을 하던 천국이 다시 호흡을 가다듬은 후 자리에서 일어났다. 그리고 릴리 피의 마지막 모습을 향해 천천히 다가갔다. 온몸에 선혈이 낭자한 그녀는 두 눈을 부릅뜬 채 허공을 노려보며 쓰러져 있었고, 그녀의 몸은 위태롭게 반쯤 접힌 채 세상으로부터 버려져 있었다. 그녀의 목에는 검은색 끈이 칭칭 감겨 있었다.

자세히 보니 그녀가 평소 즐겨 쓰던 본인의 가죽 하네스[09]가 분명했다.

"일랑아……. 으윽, 커억."

천국이 다시 헛구역질을 하기 시작했다.

"천국아, 여긴 네가 있을 데가 아닌 것 같다. 내가 알아서 할게. 넌 어서 철수해."

일랑이 천국의 어깨에 손을 올리며 말했다.

"그래, 알았어. 뒷일 좀 잘 부탁한다."

어느새 복도에서 기다리고 있던 관리소장이 슬며시 현관 안으로 들어와서는 베란다에 있는 일랑과 천국에게 물었다.

"죽은 겨? 왜 죽은 겨?"

"그걸 우리가 어떻게 알아요. 경찰 불렀으니까 소장님께서 직접 물어보세요."

이야기가 오가는 동안 천국은 조용히 그곳을 빠져나갔다.

15분 만에 관할 지구대가 도착했다. 출동한 경찰은 일랑과 관리소장에게 왜 사건 현장으로 들어오게 되었는지, 어떤 경로로 용역을 수주 받게 되었는지 등을 반복해서 여러 번 묻고 받아 적었다. 과학 수사대 현장 감식반이 도착한 뒤에도 경찰 조사는 두 시간 가까이 계속되었다. 그러나 천국이 그곳에 있다가 사라졌다는 사실은 아무도 눈치 채지 못했다. 경찰 조사가 겨우 끝나자, 반쯤 혼이 나간 관리소장은 천국의 존재 따위는 이미 까맣게 잊은 채 머리가 아프다며 관리실로 내려가 버렸다. 일랑은 16층으로 다시 올라가 청소를 재개했다. 괜한 오해를 살까 싶어 일랑은 천국에게 아예 연락도 넣지 않았다.

저녁 6시가 지나서야 관리소장은 16층으로 올라와 아래층 현장 감식이 모두 끝났으니 청소를 시작해도 좋다며 일랑을 15층으로 데리고 내려갔다.

"아, 근디, 여어 안마 의자는 내가 쓸까 허는디……. 내다 버릴 거면 거다 그냥

---

09) **하네스** 원래는 패러글라이딩이나 등반할 때 안전을 위해 쓰는 장비 중 하나. 최근에는 반려 동물의 어깨와 가슴에 착용하는 줄도 하네스라고 부름. 에스에머들이 성적인 판타지를 위해 목과 어깨에 착용하는 가는 벨트 형태의 액세서리.

놔두고 가드라고."

관리소장은 망자의 물건에 탐욕을 부린 뒤 바로 사라졌다. 보통은 시신이 다 수습된 이후의 현장만 봐 왔던 일랑이었다. 그래서인지 좀 전에 직접 목격한 시신이 자꾸만 눈에 아른거려 다시 두 손이 벌벌 떨렸다.

"아, 젠장, 대체 어디서부터 손을 대지?"

현장감식반은 필요한 증거물들을 삽시간에 싹 쓸어 갔다. 감식반이 떠난 자리는 마치 우기를 놓쳐 바짝 메말라 버린 황량한 초원처럼 건조하기가 이루 말할 수 없었다. 일랑은 오싹한 기분이 들었다. 허기가 밀려왔고 두려움도 떨칠 수 없었다. 1초라도 빨리 현장을 정리한 뒤 그곳에서 벗어나고만 싶었다. 갑자기 일랑이 자신의 머리를 세게 좌우로 흔들어 댔다.

"빠샷. 정신줄 잡자!"

일랑은 마치 옆에 누구라도 있는 양 혼자 큰소리로 떠들며 집안을 한 바퀴 쓱 둘러보았다. 침실과 부엌의 집기들은 비교적 멀쩡한 상태였으나, 사건 당일 어떤 일이 벌어졌는지, 대략 짐작하게 하는 흔적들도 곳곳에서 여럿 발견할 수 있었다.

일랑은 악취가 가장 심한 베란다부터 작업을 시작했다. 먼저 베란다 창틀에서 죽은 쉬파리들을 깨끗이 쓸어 낸 뒤, 바닥의 타일과 문지방의 몰딩을 철거했다. 타일을 들어내니 구더기들이 우글거렸다. 일랑은 남아 있는 혈흔과 부유물을 물청소로 깨끗이 제거한 뒤, 소독제와 악취 제거제를 뿌렸다.

밤 10시가 조금 넘어서야 유품 정리가 어느 정도 끝났다. 정리된 유품을 사다리차로 내려 보내고 나니, 거실에는 관리소장이 놔두라고 부탁한 안마 의자만이 덩그러니 남았다. 폐기 처리를 위한 분리수거를 끝으로 모든 청소가 마무리되었다. 그러자 좀 전까지 일랑에게 밀려왔던 막연한 두려움도 온데 간데 사라져 버렸다. 일랑은 거실과 베란다에 자외선 오존기를 각각 한 대씩 설치했다. 살균에 필요한 시간은 약 30분, 일랑은 기다리는 동안 하루 종일 지친 몸을 안마 의자에 잠시 맡겨 보기로 하고 누웠다. 꽤 안락했다. 오른쪽 손잡이에 있는 스위치를 켜자 의자는 서서히 수직으로 움직여 뒤로 완전히 젖혀졌다. 아, 시원해. 생각보다 성능이 좋았다. 앗, 뭐지. 엉덩이와 허리 사이에 뭔가 박히는 느낌이 들자 그가 무심코 손을 뒤로 쑥 집어넣었다. 그가 거기서 꺼낸 건 골프공이었다.

"어랏, 너가 왜 거기서 나와?"

일랑은 아무 생각 없이 그 골프공을 작업복 호주머니 속에 넣었다. 그리고 다시 안마 의자에 누웠다.

같은 날, 지온은 아버지 유 회장의 병실에서 오빠, 여동생과 함께 아버지께 새해 인사를 드린 후 가회동으로 출근을 했다. 아무도 없는 회사에서 조용히 한 해를 시작하고 싶었다. 창업 후 처음으로 종무식과 시무식은 생략했다. 꼬리에 꼬리를 무는 악성 댓글들 때문에 '키네틱 우먼' 사업부 내부에서도 뒷말이 돌기 시작했고, 지온은 그런 조짐을 인지하고 있었다. 일단 직원들 모두에게 파격적인 연말 보너스와 2주일간의 포상 연말 휴가를 의무적으로 쓰도록 허락했다. 지온이 감행한 조직 관리 차원의 선심성 조치는 직원들 사이에서 더 이상 뒷말이 돌지 않도록 싹을 잘라 내기 위함이었다. 일시적이겠지만 적어도 회사 내에서 지온의 평판이 당장은 호감으로 바뀌고 있었다.

지온은 자신의 집무실에서 다즐링 홍차를 마시며 눈 덮인 '애일당'을 내려다보고 있었다. 이케*와 '다니엘 아샴'이 협업한 벽시계가 벌써 밤 10시 20분을 지나고 있었다. 해가 져서 꽤 어두워졌지만, 시간이 되면 자동으로 켜지는 센서 조명 덕분에 '애일당'의 기와지붕은 밤이면 더 운치가 있었다. 그녀의 손에 들려 있는 찻잔에서 모락모락 김이 올라왔다. 며칠 전 천국이 지온의 집에 다녀간 뒤로 그녀의 일상에는 미세한 변화가 생기기 시작했다. 문득 지온은 지금 내려다보고 있는 '애일당' 안으로 들어가고 싶은 생각이 몹시 들었다. 혼자만의 고독을 누리겠다는 당초 계획과는 달리 완공 직전 최종 컨펌을 하러 한 번 둘러본 것을 제외하면, 그녀는 애일당에 들어간 적이 전혀 없었다. 지온은 책상 옆 작은 금고에서 카드키를 꺼냈다. '애일당'으로 들어가는 길은 오직 하나, 지하 필라테스 스튜디오 다용도실을 통해서만 가능했다. 다용도실 안으로 들어가면 그 안에 문이 하나 더 있고 그 문을 카드키로 열면 애일당으로 가는 연결 통로가 나왔다. 통로는 15도로 완만하게 경사진 나무 바닥으로 이어진 복도였다. 애초에 애일당 내부를 개방할 목적이 아니었기에 정식 입구를 밖으로 내지 않았고 외부로부터도 철저히 차단시켰다. 그래서 지상에서 애일당 한옥 건물로 들어가는 동선은 따로 없었다. 본의 아니게 비밀의 공간이 되어 버린 그곳에, 그것도 아무도 없는 이 시간에 혼자 애일당 안으로 들어가려니 조금 이상한 기분이 들기도 했지만 그곳에 가고 싶은 그녀의 충동을 막을 수는 없었다.

　티리릭 틱.
　카드키를 대자 자동 보안 문이 열렸다. 고택 안에서 옻칠 냄새가 날 것의 향으로 전해졌다. 순간이었지만 코끝이 시큰할 정도로 그 향은 강렬했다. 지온은 휴대폰으로 손전등을 켜고 냄새를 따라 애일당 안으로 한발 한발 천천히 들어갔다. 애일당 안은 몹시 어둡고 한기가 감돌았다. 마치 거대한 냉동 창고처럼 그녀가 숨을 내쉴 때마다 입김이 새어 나올 정도였다. 지온은 한 번도 경험하지 못했던 해방감을 느꼈다. 역시, 난 여기랑 터가 맞아. 지온의 얼굴에 잠시 미소가 머물렀다. 그녀가 휴대폰 손전등을 돌려 비추었다. 구석에 세워 둔 스탠드 조명이 보였다. 지온은 스탠드로 다가가 바닥에 있는 스위치를 밟아 조명을 켰다. 순간 애일당 내부의 서까래가 빛을 받으며 그 우아한 자태를 드러냈다. 사방으로 나 있는 들어열개문들은 어떤 방향에서도 열지 못하도록 단단히 봉합되어 있고 유사시를 대비한 보안 시스템 장치가 문마다 달려 있었다. 30평 남짓의 직사각형 고택 내부는 텅 빈 갤러리처럼 말끔하게 정리돼 있었다. 훼손 상태가 심각했던 마룻바닥은 경북 안동에서 한옥 마루로 썼던 춘양목 마룻장 고재를 어렵게 구해와 생옻칠을 일일이 한 뒤에야 내부 바닥재로 사용하였다. 지온은 다용도실로 이어지는 복도 바닥까지도 모두, 같은 나무를 사용하도록 지시했었다. 그래서 지온도 모르는 사이에 그녀의 몸 구석구석 옻 냄새가 깊숙이 배어 버린 듯했다. 애일당 마루 중앙에는 '프리*한센' 원형 테이블이 하나 덩그러니 놓여 있었다. 지온은 그 테이블에 다가가 의자를 빼고 앉아 보았다.

"아, 좋아. 딱이야."

왜 그동안 이 안에 들어오질 않았을까, 지온은 기분 좋은 생각에 잠겼다. 그러다 잠시 후, 그녀는 휴대폰 케이스에 꽂아 두었던 사진 한 장을 꺼냈다. 유일하게 태우지 않고 간직하고 있던 생모의 사진이었다. 지온은 자리에서 일어나 정면으로 보이는 들어열개문창살에 사진을 슬며시 끼워 고정시켰다. 팔짱을 끼고 잠시 사진의 위치를 확인하고는 맘에 드는지 그녀가 고개를 가볍게 끄덕였다. 잠시 후, 그녀는 스탠드 조명을 내리고 그곳에서 슬며시 빠져나왔다.

애일당에 있다가 나온 지온은 기분이 좋은 상태로 도산공원의 집으로 향하고 있었다.

"아직 밖이냐?"

"어, 오빠. 이제 막 퇴근. 왜?"

그녀가 운전 중에 걸려 온 오빠 유지홍의 전화를 받았다.

"늦었군. 있자나, 오빠가 뭐 한 가지만 물어보자. 너 혹시 그 뒤로 그 친구 만난 적 있니?"

"그 친구? 누구? 정확히 말해 줘, 오빠. 뭐가 궁금한 건지."

지온은 시치미를 뗴었다.

143

"그때 왜 우리 골프장에서…… 천국인가 하는 그 호빠 선수 말야."

"아하. 오빠, 그 사람 내 친구 아냐. 방미란 친구지."

오빠의 질문에 지온은 천국을 다시 만난 최근의 사실을 일단 숨겼다.

"근데 갑자기 그 친구는 왜? 무슨 문제라도 있어? 오빠."

"아, 아냐. 혹시 그 친구 연락처 좀 알 수 있을까 해서."

"훗. 그걸 내가 어떻게 알아. 그 친구 일하는 데서 알아봐야지."

"잠수 탔나 봐. 거기 요즘 안 나온대."

"아, 그래? 그럼, 미란이한테 한번 물어볼게. 아참, 오빠. 지나 다음 주에 엄마 보러 하와이 간다던데, 가면 언제 오는 거래?"

불편한 마음에 지온은 화제를 재빨리 돌려버렸다.

사실 유지홍 부회장은 조금 전, 성동 경찰서 강력계 형사과 민희식 경위로부터 릴리 피의 사망 소식을 막 전해 듣고서 동생 지온과 통화를 하는 중이었다. 죽은 그녀가 최근 자주 통화한 사람 중에 사회적으로 저명한 분이 확인돼, 먼저 사전 안내 차원에서 전화를 드렸다는 게 담당 형사의 설명이었다. 유지홍 부회장은 임의동행 참고인 조사를 거부하는 대신 다음 날 방문 조사 약속에 응했다. 그리고 전화를 끊자마자 문 의원에게 연락했다. 문 의원은 충격을 받은 기색이 역력했다. 그러나 그는 곧 이성을 되찾고 유 부회장에게 뒷수습을 정중히 요청해 왔다. 다행히 문 의원은 릴리 피와 대포폰으로만 연락을 주고받았으며 문자도 텔레그램만 사용했기에 누군가 일부러 밀고하지 않는 이상 큰 문제는 없어 보였다. 문 의원과 통화를 마친 뒤 사업 파트너인 옥여사에게도 연락을 취했으나 연결이 되지 않자 그 사이 유지홍 부회장은 지온에게 전화를 걸어 천국의 근황을 슬쩍 떠본 것이었다. 이상한 낌새를 눈치 챈 지온은 오빠가 원하는 정보를 본능적으로 차단하였다.

13. 세 여자

"고마워, 미란 언니. 어려운 자리 만들어 줘서."

"뭘, 이 정도 가지고. 앞으로 둘이서 잘 지내. 가끔 나도 끼워 주고."

청담동, 시벨롬 VIP 룸에서는 방미란이 지온의 동생, 유지나 이사와 오랜만에 술을 마시고 있었다. 미란은 지나의 은밀한 부탁을 받고, 키네틱 우먼에서 강제 퇴사를 당한 바 있는 K를 그 자리에 불렀다. 미란은 평소 지온을 통해 K와 안면이 있던 사이였고, 불미스러운 일이 생겼을 때에도 인생 선배로서 몇 번 따로 만나 K의 인생 상담을 해주기도 했던 인연이 있었다. 물론, 지금은 지온과는 상관없이 아주 가끔 만나는 그런 관계였다.

"제가 영광이죠. 선배님들, 앞으로 잘 모시겠습니다."

서먹한 분위기를 풀어 보고자 그날따라 세 여자는 평소보다 빠르게 위스키를 마셨다. 방에 들어와 앉아 있던 이랑과 뉴 페이스 호스트 두 명도 '매출빨'을 세우기 위해 전투적으로 술을 마셔 댔다. 모두가 금방 취했다. 술김에 신참 내기 호스트들 신고식을 하겠다며 방미란이 시벨롬에서는 허용이 안 되는 짓을 하기 시작했다.

"야, 너네 하나씩 벗어."

어리바리한 '뉴페'들이 어찌할 바를 몰라 이랑의 눈치를 살폈다.

"좋아, 그럼 누님들도 같이 하나씩 벗기. 오케이?"

이랑이 분위기를 자연스럽게 몰았다.

"오케이!"

방미란이 제일 먼저 스스로 자신의 브래지어 끈을 풀어 옷 밖으로 꺼내 이랑의 얼굴에 휙 던졌다. 사실, 그것은 방미란의 술버릇이기도 했다.

"꺄~ 향기 좋고!"

이랑은 장단을 맞추며 입고 있던 티셔츠를 천천히 아주 섹시하게 벗었다. 그의 멋진 복근이 세상 밖으로 나왔다. 이랑의 몸은 곱상한 그의 얼굴과는 사뭇 다르게 훨씬 더 단단한 근육질이었다. 내내 눈치를 살피던 K도 분위기를 맞추려 부랴부랴 자신의 브래지어를 풀어 천장 위로 던지며 소리쳤다.

"쏘리, 브라!"

"꺄~ 이 누님, 화끈하시네."

VIP 룸 안이 갑자기 후끈 달아올랐다. 하지만 지나는 브래지어를 벗지 않고 가만히 술만 마시고 있었다. 방미란이 그런 그녀에게 핀잔을 주듯 한마디 던졌다.

"야, 유지나. 너만 안 벗으면 우리는 뭐가 되니?"

가만히 듣고만 있던 지나가 입을 열었다.

"언니, 나 오늘 브라자 안 하고 나왔어."

"……."

모두가 할 말을 잃었다. 그때 옆에 앉아 있던 안경 쓴 뉴페이스가 유지나의 귀에다 바짝 대고 속삭였다.

"대박! 노브라 멋지십니다."

그러자 유지나가 그에게 엄지손가락을 들어 치켜세웠다. 좋은 분위기를 놓칠세라 이랑이 곧바로 마이크를 잡더니만 BTS의 '버터'를 신나게 부르기 시작했다. 노래 1절이 끝나 갈 무렵이 되자, 안경 쓴 그 '뉴페'는 어느새 셔츠를 탈의한 채 청바지에 맨발로 앉아 술을 마시고 있었고, 존재감 없던 K 옆자리의 또 다른 '뉴페'는 아예 홀딱 벗고 팬티에 흰색 스포츠 양말 바람으로 술시중을 들고 있었다. 들어주기 힘든 수준의 노래가 겨우 끝나자 방미란이 이랑에게 말했다.

"이랑아, 넌 노래 부르지 마. 네 노래는 공해야. 가서 천국이나 좀 오라 해, 당장."

초저녁부터 술을 마신 방미란은 이미 혀가 꼬부라져 있었다.

"엥? 뭐야. 나 보려고 온 거 아니었어? 천국이 새끼는 갑자기 왜 찾아?"

"어머, 너 질투해? 별꼴. 야, 현이랑! 누가 걔 보고 싶어서 그래? 여기 내 동생, 지나가! 걔 때문에 요 며칠 삽질한 거 알어? 몰라? 너."

"언니. 그게 왜 천국이 때문이야. 우리 언니 때문이지. 저, 이랑씨, 잠깐만 자리 좀 비켜 줄래? 우리 셋이 긴히 할 얘기가 좀 있어서."

난처해진 지나가 갑자기 미란의 입을 막고 이랑과 뉴 페이스 선수 둘을 방에서 내보냈다.

"어후, 갑자기 왜 분위기 잡고 그러니, 지나야."

"분위기는 무슨. 그냥 다 시큰둥해져서 그래. K! 자긴 몸 좋은 남자 좋아하지? 왜 그때 자기랑 스캔들 났던 팀장이 그렇게 몸이 좋다며?"

"아니에요. 이사님. 몸이야 머, 처음에만 좋죠. 별것도 아닌 놈 때문에 제 인생만 구겼는걸요."

K는 갑자기 안 좋은 기억이 났는지 앞에 있는 위스키를 잡더니 원샷으로 꺾었다.

"신경 쓰지 마. 난 자기 응원했었어. 머, 여자만 미투 당하란 법 있어? 남자들도 미투 좀 당해 봐야 정신을 차리지. 잘했어."

"어후, 선배님, 저 성추행 안 했어요."

"미란 언니. 말조심 좀 해, 제발. 그러다 정말 큰일 나, 한큐에 간다고. 젠더 이슈가 얼마나 요즘 예민한 이슈인데 방송하는 사람이 그렇게 말을 함부로 해요."

"걱정 마. 방송에선 이런 말 절대 안 하지. 미투에 '미'자도 안 꺼내. 그래가지구, K! 성추행이 아니면 뭐야? 뭔데 왜 그 난리 부르스였던 거야?"

"유부남이었는데 지 와이프한테 이혼 당할까 봐 회사에 거짓말한 거예요. 저한테 미투 당했다고. 억울해요. 정말."

"믿어. 아니, 믿어 줄게. 근데 별것도 아닌 놈하고 왜 그렇게 복잡하게 얽혔어?"

궁금한 게 많은 지나가 K에게 또 질문을 했다.

"뭐랄까, 서로 대화가 꽤 잘 통했어요."

"아, 대화라…… 이거 신선하네. 난 남자랑 대화가 된 적이 한 번도 없어서. 미란 언니는 어때요? 언니도 대화 잘 통하는 남자가 좋아?"

이번엔 지나가 방미란에게 질문을 했다.

"미쳤니?"

"미치다니, 머가 미쳐?"

"너네는 여자한테 남자가 뭐라고 생각하니?"

방미란은 그녀답지 않게 철학적으로 나왔다.

"남자가 남자지, 머."

단세포 같은 지나가 짜증 섞인 투로 대답했다.

"남자는 대화의 대상이 아냐. 남자랑 여자는 서로 대화하라고 조물주께서 만든 게 아니라고. 이 맹충이들아. 꼭 모자란 년들이 남자랑 대화를 하려고 그러더라. 대화 잘 되는 남자? 홋. 그거 다 거짓말이야, 허상이라고. 남자들이 마음에 드는 여자 따먹으려고 대화하는 척 연기하는 거지, 남자랑 여자는 원래가 대화가 안 통해. 신이 인간을 그렇게 만드셨단다. 대화가 안 되니까 몸을 섞는 거라고. 이것들아."

방미란의 말이 뼈를 때렸다.

"아, 명언이네. 그렇구나…… 몸으로 대화하라는 신의 뜻? 호호호. 감사하네. 조물주님."

"그럼, 선배님. 대체 어떤 남자를 만나야 해요? 남자 내면을 봐야 아무 소용없다는 뜻으로 들려요."

K는 자신이 평소 궁금해 하던 걸 진지하게 물었다.

"글쎄. 남자 내면? 홋. 그거 잘 못 들여다봤다간 쓰레기통 뒤지는 꼴이야. 이상형이란 건 그저 이상형일 뿐. 아, 물론 이상형을 갖지 말라는 건 아냐. 하지만, 그 이상형에 갇혀서 자꾸 현실의 남자를 자신의 이상형과 비교하진 말아야지. 이상형을 능가할 현실 세계의 남자는 존재할 수 없잖아. 아무튼 데리고 살기 좋은 남자란 모름지기 말 없고, 폭력적이지 않고, 그냥 옆에서 숨 쉬고 있을 때 나한테 안 거슬리면 돼. 난 딱 그거 세 가지면 오케이."

"섹스는요? 선배님."

K가 또 물었다.

"홋. 얘, 섹스는 남편이랑 하는 게 아냐. 그러니까 미리미리 시집가기 전에 다

할 거 하고, 결혼해서는 남편이랑 애나 만들고 잘 키워. 남편이랑 남자는 용도가 다른 거야."

"어려워요, 선배님. 전 잘 모르겠어요."

톱 개그맨답게 방미란의 화술은 유려했다. 술 마시고 개소리를 지껄여도 설득력이 있었다. 그날 밤, 유지나와 K는 전혀 객관적이지 않은 방미란의 '뇌피셜'한 주장에 강하게 설득 당하고 있었다.

"아참, 미란 언니, 솔직히 말해 봐. 요즘 천국씨랑 언니랑 대체 진도 어디까지 나간 거야?"

"어후, 저 눈치 없는 지지배. 넌 어쩜 그렇게 니 언니랑 다르니. 너네 자매 맞니?"

"새삼스럽게 뭔 소리야, 우리 언니랑 나랑 배다른 거 알면서."

"아참, 그랬지. 근데 그건 너네 집만 아는 이야기잖아, 세상 사람들은 모르는. 아무튼, 지온이 그 지지배가 부뚜막에 제일 먼저 올라가는 스타일이잖아, 언제나."

"그게 무슨 소리야?"

"그러니까 너가 눈치가 없단 거야. 지금 천국이랑 지온이 만난 지 한 달도 안 됐는데 완전 눈에서 레이저 빔 나오고 난리도 아냐. 지네 둘만 아니래. 그게 연애가 아니면 대체 뭐가 연애니?"

갑자기 유지나의 눈이 반짝거렸다.

"미란 언니, 내가 재밌는 얘기 하나 해줄까? K, 자기도 이리 가까이 와 봐."

얼큰하게 술이 올랐던 방미란과 K는 갑자기 정신이 번쩍 들었다. 그렇게 그날 밤, 세 여자는 한 시간이 넘도록 유지온에 대해 각기 다른 적개심으로 그녀의 뒷담화를 펼쳤다. 지나는 자신보다 모든 면에서 월등하게 우월한 지온의 유전자가 평생토록 사무치게 질투가 났고, 미란은 요요 없이 항상 날씬하고 프로포폴이 없이도 늘 잠 잘 자는 지온에게 자격지심이 들었다. K도 처음엔 지온의 카리스마에 반해 자신의 롤 모델로 삼고 충성을 다 받쳤지만 도리어 그 카리스마로 인해 큰 상처를 받았다. 세 여자는 모두 잠재의식 속에서 유지온, 그녀가 가해자였고 자신들은 피해자였다. 그래서 유지나는 그날 밤, 두 여자에게 배다른 자신의 언니, 지온에 대한 불필요하고도 치명적인 정보들을 서슴없이 세세하게 질질 흘리고 있었다.

"흠, 로맨스가 곧 스릴러가 되겠군요. 이 시점에서 제가 할 일은 뭐죠?"

지온에게 맺힌 게 많은 K가 단도직입적으로 유지나에게 물었다.

"급하기도 하셔. 딱 기다려. 내가 내일 '투 두 리스트' 자세히 짜서 텔레그램으로 보낼게. 기대해도 좋겠지? 미란 언니?"

"글쎄다."

"아참, 지나 이사님, 이제 그만 일어나시죠. 내일 출국이라면서요."

"너 어디가? 하와이?"

유지나의 출국 일정을 까맣게 몰랐던 미란이 물었다.

"응. 정 여사 지금 난리 났어. 크리스마스 때 자기 보러 안 왔다고."

"근데 너네 엄마, 하와이에는 왜 그리 오래 계시니? 일 년에 반은 거기 계신 거 같다. 맞지?"

"소양인이라 서울에 있으면 근육이 뭐 어쨌다나. 암튼 적도 근처에 있어야 몸이 안 아프시대. 맨날 나만 보고하러 왔다리 갔다리. 귀찮아 죽겠어. 어머, 이 언니 좀 봐. 언니! 미란 언니, 언니!"

듣고 있는 줄 알았던 방미란은 어느새 술에 취해 깊이 잠들어 있었다.

유지나가 인터폰을 누르자, 아랫도리를 벗고 놀던 뉴페이스가 바지를 챙겨 입고서 들어왔다. 유지나가 신용카드를 건네자 잠시 후, 웨이터 두 명이 들어와 그새 잠이든 방미란을 업어 일 층으로 내려갔고 K도 곧장 그 뒤를 따랐다. 그 사이 이랑은 유지나를 에스코트하여 엘리베이터에 탑승했는데 두 사람은 엘리베이터에 올라타자마자 무슨 약속이나 한 것처럼 기습적으로 서로에게 달려들어 입술을 쪽쪽 빨며 흡입해 댔다. 팅, 일 층에 도착하자마자 두 사람은 아무 일 없었다는 듯 훅하고 다시 떨어졌다.

"아, 지나씨, 오늘 뉴페는 어땠어?"
플라워 숍에서 대기하던 태리 사장이 그날의 마무리 인사를 건넸다.
"어우, 몰라. 미란 언니 또 꽐라 됐어."
대기 기사가 차를 빼 오는 동안 플라워 숍에서는 의미 없는 작별 인사가 그렇게 오가고 있었다. 바로 그때 빨간색 가죽 장갑을 낀 두 손이 플라워 숍 문을 휙 재끼고 누군가 들어섰다. 머리는 은빛 백발이었지만 얼굴에는 주름 하나 없이 팽팽했다. 도무지 나이를 가늠할 수 없는 기괴한 포스의 이 여인은 온몸을 감싸는 카멜 컬러 케이프 코트에 겨자색 악어백을 들고 있었다. 그녀는 유지나와 눈이 마주치자 가볍게 목례를 하고는 바로 지나쳤다. 태리 사장은 시선을 피하는 유지나를 잽싸게 데리고 밖으로 나갔다. 이랑도 어물쩍 둘을 따라 나갔다.
"잠깐만, 이랑아."
그때, 도망치듯 나가는 이랑을 은빛 백발의 여인이 불러 세웠다. 그 여인은 새빨간 가죽 장갑을 벗으며 이랑에게 말했다.
"어디가? 천국이 좀 불러 줘."

옥여사가 오셨다.

14. 옥여사

2021년, 3월 1일.

미세 먼지가 엄청나게 심했지만, 그날은 포근했다. 끊임없이 시련의 파도가 밀려왔던 지난 일 년, 그래도 도망치지 않았던 지난겨울, 그 모진 계절을 견딘 천국에게도 봄이 오긴 했었다. 정오 무렵, 태리 사장은 갑자기 천국을 가게 밖으로 불러냈다.

"천국이, 너 지금부터 내가 하는 말 잘 들어라."

태리 사장은 화류계에 이제 막 발을 담근 신참 호스트에게 족집게 과외를 시작할 참이었다. 해서는 안 되는 것들, 꼭 해야만 하는 것들 그리고 이 모든 것에 대한 목적, 끝으로 무엇보다 그 목적을 달성하고 난 뒤에 돌아올 보상, 또 그 보상에 대한 정산에 이르기까지 일타 강사처럼 짚어 나갔다. 그 모든 것들을 설명하는 데에는 채 30분도 안 걸렸지만 사채 빚에 영혼이라도 잡힐 형편이었던 천국에게는 인생에서 가장 절실했던 30분이었다. 천국은 태리 사장의 설명, 그 이상을 알아들었다.

다음 날 밤, 시벨롬에 '옥여사'라는 고객이 방문했다. 보통은 여자 손님, 두세 명이 짝을 지어 가게에 오곤 하는데 그녀는 언제나 혼자서 왔다. 그녀가 이랑의 주요 고객이었다는 것쯤은 천국도 이미 잘 알고 있었다. 하지만 그날 밤부터는 천국이 그녀의 술시중을 들기로 되어 있었다. 주사도 없고 비교적 깔끔한 손님이라 천국의 부담은 덜했지만, 막상 대면해 보니 옥여사라는 여자는 여간 만만한 상대가 아니었다.

태리 사장으로부터 천국을 처음 추천받았을 때만 해도 옥여사는 심기가 불편했다. 그녀는 낯가림이 무척 심한 편이었는데 기껏 이랑과 친해질 만하니 일방적으로 업소에서 선수 교체를 하자고 하다니…… 기분이 몹시 상한 데에다가 오기도 발동했다. 옥여사는 퇴짜를 놓겠다는 마음으로 천국을 보자마자 대놓고 물었다.

"자기가 그렇게 대물이라며?"

"네? 아, 근데 그게 뭐 딱히 좋은 건 아닙니다. 여사님."

155

첫 대면에 모욕적인 말에도 천국은 그냥 담백하게 그녀를 대했다. 태리 사장이 어떡하든 두 사람을 엮을 심산으로 천국의 사이즈 정보까지 사전에 팔아먹은 게 분명했다. 하지만 천국은 개의치 않았다. 그만큼 절실했으니까, 그리고 그건 사실이었으니까. 천국은 말수가 적었고, 수줍음이 많았지만 남자다웠다. 무엇보다 훤칠하고 귀티 나는 그의 외모에 옥여사는 첫눈에 마음을 빼앗겼다. 파투를 놓겠다고 벼르고 간 그날 밤, 옥여사는 파투를 놓는 대신 자신을 내려놓고야 말았다. 그녀는 그날 밤, 천국의 앞에서 돈 자랑을 끝도 없이 늘어놓았다. 그녀가 가진 건 돈밖에 없었으니까.

"자기도 코인 해? 이랑이는 코인 한다고 까불다가 내가 준 오천 바로 날려 먹던데……. 난 아날로그라서 그런 건 딱 질색이야. 그런 거 할 거면 내 앞에 얼씬거리지도 마. 알겠지? 모름지기 돈은 자기 손으로 만질 수 있어야 자기 돈이지. 아무튼, 난 간절한 사람이 좋아. 간절함만 보여준다면야……, 언더 십억 한도 내에선 내가 한번은 밀어줄 수도 있으니까 명심해."

90년대 중반부터 명동에서 제일 잘 나가던 '돈장사' 옥여사를 모르는 이는 그 바닥에 없었다. 그러나 그녀가 그 이전에 어디서 무엇을 했던 여자인지 아는 사람은 거의 없었다. 약삭빠른 태리 사장이 여기저기 알아본 바에 따르면 그녀는 70년대 초, 직업 군인의 딸로 태어났다. 그녀의 아버지는 '정인숙 사건'에 연루되어 숙청되었는데, 당시 소리 소문도 없이 감옥에서 옥사를 했으며, 그로 인해 가세가 급격히 기울자 옥여사는 열여덟 살 어린 나이에도 불구하고 가족의 생계를 책임지게 되었다. 당시 떠오르던 기생 관광에 어찌 어찌 줄이 닿았던 그녀는 총명하고 빼어난 용모 덕분에 머지않아 'ㅁ'요정 최고의 기생이 되었고, 마침 그 요정을 제집 안방처럼 들락거리던 오사카 넘버 투 야쿠자의 서울 현지처로 낙점되어 팔자를 고치나 싶었으나, 그마저도 그 야쿠자가 일본에서 칼에 맞아 죽어버리는 바람에 낙동강 오리알 신세를 면치 못했다. 야쿠자의 여자로 소문이 파다했던지라, 그 이후로는 별 볼일 없이 조용히 찌그러져 지내다 그나마 요정마저 은퇴하게 되었다. 그 이후 옥여사는 먹고 살기 위해 충무로의 작지만 알찬 고급 활어 회집을 경영하였는데 당시 그녀는 한국과 일본의 권력자들 앞에서 기모노를 입고 춤을 추면서 직접 '사시미'를 뜨기도 했다. 죽은 야쿠자를 통해 이어진 인연들을 종자돈 삼아 돈세탁은 물론 마약 거래 중간책으로도 십여 년간 불철주야 노력한 끝에 마침내 그녀는 사채놀이를 작게나마 시작할 수 있었다.

사채업자이자 권력자들의 돈세탁 전문가였지만, 언젠가부터 옥여사는 자신의 신분 세탁에도 꽤 공을 들였다. 덕분에 그녀는 최근에 어엿한 투자 개발사의 회장님 소리까지 듣게 된 모양새였다.
"우리 회사가 이번에 국회 금융 산업 발전 표창을 받았거든."
명품으로 휘감고 금융 컨설팅 투자 사업가임을 자칭했지만 시벨롬에서는 그저 나이 많고 돈도 많은, 외로운 여자 손님일 뿐이었다. 유난히 돈에 집착하는 그녀의 성격과 행동거지는 주위에 안 좋은 소문으로 파다했고, 그녀는 더욱 고립되었다. 그래서 더, 돈 돈 돈뿐이라고 스스로를 더, 몰아붙였다. 하지만 정작 그녀가 주변으로부터 따돌림을 당하는 데에는 결정적인 이유가 한 가지 더 있었다.

그녀와의 술자리가 아직 어색한 천국이 조심스럽게 샴페인을 따랐다. 그게 벌써 세 병째였다. 그녀가 천국의 손을 잡아 자신의 허리춤에 감싸면서 기괴한 끼를 부렸다.
"너, 일 년만 내 꺼 할래?"
그녀의 말이 떨어지기 무섭게 천국은 감고 있던 그녀의 허리를 힘껏 끌어당겼다. 그러자 흥분한 옥여사가 천국에게 속삭였다.
"나, BTS 노래 하나만 불러 줘. 슈가 솔로 곡 '시소 seesaw' 할 줄 아니?"
"아, 이런……, 제가 아이돌 노래를 잘 못해서…… 대신 다른 거 하나 불러

드릴게요."

의외였다. 평소 조용히 술만 마시다 갔던 옥여사가 K팝을 좋아할 줄이야. K팝은 아니었지만 천국은 태진아의 '옥경이'를 선곡했다. 며칠 전부터 그날 밤을 위해 태리 사장의 특명을 받고 열심히 연습한 노래였다. 천국은 최선을 다해 노래를 부르기 시작했다.

잃어버린 이야긴가 대답하지 않는 너
바라보는 눈길이 젖어 있구나
너~도 나도 모르게 흘러가~~아아아는 세~~월아
어디서 무엇을 하며 어~떻게 살았는지
물어도 대답 없이 고오~~~개 숙인
오오~~~~~~~옥경이이이이

"브라보! 브라보!"

옥여사는 좋아서 자지러졌다. 천국의 노래에 맞춰 두 손을 번쩍 들어 좌우로 흔들기도 했다. 옥여사는 간만에 진심으로 흥이 나 에스트로겐이 마구, 마구 샘솟았다. 천국은 그날 밤 옥여사의 몸과 마음을 재대로 흔들었다. 다시 청춘으로 돌아가는 기분이 들었는지 술을 거의 마시지 못하는 그녀가 이미 자신의 주량을 한참 넘어서고 있었다.

술에 취한 그녀가 자리에서 일어나 천국을 붙잡고 그가 부르는 노래에 맞춰 스텝을 밟기 시작했다. 그 스텝은 아주 오래된 영화 속에서나 본 적 있는 아주 진귀한 춤사위였지만, 천국은 그녀의 리듬에 맞춰 한발 한발 조심스럽게 스텝을 리드하며 옮겼다.

천국에게 매달려 그렇게 신명나게 놀던 그녀가 갑자기 툭, 줄 끊긴 마리오네트처럼 늘어졌다. 앗, 왜 이러시지? 옥여사는 천국의 어깨에 힘없이 머리를 떨구더니 그대로 정신을 잃고 말았다. 그녀의 입에서 거품 섞인 멀건 침이 보였다. 처음에는 과음으로 올린 오바이트라고 생각했다. 하지만 영민한 천국은 곧 그녀에게서 설탕을 센 불에 조려 태운 것 같은 냄새를 잡아낼 수 있었고, 그녀가 쓰러진 건 술 때문이 아니라는 것도 알아차렸다. 하지만 때는 이미 늦었다. 옥여사의 온몸은 심하게 굳어갔고 한쪽으로 머리가 틀어지더니 급기야 눈까지 위로 솟구었다. 구급차를 부를 여유도 없이 천국은 그녀를 바로 바닥에 눕히고 기도가 잘 통하도록 그녀의 목을 손으로 받쳤다. 그러나 그녀의 다리는 점점 더 뻣뻣해졌고 주먹을 꽉 쥔 그녀의 팔꿈치도 굽어지고 있었다. 천국의 이마 위로 땀이 흘러내렸다.

긴박하고 당혹스러운 상황이었지만 다행히 천국은 인명 구조 자격증이 있었고, 나름 침착하게 위기에 대응하고 있었다. 상황을 지켜보던 천국이 휴대폰을 꺼내 바로 119를 눌렀다. 통화가 연결되어 위치를 확인하는 동안 그녀의 얼굴과 입술이 새파랗게 변해가고 있었다. 조금 전만 해도 돈, 돈, 돈 자랑을 하던 그 잘난 입술이었건만…… 천국은 심폐 소생을 하기 시작했다. 한쪽 무릎을 바닥에 대고 옥여사의 가슴께에 손을 가져가는 순간, 그의 무릎에서 따뜻한 무언가가 서서히 젖어 오는 게 느껴졌다. 옥여사가 오줌을 지렸다. 바닥이 흥건히 다 젖은 후에야 천국은 그 사실을 깨닫게 되었다. 다행히 오줌을 싼 후부터 그녀의 발작은 서서히 잦아 들었고, 마침내 그녀의 깊은 날숨이 터졌다. 그녀의 호흡이 돌아오기 시작했다. 겨우 일 분 남짓, 공기 중에 떠 있는 공짜 산소를 내 것으로 삼키지 못해 생사를 넘나든 그녀를 보고 있자니 천국은 만감이 교차했다. 그토록 자랑했던 그 억만금이란 게 그저 화장실의 똥만도 못하게 느껴졌다. 옥여사의 돈은 더럽고, 허무했으며, 숨 쉬는 데에 아무짝에도 쓸모가 없었다.

옥여사에게는 돈이 있었다. 그리고 뇌전증도 있었다. 뿐만 아니라 온몸을 휘어감는 거대한 용 두 마리 문신도 있었다. 천국은 머지않아 그 용 문신을 보게 되었다. 용이 물고 있는 여의주에는 자신의 시그너처인 '玉'자가 한자로 새겨져 있었다. 갑자기 술을 마셔서 흥분했기 때문일까, 몇 년 동안 잠잠했던 발작이 하필 그날 터져 버렸으니 인생은 참으로 얄궂다. 옥여사는 천국이 덕분에 위험한 상황을 모면할 수 있었다. 15분쯤 지나자 그녀는 깨어났고 천국은 태리 사장에게 조용히 구급차를 돌려보내 달라고 요청했다. 그녀는 자신에게 무슨 일이 있었는지 전혀 기억하지 못하는 것 같았다. 하지만 오줌 싼 걸 천국에게는 필사적으로 숨기고 싶어 하는 눈치가 역력했다. 천국은 그런 그녀를 위해 아무 말 없이 자리를 피해 주었다.

며칠 후, 그녀는 시벨롬을 다시 찾았다. 예약도 없이 무작정 들이닥치자 태리 사장은 속으로 매우 난처했지만, 어찌어찌 둘러대고 천국을 손님방에서 겨우 빼내어 옥여사가 기다리고 있는 1층 로비, 플라워 숍으로 내려 보냈다. 갑작스러운 호출에 놀란 천국이 뛰어 내려갔다. 예상한 대로 그녀는 무척 멋쩍다 못해 어색하게 굴었다.

"바빠?"

"그냥 뭐······. 웬일이세요, 예약도 없이. 여사님."

"둘이 있을 땐 여사님이라 안 부르기로 해 놓고."

"아참."

"천국아, 있지······, 나 간질 있어."

어려웠지만 가볍게 옥여사는 자신의 속내를 훅 털어놓았다. 천국이 다가가 그녀를 안아주며 귀에 대고 다정하게 말해 주었다.

"경희 씨. 이제 술은 고만 마시자. 응?"

"응. 그럴게. 천국아. 고마워."

"에? 뭐가 고마워요?"

천국이 '옥경희' 씨의 두 볼을 어린아이 다루듯 자신의 두 손으로 감싸며 물었다.

"나도 알고 있어. 하마터면 그날 밤, 천국이 너 앞에서 나 천국 갈 뻔했잖아."

옥경희씨가 혀 짧은 소리로 어울리지 않게 어리광을 부렸다. 그날 밤, 천국은 손님방으로 다시 올라가지 않았다. 그길로 시벨롬을 나간 두 사람은 압구정동을 여기저기 함께 걸어 다녔다. 3월 초였지만 늦은 봄눈이 흩날리기 시작했다. 옥여사는 평생 돈에 한이 맺혀 사람을 돈으로 쓰고, 돈으로 사랑도 산 여자였다. 최근에 와서야 돈으로 사람의 마음까지는 살 수 없다는 걸 조금씩 깨닫는 중이었다. 하지만 그날 밤에는 돈으로 천국의 마음을 살 수만 있다면 그 어떤 프리미엄을 얹어서라도 꼭 사고 싶었다, 지금이 아니면 절대 가질 수 없는 한정판이었으니까.

그렇게 두 사람의 1년간 구독연애가 시작되었다.

2022년 1월 2일.

거의 열흘 만이었다, 옥여사가 천국을 만나러 시벨롬에 찾아온 것은. 하지만 천국은 그날 그곳에 없었고, 그 어디에도 없었다.

"새해 복 많이 받으세요, 누님."

태리 사장은 아무것도 모른 척 시치미를 뚝 떼며 옥여사에게 새해 인사를 건넸다.

"천국이 어딨니? 계속 전화기가 꺼져 있어. 태리, 너 뭐 아는 거 있지? 빨리 불어. 가게 문 닫기 전에."

"아휴, 누님. 겨우 반나절 연락 안 되는 걸 가지고."

"왜 이리 유난을 떠냐고?"

"오, 아니에요, 아냐. 우리 누님, 오늘 되게 예민하시다. 몸이 좀 안 좋아서요. 지금 집에서 자고 있을 거예요."

"논현동 집에도 갔었어. 없어. 지금 거기서 오는 길이야. 우리 천국이 어딨니?"

"……."

15. 죗값

천국은 머리를 한 대 두들겨 맞은 것처럼 넋이 나가 있었다. 어찌 정신을 차려보니 자주 가던 24시 사우나, 탕 안에 몸을 담그고 앉아있었다. 청소 작업이 끝나면 온몸에 배인 고약한 냄새를 씻어 내기 위해 일랑과 함께 종종 들리던 약수동, 그 사우나였다. 죽어서도 감지 못한 릴리 피의 처절한 두 눈이 종일 그림자처럼 그를 쫓아다녔다. 며칠 전 그녀를 마지막으로 본 그날 밤, 그녀에게 했던 말들을 되짚어 보니 미쳐버릴 정도로 후회가 밀려왔다. 이럴 줄 알았더라면 가식적이라도 좀 더 따뜻하게 대해주었을 것을……. 세상 사람들 모두가 그녀를 함부로 대했다. 어느 순간부터인지 자신도 그녀를 그렇게 대하고 있었을지 모른다는 자책감에 천국은 마음이 아팠다.

그러면서도 자신이 더 살아야 할 이유를 몇 시간째 찾고 있었다.
'차라리 녹아 버리게, 녹아서 이 세상에서 사라져 버리게, 눈사람이면 좋겠다.'
그러나 살아야 할 이유를 찾지 못한다 해도, 그것이 꼭 죽어야 할 이유가 될 수는 없다는 걸 천국은 어렴풋이 알고 있었다. 얼굴도 기억 안 나는 엄마, 성인이 되기도 전에 사고로 죽은 아버지, 탈상이 끝나자 사라져 버린 새엄마, 진숙씨…… 가장 소중했던 천국의 사람들은 그에게 작별 인사도 없이 모두 그의 곁을 불현듯 떠났다. 이제 릴리 피까지……. 천국은 도무지 마음이 잡히질 않았다.

그녀의 삶은 너무나 가혹했고 마지막까지 처참했다. 그 정도로 죗값을 치러야 할 사람은 차고도 넘쳤는데, 왜 하필 릴리가! 도대체 누가 불쌍한 그녀에게 그런 짓을……. 남자관계가 복잡했다지만 대부분 감정이 배제된 비즈니스였기에, 천국이 아는 한 원한을 만들 여자는 절대로 아니었다. 최근 소원해진 자신과의 이별을 직감했는지 평소와는 달리 조금 더 감정적으로 행동하기는 했어도 특별히 이상한 낌새는 없었다. 천국이 아는 한 릴리 피는 여전히 죽기 전까지도 릴리 피였다.

한 달 전쯤, 자신의 골프백을 가지러 그녀의 집에 잠시 들른 적이 있었다. 사실 골프백은 구실에 불과했다. 한동안 연락을 끊어 서먹해진 그 참에 그녀와의 불필요한 육체적 관계를 정리하기 위함이었다. 천국은 굳게 마음먹고 갔지만 릴리 피는 이미 그런 그의 마음을 꿰뚫고 있었다. 그녀는 바로 몇 시간 전에도 만났던 연인처럼 상냥하고 다정하게 굴었다. 릴리 피는 그날 생전 묻지도 않던 것들까지 천국에게 물었다.

"너 옥여사랑 어디까지 진도 나갔어? 너무 깊게 엮이지 마. 그 여자, 느낌이 싸해."

"뭔 소리야?"

"원래 잔인한 사람이 다정한 말로 회유할 때, 그게 가장 교활한 패턴이야. 조심해."

"너나 잘해. 난 나이 든 여자가 더 편해."

"훗. 왜? 천국이랑 더 가까워서?"

"또! 내 이름 갖고 말장난하지 마. 우리 아버지가 지어 주신 이름이야."

"너네 아버지, 혹시 어디서 돌아가셨어?"

"갑자기 그런 건 왜 물어?"

"그냥, 궁금해서. 태리 오빠한테 얼핏 들었는데, 그때 너네 새엄마가 아빠 보험금까지 다 털어먹고 잠수 탔다며? 아주 나쁜 년이네."

"또! 우리 진숙씨에 대해서도 함부로 말하지 마. 경고했다."

"아휴, 너무 미워하는 것도 병이지만, 너무 안 미워하는 것도 정신 건강에 해로워. 이 빙신아. 막말로 너네 부모가 너한테 해준 게 뭐 있니? 그거 두 쪽이랑 빚밖에 더 있어?"

"누구 탓을 해. 그냥 재수 없는 사고였다니까. 줄이 끊어지는 바람에 돌아가셨어."

"천벌 받을 것들."

"천벌은 무슨······. 그냥 사고였다니까. 고만하자."

자신의 페니스 외엔 아무 관심도 없는 줄로만 알았던 그녀가 자꾸 자신의 아픈 가족사를 건드리는 것이 천국은 부담스러웠다. 천국은 그녀에게 그 어떤 감정도

느끼지 못했고, 그러고 싶지도 않았다. 천국은 그날, 그녀와 관계를 정리하자는 말을 차마 꺼낼 수 없었다. 골프백도 가지고 나올 수 없었다. 그건 자신의 몸과 영혼을 함부로 굴린 것에 대한 죗값이라고 천국은 스스로 생각했다.

다시, 2022년 1월 2일 새벽.
뜨거운 욕조 안에서 천국의 손가락은 지문이 다 없어지도록 불어 터지고 있었다. 아무래도 오늘 밤 안에 꼭 살아야만 할 이유를 찾기는 글렀단 생각이 들었다.
"하아, 존나 뜨거. 내가 너 여기 있을 줄 알았다."
그때 일랑이 어떻게 알고 사우나에 나타났다. 탕 안에 모락모락 피어오른 김 때문에 얼굴이 잘 보이지 않자 일랑이 천국의 옆으로 옮겨 앉았다. 밤늦은 시간이어서 목욕탕에는 단 둘 뿐이었다.
"어떻게 됐어?"
"어떻게 되긴. 개새끼들, 조사만 한 시간 넘게 하더라고. 같은 거 묻고 또 묻고. 그래도 너 거기 있던 거 아는 사람 아무도 없으니까 염려 마."
"범인은?"
"부검도 안 했는데 무슨 범인이야? 아직 수사 개시도 안 했겠지. 너 근데 그 여자 마지막으로 본 게 언제야?"
"지난 주 월요일 밤에, 아주 잠깐."
"짜식, 헤어진다더니 그 시간에 거긴 뭐 하러 갔어?"
"사실 헤어지고 말고 할 거도 없어. 사귄 사이였나 뭐?"
"야, 그래도 '떡정'도 한번 들면 무섭다던데……, 아니냐?"
"훗. 네놈이 그런 것도 아냐? 짜식."
"임마, 사실 이 형님께서 깊은 지식을 실행에 옮길 시간이 없어서 그렇지!"
"병원에 있다가 퇴원했다길래 잠깐 보러 갔었어. 간 김에 내 짐도 뺄 겸. 근데 막상 보니까 가지고 나올 짐도 없더라. 달랑 골프백, 그거 하나 들고 나왔어."

천국은 잠시 씁쓸한 생각이 들었다.

"너 근데 요즘 따로 보는 여자 있지?"

"아니."

"짜식. 아닌 게 아닌 거 같던데."

"내가 이 상황에 무슨."

"이랑이 말로는 너 크리스마스 날 같이 골프 친 여자. 나도 그때 잠깐 봤잖아, 그 여자."

"뭔 소리야. 일 끝나고 영업 뛴 거야. 술 마시고 다음 날까지."

"아, 그래? 근데 말야, 너 인제부턴 어떻게 할 거냐?"

"모르겠다. 느낌이 아주 안 좋아."

"그래도 무작정 경찰을 피하고 볼일은 아닌 거 같다. 아무 잘못도 안 했는데."

"일랑아, 넌 나 믿지?"

"당연하지. 경찰 조사받게 되면 받고, 혐의 풀어. 그리고 당분간 몸 좀 사려라."

"상황 좀 보고. 변호사 살 형편도 안 되는데……. 무작정 덤벼 봐야 우리 같은 놈들은 없는 죄도 생기는 세상이야."

일랑은 만일을 대비해 천국이 연락할 때까지는 먼저 연락하지 않기로 했다. 일랑은 사우나에서 나오다 가지고 있던 현금을 모두 천국에게 쥐여 주며 말했다.

"혹시 모르니까. 이거라도 가져가."

16. 프레임

"뭐가 그리 급하셨어? 유 부회장이."

밤 11시가 넘은 강남 모처 와인 바, 천국을 찾아 해매이던 옥여사가 유지홍 부회장과 심각한 분위기로 이야기를 나누고 있다. 유지홍은 잔뜩 인상을 찌푸린 채, 시거를 깊게 한번 빨아 연기를 허공에 뱉은 후 대답했다.

"급하다니요. 옥여사. 법적인 건 바로바로 대처해야 하는 법입니다. 법무팀 시켜서 변호사 스무 명 대기 시켜 놨죠."

"스무 명씩이나? 아니 뭘 그렇게나 많이? 이번 일로 뭐 구린 거 있어? 설마 자기 짓은 아니지?"

"저야 알리바이 확실하니까 문제 될 게 하나 없죠. 언제나 문제는 언론이지만."

"술은 마셨으나 음주운전은 아니란 소리야? 뭐야?"

"옥여사야말로, 지금 죽고 싶은데 떡볶이는 먹고 싶은 거 아닙니까?"

"죽고 싶다니, 누가? 내가 왜?"

갑자기 유지홍 부회장이 옥여사에게 쓱 가깝게 다가앉으며 물었다.

"그런데, 그 천국이라는 친구 말이에요, 옥여사."

'천국'이라는 이름에 갑자기 옥여사의 미간이 훅 올라갔다.

"걘 건드리지 마. 피차 상도덕은 지켜야지."

"후훗. 그 친구가 떡볶이가 확실하네. 암요, 당연히 상도덕은 지켜야죠. 그런데, 옥여사께선 잘하고 있는 우리 릴리한테 왜 그러셨어요?"

"뒤집어씌우지 마. 걔가 저 혼자 잘났다고 세상천지 분간 못 하고 나대다 그리 됐겠지."

"아이, 선수끼리 왜 이러세요."

"됐고, 이 시간에 날 부른 이유가 대체 뭔데? 나 내일 BTS 콘서트 보러 가야 해. 할 게 산더미니까 어서 짧게 본론만 말해."

"아주 팔자가 좋으시네요, 여사님. 지금 콘서트 다니시고 그러실 때가 아닌데. 지금 문 선배가 아주 난리가 났어요. 릴리 피 수사 때문에 시끄러워질까 봐."

"그거랑 이거랑 무슨 상관인데. 난 투자해 달라고 해서 돈 대준 거밖엔 없는데. 수틀리면 나도 가만히 안 있어. 알지? 내 스타일."

"알죠. 옥여사님 스타일. 하지만, 이번 일로 다 나가리 되면 그동안 들어간 로비 자금이랑 투자 원금 회수는 물 건너가는 데도요?"

"그년 죽은 거랑 내 돈이랑 무슨 상관인데."

"이거, 참. 그동안 우리가 참 잘 통한다고 생각했는데……, 쩝. 아무튼 그 천국이라는 친구, 지금 어디 있습니까?"

"몰라, 하루 종일 연락 두절이야."

"형사가 곧 체포 영장 칠거예요. 그 친구 빼돌리시면 수배 내려지고 매스컴 타고 괜히 일만 더 커지니까, 그냥 조용히 경찰이 알아서 마무리하게 넘기시자고요. 그럼 그렇게 마무리하시죠. 어그리?"

"어그리 같은 소리 하고 자빠졌네. 너 지금 무슨 개소리야? 감히 지금 이 옥경희를 협박해?"

흥분한 옥여사가 자리에서 벌떡 일어났다. 그러자 어디선가 검은 양복을 입은 건달 둘이 나타나 옥여사를 가로막았다.

"비켜. 괜찮아."

덩어리 건달 둘이 조금 떨어져 서자, 그 사이로 유지홍 부회장의 모습이 보였다.

"천국이 한테 허튼수작 부리면 그땐 유지홍 이고 뭐고 없어. 너도 무사하긴 어려울 거야."

"사람이 죽었습니다, 옥여사."

"사람 죽은 거 처음 봐?"

"네? 아이, 그때 그건 사고였잖습니까."

"사고 같은 소리 하고 자빠졌네. 잘 들어. 우린 더 이상 경제 공동체가 아냐. 이제부터는 운명 공동체야."

"허허, 누구맘대로! 이건 살인사건이라구요. 살인 사건은 못 덮어요. 하긴, 뭐, 옥여사한테는 그게 일상이셨지. 암튼, 이번 일로 그 젊은 친구만 인생 조지게 생겼군."

유지홍이 불이 꺼진 시거에 다시 불을 붙였다.

"불쌍한 젊은 여자 사지로 내몬 건 바로 당신이얏, 유 부회장!"

옥여사는 더 이상 대화가 불가능하다고 판단했는지 그 자리를 박차고 일어났다. 덩어리 건달 둘도 그녀의 뒤를 따라 와인 바를 빠져 나갔다.

지난 크리스마스 날, 에덴 골프장에서 발생한 릴리 피의 부상은 이랑의 슬라이스 난 골프공 때문이 아니었다. 사건의 발단은 클럽하우스 지하에서부터 시작되었다. 천국을 보고 화가 오른 릴리 피는 라운딩 내내 말없이 골프만 쳤다. 문 의원을 세심하게 신경 써야 하는 본분을 망각한 그런 그녀의 태도가 유지홍 부회장의 심기를 몹시 건드렸고 12홀에서 결국 폭발한 유지홍이 릴리 피를 따로 불러 회유 반, 협박 반 타이르기 시작했다.

"릴리. 너 지금 제정신이야? 풀뱀이 풀밭에서 영업 안 뛰고 뭐 하고 있어?"

"오빠, 정말 이럴 거야? 말끝마다 풀뱀, 풀뱀. 듣는 년 기분 나쁘게."

"아직 약발 떨어질 때 아닌데. 야, 너 내가 지난달에 총알 채워 줬잖아. 삼억이나 '마이낑' 쳐 드시고 지금 이 풀밭에서 뭐 하는 태도지?"

5분 넘게 옥신각신 대화를 나누던 두 사람을 문 의원이 저쪽에서 힐끔거리며 보고 있었다. 유지홍 부회장은 그런 그가 무척 신경이 쓰였는지 갑자기 더 크게, 더 강한 어조로 말하기 시작했다.

"야, 누가 너더러 공치래? 우리 선배님께 집중하라고. 집중! 이 쌍년아."

"아 씨발. 선 넘네. 저기여, 유 부회장님, 이 릴리 피께서 엄동설한에 빤쓰도 벗으래서, 다 벗고 공치고 있잖아요. 지금 보지가 얼어서 동사하기 일보 직전인 거 안보이세요?"

"뭐? 이년이!"

읍. 그때 흥분한 유지홍 부회장이 골프채를 릴리 피에게 세게 휘둘렀다. 릴리 피는 외마디 비명 한마디 내지 못하고 그냥 그 자리에 풀썩 쓰러지고 말았다. 그녀가 쓰러진 눈밭 위에는 새빨간 피가 천천히 퍼져 나갔다.

"뭐야, 지홍아, 무슨 일이야?"

한발 뒤에서 지켜만 보던 문 의원이 둘에게 뛰어왔다. 하지만 문 의원은 눈밭에 튄 피를 보는 순간, 갑자기 동공이 열리기 시작했다. 피를 흘리며 쓰러져 있는 릴리 피의 치마를 그가 뒤적거리기 시작했다. 짐승 같은 유지홍 부회장이 짐승만도 못한 문 의원을 지켜보고 있었다. 문 의원은 옆에 있는 유지홍의 눈을 슬쩍 올려다 본 뒤, 다시 릴리 피의 엉덩이에 퉤 하고 침을 뱉었다. 그리고 자신의 그것을 그녀의 뒤에 쑤셔 박았다.

일타쌍피.

하나, 자신의 임무를 망각한 릴리 피를 처절하게 응징해 길들이기.

둘, 변태성욕의 소유자, 문건성 의원의 더러운 본능을 파격적으로 충족시키고 그 현장을 확실히 박제시켜 마음대로 조정하기.

제3자에게는 유지홍의 행위가 우발적인 폭행으로 보일지 몰라도 그것은 어디까지나 사악하기 이를 데 없는 전략적인 폭력의 결과물이었다.

옆 코스에서 이랑의 골프공이 날아들기 훨씬 이전부터 그날의 모든 변태적이고 반인륜적인 행위는 에덴이라는 골프장에서 자행되고 있었다. 에덴은 더 이상 골프의 낙원이 아니었다. 실용적인 MZ 세대를 위한 노 캐디 시스템이라던 그곳은 아담도 이브도 없는 그저 가엾은 풀뱀의 무덤일 뿐이었다. 무지막지한 유지홍에게 뼈아픈 교훈을 얻은 릴리 피는 그날로 그에게 꼬리를 내리고 충성을 맹세했지만, 그로부터 며칠 후 처참하게 살해당하고 말았다. 그리고 진실과 상관없이 천국은 그녀를 살해한 용의자가 되어 가고 있었다.

17. 남매의 유니버스

[재벌 2세 총수와 어울린 전직 텐프로 출신, 여성 골프 접대부 사망]

릴리 피가 사망하고 만 이틀 후, 주요 일간지와 포털 톱뉴스로 그녀의 살인 사망 사건이 일제히 보도되었다. 기사의 헤드라인과 내용에는 구체적으로 회사명이 명시되지 않았지만 댓글과 재생산되는 유튜브 기사에는 대놓고 삼오그룹 유지홍 부회장의 이니셜이 언급되고 있었다. 심지어 지난번 호스트와 함께 한 골프장 스캔들까지 다시 회자 되면서 '오빠는 텐프로, 여동생은 호스트. 남매는 뜨거워'라는 낯 뜨거운 기사 앵글까지 등장하였다. 서서히 움직이던 주가도 증권가 전단지에 실명이 등장하기가 무섭게 오전부터 확 빠져나갔다. 삼오그룹 위기관리 대응 팀이 가동되기도 전에 벌써부터 주주들이 동요하기 시작했다.

성수동 삼오그룹의 유지나 이사의 사무실, 새벽부터 언론 대응을 하다가 지칠 대로 지친 유지나는 자포자기한 얼굴로 눈을 감은 채 BTS의 '마이 유니버스'를 듣고 있었다. 유지홍 부회장이 문을 벌컥 열고 안으로 들어왔다. 깜짝 놀란 유지나가 오빠에게 소리를 질렀다.

"노크 좀 해. 오빠. 제발."

"했거든. 네가 못 들은 거지. 너야말로 제발 음악 소리 좀 줄여랏."

유지나가 음악을 껐다.

"쳇. 옥여사도 암인 것 같던데. 요즘 왜 이렇게 내 주변에 많은 건지."

"뭐? 옥여사가 암이야?"

"응. 암이래. 몰랐어?"

유지나의 얼굴이 갑자기 심각해졌다.

"안됐네. 무슨 암인데? 나도 건강 검진 좀 받아야겠어. 오빠 때문에 요즘 너무 스트레스를 받아서."

"뭔 소리야. 아미라고."

"응?"

"아미 몰라? 니가 지금 듣고 있는 BTS 아미."

"아후, 오빠, 됐어. 암인지 아민지 그만 얘기해. 내가 정말 오빠 때문에 못살아. 대체 상황이 이렇게 될 때까지 뭐 한 거야?"

"야, 너나 똑바로 해. 그깟 기사 하나 컨트롤을 못해서 쯧쯧. 내가 널 믿고 어떻게 사업을 치고 나가겠어?"

"뭐 퀸 놈이 성낸다고 아주 적반하장이야. 지금 하와이 가는 거까지 다 캔슬하고 기사 막느라 이 야단법석인데. 격려는 못 해줄망정! 엄마 비행기 탔대."

"뭐? 엄마가?"

"지금 날아 오시는 중. 오빠는 죽었어 인제. 그리고, 제발 기사 헤드라인 좀 제대로 보라고. 우리 회사 이름 절대 못 나가게 내가 목숨 걸고 막은 거. 자, 보라고. 여기 어디 삼오그룹이라고 나온 데가 하나라도 있는지."

"그럼 뭐해? 댓글 보고 기사 쓰는 저 찌라시랑 유튜브는 어떻게 할 건데?"

"댓글까지는 내가 어쩔 수 없다고 몇 번을 말해?"

"다 고소해. 하나도 빠짐없이."

"미쳤어, 미쳤어. 공정위한테 영혼까지 털리고 싶어서 아주 작정을 했어. 이보세요, 유 부회장님. 정신 좀 차리세요, 제발."

"아, 됐고. 너 혹시 그 자식 알지? 천국인가 하는 그 호빠 선수 놈."

"그냥 몇 번 봤어. 왜?"

"그 자식이 범인이야. 그니까 너도 협조해."

"뭔 소리야? 뭘 협조해? 밑도 끝도 없이."

"그 자식이랑 지온이랑 무슨 관계인지 하나도 빠짐없이 다 알아내서 나한테 보고해. 당장!"

"뭐야, 지금 이참에 지온언니 약점 잡아서 밀어내자 그거야?"

"어차피 지온이 걘 우리랑 달라."

"안 돼. 아직은. 오빠. 억지로 이러지 마. 오히려 나중에 부메랑으로 돌아올 수 있어. 좀 더 철저하게 명분을 쌓아야 해. 시간이 필요하다고."

"미친년. 그냥 창조적으로 스토리 하나 만들어. 프레임 씌우고 퇴출시켜 버리라고. 빤스 장사나 잘하고 살라고 해. 호스트한테 미친년인데 이게 대수야?"

"아후, 기업 총수라는 사람이 성 감수성이 저 모양이니 내가 맨날 이 고생이지. 위기관리를 하면 뭐해? 오빠가 다 망쳐 놓는데. 우리 신규 사업 소비자 타깃이 누군지, 그들의 성 감수성이 얼마나 민감한지, 왜 비건이 앞으로 미래 먹거린지, 그거부터 좀 공부하세요. 제발."

"시끄러. 그런 건 너가 해. 내가 그래서 너 월급 주잖아. 지금 뭣이 중헌디? 잔말 말고, 엄마 오시기 전에 어떻게 보고할지 빨리 입이나 제대로 맞춰."

18. 불행한 피

유지홍 부회장은 기사가 터진 다음 날 오전, 비상 경영 체제를 선포할 수밖에 없었다. 잠잠해질 때까지 본인이 자리에서 잠정적으로 물러나겠다는 것이 그 핵심이었다. 주주들의 승인을 받기 위해 긴급 임시 주주 총회를 소집하기로 했고 그에 앞서 아버지 유 회장이 입원하고 있는 삼오클리닉에서 은밀한 가족회의가 열릴 예정이었다. 하와이에서 막 도착한 삼오그룹의 안주인, 정화경 여사가 잠들어 있는 유 회장을 야속하게 바라보며 새하얀 거즈 손수건으로 찍어 내듯 눈가의 눈물을 훔쳤다.

"왜 저렇게 계속 잠만 주무신다니? 느희 아버진. 후우, 이게 다 내 업보다, 업보. 관세음보살."

정화경 여사가 막내딸이자 친딸인 지나에게 물었다.

"아냐, 깨어 계실 때도 많아. 하필 지금 주무시는 거지. 한 박사님 말로는 곧잘 옛날이야기도 하시고 그런데요. 식사도 아주 잘하시고."

"그럼 뭐하니. 우리는 하나도 기억을 못 하시는데."

"그래도, 언니는 기억하잖아."

"씨도둑은 못 한다더니……, 지 애미 화냥기까지 똑같이 빼닮아 이 사달을 내다니, 그러고도 어딜 감히 우리 집에서 행세를 하겠다고! 반쪽짜리 주제에 지 분수도 모르고."

정화경 여사는 갑자기 수십 년 전 일이 떠오르는지 부들부들 혼잣말로 지온을 향해 저주를 퍼부었다.

"엄마, 언니 지금 로비래. 올라오고 있다고 문자 왔어."

"걔 또 엘리베이터 못 탄데?"

"그런가 봐. 아, 자꾸 언니 얘기 나한테 묻지 마."

"지나, 넌 뭘 잘했다고 나한테 토를 다니? 지홍이 넌 임총 준비 제대로 왁꾸 짜 놓은 거 맞니?"

179

이번엔 정화경 여사가 큰아들이자 친아들인 지홍에게 물었다.

"네, 엄마."

"근데 왜 목소리가 기어들어 가?"

"……."

"하긴 이러다간 아주 집안이 콩가루가 되겠어. 자식이랑 골프는 마음대로 안 된다더니……. 아휴, 관세음보살."

그때 큰딸이자 의붓딸인 지온이 입원실로 들어서며 정화경 여사에게 인사를 했다.

"오셨어요? 늦어서 죄송해요. 엄마."

"왔니? 여기 회의실이 어디니? 가자."

곤히 잠들어 있는 유 회장만 놔두고 네 식구는 병원에서 마련한 임시회의 장소로 향했다. 지온이 병실로 들어왔다가 바로 나가자 갑자기 유 회장의 두 눈이 심하게 움찔거렸다. 꿈을 꾸는지, 꿈에서 깨어나고 싶은지 알 수 없는 움직임이었다.

"곧 임총이라 시간이 없으니 짧게 말하마."

정화경 여사가 단도직입적으로 말하기 시작했다. 지온은 이런 분위기에 꽤 익숙한 모양인지 담담하고 차분해 보였다.

"우선 이번 일은 지홍이도, 지온이 너도 둘 다 책임이 있어. 물론 지온이 네 책임이 제일 크다만."

"기자들이 지어낸 가짜 뉴스에요. 가짜 뉴스까지 저 책임 못 져요."

지온은 정화경 여사의 말에 정면으로 반박했다.

"가짜 뉴스도 회사 경영을 불안하게 만드는 유해 뉴스야. 그게 사실이든 아니든 그건 중요치 않아. 지금 회사 꼴을 봐라, 얼마나 우스운지. 회사 내부도 내부지만 고객들이랑 협력사들까지……! 암튼 임총 발표에 앞서 내가 확실히 이 시점에서 해 둘 게 한가지 있다. 지홍이 너! 자리에서 물러나거라."

"아, 엄마. 저랑 상의 한마디도 없이 이러시면 제가 뭐가 돼요?"

아들 유지홍 부회장이 애걸복걸하듯 말했다.

"시끄러워. 오늘 임총에서 제대로 사과하면서 그렇게 발표해. 그리고, 지온이 너! 너도 네 주식 나한테 일단 한시적이라도 넘기도록 해라. 뭔가 우리 오너 일가 쪽에서도 어필해야 할 거 아니니. 경영 쇄신 차원에서."

"싫어요. 제 의지로 제가 자발적으로 내려놓으면 몰라도."

"너, 이 상황에서도 책임을 하나도 안 지겠다는 거야?"

"무슨 책임인지 전 이해 못 하겠어요. 그리고 제 주식이랑 지금 이 책임이랑 무슨 관계인지……. 그럼 오빠는 자리만 물러나고 주식은 왜 그대로 가지고 있게 하시는 거죠?"

"지홍이도 이번에 사임하면 주식 매도할 거다. 뻔뻔하기는! 너 파혼할 때도 나, 한마디도 안 했던 사람이야. 그건 기억하고 있겠지? 느희 아버지도 저리된 마당에, 지금이 적기야. 지금부터 전부 다시 지분 재조정할 거다. 상속세도 그렇고, 지온이 너는 물의를 일으킨 게 이번이 벌써 세 번 째잖니. 쓰리 아웃이라고."

그때 막내 지나가 끼어 들었다.

"엄마, 아빠 아직 살아 계셔요. 상속세라뇨. 기자들이 들을까 겁나요."

"아무튼!!! 지나 너도 이제 철 좀 들어. 느희 아버지, 저게 살아 있는 거니? 시체처럼 잠만 자다가 가끔 깨서는 말도 안 되는 소리나 하시는데."

"하긴. 언니 파혼 때 우리 다 같이 좀 힘들어도 아무 말 안 한 건 맞지. 물론 덕분에 내가 이혼할 때 집안에서 아무 소리도 안 들었지만……. 그래도 언니는 그것 말고도 너무 이슈가 많긴 해. 왜 작년에 언니 회사에서 그만둔 그 K만 해도 그래. 그냥 좋게 좋게 처리했으면 좋았잖아. 그 바람에 우리 섬유 주식까지 떨어진 건 팩트잖아. 아, 그리고 이번에는 호스트랑 에덴 골프장에 간 건 내가 아니라 언니가 맞잖아. 지금 시간이 없다니까. 모두 협조해야 해. 주주들 난리 났어. 엄마한테 못 넘기겠으면 일단 나한테라도 넘기든가. 잠잠해지면 어떤 식으로든 내가 다시 돌려놓을게."

"……."

하지만 지온은 알고 있었다. 반쪽짜리이긴 했어도 본인도 그 집안의 DNA가 분명히 맞았으니까. 한 번 들어간 돈은 절대로 다시 밖으로 나오지 않는 게 유씨 집안 유전자의 본질이었다. 그게 가족일지라도 달라지는 건 없었다. 돈에 대해서는 그 누구보다 철저했고 피도 눈물도 없었다. 그걸 세상에서 제일 잘 알고 있는 지온은 더 이상 할 말이 없었다. 그리고 분노가 끓어오르기 시작했다. 배다른 동생, 지나가 살벌한 지온의 시선을 피해 고개를 돌렸다.

"그만들 해라. 지금 니들끼리 감정싸움 할 때가 아니야."
정화경 여사가 둘 사이에 끼어 들었다.
"돈이란 건 말이다, 돌고, 돌고 돌다가 결국 어느 한 사람에게 오래 머무르게 되는 때가 있다. 그 사람이야말로 돈의 가치를 가장 잘 아는, 돈이 인정하는 사람인 게야. 어차피, 너한테 오래 머무르지 않을 거에 매달려 봤자 니 모양새만 빠져. 그러니까 출구 열어 줄 때, 표 안 나게 자발적으로 우아하게 엑시트하거라. 좀 좋니? 남 보기에도 좋고, 아무튼!"

지온은 수십 년간 노심초사 살얼음 딛듯 조심조심 지나던 길을, 단 한 번의 실수로 그만 발을 헛디며 개미지옥[10]으로 쑥 빠져 버린 기분이 들었다. 열두 살 무렵, 초대한 친구들 앞에서 정화경 여사에게 알밤을 세게 얻어맞았던 기억이 불현듯 떠올랐다. 그날은 지온의 첫 생리를 축하하는 아주 기쁘고 의미 있는 자리였고, 한참 예민한 사춘기가 시작되던 시절이기도 했다. 그런 그녀가 엄마라고 부르던 정화경 여사는 여전히 그녀를 아동 취급했고 기선 제압의 차원에서 고의적으로 지온을 더 함부로 대했다. 그날 이후 어린 지온은 스스로 상처받지 않는 방

---

10) **개미지옥** 개미귀신이 사는 모래톱. 개미귀신은 명주잠자릿과의 애벌레를 통틀어 일컬음. 개미귀신 모래톱에 개미지옥을 파고 숨어 있다가 미끄러져 떨어지는 개미 따위의 곤충을 큰턱으로 잡아 체액을 빨아먹는다.

법들을 하나둘 생각해 내기 시작했다. 반사된 것처럼 뒤집힌 글씨로 일기를 쓰기 시작한 것도 바로 그 무렵이었다. 가족에 대한 분노와 적개심을 숨기며 글자를 뒤집어쓰면서 지온은 미소를 잃지 않으려 안간힘을 썼다. 그렇게 지온은 알루미늄 케이스를 만들어 심장에 한 겹 싸 놓은 사람처럼 웬만한 일에는 눈 하나 깜짝하지 않는 사람이 되어갔다.

그 무렵, 지온은 스스로에게 묻고 답했다. 가족이란 무엇인가? 그녀에게 '가족'이라는 것은 그저 위시 리스트에 올라 있는 환상에 불과했다. 돈이란 무엇인가? 그녀에게 '돈'이란 가족 대신 자신을 지켜줄 수 있는 가장 일차원적인 무기였다. 하지만, 가족 대신 돈을 선택했기에 그녀는 영혼의 자유를 잃고 말았다. 아닌 척했지만 그 누구도 믿을 수 없게 되었고, 그 무엇도 사랑할 수 없었다. 지온을 지켜 주던 돈은 때때로 흉기가 되어 그녀를 아프게 했다. 그리고, 바로 그날 지온은 그 사실을 더 뼈저리게 절감하게 되었다.

창세기 때부터 원래 그곳에 있었던 것처럼, 모래 구덩이를 파 놓고 기다려 온 '계모와 그녀의 두 친자식'의 협공에 꼼짝없이 걸려든 개미 한 마리 꼴이라니…… 지온의 시간은 순간 거꾸로 가기 시작했다. 그래도 정 여사, 그녀를 진짜 엄마로 여긴 시간이 분명 존재했었건만…… 하지만, 그녀는 엄마가 아니라 그저 한 마리의 명주 잠자리일 뿐이었다. 오빠와 여동생이 아니라 그저 명주 잠자리의 유충인 개미귀신일 뿐이었다.

'왜 난 그것을 알고도 못 본 척, 외면하고 미화시키며 살아왔을까? 혹시 내가 그걸 알고 있다는 적개심을 진작부터 그들에게 드러냈다면, 지금 그들이 파 놓은 저 모래 구덩이 속에 내가 걸려들지 않지는 않았을까.'

지온은 자책감에 휩싸였다. 모래 지옥은 그들 셋에게는 만찬의 식탁이겠지만 지온에게는 한번 빨려 들어가면 다시는 헤어 나올 수 없는 지옥이었다.

정화경 여사는 그날, 수십 년간 단단히 숨겨 온 검은 속내를 주식을 통해 커밍아웃한 뒤, 회의실에서 나갔다. 그녀의 미완의 두 유충들도 엄마 명주 잠자리를 따라 그곳을 빠져나갔다. 텅 빈 커다란 회의실에 홀로 남겨진 지온에게 가족이라는 의미에 대한 회의가 쓰나미처럼 밀려들었다. 자신의 가족과 그 가족 안에서 자신의 정체성에 대해 머리털 나고 처음으로 현실적 타격을 입은 것이었다.

가족이란 세상 가장 밑에서 자신을 떠받치고 자양분을 올려 주어야 할 일차적인 방어막이다. 자신이 지쳐서 쓰러질 때 돌아갈 최후의 보루가 바로 가족이다. 하지만, 그런 가족이 가장 잔인하고 끔찍한 존재로 탈바꿈할 때 사람은 더 형편없이 무너지고 만다. 왜냐하면 가족은 세상 모두가 등을 돌려도 서로 보듬어 껴안아 줘야만 할 존재니까. 지온은 그날, 누가 보지만 않는다면 자신의 가족을 죄다 어딘가에 내다 버리고 싶은 심정이었다.

지온은 세상이 거꾸로 뒤집히는 것만 같았다.
수십 년간 요동쳐 겨우겨우 매달려 '공생'하고 있다고 믿었는데, 그녀의 가족은 그녀의 '삶'을 '기생'이라 일방적으로 진단을 내렸고 심지어 그녀를 박멸하려 들었다.

지온의 머릿속에서 '가족'이라는 단어가 빠져나와 허공에 매달리기 시작했다. 물론 이번에도 어김없이 뒤집힌 채로……

가족

'가족'을 허공에 뒤집어 적은 지온은 그것을 소리 나는 대로 천천히 읽었다.
"조…… 까."

19. 초이스

유지홍 부회장은 임시 총회 직후 바로 사임했다. 금융감독원 전자공시시스템에 따르면 그가 사임한 바로 다음 날, 증시 개장 전 시간 외 매매로 25만 주, 이후 장내 매도로 2만 주를 처분했다. 처분 가격은 무려 천억 원이 넘는 규모였다. 이에 따라 유 부회장의 삼오그룹 지분율은 29%에서 10% 미만으로 감소했다. 물론 감소한 지분은 머지않아 오너 일가의 경영권 강화를 위해 돈세탁한 뒤 다시 정화경 여사에게 돌아갈 예정이었다.

지온은 가족들의 압박에도 불구하고 자신의 지분율을 지켰다. 일부 주주들의 반발이 만만치 않았으나 이번 사건에서 자신이 관여된 바가 구체적으로 증명되지 않았을 뿐더러 불미스러운 기사도 한낱 떠도는 가십에 지나지 않았음을 소명하였다. 그 소명은 받아들여졌다. 하지만 자신의 지분율 7%를 가까스로 방어하는 대신, 삼오그룹의 그 어떤 경영에도 직접 참여하지 않기로 하고 삼오그룹 본사 이커머스 총괄 사장직에서는 사임했다. 그러나 아무것도 끝나지 않았다. 언제라도 갖은 명분을 내세워 자신의 지분을 노리고 압박할 것이 불 보듯 뻔했다. 지온은 아버지가 쓰러진 후 자신의 입지가 급격히 좁아지고 있었음을 느꼈다. 이제 자기 손으로 일군 브랜드 '키네틱 우먼' 이외에 확실하게 남은 건 아무것도 없었다. 지온은 자신을 지키기 위한 전쟁이 내부에서 더 치열해질 거라는 걸 그 누구보다 잘 알고 있었다.

지온의 휴대폰이 울렸다. 아해였다.
"어, 여보세요. 아해야. 왜?"
"지온아. 큰일 났어."
"왜? 무슨 일인데?"
"태리 사장님한테 급하게 연락이 왔는데……. 천국씨가 경찰서에 있대, 지금."
아해의 목소리가 떨리고 있었다.

성동 경찰서, 강력 1팀 취조실. 카메라 두 대가 설치되어 있었고 벽면은 커다란 거울이다. 거울 너머의 상황실에서는 취조실이 어항처럼 훤히 들여다보였다.

"다시 묻겠습니다. 그날, 왜 사건 현장에서 그냥 돌아가셨나요?"

민희식 경위는 벌써 같은 질문만 네 번째였다.

"말씀드렸다시피 몸이 좀 안 좋아서 먼저 철수했습니다."

천국은 피의자 신분이 아닌 임의동행 참고인 조사로 취조실에 앉아있었다. 그는 벌써 두 시간 가까이 강도 높은 조사를 받고 있었다. 평소 잘 시간인 한 낮에 취조를 받고 있자니 천국은 벌써 지쳐 있었다.

"자, 그럼, 질문을 바꿔서 다시 묻겠습니다."

코너에 몰아붙였다 싶으면 그럴 때마다 천국이 예상외로 침착하게 대응하며 잘 버텨내자 민 경위도 한풀 꺾여 뒤로 빠지는 분위기였다.

"그럼, 언제 처음 피은영씨가 사망한 걸 알았습니까?"

"27일 16층 작업하던 중에 우연히 발견하게 되었습니다."

"하필 기막힌 우연으로 그녀가 살고 있던 곳으로 작업을 마침 가셨고, 그곳에서 그녀의 주검을 또! 제일 먼저 발견하셨는데, 그걸 알고도 바로 몸이 안 좋아져서 현장에서 철수했다! 이 말씀이시죠, 천국씨."

"이상하게 들리시겠지만 사실입니다."

"왜 사건 현장으로 다시 가신 거죠? 혹시 불안해서 뭔가 확인하러 그곳으로 다시 갔던 건 아니었나요?"

민 경위의 압박이 다시 시작되었다.

"이미 전날 관계를 다 정리했습니다. 다시 가게 된 건 제 친구가 그곳 관리실에서 의뢰받았기 때문에 출동한 일이었습니다. 전 그냥 도와주려고 따라나섰던 것뿐이라니까요."

"그 일이 돕고 싶다고 도울 수 있는 일은 아닐 텐데요."

"조사해 보세요. 특수 용역업은 원래 제가 하던 일이었습니다. 그걸 그 친구가 받아서 하게 된 지 꽤 됐습니다."

"자, 그렇다 치죠. 조사 해보면 다 나오니까. 그럼, 피해자와 동거하신 지는 얼마나 되셨나요?"

"동거하지 않았습니다. 그냥 가끔 보러 갔습니다."

"허엇, 뭐, 좋습니다. 사건 당일, 12월 27일 밤 그곳에 두 분이서 함께 계셨던 건 확실한 거 맞지요?"

"네. 맞지만 새벽 3시 반경에 약속이 생겨 그곳에서 나왔습니다."

"한밤중에 약속이 생기셨다……. 무슨 약속인가요? 혹시 알리바이를 증명할 사람이 있습니까?"

천국은 아차 싶었다. 자신의 알리바이를 증명할 수 있는 사람은 유지온이 밖에는 없었으니까. 그녀가 선뜻 그 밤에 호스트인 자기와 함께 그녀의 집에서 밤을 지새웠노라고 과연 말해 줄 수 있을지, 아니 그보다 그녀에게 그런 짐을 지우는 게 맞을지 천국은 의문이 들었다. 그래도 그는 분명 그녀의 집에 들어가고 나갈 때 찍힌 CCTV가 남아 있을 거란 생각이 들었다. 천국은 어떻게든 자신의 그날 밤 알리바이를 증명해 볼 수는 있지 않을까 싶었다. 그래도 천국은 당장의 말은 아꼈다.

"네. 있습니다만 개인적인 일이라 여기서 밝히기가……."

"알겠습니다. 그건 뭐, 필요하시다면 본인이 알아서 하시죠. 아, 그리고 한 가지 더. 피해자의 휴대폰이 없어졌습니다. 혹시 그날 피은영씨의 휴대폰을 그 집에서 보셨나요? 아니면 그것을 천국씨께서 그 집에서 가지고 나오신 건 아닌가요?"

"아뇨. 그런 적 없습니다."

"피해자 휴대폰을 보신 적은 있죠? 그날."

"기억이 잘 나질 않습니다. 제 앞에서 사용한 적은 없었던 거 같습니다."

모든 대화는 사전 동의를 얻어 녹음과 녹화가 진행되고 있었다. 거울 너머 상황실에서는 경찰서장까지 이례적으로 직접 나와 천국의 취조를 유심히 지켜보고 있었다.

"어이, 탁 반장, 보안 유지 확실히 해. 알겠지? 이거 딱 봐도 치정에 얽힌 사건이라 가십성 기사 나오기 십상이네. 그럼 또 여기저기 불려가고 당신들만 성가셔. 알지, 곧 우리 관할 지자체장 보궐선거인 거. 괜히 이런 일에 휘말리지 말자고."

배가 심하게 나온 강세구 경찰서장이 모나* 볼펜으로 왼쪽 눈썹을 긁으며 안경 쓴 탁기달 형사반장에게 강압적이고 재수 없는 꼰대 톤으로 이야기하고 있었다.

"알고 있습니다. 최대한 조용히 마무리하겠습니다."

"부검 소견은?"

"진행 중입니다만, 시신에서 아주 소량의 정액이 검출되었습니다."

"DNA 대조 의뢰하게."

"넵."

"증거 확보는?"

"현장에 온통 저 친구 지문뿐입니다. 또 사망자의 혈흔 외에도 현관 쪽에서 또 다른 혈흔이 나왔는데 저 친구 것과 대조해 보겠습니다."

"일치한다면 결정적 증거겠군."

"저 근데, 범행 도구로 쓴 그 가죽 벨……, 아, 하네스에서는 저 친구 지문이 안 나왔습니다."

"장갑을 꼈겠지. 안 그래? CCTV는?"

"그게 저……, 귀신이 곡할 노릇인 게 당일 녹화분만 삭제되었답니다."

"이 봐, 탁 반장. 지금 뭐하는 건가? 다 잡은 고기 그냥 눈앞에서 풀어 줄 건가!"

"아, 그럴 리가요. 서장님."

그때 강세구 서장에게 전화 한 통이 걸려 왔다.

"아, 넵. 접니다."

뚱뚱한 강 서장은 갑자기 자리에서 벌떡 일어나더니, 비굴한 톤으로 목소리가 확 바뀌어 전화를 받았다.

"지금요? 아, 네, 네. 알겠습니다."

전화를 끊자마자, 강 서장은 들고 있던 모나* 볼펜을 냅다 책상 위로 집어 던졌다. 볼펜은 톡 튕기더니 탁 반장의 발아래로 또르르 굴러 떨어졌다. 탁 반장은 얼른 볼펜을 주워 강 서장에게 두 손으로 공손하게 건넸다. 하지만 그는 볼펜은 아랑곳하지도 않고 거울 너머 취조실을 잡아먹을 기세로 응시했다.

"끊어."

"네?"

"취조 끊으라고. 당장."

"네? 아 넵."

"젠장. 어쩌잔 거야. 체포 영장 치라면서, 갑자기 이 시점에서 변호사는 왜 들이대?"

강 서장은 구시렁대며 상황실에서 휙 나가 버렸다.

한편, 취조실 안에서는 계속해서 예민한 질의응답이 아슬아슬하게 이어지고 있었다.

"사망자가 마지막으로 통화한 사람은 바로 여기 제 앞에 계신 천국씨고, 당일 여러 번 통화한 기록도 있습니다. 구체적으로 무슨 이야기를 나누셨죠?"

민 경위가 노랑 형광펜으로 천국의 전화번호만을 찾아내 색칠한 통화 기록을 들이댔다.

"여러 번 전화했지만 연결이 안 됐습니다. 그래서 갔던 겁니다."

그때, 마이크에서 탁 반장의 목소리가 들려왔다.

"잠시 중단하겠습니다."

취조실 문이 열렸다. 아르마니 풍의 회색 정장을 입은 여자 변호사가 들어와 천국에게 정중하게 인사를 한 후, 민 경위에게 가볍게 눈인사를 건넸다.

"현후로펌, 김남주 변호사입니다."

그녀는 민 경위에게 명함을 건넸다.

"아, 네……. 민희식 경위입니다. 이쪽으로 아, 앉으시죠."

업계에서 가장 비싸기로 소문난 현후로펌의 명함을 받자, 민 경위가 당황했다. 분위기 파악이 잘 안 되는 민 경위에게 입술이 도톰하고 야무지게 생긴 김남주 변호사가 조목조목 따지듯 이야기를 이어나갔다. 얼떨떨한 민 경위의 눈에는 쉬지 않고 움직이는 그녀의 입술만 보일 뿐이었다.

"제 의뢰인께서는 영장 없이 임의동행, 단순 참고인으로 오늘 여기에 오셨습니다. 맞으시지요? 민……, 민희식 경위님."

김남주 변호사는 다시 한 번 명함을 보고 민희식 경위의 이름을 확인 해가며 말했다.

"네 그렇습니다만……"

민 경위가 그녀의 입술을 보며 대답했다.

"제 의뢰인께서는 지금 심신상의 이유로 더 이상 조사받기가 어렵다는 말씀 드리러 왔습니다. 자, 이미 3시간 넘게 조사를 하셨으니까 참고인 조사는 여기까지! 차후에 필요하신 사항이 혹시라도 있으시다면 정상적인 절차 밟으셔서 하시죠. 거기 제 번호로 연락 주시길 바랍니다. 그럼, 저희는 이만. 천국씨, 일어나시죠."

천국은 얼떨결에 자리에서 일어나 김남주 변호사라는 여자를 따라나섰다. 그 때 민 경위가 두 사람을 붙잡으며 말했다.

"아니 저, 잠시만 여기서 대기하고 계세요."

당황한 민 경위가 취조실에서 나와 상황실 안으로 뛰어 들어갔다.

"반장님, 지금 들으셨죠? 저 변호사가 참고인을 데려가겠다는데 어떡하죠?"

"어떡하긴 뭘 어떡해. 내보내."

"저, 그럼……, 체포 영장은 어떻게 되는 겁니까?"

"영장 치고 싶음 당장 없어진 CCTV 영상부터 확보해. 영상 없으면 목격자라도 찾아오든가!"

같은 날, 경찰서 주차장, 밤 열시

커다란 크로스백을 뒤로 멘 천국이 그날 처음 만난 김남주 변호사를 어색하게 주춤거리며 뒤따라가고 있었다. 주차장 앞까지 나와서야 천국이 물었다.

"저, 누가……?"

"네?"

"절 변호하라고 의뢰한 사람이 누구냐고요."

"아."

무표정한 얼굴의 김남주 변호사는 취조실에서와 똑같은 어조로 천국에게 명함을 주며 인사했다.

"인사가 늦었네요. 김남주 변호사입니다."

그때 검정색 롱코트에 선글라스를 낀 여자가 두 사람 앞에 나타났다. 유지온이었다.

"김 변, 오늘 고생 많았어. 내일 우리 사무실로 와요."

변호사를 선임한 사람은 다름 아닌 유지온, 그녀였다. 김남주 변호사는 두 사람에게 고개 숙여 인사를 한 뒤 자신의 차를 타고 그곳을 떠났다. 지온도 천국을 자신의 카키색 벤* G바겐에 태웠다. 차에 타자마자 지온은 천국에게 악수를 청했다.

"뭐죠?"

"악수."

"전 여자랑 악수 안 하는데요."

경찰서에서 그렇게 다시 만나게 되자, 천국은 순간 자존심이 몹시 상했다. 악수를 청한 손이 민망했는지 지온은 슬쩍 내민 손을 거두었다.

"개마초는 역시 나이랑은 상관없나 봐."

지온이 차를 빼 도로로 나갔다.

"개마초 아닌데요. 마음대로 생각하세요."

"그럼, 설마 젊꾼?"

"그만하시죠. 지금 농담할 기분 아닌데요. 저한테 하고 싶은 말이 도대체 뭐예요?"

"그날 밤, 릴리 피 집에서 무슨 일이 있었어?"

"그 쪽한테 솔직히 말하면 뭐가 달라지는데요?"

"뭐가 달라지다니. 내가 당신을 도울 수 있는 데도?"

"……."

지온은 자신의 호의를 삐딱하게 보고 있는 천국에게 최대한 감정을 자제하고 있었다. 잠시 긴장감 도는 침묵이 이어지다가 천국이 입을 열었다.

"그래야 날 돕는 당신을 내가 도울 수 있으니까. 아닌가요?"

지온은 천국의 뾰족한 말에 잠시 대화를 멈추고 운전에 집중했다. 그리고 다시 입을 열었다.

"맞아. 다른 말로는 서로 돕자는 뜻이지. 그러니까, 도발하지 마. 릴리 피가 죽은 게 나하고 직접적인 관련은 없지만 나한테도 여파가 커. 막말로 자긴 혐의만 벗으면 그만이지만 나는 아니야. 나와 우리 회사는 잘못하면 다시는 회복할 수 없는 심각한 이미지 타격을 받게 될 거야."

"아니, 그게 지온씨 회사랑 무슨……?"

"크리스마스 날, 골프장에서 우리 오빠랑 릴리 피가 함께 있다가 피를 흘리고 병원으로 실려 갔어. 그리고 며칠 뒤 그 여자는 살해당했고! 살인이 일어났던 밤, 한 남자가 그녀와 함께 있다가 우리 집엘 왔어. 참 공교롭지? 나도 그 남자랑 그날 새벽에 단둘이 있었거든. 그리고 지금 내 차엔 그 남자가 함께 타고 있네. 경찰이 알면 기절초풍할 일이겠지. 천국씨 말대로 진실과 상관없이 세상이 우리 남매를 어떻게 생각하겠어? 보기에 따라선 나도 이 살인사건과 무관하기가 어려워. 그래서 진실을 묻는 거야. 그걸 알아야만 내가 천국씨의 무죄를 입증할 수가 있으니까."

"이 상황에서 내가 안 죽였다는 걸 어떻게 입증하죠? 경찰도 저를 제1 용의자로 보는데."

"몰라. 상관없어. 난 그저 천국씨의 무죄를 입증할 뿐이야. 그게 천국씨, 당신이 진짜 무죄란 뜻은 아니거든."

"무죄를 입증한다면서 무죄가 아니라니. 도대체 그게 무슨 말장난인가요?"

"당신이 유죄여도 무죄로 만들 거라고. 자, 이제 이해 돼?"

"후우, 역시 당신은 날 믿질 않는군요."

"믿고 안 믿고의 문제가 아냐. 지금 나로서는 모든 가능성을 열어 놓고 볼 수밖엔 없어."

"솔직하게 말해 줘도 당신은 그날 일을 기억 못 해요. 혼자 술 마시다 뻗어 버렸으니까. 그날 밤 당신을 기억하는 건 나지! 당신이 아니라고."

"아니, 나 똑똑히 기억해. 그날 새벽, 우리 집에 왔을 때 천국씨는 이마에 피를 흘리고 들어왔었어."

다시 또 침묵이 흘렀다.

"아~~~~~~악!"

천국이 갑자기 차창 밖으로 고함을 질러댔다.

"조용해. 그런다고 내가 눈 하나 깜짝할 줄 알아? 나도 그 여자, 당신이 안 죽인 거면 좋겠어. 그러니까, 설명해. 모두 다. 내가 수긍이 될 때까지!"

지온은 이성적으로 천국에게 말하고 있었지만 천국은 그렇지 못했다.

"거짓말! 이미 날 살인자로 의심하면서 나한테 무슨 말이 더 듣고 싶은 거죠? 그냥 마음대로 알아서 하세요."

"그건 그냥 합리적 의심일 뿐이야. 뭐가 됐든 그냥 다 솔직하게만 말해 주면 돼. 그러면 나머진 내가 알아서 풀게."

"진실과 상관없이 당신은 당신이 원하는 걸 증명할 거잖아. 무죄든, 유죄든 모든 입증할 수 있는 게 당신 아닌가. 훗."

"맞아. 둘 다 가능해. 난 아주 나쁜 사람이라 충분히 그럴 수 있지. 하지만, 당신은 내가 없으면 실제로 일어난 진실조차도 못 밝히는 아주 유약하고, 바보같이 착하기만 한 사람이잖아."

"착하기만 한 사람? 허헛. 정말 어이가 없군."

"오해하지 마. 그쪽이 착한 사람이란 뜻이야."

'착한 사람'이라는 단어에 천국은 잠시 말문이 막혔다. 지온의 차가 터널 안으로 진입했다. 두 사람은 잠시 아무 말 없이 각자 정면만 바라보았다. 과연 '당신은 착한 사람입니까?'라는 질문에 세상 얼마나 많은 사람이 자신 있게 '나는 착한 사람입니다.'라고 대답할 수 있단 말인가. 천국은 조용히 자문하면서 릴리 피의 죽음에 대해 자신의 선한 의지를 대입해 보았다. 자신은 분명 그녀의 죽음에 일조했다. 그게 맞았다. 그리고 그 사실이 그의 가슴을 냉각시켰다.

"진실은 중요하지 않아요. 내 현실은 언제나 진실과 달랐으니까."

천국이 차갑게 지온에게 말했다.

"진실은 스스로 찾는 거야. 누가 거저 갖다 주는 게 아니야. 내가 반드시 찾을 거야. 날 위해서라도."

지온은 따뜻하게 천국에게 말했다.

지온의 차가 터널을 막 빠져나왔다. 그리고 큰 사거리에서 신호에 걸려 잠시 멈춰 섰다.

"지금 어디로 가는 거죠?"

천국이 그녀에게 물었다.

"그건 내가 묻고 싶은 말인데. 자기가 정해. 우회전? 좌회전? 아니면 직진? 천국씨가 정해."

"네?"

밤마다 시벨롬에서 손님들의 선택을 기다리던 천국이었다. 막상 선택을 할 수 있다고 생각하니 이상하게도 머릿속이 새하얘졌다.

"시간 없어. 인생은 선택이야."

"……"

"못하겠어? 내려, 그럼. 대신 여기서 내리면 난 자기 알리바이 입증 못 해줘. 아니, 안 해 줄 거야."

그때 천국의 눈동자에 신호등 파란불이 비쳤다. 핸들을 꽉 붙잡고 있는 지온의 오른 손등 위로 덥석, 천국의 왼 손이 포개어졌다. 웃. 지온이 천국의 눈을 바라보았다.

천국은 앞을 보며 말했다.

"직진."

천국은 선택했다. 지온이 액셀을 밟았다.

20. 시거 키스

"형, 저 배고파요."

"어라, 너 지금 조사받는 중 아니었어? 벌써 끝난 거야?"

깜짝 놀란 태리 사장이 천국을 아무도 모르게 VIP 룸으로 데리고 들어갔다. 쓰러지기 일보 직전이었지만, 천국은 마치 아무 일도 없던 사람처럼 시벨롬으로 출근했다.

"근데 여긴 왜 나왔어?"

"저 오늘부터 일해도 괜찮죠? 형."

"안 돼. 조용해질 때까지 너 출근시키지 말라고 했어."

"누가요?"

"유지온 대표가."

"조용해졌잖아요."

"어허, 이놈 봐라. 너 아직 조사 중이잖아."

"다 받았어요, 근데 형, 저……"

천국은 말을 끝내지 못하고 그만 소파에서 잠이 들고 말았다. 며칠 동안 제대로 못 잔데다 그날 오후 내내 강도 높은 조사를 받았던 터라 천국은 긴장이 풀어져 한꺼번에 쏟아지는 잠을 주체할 수 없었다. 수십 명이 드나드는 선수 대기실은 보는 눈이 많았다. 그래서 태리 사장은 천국이 잠시라도 눈을 붙일 수 있도록 그냥 VIP 룸에 내버려 두고 조용히 나와 문을 닫았다. 천국은 깊은 잠에 빠져들었다.

그날 밤, 천국은 지온과 차 안에서 세 가지 약속을 했다.

첫째, 당분간 불필요한 의심을 사지 않도록 자연스럽게 시벨롬에 정상 출근할 것.

둘째, 대신 지온이 형식상 매일 밤 예약을 잡아주고, 천국은 그 테이블에만 들어갈 것.

셋째, 퇴근은 애일당으로 할 것.

위의 세 가지 약속이 천국을 법적으로 방어해 주는 조건이었다. 지온은 천국에게 변호사를 선임해 주고 확실한 그의 뒷배가 되기로 두 사람은 합의하였다. 알 수 없는 이야기는 그뿐만이 아니었다. "정확하게 이자 포함해서 금액이 얼마였어?" "채무가 종결된 날짜는?" 지온은 천국의 새엄마 때문에 짊어진 채무에 대해서도 아주 상세하게 짚어가며 물었고 "옥여사, 처음에 어떻게 만났어?" "조건부 만남의 조건은?" 따위의 대답하기 싫은 옥여사에 관한 사적인 영역의 질문까지도 강력계 형사 못지않게 꼬치꼬치 캐물었다.

지금 그에게 일어나고 있는 일련의 사건을 돌이켜볼 때, 아무리 낙천적인 성격의 천국일지라도 지온이라는 여자의 말과 행동을 온전히 믿어도 될지 그는 판단이 잘 서질 않았다. 하지만 "왜 가게로 출근은 하면서, 굳이 집 놔두고 애일당으로 가서 자야 하나요?"라고 천국은 되 물을 수도 없는 노릇이었다. 지금 천국은 찬밥 더운밥 가릴 처지가 아니라는 걸, 그가 더 잘 알고 있었으니까. 그래도 한 가지 확실한 건, 자신은 처음 본 순간부터 그녀가 마냥 좋았다는 사실이었다. 그래서 그는 그녀가 하자는 대로 따라가 보기로 했다.

함박눈이 내리고 있었다. 어디지? 에덴 골프장이었다. 아, 추워. 발자국을 남기며 천국이 바삐 어디론가 걸어가고 있다. 바람이 더 세게 불어왔다. 천국은 바람을 앞에서 맞으며 어디론가 계속 걸어가고 있다. 저 멀리 누군가 히끗 히끗 보였다. 아, 릴리! 그녀가 저만치서 천국을 기다리며 서 있다.
"앗, 릴리."
릴리 피가 어느새 천국의 코앞에 다가와 있었다.
"왠일, 너 오늘은 나 쌩 안 까네."
"어디 있었어. 한참 찾아다녔잖아."
"뭐래, 근데, 천국아, 너 아무 죄도 없는데 왜 도망 다니니? 바보야? 어이없음."
"이제 나 도망 안 가."
"그래. 도망치지 마. 네 자리에 있어. 딱! 그럼 다 지나갈 거야. 아참, 내가 재밌는 거 하나 알려줄까?"

"재밌는 거?"

"나, 요즘 여기서 비즈니스하는데, 무슨 비즈니스인지 알아 맞춰볼래?"

"글쎄?"

"맞춰 봐."

릴리 피가 천국의 코앞에 자기 얼굴을 아주 가까이 들이댔다. 그녀에게서 날숨이 전혀 느껴지지 않았다.

"있자나, 실은 요즘 나……."

그녀의 검은 눈동자가 미세하게 흔들리다 돌연 훅 단추 구멍처럼 조그맣게 줄어들었다. 앗, 릴리! 그녀의 눈이 흰자만 넓게 남아 희번덕거렸다. 천국은 등에서부터 온몸에 소름이 쫘악 돋아났다.

"훗. 요즘 나, 여기서 시체 장사 하자나. 자, 이거 받아. 선물이야, 후후훗."

"아악, 차가워. 릴리!"

천국은 차가운 가죽 소파에 얼굴을 파묻은 채 소리치고 있었다.

"저리 치워. 차가워. 아악~"

"천국아, 야! 일어나, 그만 일어나래두."

"아, 형. 후우, 지금 몇 시예요?"

천국이 꿈에서 깨어났다.

"짜식, 자면서 무슨 잠꼬대를 그렇게 해?"

"아, 제가요?"

"1시간도 더 잤어. 좀 있다 지온씨가 이쪽으로 온대. 너 알고 있다는데. 왜 말 안했냐?"

"지온씨? 아, 맞다. 형. 나 당분간 그 여자한테 풀 부킹이에요. 한 달 동안, 매일 밤."

"뭔 소리야? 옥여사는 어쩌고? 안 그래도 너 찾아 삼만 리던데, 지금."

"그건 제가 알아서 할게요. 일단 다른 부킹은 다 쳐 주세요."

천국은 태리 사장에게 지온과의 약속에 대해 간단히 설명했다.
"알았어. 진짜 이게 다 무슨 일인 건지……. 나도 몸 좀 사려야겠다. 안 그래도 좀 전에 그 새끼 다녀갔어. 너 알지? 이용인가 하는 그 유튜버 기레기 새끼."
태리 사장은 천국이 잠든 사이, 이용이 와서 다짜고짜 그를 찾았다고 했다.
"네?"
"이상한 말을 한참 씨불이다가 가더라고. 그래서 너 오늘 출근 안 했다고 했지."
"뭐라고 그랬는데요?"
"술 취한 거 같기도 하고……. 아니다, 뭔가 싸구려 약을 처먹은 것 같더라고. 눈이 훅 풀린 게. 말도 어눌하고, 하도 횡설수설해서 내가 제대로 알아 들었나 싶다. 아무튼 우리 골프 친 날, 기억하지? 근데 그날 릴리가 다친 게 이랑이가 잘못 친 공 때문이 아니었단다. 뭐라더라? 그 증거 영상을 다 가지고 있다나 뭐 어쨌다나."
"네 정말이요?"
"응. 근데 그런 영상이 지금 너한테 무슨 의미가 있어. 그날은 릴리가 공 맞아 죽은 날도 아닌데."
"그리고 또 뭐래요?"
"무조건 관심 없다고 했지. 그랬더니 자기가 릴리 피 죽은 날 거기 현장 CCTV 영상도 가지고 있다면서 너 좀 꼭 만나게 해달라고 그러는 거야. 그나마 거기까진 어떻게 들어줬는데, 그 다음이 아주 가관이야."
"네? 왜요?"
"돈을 달래."
"돈을요? 얼마나요?"
"2억. 미친 새끼. 2억이 뉘 집 애새끼 이름인 줄 알어. 씹쌔끼. 약쟁이 맞다니까. 확실해. 약 살 돈 구하려고 지금 '아무말 대잔치' 하는 거 같아. 일단 내가 쉴

드 쳤어. 내일 너 출근하니까 영상 다 가지고 우리 가게로 오라고. 직접 영상 보고 돈 줄지 말지 결정하겠다고."

"태리 형, 경찰에 신고해요, 우리."

"아냐, 괜히 그 씹새가 구라치는 거면 너까지 더 이상한 놈 될 수도 있으니까 일단 내일 만나보고 결정하자."

"네. 형."

"아참, 그리고 그 약쟁이 새끼가 자꾸 유지온 대표 연락처를 달라고 하네. 이상한 새끼, 아주 사방팔방 다 쑤시고 다니나 봐. 그래서 고객 정보는 줄 수 없다고 딱 짤랐어. 설마 그 새끼, 우리 가게에다 몰카 같은 거 설치해서 이상한 영상 쳐 올리는 건 아니겠지?"

똑똑똑. 그때 밖에서 웨이터가 룸 안으로 들어왔다.

"저, 사장님. 아래, 예약 손님 도착하셨는데요."

"알았어. 천국아, 가서 네가 모시고 와."

"네."

잠시 후, 천국을 따라 지온이 VIP 룸 안으로 들어왔다.

"아, 오셨어요. 그럼 두 분이 오붓한 시간 보내세요. 전 이만."

태리 사장이 눈치껏 자리를 피했다.

"저기, 꼬냑 한 병만 넣어 줘요, 좋은 걸로. 그리고 잠시 저 좀 봐요, 태리 사장님. 긴히 드릴 말씀이 있어서."

매상이 오르는 손님을 보면 태리 사장은 언제나 눈이 부리부리 커졌다. 잠시 후 태리 사장은 눈을 힘껏 부라리며 리스트에도 없는 최고급 빈티지 꼬냑, '테스롱'을 조심스럽게 품에 안고 룸으로 들어왔다.

"저, 지온 대표. 혹시 이게 별로면 헤네* XO로 가져올까요?"

약삭빠른 태리 사장이 마음에도 없는 소리를 하면서 창의적인 호객 행위를 하고 있었다.

"테쓰롱이네. 좋아, 그거 마시죠. 긴히 상의할 것도 있어서 머리 좀 돌려야 할 판인데 좋아."

태리 사장이 입맛을 다시며 직접 술을 딴 후 토파즈 색 액체를 누에고치에서 실을 뽑아내듯 아주 가늘고 둥글게 커다란 리텔 잔에 조심스럽게 술을 따르기 시작했다. 꼬냑 특유의 오크향이 순식간에 어지러울 정도로 VIP 룸 안에 가득 찼다.

"저, 태리 사장님, 그런데 혹시 여기 시거 있어요?"

"제가 피려고 가지고 있는 게 좀 있는데, 잠시만요."

"네. 고마워요."

태리 사장이 인터폰으로 시거를 가져오라고 시켰다.

"저, 지온 대표가 저한테 긴히 하실 말씀이란 게 뭔지? 괜히 긴장이 되고 막……."

"아이, 긴장까지야……, 실은 이 가게에서 당분간 제가 천국씨를 좀 독점해야 할 것 같은데, 미리 협조 부탁드린다고요. 그 말씀 드리려고."

순간 태리 사장은 어떻게 하면 옥여사와 겹치지 않게 동선을 짜서, 두 마리 토끼를 다 잡을 수 있을지 약삭빠르게 머리를 굴렸다.

"아, 네네, 그럼요. 얼마든지요. 환영합니다. 근데 갑자기 왜 그러시는 건지 물어봐도……?"

"프라이버시, 플리즈."

"앗, 실례. 알겠습니다. 아, 근데 천국아, 너 아까 그 약쟁이 새끼 말씀드렸어?"

천국이 유튜버 이용 기자에 관한 이야기를 지온에게 하는 동안 시거가 배달되었다. 태리 사장이 능숙한 솜씨로 시거를 커팅한 후 지포 라이터와 함께 지온에게 건넸다.

"그치한테 제 번호 주세요. 내일 여기서 9시 정각에 보자고. 돈은 제가 마련해 올게요."
"우왓, 정말이십니까? 진짜 화끈하시다, 우리 유 대표님."
그녀의 재력에 새삼 놀란 태리 사장은 그녀의 호칭을 존칭으로 확 바꾸어 불렀다.
"저, 그럼 좋은 시간 되세요. 전 진짜루 이만."
눈치 밝은 태리 사장이 그 방에서 뒷걸음치며 사라졌다.

지온은 시거를 물고 불을 붙였다. 두어 번 시거를 빤 후, 불이 제대로 붙었는지 반대쪽을 돌려 확인했다. 여자가 시거를 피우는 모습을 신기하게 지켜보던 천국은 그런 그녀의 모습이 중성적이면서도 어딘가 관능적이라 느껴졌다.
"자, 펴 봐."
지온이 입에 물어 불붙인 시거를 천국에게 건넸다. 천국은 아주 잠깐 멍하니 그녀의 눈만 바라보고 있었다.
"왜? 싫어?"
"아, 아뇨."
천국은 시거를 받아 한 모금 길게 빨았다. 연기는 천장 위로 형이상학적인 궤적을 그리며 올라갔다. 그가 피우던 시거를 다시 그녀에게 건넸다. 그녀도 다시 한 모금 빨아 연기를 내뱉었다. 그녀의 입에서 나온 연기가 천국이 뱉었던 연기와 엉켜 하나의 형체로 섞이며 돌았다. 지온이 또다시 피우던 시거를 천국에게 막 주려는 찰라…… 웃. 지온의 손에서 천국이 시거를 낚아챘다. 그리고 그녀의 입술에 자신의 입술을 가까이 가져갔다. 지온은 천국의 눈을 피하지 않았다. 읍. 천국이 지온에게 키스를 했다. 고독한 타바코 맛이 그의 입에서 그녀의 입으로 조금씩 전해졌다. 코끝에서는 방안에 감도는 오크향 꼬냑과 그녀의 체취가 섞이고 있었다. 룸에서 일어나는 오묘한 냄새의 조합이 아직 잠에서 덜 깨어난 혈기 왕성한 스물 셋 청년, 천국의 테스토스테론을 깨우기 시작했다. 지온은 천국의 키스를 열렬히 반기진 않았지만 그렇다고 차갑게 밀어내지도 않았다. 현란한 솜씨는 아니지만 천국의 키스는 뭐랄까, 거침없이 훅 치고 들어와 깊게 파고드는 중앙 공격수, 센터포드 같은 직진 감성이었다. 시간도 적당했다, 너무 길지도 너무 짧지도 않은 완벽한 슈팅처럼.

"오늘은 정말 하루가 참 길군요."
천국이 시거를 한 모금 빨며 말했다. 시거 연기가 공중에서 흩어지며 사라졌다.
"그건 살아 있다는 증거."
"당신 머리칼도 참 기네요."
천국은 지온의 머리를 손등으로 쓸어내리며 시거를 빨았다. 지온이 눈을 내리깔고 허리를 고쳐 세우며 자세를 다시 잡았다. 그리고 그녀의 얼굴보다 훨씬 더 크고 둥근 꼬냑 잔을 들어 천국에게 건배를 청했다.
"뭘 위하면 좋을까? 지금 이 순간에."
"음, 직진? 직진을 위하여."
천국은 그녀에게 '직진'을 위하려 건배했다. 지온이 미소를 지으며 조금 수줍게 잔을 부딪혔다. 천국이 원샷을 했다. 취기가 오른 천국이 지온에게 물었다.
"정말 궁금한 게 하나 있는데."
"뭔데?"
"뭘 보고 나 따위를 믿죠? 당신한테 해가 될 수도 있는데."
"당신한테는 인생이 달린 일이니까."
"그게 무슨 뜻이죠?"
"나도 잘은 몰라, 아직은. 그치만……."

지온은 그의 인생이 달라지면, 왠지 지금 자신의 인생도 달라질 것만 같은 예감이 들었다. 그날 밤, 테쓰롱 꼬냑 한 병이 두 사람의 대화 속에서 어느새 시거 연기처럼 스르르 사라져 버렸다.

21. 수컷 좀벌

"앗, 아, 안녕, 앵두야."

높은 서까래가 제일 먼저 천국의 눈에 들어왔다. 그곳은 애일당 마루 한복판이었다. 부스스 잠에서 깬 천국이 침대에서 내려와 앵두에게 다가갔다. 언제 어떻게 그곳에 들어와 잠이 들었는지 천국은 도통 기억이 나질 않았다. 그런데도 그곳에 있는 자신이 그리 이상하지 않았다. 아마 그가 잠에서 깼을 때 함께 살았던 앵두가 익숙한 소리를 내고 있어서 그랬을 수도 있겠다 싶었다.

지온은 전날, 천국을 경찰서에서 빼내기 전, 이미 애일당에다 천국을 맞이할 준비를 조용히 하고 있었다. 물론 아해의 도움이 없었더라면 반나절 만에 그 모든 걸 해낼 수는 없었을 것이다. 천국이 자고 일어난 슈퍼 킹 침대 위에는 얇지만 전자파 없는 전기담요가 깔려 있었고, 침대 바로 옆에는 친절하게도 가습기 겸용 히터까지 놓여 있었다. 지온이 남겨 놓은 노란 색 '포스트 잇' 메모지 몇 장에는 고택 생활에 필요한 몇 가지가 적혀 있었다. 화장실부터 인터폰 사용법에 이르기까지 간단하지만 세세하게 정리되어 있었다. 화장실 안에는 샤워 부스도 있으니 따뜻한 물로 목욕도 가능하다고 했다. 어, 지금 몇 시지? 아무리 찾아도 천국의 휴대폰이 보이지 않았다. 애일당 안에서는 도무지 시간을 가늠하기가 어려웠다.

띠리릭. 문 열리는 소리가 들려왔다. 알몸이던 천국이 살짝 당황했다. 재빨리 주위를 살펴보니 바로 옆 의자에 톡톡한 면으로 짠 흰색 목욕 가운이 걸려 있었다. 얼른 팔 하나를 집어넣는 순간, 지온이 마루 안까지 들어와 버렸다.

"어머, 훗. 미안. 아직 자는 줄······."

"들어와요. 괜찮아."

반쯤 벗은 몸을 들켜 버린 천국은 황급히 가운을 입고 끈을 동여매며 대답했다.

"이런, 가운이 좀 작네. 더 큰 사이즈로 가져다 놓을게. 직업이 그래서 내가 원래 사이즈 보는 눈이 있는데 천국씨 어깨가 내 생각보다 훨씬 넓었어. 미안."

"아, 그냥 이거 입을게요. 괜찮아요. 저 그보다 혹시 제 휴대폰……."

"자, 여기."

지온이 천국의 휴대폰을 건넸다.

"내 휴대폰이 왜?"

"오해 마. 안 봤어. 대신, 앞으론 실시간 모니터링 관리될 거야."

"네? 왜요?"

"천국씨 폰 안에 누군가 위치 추적 앱을 깔아 놓았던데."

"네? 설마……."

"설마라니. 이래도 '왜' 소리가 나와? 혹시 천국씨한테 그런 짓 할 만한 사람, 누구 짐작 가는 사람도 없어?"

"아뇨."

"그저 자기 휴대폰 실시간으로 같이 들여다보는 거 정도니까 너무 크게 신경쓰지 마. 지금처럼 그냥 똑같이 사용하면 돼. 동의 구하고 싶었지만, 자기가 곯아떨어지는 바람에 어쩔 수 없었어."

두 사람 사이에 잠시 정적이 흘렀다. 그때였다. 삐루루 삐리리. 옆에서 앵두도 지온의 편을 드는 것처럼 맞장구를 쳤다.

"아참, 천국씨. 앵두 밤에는 여기에 둘까 하는데, 낮엔 달리에 두고. 괜찮지? 내가 아무래도 동물하곤 인연이 없어서……. 아해가 잘 돌볼 거야. 아해는 동물복지에 꽤 관심이 많거든."

"그래요."

천국이 앵두에게 다가가 새장을 열며 대답했다. 앵두가 고개를 옆으로 한 번 갸우뚱거리더니 새장 밖으로 아장아장 걸어 나왔다. 그리고는 천국의 손에 얼굴을 부비부비 비벼대더니 익숙한 듯 천국의 손등 위로 올라앉았다.

"옳지."

천국이 앵두를 툭 날렸다. 앵두가 애일당 천장 위로 날아올라 서까래 주위를 한 바퀴 돌았다.

"근데, 앵두를 그렇게 새장 밖에 막 꺼내도 돼?"

"새장은 답답하잖아요. 게다가 여긴 천장도 높고."

"하긴……. 근데 난 아직 새가 좀 무서워. 그리고 쟤 가끔 이상한 소리도 내."

"앵두가 무서워요?"

"아무튼 이곳은 방음도 완벽하게 차단된 곳이라, 백색 소음이라도 있어야 할 거 같아서……."

"앵두 소리는 소음이 아닌데……."

천국은 지온이 앵두를 대하는 태도가 못내 아쉬웠다.

벌써 오후 3시가 되어 가고 있었다. 천국의 배에서 꼬르륵 소리가 났다. 어젯밤 거의 빈속에 술만 먹었으니 그럴 만도 했다.

"샤워부터 해. 초인종 울리면 식사 문 앞에 놓고 갈 거니까 식사해. 아, 그리고, 이 안에 우리 두 사람 외엔 아무도 들이지 말아 줘. 부탁해."

지온은 무슨 급한 볼일이 있는 사람처럼 바쁘게 말하고는 바로 애일당을 나갔다. 천국은 마치 2배속으로 돌아가고 있는 영상 속 주인공이 된 것만 같았다. 최근에 일어난 모든 일들이 초현실적으로만 느껴졌다.

천국이 샤워를 마치자마자 바로 초인종이 울렸다. 식사가 왔군. 천국이 문을 열자, 음식 쟁반을 든 아해가 어정쩡한 자세로 문밖에 서 있었다.

"안녕하세요? 저, 식사……."

"아, 네. 감사합니다."

천국이 쟁반을 받았다. 그때 앵두가 날아와 쟁반 위에 천연덕스럽게 앉았다. 아해는 앵두를 전혀 무서워하지 않았다. 어느새 아해가 애일당 안으로 들어와 마루를 둘러보고 있었다.

"와, 이 안이 이렇게 생겼구나."

앵두는 침입자인 아해를 경계하는 듯 그녀 주변에서 떨어져 천국의 주변을 맴돌았다.

"얘가 앵두죠? 지온이한테 들었어요. 어머 얘, 너 아마존이구나."

"아마존이요?"

"네, 앵두는 아마존 종이에요. 모르셨나봐요."

"아, 그렇군요. 앵무새 좋아하시나 봐요."

"네. 그냥……. 학부 때 동물 동아리에 잠시……. 아참, 이거 드세요. 뭘 좋아하실지 몰라서. 혹시 고기 드시고 싶으면 미리 말씀하세요. 따로 준비시킬게요."

"아, 아닙니다. 괜찮아요. 전 뭐든 잘 먹어서."

"당분간 여기 애일당에 계실 거라고."

"아직 잘……."

"어머 내 정신 좀 봐. 여기 이건 아보카도 버거랑, 버섯으로 만든 미트볼 파스타에요. 입에 맞으셔야 할 텐데……. 아 그리고 이거 먼저 드세요, ABC 주스."

아해가 친절하게 주스 잔을 들어 그의 앞에 내려놓았다.

"그리고 혹시 드시고 싶은 게 있으심 저 인터폰으로 4번 눌러 주세요. 저만 받으니까 안심하시고 편하게."

"저, 아해씨. 이곳 이름이 애일당인가요?"

"네, 원래 나전칠기 공방이었는데……. 아, 왜 지난번에 지온이랑 나한테서 막 옻나무 냄새난다고 그랬잖아요. 후훗."

"아, 그게 바로 이곳이었군요."

"네. 저도 여긴 처음 들어와 봐요. 지온이가 아무도 못 들어가게……."

때마침 애일당 문이 열리고 지온이 들어왔다.

"지온아."

아해가 조금 당황한 기색으로 지온에게 어색한 인사를 건넸다.

"아해야, 여긴 들어오지 말라고 했잖아."

"어, 미안."

"볼일 다 봤으면 가서 일 보지 그래."

"아, 알겠어."

아해가 들어와 있는 걸 보고 지온은 불쾌한 기색을 숨기지 못했다. 지온이 아해를 그렇게 대하는 모습은 처음이었다. 천국도 그런 그녀의 모습이 조금은 낯설었다. 지온의 날카로운 반응에 의기소침해진 아해가 바로 애일당을 나서자, 천국이 슬며시 그녀의 눈치를 보며 물었다.

"번거롭죠? 나 때문에."

"아니. 지랄 맞게 굴어서 미안. 영역 침범당하는 걸 좀 지나치게 싫어해서. 이해해 줘, 천국씨."

"아……, 이해해요. 근데 왜 여긴 아무도 못 들어오게 해요?"

"……"

그때 천국의 휴대폰으로 전화가 들어왔다. 천국은 전화를 받지 않았다. 전화진동은 곧 끊어지고 부재중 전화로 넘어갔다.

"받아. 중요한 전화일 수도 있잖아. 혹 나 때문에 못 받는 거면 자리 피해 줄게."

지온이 자리를 뜨려고 하자, 천국이 자신의 휴대폰을 열어 보이며 말했다.

"그런 거 아닌데. 봐요, 내 친구 일랑이야."

보란 듯이 천국은 바로 일랑에게 전화를 걸었다. 지온은 배려하는 마음에서 조용히 애일당을 빠져나와 3층 자신의 방으로 올라갔다.

"여보세요. 어. 나야."

"걱정했잖아, 짜식. 너 왜 전화 안 받아?"

"응. 이제 일어났어. 먼저 전화 안 한다면서 무슨 일인데?"

"야, 나 지금 성수동 거긴데…….."

"거기?"

"성수동 펜타곤 나인."

"왜 또 거긴데?"

갑자기 천국에게 긴장감이 훅 올라왔다.

"천국아, 놀라지 말고 들어라. 오늘 새벽에 또 죽었다, 사람이……."

"뭐? 또?"

갑자기 앵두가 애일당 서까래 위로 휙 하고 세게 날아올랐다. 그리고 모서리 기둥 위에 앉더니 노래를 부르기 시작했다.

"예쑤님 찬양, 예쑤님 찬양, 할렐루야~ 하나님, 감사합니다. 예쑤님 찬양, 예쑤님 찬양"

22. 패닉 룸

"천천히 다시 말해 봐. 일랑아."

천국의 심장이 빠르게 뛰기 시작했다. 도대체 무슨 일이 일어나고 있는 건지 자신의 힘으로 제어할 수 있는 일이 아무것도 없었다.

"너, 그날 같이 봤던 관리소장님 알지? 그 영감님이 옥상 보일러실에서 목을 매셨어. 나 원 참. 이게 대체 무슨 일인지."

"목을? 왜?"

"나야 모르지. 유서도 아직 발견된 게 없대. 암튼 그래서 좀 전에 수사팀 다녀가고……. 여기 집값 떨어질까 봐 보안 유지 엄명이 떨어져서 나도 지금 각서 쓰고 일하는 중이야. 지금 경찰 철수하자마자 이제 막 나도 막 현장에 투입됐어. 천국아, 암튼 작업 다 끝나고 이따 전화할게."

한편, 천국의 통화 내용은 그 시각 실시간으로 모니터링되고 있었고, 지온은 모두가 휴가 중인 빈 회사에 나와 김남주 변호사에게 은밀하게 보고를 받고 있었다. 아무도 없는 회사에는 잔잔한 피아노 선율이 흐르고 있었다.

"김 변. 너무 걱정 마. 그 사람, 알리바이는 내가 확실히 보증하니까."

"네? 대표님께서 그걸 어떻게……."

"일단, 김 변만 알고 있어. 실은 그날 새벽 그 사람, 나랑 같이 있었어. 다음날 오전까지."

"대표님이랑요?"

김남주 변호사는 그만 안 물어도 좋을 걸 물어 버리고 말았다. 그녀는 자신의 뱉어낸 말을 주워 담을 수 없어 후회하는 표정을 지었다.

"왜? 나랑 같이 있으면 안 되나요?"

살짝 기분이 상한 지온이 그녀에게 되물었다.

"아, 죄송합니다. 그, 그럴 리가요. 그래도 만에 하나……. 이건 어디까지나 만에 하나입니다만 범행을 저지르고서 대표님 댁으로 간 거라면……. 알리바이를

217

만들기 위해 작정하고 그럴 가능성도 있단 걸 유념해 주시길 바랍니다."

"물론 그럴 수도 있겠지만……. 그건 아냐, 난 알아."

"네?"

"그 사람이 안 죽였어."

"아니, 그걸 어떻게 단언하실 수가."

"살인을 저지르고 나한테 와서 그런 표정으로 그런 이야기를 나눌 수 있는 사람은 이 세상에 없어. 사이코패스라면 모를까."

"아, 네……. 그럼 그날 새벽 대표님 댁 CCTV 영상 먼저 확보해 놓도록 하겠습니다."

"응, 리차드한테 받아. 준비시켜 놨어. 근데 따로 지시할 때까지는 경찰에 넘기진 마세요."

"맞습니다. 혹여 이상한 가십 기사들이라도 나면……! 보안 유지 철저히 하겠습니다."

"뭐, 것보다는…… 지금 삼오그룹 본사하고 내 관계가 조금 미묘해서……. 천국씨 변호 건은 본사도 모르게 최대한 '로우 프로파일'로 진행했으면 좋겠어. 내 사생활도 포함돼 있으니까."

"네. 대표님. 이해했습니다."

똑똑똑. 그때 노크 소리와 함께 바로 누군가 문을 열었다. 2대8 가르마를 정갈하게 탄, 키 크고 훤칠한 미남 한 명이 들어왔다. 리차드였다.

"오, 리차드. 무슨 일?"

리차드의 본명은 서은길, 나이는 31세, 한때 미국 실리콘 밸리에서 괴짜 프로그래머로 명성이 자자했던 그는 지온이 미국에서 유학하던 시절부터 그냥저냥 알고 지내던 지인이었다. 리차드와의 인연이 본격적으로 시작된 시점은 지온이 미국에서 약혼식을 올린 직후였다. 사실 약혼자가 동성애자라는 사실을 가장 먼저 알고 제보를 해준 사람이 리차드였다. 하지만 맹세코 지온은 그런 뒷조사를 그에게 따로 시킨 적이 없었다. 리차드는 성 정체성이 게이였고 당시 만나던 자신의 동성 애인이 바람을 피우는 것으로 의심이 들자 치명적인 '게이다[11]'를 발동시켜 애인의 뒷조사를 시작했었다. 어려서부터 프로파일러가 되는 것이 꿈이었던 리차드는 IT 전문가답게 제일 먼저 애인의 페이스 북을 털었다. 그리고, 딱 일주일 만에 자신의 애인과 바람을 피우고 있는 상대를 찾아내고야 말았다. 그런데 그게 하필 지온의 약혼자였다. 리차드는 모든 물증을 지온에게 가감 없이 전달했고, 시키지도 않은 리차드의 돌출 행동으로 인해 결국 파혼하고 말았다. 리차드는 그 후 늘 마음 한켠에 그녀에 대한 미안함이 남아 있었다. 이렇게 시작된 두 사람의 인연은 서울에서까지 자연스럽게 이어져갔다. 리차드는 창업 초기부터 지온의 회사 안팎에서 전천후로 큰 역할을 담당해 온 '디지털 고문'이었고 결국 '키네틱 우먼'의 CIO[12]까지 되었다. 특히나 사적인 영역과 공적인 영역이 민감하게 뒤섞여 있는 이번 사건에서 천국의 전화기 모니터링뿐 아니라, 관련 사건의 전반적인 사항을 지온으로부터 지시받았다. 그렇지만 대외적으로 공표된 그의 주된 업무는 어디까지나 '키네틱 우먼'의 플랫폼 기술적 운영과 홈 피트니스 관련 애플리케이션 개발이 전부였다.

낯을 무척 가리는 리차드는 자리에 배석한 김남주 변호사를 보고는 표정이 얼음처럼 굳었다.
"괜찮아, 리차드. 무슨 일인데. 말해."
"저……."
리차드 팀장은 가만히 서서 지온의 얼굴만 바라보았다.

---

[11] **게이다** '게이 레이다'의 줄임말, 게이가 다른 게이를 알아보는 레이다 같은 촉이나 직감.

[12] **CIO** Chief Information Officer 최고 정보 관리자

"알았어."

지온이 자리에서 일어나 문 앞에 서 있는 리차드 팀장 앞으로 걸어갔다. 리차드는 귓속말로 소곤소곤 지온에게 보고를 시작했다. 그는 조금 전 천국의 폰을 모니터링하다가 듣게 된 성수동 펜타곤 나인 관리소장의 죽음을 즉각 지온에게 보고했다.

"알겠어. 그쪽 영상부터 확보해. 이번엔 부디 사라지기 전에."

리차드가 나가자 김남주 변호사가 지온에게 물었다.

"무슨 일이 생겼나요? 또."

"아냐, 김 변은 나가 봐요. 아참, 리차드한테 그날 우리 집 영상 받아 가는 거 잊지 말고."

지온은 김남주 변호사가 나가자 바로 애일당으로 내려갔다. 일랑과 통화를 한 직후여서 천국은 감정이 다소 격앙돼 있었다.

"천국씨, 나도 방금 들었어. 진정해. 이 사건과 아무 관련이 없을 수도 있어."

"그럼 다행이지만, 왜 자꾸 이런 일이 반복해서 생기는지……."

"반복이라니?"

"아, 아니에요."

천국은 아버지의 사고를 떠올렸다. 아버지가 돌아가시고 얼마 후, 사고가 났던 바로 그 건물의 관리소장도 자살을 했었다. 몇 년 전, 꺼림칙한 그 사건의 기억 때문에 천국은 가슴이 덜컥했다.

"진정하고 내 말 잘 들어. 천국씨. 정확히 무슨 일이 있었는지 나도 지금 따로 알아보는 중이야. 우리 쪽이 경찰보다 빠를 거야. 그러니까 확인되지도 않은 일에 동요하지 않았으면 해. 그보다……, 이따 저녁 때 이용이라는 작자한테 거기 CCTV영상 받아 내는 일이 더 중요해."

"그런 놈한테 2억씩이나 줘야 한다니……."

"오버하지 마. 그거 내 돈이야."

"왜죠?"

"왜라니?"

"도대체 왜 나 때문에 그런 큰돈을 쓰냐고요. 변호사까지."

지온은 천국을 보며 그냥 웃고 있었다.

"왜 웃어요?"

"여기 많이 답답하지?"

지온이 화제를 돌렸다.

"왜 말을 돌려요? 대체 이렇게까지 날 돕는 이유가 뭔지 나도 제대로 알아야 나중에 개새끼 소릴 안 듣죠."

"걱정 마. 나한테 필요해서 그런 거니까……."

지온은 순간 잠시 멈췄다가 조심스럽게 말을 이어나갔다.

"실은 나, 우리 가족들한테서 독립 중이야. 그건 내가 더 이상 유 씨 집안의 장녀로서 권리와 의무를 행사하지 않겠다는 뜻이야. 이해 가?"

"……."

"이제 삼오그룹에서 떨어져 나가주든가 아님, 내가 아주 다 먹어 버리든가. 둘 중 하나야."

"둘 중 하나라……. 그래도 옵션이 두개나 있으시네요. 난 지금 당신 말고는 아무 옵션도 없는데."

"그래도 하나 있네. 그것도 완전 확실한 옵션! 그러니까 마음 가라앉히고 내가 하라는 대로 잘 따라와 줘. 그러면 돼. 자기가 곤란해지면 내가 더 많이 곤란해지니까. 그러니까. 날 봐서라도."

"……."

천국의 표정이 조금 풀리자 지온은 휴대폰을 꺼내 유튜브 뮤직 앱을 눌렀다.

어디선가 음악이 잔잔하게 흘러나오기 시작했다.

"기분이 좋은 음악이지? 내가 불안할 때 듣는 음악이야."

"아!"

"리스트."

"리스트? 작곡가?"

"훗. 응, 프란츠 리스트. 지금 나오는 건 콘솔레이션 3번."

지온이 휴대폰을 열어 볼륨을 조금 더 키웠다. 두 사람은 잠시 심각한 대화를 멈추고 음악에 귀를 기울였다. 차분하고 아름다운 음악 소리에 천국의 두려움과 지온의 불안감이 조금씩 잦아들고 있었다. 지온이 천국에게 손을 내밀었다.

"?"

"이건 악수 아니야."

"그럼?"

"그냥 손."

"아."

천국이 그녀의 손을 잡았다. 두 사람은 손을 잡고 음악을 들었다.

"이 음악이 나와서 그런가, 뭔가 아침 7시 같아."

낮과 밤이 바뀌어 사는 천국이 말했다. 천국은 그곳에서 잃어버린 아침을 조금씩 되찾고 있는 것만 같았다. 음악이 흘러나오는 동안 지온은 천국의 손을 놓지 않았다. 슬프지만 지온은 자신과 천국 사이에 찬란한 미래 따위는 없을 거라고 단정 지었다. 하지만 그 대신 그녀는 다른 것을 선택했다. 언제까지일지는 모르지만 허락된 시간만큼 그와 함께하는 매 순간을 최대한 누리겠노라고. 가질 수 없는 것에 헛된 기운을 허비하기 보다는 갖고 있는 것에 자신의 감정을 더 쓰겠노라고.

가질 수 없다면,

될 수 없다면,

할 수도 없다면…….

지온은 애일당 안에서 누리는 그와의 매순간을 그냥 소중히 간직하기로 그 순간 선택했다.

앵두도 서까래 위에서 덩달아 기분이 좋은지 고개를 위아래로 올렸다 내렸다 하며 음악에 장단을 맞추고 있었다.

23. B룸

"최 경사, 창문 좀 열지 그래. 그래도 새해인데, 우리 같이 담배 좀 끊자."

성수동 펜타곤 주차장, 관할 담당 형사 민희식 경위와 후배 최승호 경사가 차 안에서 사이좋게 담배를 피우고 있었다. 민 경위는 전자 담배, 최 경사는 일반 담배다.

"됐씀다. 선배나 금연하세요. 전 죽어도 못 끊어요."

"죽어도 못 끊어? 쳇. 그런 게 어딨냐. 그래도 전자 담배가 나아. 냄새도 덜 나고. 너 장가 안 갈 거야?"

"흡연자랑 결혼할 겁니닷. 그리고 전 뭐든 아날로그파라서……. 피는 맛도 훨 낫고요."

"후배님께서 나보다 일찍 천국 갈까 봐 그러지."

"짧고 굵게! 선배님께서나 백세 시대 향유하십쇼."

"그러게, 백세 시댄데……. 여긴 대체 왜 이러냐. 죄다 부자들만 사는 데라면서. 뭐, 터가 안 좋은가. 왜 자꾸 사람들이 죽어 나가지?"

"아, 선배. 안 그래도 이번 건은 유서가 없어서 그냥 종결시키기가 영 찝찝한데요. 좀만 더 들여다보겠씀다."

"어이, 후배. 그거 아나? 여기가 서울에서 제일 입주민 '갑질'이 심한 데라고. 그 관리소장, 우울증 약도 먹고 있었다면서. 그것만으로도 충분하지 않아?"

"뭐, 동기야 그렇다 쳐도 따로 유서도 없고, 신발도 신고 있었고 그리고 또…….."

"그리고 또 뭐?"

"선배, 기억나세요? 왜 제 작년 가을쯤 이 근처 삼오그룹 본사에서도 관리소장이 자살한 사건. 타살 정황 있었는데 그때 증거 불충분이라고 단순 자살로 바로 종결시킨 건 말입니닷."

"기억 나지. 내가 이쪽으로 오면서 제일 처음 맡은 사건이었잖아. 세월 참 빨라. 그리고 보면, 관리소장 직도 아주 쓰리디야, 쓰리디. 공황장애 아니면 죄다 우울증이라니. 이거야 원."

"이번 건도 그때처럼 유서도 안 나오고, 신발도 신고 있어서 영 찜찜합다. 너무 유사하자나요."

"글쎄, 반복되는 자살은 사회 시스템의 문제지, 연쇄 살인은 아니야. 암튼 여기서 더 시끄러워졌다간 반장님한테 우리가 죽게 생겼단 말이지. 올 하반기에 이 지역 보궐선거 있는 거 알지?"

"알죠. 근데 선거랑 이번 사건이랑 무슨……?"

"실적! 서장님 옷 벗고 정치하신단 소문 못 들었어?"

"아, 글쿤요. 아참, 선배, 그 왜 말씀드린 목격자 말씀입니다만……."

"찾았어?"

"네, 어제 태국에서 귀국했씁다. 사건 당일 밤, 새벽 3시 반쯤에 공항으로 막 출발하려 나가는데 복도에서 피해자가 어떤 남자에게 막 소리치며 싸우는 걸 봤답니다."

"그래서? 그게 다야?"

"한 가지 이상한 점은 그 남자랑 같이 지하 주차장까지 내려갔었는데, 그 남자가 다시 15층으로 올라갔다고 합니다."

"오, 당장 엘리베이터 내부 CCTV…… 아, 젠장. 다 사라졌지. 목격자 진술은 확보했어?"

"체격과 인상착의가 천국과 거의 일치합니다. 근데 괜히 자기 진술 때문에 멀쩡한 젊은 남자 인생 망치고 싶지 않다나 어쨌대나. 아무튼 어찌나 이랬다저랬다 하던지…… 겨우 회유해서 진술서에 서명은 받아냈씁다."

"오, 좋아. 잘했어. 그럼 우선 집 압수 수색부터 해! 당장 영장 치라고."

"넵. 그럼, 압색 들어가겠씁다."

그날 저녁 6시 반경, 천국은 가회동 애일당을 조용히 빠져나갔다. 천국은 택시를 타고 청담동 시벨롬으로 향했다. 1층 로비에 도착하자, 꽃이 막 배달돼 플라워 숍이 꽃들로 어수선했다. 태리 사장이 손수 꽃을 정리하고 있었다.

"두세요, 형. 제가 할게요."

"오 왔어. 지온 대표는?"

"이따 시간 맞춰서 따로 온다고 했어요."

"아, 그 약쟁이 새끼한테 여기로 9시까지 오라고 하긴 했는데, 나타날까?"

"오겠죠. 돈 때문이라도."

"아참, 너 옥여사 전화 왜 안 받아?"

"아, 네……."

"어떡할라고 그래? 하루 종일 나한테로 전화가 수도 없이 와."

"형, 저 조사 끝날 때까진 옥여사랑 통화 못 해요."

"에휴, 나도 모르겠다. 나중에 일 꼬여서 그 여자가 너더러 다 토해 내라고 해도 난 몰라."

"그건 그때 가서 다시 이야기해요, 형. 일단 당분간만 제가 알아서 할게요."

천국이 엘리베이터를 타고 7층으로 올라갔다. 이랑이 대기실 옆 흡연실에서 담배를 피우고 있었다. 천국을 보자 이랑이 비꼬는 인사를 날렸다.

"천국아, 요즘 왜 이리 보기 힘들어?"

"응, 좀."

"예약 있어?"

"응."

"누구?"

"있어."

"누군데. 좋은 거면 나도 좀 끼워 주라."

"네 손님이나 잘 챙겨라. 나, 간다."

천국이 대기실로 들어가자, 이랑이 어디론가 바로 전화를 걸었다.

"여보세요. 저 이랑인데요. 아, 네. 네."

8시 반이 되자, 지온이 검정색 가죽으로 된 기내용 여행 가방을 들고 시벨롬에 도착했다. 가방 안에는 5만 원 권으로 빼곡하게 2억 원이 꽉 채워져 있었다. VIP 룸 안에는 오후부터 태리 사장이 지온 대표를 위해 야심차게 준비한 커다란 화병이 탁자 정 중앙에 반듯하게 놓여 있었다. 화병에는 동백꽃이 가지째 기하학적으로 한가득 꽂혀 있었다.

"고마워. 태리 사장님. 기분 별로였는데. 아주 예쁘네요."

"오늘 아침 제주에서 택배로 공수해 온 동백이에요. 간만에 꽃으로 끼 좀 부려 봤는데, 마음에 드신다니……. 헤헷."

지온이 꽃에 코를 가져다 대며 향을 맡았다. 옆에 있던 천국이 그녀를 꽃처럼 바라보았다.

"저, 지온 대표님. 혹시 이용, 그 새끼한테 연락 온 거 아직 없나요?"

"아, 좀 전에 제 번호로 문자 왔어요. 온다고 했으니 오겠죠. 아쉬운 건 그자니까."

"아, 네. 그럼 천국이 네가 대표님이랑 좀 있어라."

태리 사장이 나가고, 귀엽게 생긴 신참 웨이터가 레몬밤 향이 나는 뜨거운 물수건을 은쟁반 위에 공손히 받쳐 들고 안으로 들어왔다.

"저, 커피 한 잔만 주시겠어요?"

"네. 어떤 커피?"

"에스프레소 더블!"

"아, 넵. 바로 준비해 드리겠습니다."

웨이터가 복도에 나가자, 어디선가 불쑥 이랑이 나타나 신참 웨이터의 귀를 잡아당기며 물었다.

"안에 누구?"

웨이터는 소리는 못 내고 입 모양으로 "유지온."이라고 말한 뒤 복도를 잽싸게 빠져나갔다. 이랑의 눈매가 이내 칼날처럼 가늘어졌다. 그는 어디론가 또 바쁘게 문자를 보내더니, 지온과 천국이 있는 바로 옆 룸으로 몰래 들어갔다. 그 방은 원래 VIP 룸과 같은 공간이었는데 최근 예약이 폭주하자 손님을 한 팀이라도 더 받으려고 방을 쪼개서 만든, 그야말로 급조된 방이었다. 그저 얇은 벽 하나만 사이에 두고 분리된 작은 방이어서 숨소리까지도 서로 들릴 정도로 방음이 형편없었다. 이랑은 방에 들어가자마자 인터폰을 들어 기어드는 목소리로 속삭이듯 말했다.

"오, 나 이랑인데, 여기 B룸, 오늘 예약 없지? 응, 알지. 내가 딱 2시간만 쓸게. 갑자기 손님이 잡혀서. 아이, 알았다니까. 끊어."

7층 엘리베이터 문이 열렸다. 초록색 캐시미어 롱코트에 갈색 앵클부츠를 신고 손님이 내렸다. 옥여사가 오셨다. 옥여사는 복도를 좌우로 조심스레 살피더니 이랑이가 있는 B룸으로 직행해 바로 쑥 들어갔다. VIP 룸에서는 천국과 지온이 대화 한마디 없이 다소 긴장한 채로 앉아 있었다. 그녀가 가장 아끼는 '카르티* 클래쉬' 18K 옐로 골드 시계가 9시를 가리키자 지온이 입을 열었다.

"9시네."

"응. 곧 오겠죠?"

긴장한 천국의 입술이 바짝 말랐다. 그때 지온의 전화기가 울렸다. 전화를 건 사람은 이용이었다.

"유지온입니다. 네. 물론 준비했죠."

지온의 목소리에는 거침이 없었다. 얼굴은 긴장한 기색이 역력했지만, 통화 중인 상대에게는 완벽하게 페이스를 지키고 있었다. 지온이 전화를 끊으며 천국에게 말했다.

"한 시간 늦는대."

"한 시간이나요?"

"하는 수 없지."

그때 밖에서 노크 소리가 들렸다.

"네." 천국이 대답했다. 문이 열렸다. 그리고, 그 문으로 옥여사가 들어왔다. 깜짝 놀란 지온이 천국을 보며 물었다.

"누구……?"

천국이 자리에서 벌떡 일어나 옥여사를 데리고 밖으로 나가려 하자 옥여사가 저항했다.

"이거 놔."

그녀는 한사코 그의 팔을 뿌리쳤다. 마침내 방 안을 꾸역꾸역 비집고 그녀가 들어왔다. 옥여사는 지온을 보자 뻣뻣하게 인사를 건넸다.

"옥경희에요."

24. 천국의 밤

옥여사의 방문에 지온은 짜증이 났다. 그렇다고 굴러 들어온 돌 때문에 자리를 박차고 나갈 수도 없는 노릇이었다. 게다가 곧 거기로 이용이라는 작자가 올 상황이었다.

"무슨 일이시죠?"

지온은 자리에 앉아 거만하게 다리 한쪽을 꼰 채 옥여사에게 차갑게 물었다.

"우리 천국이가 도통 연락이 돼야 말이지."

무례한 옥여사는 기죽지 않고 뻔뻔하게 받았다.

"누님, 나가시죠."

천국은 바로 일어나 옥여사의 어깨를 잡으며 회유했지만, 그녀는 꼼짝도 하지 않고 버텼다.

"제가 다 말씀드릴 테니 일단 여기서 나가시자고요. 누님."

천국이 다시 한 번 그녀를 달래보았다.

"천국이 넌 빠져. 어머, 근데 너, 얼굴이 왜 이렇게 까칠해? 그동안 어디서 뭘 하고 다닌 거야?"

옥여사가 천국의 얼굴을 손으로 어루만지며 물었다. 지온은 애써 외면하며 휴대폰을 확인하는 척 응시했다.

"어째 그쪽 집안은 하나같이 다 상도덕이 없어?"

"그쪽은 예의가 없으시네요."

지온은 계속 꺼져 있는 휴대폰을 바라보며 영혼 없이 말했다.

"예의? 손윗사람한테 그게 무슨 말본새야?"

"훗. 업소에서 장유유서를 찾으시다니. 멀리 안 나갑니다. 옥여사님."

그때 웨이터에게 이야기를 전해들은 태리 사장이 헐레벌떡 VIP 룸으로 뛰어들어왔다.

"아니, 누님. 이 시간에 여긴 어떻게…….."

"왜? 내가 못 올 델 왔나. 태리, 너 이거 나랑 계약 위반이야?"

"아휴, 누님. 무슨 그런 무서운 말씀을……. 룸 준비해 놨습니다요. 저랑 어서 딴 방으로 가시죠. 뭐해, 천국아, 얼른 모시지 않고."

옥여사는 마지못해 자리에서 일어나면서도 지온을 계속 쏘아보았다. 그냥 그 대로 물러서기가 못내 아쉬웠던 옥여사는 자신의 집게손가락을 입안에 쏙 넣었 다가 쪽 소리를 내 빼냈다. 그리고, 그 침 묻은 손가락을 지온이 보란 듯 천국의 볼에다 쓰윽 길게 문질렀다.

"자, 똑똑히 봤겠지? 얘는 내가 먼저 침 바른 애야."

"아후, 지금 뭐 하시는 거예요. 여사님, 얼른 나가시죠."

고매한 지온의 앞에서 원초적인 행위를 일삼는 옥여사의 모습에 몹시 당황한 태리 사장은 옥여사를 거의 끌어내다시피 룸에서 데리고 나갔다. 밀려 나가던 옥 여사가 천국을 돌아보며 소리를 질렀다.

"천국이, 넌 왜 안 나와?"

"……."

꿈쩍도 않고 가만히 앉아 있는 천국에게 지온이 차갑게 말했다.

"나가 봐, 여긴 내가 알아서 정리할 테니."

속에서 천불이 나는 천국은 어쩔 수 없이 룸에서 나왔다. 옥여사는 복도에 서 서 유지온이 들으라는 듯 더 큰소리로 떠들어댔다.

"상도덕이 없어, 상도덕이……. 어디 감히 남의 것에 손을 대. 꼭 청구할 거야. 사람의 탈을 썼으면 계산은 하고 살아야지."

태리 사장은 바로 옆 B룸으로 옥여사를 데리고 들어가는 데 가까스로 성공했 다. 천국도 뒤따라 그곳으로 들어갔다. 그 방에는 아까부터 이랑이 옥여사를 기 다리고 있었다.

"아, 뭐야. 이랑이 너 이 짜식!"

이랑을 보자 태리 사장이 어이가 없다는 듯 천국과 눈빛을 교환했다.

"후우, 이 새끼를……."

이랑을 보자마자 갑자기 열이 오른 천국이 휙 그 방에서 다시 나갔다. 이랑은 못 들은 척 벌떡 일어나 옥여사를 극진히 옆자리에 앉히며 의전했다.

"아, 우리 누님 진정하시고……. 자, 자 이쪽으로. 오늘은 제가 모시겠습니다."

옥여사는 이랑의 손에 가볍게 의지하며 자리에 앉았다.

"고마워. 너 아니었음 오늘도 천국이 쟤 코빼기도 못 볼 뻔했어. 태리, 천국이 쟤 좀 진정되면 살살 구슬려서 이쪽으로 데리고 와."

"네. 누님. 그럼요, 당연하죠."

태리 사장은 이랑에게 눈을 한번 부라린 후 그 방에서 나갔다. 나가는 태리 사장에게 옥여사가 한마디 더 얹었다.

"태리, 우리 정산할 거 생겼네. 계산은 하고 살아야지."

아흐, 씨바. 좆됐네. 태리 사장이 똥 씹은 얼굴을 감추며 B룸에서 나가자, 옥여사는 보라색 크로커다일 버킨백을 자신의 무릎 위에 올렸다. 이랑은 잔뜩 뭔가를 기대하는 눈망울로 옥여사를 바라보며 아무것도 모르는 척 능글스레 물었다.

"누님. 뭐 시킬까요?"

백 안에서 5만 원 권 돈다발을 꺼내 손바닥에 탁하고 한번 치더니 옥여사가 대답했다.

"술 말고, 그냥 따뜻한 호지차 한 잔만 가져다오."

"넵, 누님."

인터폰을 들어 차를 주문하면서도 이랑의 신경은 온통 옥여사 손바닥 위에 있는 노란 돈다발에 곤두서 있었다. 옥여사는 엄지손가락에 침을 한 번 묻히더니 현란한 손놀림으로 돈을 세기 시작했다. 그 속도가 어찌나 빠르던지 흡사 80년대 마을금고 여직원처럼 손가락이 보이지 않을 정도로 빨랐다. 영락없는 사채놀이 '돈장사'의 달인이었다. 돈을 다 셀 때까지 이랑은 옥여사에게 방해가 되지 않으려 휴대폰을 들여다보는 척했지만, 옥여사는 알고 있었다. 아니, 오히려 몰래 돈을 세고 있는 자신을 훔쳐보고 있는 이랑의 시선을 한껏 즐기는 중이었다. 마침내 남은 마지막 5만 원 한 장까지 다 센 옥여사가 이랑의 사타구니 사이로 그 돈다발을 쓰윽 꽂아 넣었다. 이랑은 허벅지에 힘을 빡 줘고 오므리며 그 돈다발을 넙죽 물었다.

"이천이야. 니놈이 제일 좋아하는 오까네."

"아이, 누님. 제가 뭘 했다고 오까네를. 이거 참, 헤헤헷."

"잘 아네. 니가 제대로 한 게 뭐 있다고. 릴리 피 밖으로 꼬드기는 것 하나도 똑바로 못하는 놈이. 쯧쯧."

"말씀만 하세요. 앞으론 진짜 제대로 할게요. 누님."

"이랑이 너, 잘 들어. 이번엔 지난번처럼 하다가 중간에 못 하겠다고 도망치면 안 돼."

"에이, 그때 그거야 갑자기 천국이 새끼가 혹 다시 나타나는 바람에 그런 거죠."

"좋아, 속는 셈 치고 어디 한 번만 더 믿어 보자. 근데 이랑이 넌 돈이랑 여자, 둘 중 하나만 고르라고 하면 뭐 고를 거니?"

"어흐, 난이도 조낸 빡쎈데요. 아, 하나 만이라……. 전 여자요!"

"의외네."

"'돈 많은' 여자요. 아~주 많은. 히히히."

"미친놈."

"누님은요?"

"난 원래는 돈이 영 순위였는데…… 이젠 잘 모르겠네. 흠…….'

드드드드, 드드드드. 그때 바로 옆방의 휴대폰 진동 소리가 벽을 타고 B룸까지 울렸다. 얇은 벽 너머로 지온의 목소리가 들려왔다. 순간 두 사람은 한통속이 된 것처럼 벽 너머 소리에 온 신경을 기울였다. VIP 룸에서는 지온이 이용에게 걸려온 전화를 받고 있었다. 천국은 지온의 바로 옆에서 숨죽여 통화 내용을 같이 듣고 있었다.

"네, 유지온이에요."

"이용인데요. 제가 지금 곧……. 즈-ㅈㅈㅈ 즈-ㅈㅈㅈ"

"여보세요. 여보세요."

"아, 지금 오토바이로 가는 중이라. 암튼 막 한남대교 탔으니까 곧 도착합니다. 근데 한 가지, 지켜주……. 즈-ㅈㅈㅈ"

"네? 여보세요. 여보세요."

"앗. 야, 비켜. 뭐야. 씨발. 야, 오 오…….오…………….아….. 악……………."

통화는 거기서 끊겼다.

"여보세요. 여보세요. 이봐요, 이용씨. 여보세요. 여보세요."

휴대폰 너머의 그의 비명은 불길하기 짝이 없었다. 천국이 지온의 눈을 쳐다보았다. 지온이 천국에게 말했다.

"사고 난 거 같아. 이 사람."

"!"

지온은 가지고 온 기내용 여행 가방을 천국에게 밀며 말했다.

"천국씨, 여기서 나가자. 우리 여기 있으면 위험해."

바로 옆 B룸에서는 이랑과 옥여사가 벽 너머에서 들려오는 지온의 목소리에 촉각을 곤두세우고 있었다.

"오잇, 왜들 저러지?"

"이랑아!"

"네?"

237

"너 심부름 몇 개만 해줄려?"

"그럼요. 누님, 뭔데요?"

그때 옥여사의 휴대폰으로 전화가 한 통 걸려 왔다. 그의 덩어리 수행 팀장이었다.

"응, 용식아."

"여사님, 잘 마무리 했습니다."

"수고했어. 물건은?"

"근데, 그게……. 그냥 통째로 다 말아 버렸습니다."

"말아 버리다니? 어디에다가?"

"다리 아래에다가 다 말아 버렸으니까 걱정 마십쇼. 여사님."

"한 번 더 확인해. 혹시 다시 부활해서 여기저기 지랄하고 댕기는 거 딱 질색이니까."

후루루루, 후루루루루루.

전화를 끊자마자, 목이 탄 옥여사가 다 식어 빠진 호지차를 게걸스러운 소리를 내며 쭈욱 들이켰다.

"무슨 전환데요? 누님."

"넌 모가 그렇게 다 궁금해? 시키는 일이나 똑바로 해."

"아, 넵. 누님."

같은 시각, 지온의 차 안. 리차드 팀장과 지온은 스피커폰으로 긴급 통화 중이었다.

"여보세요. 리차드?"

"왓 업?"

"미안해. 급하게 처리할 일이 생겼어."

"말씀하세요."

"지금 한남대교 근방에서 이용이라는 자가 사고가 난 것 같아. 그 주변 모니터링 좀 부탁해. 영상도 같이 확보할 수 있음 해주고."

"그건 그쪽에서 먼저 영상을 뺀 다음에야 가능한데요. 좀 기다리셔야 해요."

"그럼 알아서 해. 어떻게 하든 내일 오전까지 그 영상만 내 손에 쥐어 줘. 수고, 리차드."

전화를 끊자마자. 리차드 팀장은 자신의 노트북을 열어 엔터키를 눌렀다. 해킹해 들어간 곳에서 경찰들의 무전기 교신 소리가 들리기 시작했다. 방금 일어난 그 사고 현장으로 가고 있는 순찰차의 교신 내용이었다. 리차드는 내용을 자세히 들으며 휴대폰에 필요한 것들을 메모를 하기 시작했다.

지온과 리차드의 통화 내용을 잠자코 듣고만 있던 천국이 지온에게 물었다.

"지금 누구랑 통화한 거예요?"

"천국씨가 알아서 좋을 거 없는 사람."

"말해요. 지온씨도 이제부턴 나한테 다 말해요. 하나도 숨김없이."

"……."

천국은 단호했다. 하는 수 없이 지온은 천국에게 리차드가 현재 어떤 임무를 수행하고 있는지 아주 간단하게만 설명했다. 그것이 꼭 합법적인 행위가 아니라는 것도 지온은 숨기지 않았다.

"불법행위만을 일삼는 자들을 상대하려면 하는 수 없어, 천국씨."

"그래도 그건 너무 위험해요."

"우리한테 필요한 증거가 하나둘씩 사라지고 있어. 이러다간 결국 그날 밤 우리 집에 왔던 영상을 증거로 써야 하는데……. 그건 함부로 깔 수가 없는 카드잖아. 그렇게 되면 난 많은 것을 잃을지도 몰라. 게다가 지금 상황으로 봐선 검찰도 믿을 수 없어. 다른 증거들이 더 필요해, 우리 둘한테. 이대로 가만히 있다간 천국씨가 감옥에 갈 게 뻔해."

대화를 나누다 보니 두 사람은 어느새 가회동에 도착해 있었다. 그 시각, 사옥 1층에는 불이 훤하게 켜져 있었다. 아해가 달리 주방에서 다음 달에 있을 발렌타인 프로모션 메뉴를 개발하고 있었다. 아해의 눈에 창문 너머로 지온의 차가 회사 주차장 안으로 진입하는 게 들어왔다. 그런데 한참이 지나도 지온이 '달리' 레스토랑에 들리질 않자, 궁금해진 아해가 3층 지온의 방으로 올라가 보았다. 그곳에도 지온은 없었다. '어, 이상하다. 분명 불 켜져 있는 거 봤을 텐데, 어디 있지?' 혹시나 하는 마음에 아해는 화장실 안까지 다 확인해 보았으나 어디에도 지온은 없었다.

한편 지하 주차장에선 천국과 지온이 차 안에서 여전히 심각하게 이야기를 나누고 있었다.

"방금 리차드가 그러는데 순찰차가 도착했을 땐 이미 바이크가 추락한 뒤였대."

"절대 교통사고일 리가 없어요."

"당연하지. 하나, 짚이는 게 있긴 한데……. 결정적인 순간마다 자꾸 꼬리를 감추네. 한남대교 CCTV도 아까 오후부터 아예 끊겨 있었대. 패턴이 똑같아. 대체 누구지?"

"이제 펜타곤 나인 영상도 글렀네요. 짚이는 데라는 게 대체 뭔데요?"

"때가 되면 말해 줄게. 아, 근데 짜증나게 김 변이 왜 자꾸 내 전화를 안 받지?"

약이 오른 듯 지온은 들고 있던 휴대폰을 뒷좌석으로 휙 던져 버렸다. 잠시 두 사람 사이에 침묵이 흘렀다. 먼저 입을 연 건 말수가 적은 천국이었다.

"진정해요. 지온씨."

천국이 지온의 머리를 쓰다듬으려 하자 예민한 지온이 천국의 손을 치웠다.

"모르겠어. 나 원래 안 이러는데. 자꾸 화가 나네, 오늘."

"……."

"아참, 잊기 전에……. 나한테 이랑씨 전화번호 좀 줄래?"

"이랑이 전화번호는 왜요?"

"아까 옥여사 부른 게 이랑씨자나."

"그건 내가 알아서 할게요."

"시끄러. 번호나 줘."

"알아서 한다니까요."

천국의 목소리가 커졌다.

"뭘 잘했다고 나한테 큰소리야? 천국씨, 나 솔직히 아까 너무 기분 나빴어. 한 사람이 또 죽어 나간 이 마당에 내 기분 따위를 말하는 게 이기적일지는 모르겠지만, 가뜩이나 우리 오빠랑 엮인 것도 신경이 쓰여 죽겠는데……. 천국씨까지 그 옥여사라는 여자랑……. 너무 불편해, 아니 불쾌해. 그 여자한테는 뭔가 아주 불길한 살기가 느껴진단 말야."

지온이 작정하고 독설을 뿜어내자 천국이 형이상학적으로 대꾸했다.

"옥여사, 그렇게 나쁜 사람 아니에요. 지온씨."

지온은 옥여사를 두둔하는 천국의 말에 그만 표정이 일그러지고 말았다. 평소 포커페이스 잘하기로 소문난 그녀도 천국과 연결된 감정에서는 어느새 속내를 감추지 못하고 있었다.

"하, 답답해."

지온이 사이드 브레이크 옆에서 추파춥스 사탕 하나를 꺼내 입에 넣었다. 차 안에서는 어색한 침묵이 계속 이어졌다. 천국은 옥여사를 두둔한 걸 금세 후회했지만 이미 때는 늦었다.

"그렇게 나쁜 사람이 아니다, 그럼 그 여자가 나쁜 사람이 아니라는 천국씨의 기준은 대체 뭐야?"

"미안. 사과할게요."

"설명할 수 있음 설명해 봐. 설명이 안 되지?"

"내가 생각이 짧았대도. 자꾸 왜 그래요? 지온씨답지 않게."

"지온씨답지 않게? 도대체 나다운 건 대체 뭐지?"

"옥여사 이야기는 이제 그만하죠."

"선수들은 다 그래? 동시에 여러 여자랑 육체적인 교감뿐 아니라 감정적 교감도 막 가능하고 그런가 봐. 참 대단한 멀티 플레이어들이야. 인정! 진짜 고급 인력들이네. 부러워. 보니까 천국씨 아주 이상한 버릇이 하나 있더라. 불리하면 대화하다가 갑자기 끊고 도망가는 거."

"언제는 그게 말 아끼는 재주라면서요! 그런 침묵이 금이라면서요!"

오늘따라 천국의 침묵은 오히려 그녀를 더 자극하고 있었다.

"이 세상엔 도저히 설명이 안 되는 착한 사람도 있지만, 설명하지 않아도 나쁜 사람이 분명히 존재해. 옥여사 그 여자 같은 부류들······. 이랑씨 번호 주기 싫으면 관둬. 어차피 리차드가 천국씨 휴대폰 안에서 꺼내면 돼. 아주 요주의 인물이던데, 아까 보니까."

"이랑이까지 너무 그렇게 몰아세우지 마요. 이랑이 그 새끼, 진짜 허당이에요."

"내 보기엔 천국씨가 제일 허당이야! 우주 최강 허당!"

"지온씨!"

천국이 갑자기 지온의 이름을 불렀다. 지온은 자신의 이름을 부르는 천국의 낮은 목소리에 살짝 긴장했다.

"그래요. 나 선수 맞아요. 하지만 당신한테까지 선수이고 싶진 않아."

잠시 정적이 흘렀다. 지온이 입을 열었다.

"안 내릴 거야?"

지온이 차 문을 열고 먼저 내렸다. 대화가 꼬여 버린 천국은 차 안에 그대로 앉아 있었다. 천국이 예민해진 그녀를 이해 못 하는 것은 아니었다. 다만 천국은 그녀 앞에서 초라한 자신을 부정하고 싶었다. 도망치진 않았지만 쉽게 타협해 살아온 지난 1년간의 시간이 부끄러웠다.

"솔직하게 다 말해 달라고 해서 난 하나도 숨김없이 다 말했는데······."

"그랬는데?"

차에서 내린 지온이 차 문을 닫으려다 멈추며 말했다.

"떳떳해지기는커녕 오히려 더 초라하고, 한심하고 그러네요. 이럴 거면 차라리 다 까발리지 말 걸 그랬어."

"굳이 그런 감정 가질 필요 없어, 천국씨. 우리 지금 연애하는 거 아니니까."

지온이 차 문을 쾅 닫았다. 천국도 차에서 내리며 지온의 뒤통수에 대고 말했다.

"좀 솔직해져 보시지."

지온이 가던 걸음을 멈추었다. 뒤돌아보지도 않은 채 지온이 천국에게 물었다.

"왜? 내가 왜 천국씨한테 솔직해져야 하는데?"

지온이 반문하자, 차에서 내린 천국이 지온에게 다가가며 속사포 랩처럼 말했다.

"솔직해지지 않으면 진짜 자신을 만날 수 없으니까. 그럼 내가 지금 뭘 먹고 싶은지, 누구랑 뭘 하고 싶은지 절대로 알 수 없으니까. 아니, 알아도 자기 스스로 그 감정을 철저히 무시할 거니까. 그러면 결국 자신만 손해야. 계속 외롭고 불행할 거니까."

'제법인데. 훗.' 한방 먹은 지온은 천국이 생각보다 성숙하단 걸 그 순간 어렴풋이나마 알게 되었다. 천국이 말이 없는 거지, 말을 못 하는 건 아니란 사실도 지온은 느끼게 되었다. 애일당으로 걸어가는 동안 두 사람은 서로 아무 말도 하지 않았다. 애일당으로 들어가기 위해서는 로비에 있는 달리 레스토랑을 지나가야 했다. "어, 아해가 어딨지? 있는 줄 알았는데⋯⋯ 불 켜진 레스토랑에는 아무도 없었다. 지온은 천국과 함께 필라테스 스튜디오로 바로 내려서 애일당으로 이어지는 통로로 들어갔다.

"이런. 와인 스크루가 없네. 어머, 나 좀 봐. 내 폰. 천국씨, 나 주차장에 좀 다녀올게."

차에서 들고 내린 와인을 테이블 위에 내려놓으며 지온이 말했다. 지온이 다시 문을 열고 밖으로 나갔다.

한편, 지온을 찾으러 갔다가는 못 찾고 다시 달리 주방으로 돌아온 아해는 그 사이 친구 방미란에게 걸려 온 전화를 받고 있었다.

"나 지금 바빠. 아이, 알았다니까. 미란아. 미안. 응. 아, 알았어. 나도 모르지, 그건. 아……."

뚝. 지온을 보자마자 아해는 통화중인 전화를 확 끊어 버렸다. 로비를 황급히 빠져나가는 지온을 향해 아해가 큰 소리로 말했다.

"지온아. 어디 있었어?"

"어머, 너 여기 있었어? 아깐 없던데."

"응, 차 들어오는 거 보이길래, 너 찾으러 위로 올라갔었지."

"아. 엇갈렸네."

"오자마자 다시 집에 가려구?"

"아냐, 차에다 폰을 두고 와서."

"아, 알았어."

"아, 맞다. 아해야, 나 와인 스크루 좀 빌려줘."

"응."

주차장에 도착한 지온은 차에서 휴대폰을 꺼내 다시 로비로 돌아왔다. 그새 아해는 또 보이질 않았다. "얘는 어딜 또 갔지? 하루 종일 숨바꼭질이네. 화장실에 갔나……" 지온은 바 테이블 위에 보이는 와인 스크루를 집어 들고 애일당으로 바로 내려갔다. 비밀 통로를 걸어 들어가는데, 애일당 쪽에서 웅성웅성 낮은 말소리가 조금씩 새어 나왔다. 지온은 불편한 마음으로 카드키를 대고 문을 열었다. 애일당 안에는 와인 스크루를 가지고 들어온 아해가 앵두를 쓰다듬으면서 천국과 뭔가 재밌는 이야기를 나누고 있었다. 얼굴이 순식간에 일그러진 지온이 차갑게 말했다.

"아해야. 여긴 절대 들어오지 말라고 분명히 내가 말했을 텐데."

"아, 미안. 좀 전에 네가 이거 가져다 달라고 해서. 굿나잇. 그럼 좋은 시간들 보내."

아해는 하던 말도 제대로 마무리 못 하고 황급히 그곳에서 나갔다. 참으로 이상했다. 지온 스스로도 둘도 없는 친구, 아해에게까지 왜 이렇게 예민해지는지 도무지 알 수 없었다. 특히 애일당 안에만 들어오면 지온은 늘 알 수 없는 방어적 경계심이 솟구쳤다. 아해가 황급히 애일당을 나가고 천국이 긴 숨을 내쉬며 지온에게 다가갔다. 앵두가 날아올라 천국의 왼쪽 어깨에 올라탔다. 지온의 마음속에는 하루 종일 자신의 예민함을 숨기지 못한 것에 대한 수치심과 자기 영역을 침범 당한 분노가 동시에 엉켜 있었다.

"앗. 위험해."

"어? 뭐?"

"그거 그렇게 쥐고 있으면 다친다고."

천국이 지온의 손에서 와인 스크루를 슬며시 빼앗으며 달콤하게 속삭이듯 말했다.

"아……, 이거."

지온이 와인 병이 놓인 테이블로 걸어가려 발걸음을 떼려자, 뒤에서 천국이 그녀의 왼쪽 어깨를 부드럽게 잡았다. 그리고 지온의 목에서부터 귀 그리고 입술에 그의 입술을 차곡 차곡 갖다 대었다. 가볍게 키스한 뒤 천국은 크게 숨을 들이마시며 지온의 귓가에 속삭였다.

"흐음. 당신은……, 당신은 정말 냄새가 너무 좋아."

마침내 지온은 안도감이 조금씩 들기 시작했다.

"앉아 봐요. 와인 따 줄게."

천국이 지온을 달래며 손을 잡은 채로 테이블로 함께 걸어갔다. 엇. 그때 지온이 천국의 손을 세게 당겼다. 왜? 하며 천국이 지온을 돌아다보았다. 지온이 천국에게 훅 다가와 농염한 키스를 하기 시작했다. 와인을 마시는 대신 두 사람은 그렇게 한참 동안 선 채로 키스를 했다.

휘드득. 앵두가 날아서 마룻바닥 아래로 내려앉았다. 뒤뚱뒤뚱 뒤뚱뒤뚱. 앵두가 종종걸음으로 애일당 문으로 걸어가기 시작했다. 끼. 끼 끼끼끼끼. 앵두가 문 앞에서 갑자기 벼슬을 세우더니 깃털을 부풀리기 시작했다. 애일당 문 바로 너머에서는 문에 귀를 바짝 대고 천국과 지온, 두 사람을 엿듣고 있는 사람이 있었다. 그 사람은 지온의 절친, 아해였다.

비밀스러운 밤이 조금씩 깊어 가고 있었다.

25. 골프백

창밖은 벌써 아침이 밝아 오고 있었다. 아해는 뭐에 정신이 팔려있는지, 밤샘 작업도 하는 둥 마는 둥 아까부터 거울을 쳐다 보며 벌써 10분이 넘도록 양치질을 하고 있다. 그녀의 잇몸에서 피가 났지만 아해는 계속 칫솔질을 해댔다.

"아냐. 아냐. 아냐. 아니라고……."

쿡. 아해가 돌연 쥐고 있던 초음파 전동 칫솔로 거울 속 자신의 얼굴을 있는 힘껏 찍었다. 쩍. 허무한 거울위로 순식간에 수십 개의 금이 지나갔다. 거울 속에 비추던 아해의 얼굴도 수십 개로 쪼개져 나뉘었다. 피카소의 추상화처럼 불규칙하게 갈라져 뒤엉켜 버린 아해의 얼굴 조각들……. 아해는 마음으로 쪼개진 조각들을 다시 맞추려 안간힘을 써 보았지만 허사였다. 그렇게 그날 아침이 밝아오고 있었다.

한편, 같은 시각, 성동 경찰서 강력계 수사 팀에선 이른 아침에도 불구하고, 탁기달 반장의 주재 하에 긴급회의가 이례적으로 소집되고 있었다.

"어젯밤 일월 칠일, 공 아홉시 십칠분 경, 용산구 한남대교 북단에서 남단 방향 삼백 미터 지점에서 피은영 살인 사건의 주요 참고인이자 용의자였던 이용이라는 자가 안타깝게도 오토바이 추락사고로 사망했다. 사망자 나이는 만 사십 세, 남성, 미혼이며 직업은 연예 가십을 다루는 유튜버. 시신은 사고 직후 수색을 시작하여, 오늘 새벽 공 오시 오분 근처 한강 공원 둔치에서 발견되었으며 사망자의 것으로 보이는 휴대폰 및 가방 등은 현장에서 발견되지 않았고 잠시 후부터 그 부근과 대교에서 서쪽 방향으로 수중 수색이 개시될 예정이다. 관할서 담당 형사와 긴밀하게 협조해서 이용의 주변과 지난 삼 개월간의 행적 및 동선을 철저히 수사하도록!"

동시에 또 다른 참고인이자 용의자인 천국, 나이 만 이십이 세, 직업은 호스트바, 남성 접대부이며 사망자 피은영과는 한때 내연의 관계로 알려져 있다. 사건 당일 가장 마지막으로 만났으며 현재까지 사망 추정 시간의 알리바이도 밝혀진 게 없다. 물론 직접적인 살해 증거나 동기도 아직 없다. 조속히 범행 증거와 동기 확보해서 기소 의견으로 검찰에 송치하도록! 이상."

탁 반장이 앞에서 브리핑하는 내내 몇몇 형사들은 졸린 눈을 억지로 부릅뜨며 내용을 메모하고 있었고, 몇몇은 눈을 뜬 채 아예 대놓고 꾸벅거렸다.

"젠장, 무슨 수사 가이드가 저래? 왜 아예 없는 증거라도 만들어서 피은영 사건을 당장 종결하라 그러시지."

건성으로 메모하던 최승호 경사가 중얼거렸다.

"뭘 그렇게 중얼거리나? 최 경사."

사건 메모 수첩에 문어를 그리며 낙서하던 최 경사가 탁 반장의 레이다에 포착됐다.

"앗. 아닙니다. 저, 반장님. 어제 퇴근 전에 압색 영장 기안 올렸는데요……. 오늘 오후에 진행 예정입니다. 빠른 재가 부탁드립닷."

"그걸 왜 이제야 올리낫? 자, 민 형사. 피은영 사망 사건 진행 상황 브리핑하도록."

민희식 경위가 눈짓을 보내자, 최 경사가 연결된 노트북의 엔터키를 잽싸게 콕 눌렀다. 그래도 전면 프로젝터에 사진이 뜨질 않자, 최 경사가 계속 엔터키를 콕 콕 눌러댔다. 단상에 있던 민 경위가 못마땅한 얼굴로 내려와 최 경사에게 다가갔다. 콕. 그가 직접 노트북의 단축 키를 눌렀다. 그제야 전면 프로젝터 화면에 릴리 피의 참혹했던 살해 현장 사진들이 화면 가득히 뜨기 시작했다. 민 경위는 최 경사를 한 번 째려본 뒤 다시 단상 위로 올라섰다.

"자, 그럼 지금부터 새로 확인된 피은영 사망 사건 추가 브리핑을 시작하도록 하겠습니다. 이미 공유한 대로 발견 당시 상의가 벗겨지고 팬티가 내려가 있는 상태로 목에 교살 흔적, 목, 팔 등에는 미세한 찰과상이 발견되었습니다. 부검 결과, 사망 추정 시간은 이십일년, 십이월 이십팔일, 새벽 공 세시에서 다음 날 오전 공 여섯시 사이로 추정하였습니다. 아랫입술 안쪽의 타박상과 오른쪽 두 번째 손가락 손톱에 가죽점퍼의 스킨이 남아 있는 거로 보아 범인은 검정색 가죽점퍼를 입었을 것으로 추정됩니다. 개인적인 원한이나 내연관계 그리고 금전적인 문제 등 다각도로 피해자 주변을 탐문 수사 중입니다.

현재 제1 용의자는 피해자의 내연남으로 성명 천국, 나이 만 이십이 세, 직업 호스트 바 접대부로 밝혀졌으며, 압수수색 영장이 발부되는 즉시 그의 논현동 자택을 수색할 예정입니다. 사건 당일, 목격자의 진술은 확보했으나 사건 현장과 복도 및 엘리베이터 내부의 CCTV 영상 자료가 원인 불명으로 삭제돼 현재 복원 여부를 사이버 수사팀에 의뢰해 놓은 상태입니다. 사건 현장, 현관에서 발견된 혈흔은 용의자인 천국의 것과 일치하는 것으로 국과수에서 통보를 받았습니다. 다만, 사망 당시 사망자의 체내에서 발견되었던 극소량의 정액은 DNA가 일치하지 않은 것으로 나왔습니다. 정황상 제3의 남자가 사망자의 주변에 있었던 것으로 추정됩니다.

본 사건이 일어난 바로 다음 날, 같은 건물 옥상 보일러실에서 또 한 명의 사망자가 발견되었습니다. 사망한 사람은 그 건물의 관리소장으로 성명 조덕배, 나이 만 육십이 세, 가족은 부인과 아들 하나, 그곳에서 근무한 지는 육 개월 차. 최근 심한 스트레스로 우울증 약을 복용해 오고 있는 것으로 파악됐습니다만, 개인적으로는 별 특이 사항이 없습니다. 사건이 일어났던 성수동 펜타곤 나인이 워낙 입주민들의 갑질로 소문난 곳이어서 우울증 치료를 받던 중 우발적으로 자살한 것으로 현재 추정됩니다. 유서는 발견되지 않았으며, 죽기 이틀 전에 부인에게 보낸 문자 중에 죽고 싶다는 문자가 확인된 바 있습니다. 따라서, 이 사건을 자살로 종결하도록 하겠습니다. 건축주와 입주민들의 심한 반발로 이 사건은 언론에 공개하지 않기로 결정되었고, 전날 발생한 피은영 사건과도 별다른 개연성이 없는 것으로 파악돼 두 사건은 별건으로 처리할 예정입니다. 이상입니다."

브리핑이 끝나자 탁 반장이 모두에게 큰소리로 외쳤다.
"오, 그래. 수고들 했어. 질문들 있나? 없으면 다들 이만 해산해!"
탁 반장이 해산을 명하자, 형사들은 아침 식사를 하러 우르르 회의장을 빠져나갔다.
"어이, 민 형사! 최 경사랑 같이 이리로 좀 오지."
"넵. 반장님."
탁 반장이 자기 책상 앞으로 민 경위와 최 경사를 따로 조용히 불렀다.
"민 형사, 이 사건 증거 안 나오면 어쩔 건지 대안은 있어? 애먼 사람 들쑤신다고 괜히 욕바가지나 처먹을 거면 아예 수색하지도 말아."
"반장님, 그렇다고 이대로 손 놓고 가만히만 있을 순 없씀다."
최 경사가 끼어들며 말했다. 당황한 민 경위가 그의 말을 자르며 대신 보고하기 시작했다.
"아, 아닙니다. 반장님. 최 경사가 같은 층 목격자 진술을 확보했습니다. 그것만으로도 일단 기소는 자신 있습니다."
"그래? 그럼 가서 뭐든 찾아내. 거기 용의자가 사는 집이랬지?"
"네. 근데 며칠째 잠복근무를 하고 있는데 그 집엔 안 나타난답니다."
"호스트라면서? 가게는? 가게도 안 나가?"
"아, 그게. 그 호스트 클럽에 조사하러 나갔는데 말입니다."
"응, 나갔는데."
"그냥 철수했답니다."
"뭐? 그게 대체 뭔 소리야?"
"거기가 술집이 아니라 그새 꽃집으로 바뀌었답니다. 업장이 없어진 거 같습니다. 아무래도."

"참내……. 그럼 대체 지금 용의자가 어딨단 거야? 사라졌단 말이야?"

"오늘 수색 후에 바로 수배 걸고, 체포 영장 칠 수 있도록 조치하겠습니다."

"최 경사도 잘 들어둬. 몇 번을 말해 두지만, 이 사건을 지금 윗선에서 지켜보고 있다고. 그러니까 사건을 복잡하게 만들지 말라고, 제발. 이용 이 친구는 그냥 단순 교통사고 별건으로 마무리해. 괜히 피은영 사건에다 갖다 붙이지 말고. 용산 경찰서 담당 형사한테 CCTV 영상은 공유 받았나?"

"의뢰했습니다, 반장님. 한 시간 안에 받도록 하겠습니다."

한편, 성수동 삼오그룹 본사의 부회장실에서는 유지홍 부회장이 이른 아침부터 누군가를 초조하게 기다리고 있었다. 똑 똑. 노크 소리가 들렸다.

"네. 들어오세요."

캐러멜 컬러의 막스마* 코트에 클래식한 버건디 가죽 서류 가방을 들고 김남주 변호사가 그의 방으로 들어왔다.

"안녕하세요? 부회장님."

"영상은?"

"네, 여기!"

김남주 변호사는 준비된 영상을 보여 주기 위해 노트북의 모니터 방향을 유지홍 부회장 쪽으로 돌렸다.

"아냐, 내가 그쪽으로 가지."

유지홍이 자리에서 벌떡 일어나 책상 반대편, 김남주 변호사의 뒤편으로 돌아서 나갔다. 영상에는 확실하게 천국이 도산공원 근처에 있는 지온의 집으로 들어가는 장면과 나오는 장면이 모두 찍혀 있었다.

"원본은?"

"삭제했습니다."

"대단하군. 그걸 어떻게."

"시켜만 주시면 모든 게 가능하도록 하겠습니다. 유 회장님."

'회장님'이라는 소리에 유지홍 부회장은 입 꼬리를 올리며 김남주 변호사와 눈을 맞췄다.

"데끼루 온나까? 나마에와? 出来る女か? 名前わ?[13]"

"네?"

한때 일본 게이오 대학에서 유학을 한 적이 있던 유지홍은 시도 때도 없이 일본말을 지껄였다.

"아, 이름이?"

"아! 김남주입니다."

"지온이랑 일한 지는 오래됐나?"

"3년 조금 넘었습니다."

"응, 꽤 오래됐군. 이제부턴 더 좋은 일이 아주 많이 생길 거야."

유지홍 부회장은 슬쩍 손을 뻗어 김남주 변호사의 엉덩이를 만졌다.

"웃. 감사합니다. 회장님."

그때 누군가 노크도 없이 문을 휙 하고 열어젖혔다. 깜짝 놀란 유지홍 부회장이 엉덩이를 만지던 손을 들어 잽싸게 노트북을 닫았다.

"야, 노크 좀 하고 다녀. 너."

그의 방 안으로 들어 온 사람은 여동생 유지나 이사였다.

"왜? 나 몰래 또 무슨 나쁜 짓 했어? 오빠."

"저, 저……! 손님도 계신데 오빠한테 말버릇 좀 봐."

"뭐 어때. 오빠 이제 부회장도 아니잖아. 회사엔 뭐 하러 자꾸 출근하는 거야? 퇴사 처리 아직 안 됐어? 근데 이분은 누구셔?"

어딘가 낯이 익다 싶은지 김남주 변호사를 본 유지나 이사가 오빠에게 물었다.

"김남주 변호사입니다."

---

13) 데끼루 온나까? 出来る女か? 뭐든지 해내는 여잔가?
　　나마에와? 名前わ? 이름이?

"김남주? 어디서 많이 듣던 이름인데. 아, 언니 회사네 로펌! 맞죠?"

"인제 아니야. 오늘부터 우리 회사 고문이시다."

유 지홍 부회장이 거만하게 끼어들며 말했다.

"뭐? 왜?"

"자, 김 변은 이제 그만 나가보시죠."

동생 유지나의 집요한 호기심이 김남주 변호사 쪽으로 더 이상 방향을 틀지 않도록 유지홍은 서둘러 미팅을 마무리했다. 김남주 변호사는 두 사람에게 가볍게 목례를 하고 뒤돌아 문 쪽으로 걸어 나갔다. 그때, 유지홍이 그녀에게 말을 걸었다.

"노트북은 여기에 두고 가야지."

"네? 제 노트북은 왜?"

"원본 삭제했다면서. 이제 그게 원본이잖아."

"아……! 넵, 회장님."

김남주 변호사가 나가고 유지홍이 유지나에게 심각한 얼굴로 이야기를 하기 시작했다.

"너, 지온이랑 천국인가 뭔가 하는 그 호빠 선수 새끼랑 뭐 좀 알아냈어?"

"몰라, 오빠. 내가 그런 사생활까지 어떻게 알아."

"너, 이용, 죽은 거 알지?"

"응. 안 그래도 그거 때문에 들린 거야. 오빠 집으로 갔더니, 새언니가 오빠 회사 출근했다 해서. 제발 아침에 전화기 좀 꺼놓지 마."

"그 새끼가 죽기 전날 나한테 왔었어."

"뭐? 진짜?"

"응. 그 새끼가 릴리 피 그년이랑 짜고 유튜브 영상 올리고 지라시 기사까지 퍼 날랐던 거였더라고."

"그거야, 뭐. 이미 끝난 일인 걸."

"아직 아냐. 안 끝났어. 그 새끼가 릴리 피 죽은 날 현장 CCTV 영상이랑 또, 우리 회사에서 작년에 자살한 그 관리소장 영상이랑 죄다 가지고 있더라고."

"뭐? 말도 안 돼. 우리한테도 없는 걸 그 작자가 어떻게 가지고 있겠어?"

"아무래도 옥여사 쪽에서 흘린 거 같아. 하, 고 늙은 여우같은 년. 아주 성가시게 생겼어. 우리 쪽 불리한 거는 길게 넣고, 자기네 불리한 건 쏙 뺀 편집본이 돌아다니고 있다니까."

"거봐, 거봐. 내가 그 늙은 여우 년하고 같이 비즈니스 하지 말라고 했잖아. 말이 나와서 말인데, 내가 재작년에 그 여우 년이 사고 쳐서 그거 수습하느라 생고생한 거 설마 잊지는 않았겠지, 오빠?"

"알아. 인제 거래 끝이야. 그 늙은 년이랑은 끝이라고, 완전! 근데 그 양아치 새끼가 약을 처먹고 다니는 것 같더라고, 그제 보니까."

"미친 새끼네. 잘 죽었네. 아주 사회의 악이야, 악. 그니까, 뭐야, 결국 약 처먹고 바이크 타다가 죽은 거네. 오빠가 자꾸 그런 여자랑 엮이니까 주변에서 이런 일이 계속해서 일어나는 거야. 엄마 아시면 정말 난리 나, 난리."

"끝났어. 이제. 옥여사, 그년을 내가 아주 휴*에 집어넣어 버릴 거야. 이참에 쫘악 착즙 주스로 빼내야지. 우선 옥여사가 끔찍이도 아끼는 그 천국인가 하는 호스트 새끼를 제일 먼저 빵에다 잡아 처넣어야 해. 그래야 옥여사 그 늙은 여우년이 내 앞에서 무릎을 꿇지, 한 번만 살려 달라고. 그럼, 릴리 피 사건도 종료돼. 더 이상 안 시끄러울 거라고. 너 알지? 이번에 나까지 조사받을 뻔했잖아. 이용이 새끼 뒤진 것도 약쟁이 단순 교통사고로 정리시킬 거야. 안 그러면 문 선배가 우리 회사랑 아예 연 끊을지도 몰라."

"엥? 천국이랑 그 늙은 여우랑은 또 왜? 둘이 뭔 사인데?"

"너 몰랐어? 옥여사 그 늙은 년이 천국인가 하는 그놈이랑 붙어 먹었다니까."

"어후, 숭해. 도대체 둘이 나이가 몇 살 차인 거야. 어머, 가만있어 봐. 그럼, 지온 언니랑 셋이서 삼각관계인 거야, 지금?"

"그러니까 너도 조심해. 호스트 새끼들이랑 괜히 스캔들 뿌리지 말고."

"사돈 남 말하지 말고 오빠나 잘하셔. 난 목적 없는 만남은 안 가져. 그리고 막말로, 그 새끼들이 내 미모랑 돈 보고 죽자 살자 덤비는 데 그걸 무슨 수로 막아?"

"너도 나이 들어서 옥여사같이 되지 말란 법 없다."

"걱정 마, 난 죽어도 그렇게는 안 돼. 태생이 다르거든. 아참, 그나저나 오빠, 나 천국이 걔 어디에 있는지 잘하면 알아낼 수 있을 거 같아."

"잠수 탔다는데, 경찰도 못 찾는 걸 네가 무슨 수로 알아낸다는 거야?"

"훗. 있어. 목적 있는 만남."

그날 오후 3시 반, 논현동, 천국의 오피스텔에서는 경찰의 압수 수색이 시작됐다. 빈집을 따고 진입한 경찰들은 천국의 집을 이 잡듯 샅샅이 뒤지기 시작했다. 집도 작았지만 짐이 워낙 단출해서 수색을 진두지휘하는 최승호 경사의 눈에는 수색이 그리 어려워 보이지도 않았다. 그러나 만약 증거물이 나오지 않는다면 그건 또 다른 문제였다. 분명 엄청난 압박에 시달릴 게 불을 보듯 뻔했다. 해석되지 않는 불안한 느낌이 불쾌감과 함께 최 경사의 스트레스를 최상으로 끌어올리고 있었다. 수색을 시작한 지 10분쯤 지났을까, 갑자기 수사관 한 명이 손을 들더니, 신발장 옆에 세워 둔 새하얀 골프 클럽 가방을 최 경사 쪽으로 열어 보이며 외쳤다.

"최 경사님 여기 좀 와 보십쇼."

다가가는 최 경사의 두 눈에 골프 가방 속이 조금씩 보이기 시작했다. 가방 속에는 꽉 꽉 벽돌 블록처럼 채워 놓은 5만 원권 현찰이 가득 들어차 있었다.

26. 가십걸

쳇 베이커의 '마이 퍼니 발렌타인', 지온의 휴대폰 벨소리가 울렸다. 지온은 삼오클리닉의 비상계단을 전투적으로 올라가고 있었다.

"여보세요, 어. 리차드. 헉, 헉, 헉."

"운동 중이세요?"

"아니. 계단 올라가는 중. 왜?"

"와우. 숨소리가 너무 야해요. 어디신데요?"

"훗. 쬐끄만 게. 못 하는 소리가 없어. 너 이거 성희롱이야."

"노 웨이, 누나."

지온이 발걸음을 멈추었다. 늘 대표님이라고 꼬박 꼬박 호칭을 쓰는 예의 바른 리차드가 방금 전 분명히 '누나'라고 불렀기 때문이다. 지온은 리차드가 아주 어려운 이야기를 꺼내려 한다는 걸 직감적으로 눈치챘다.

"뭐야, 리차드. 또 무슨 일인데? 왜 이렇게 사설이 길어?"

"쏘리. 지금 링크 하나 보낼 건데. 너무 놀라지 말고 봐요. 그럼, 보고나서 다시 전화 줘요. 오케이?"

전화를 끊자마자 지온이 삼오클리닉 계단에 걸터앉아 리차드가 보내준 링크를 열었다. 불과 2시간 전에 올라 온 그 기사에는 벌써 수백 개의 댓글이 달려 있었다. 분명 재생산된 기사들이 곧 무수히 쏟아져 올라올 게 자명했다. 기사의 헤드라인은 꽤나 선정적이고 잔인했다.

[풍문추적, 삼오그룹 장녀, 유지온 (39세, 키네틱 우먼 대표),
혼외자로 밝혀져. 2020년 12월 생모 충격의 고독사.
그녀는 왜 자신의 친엄마를 방치했는가.]

기사는 한눈에 봐도 지온의 생모의 고독한 죽음과 그 죽음을 외면한 자신을 비난하고 있는 내용이었다. 그녀의 신경이 바늘 끝같이 날카로워졌다. 기사에는 1983년, 유지온의 생모가 명동 삼오그룹 계열사 모 호텔에서 일명 '엘리베이터 걸'로 불렸던 승강기 승무원이었다는 사실까지 상세히 기술돼 있었다. 특출난 미모 덕에 한복을 곱게 차려입고 근무하던 중 승강기 안에서 유일환 회장의 눈에 들어 전격 발탁, 그날로부터 '애첩'의 자리로 등극해 혼외 자식인 유지온을 낳았다는 신데렐라 스토리뿐 아니라, 외부의 평판과는 달리 평소 가족들에게 냉대 받았다는 소문과 그래서 그녀가 엘리베이터를 타면 공황장애 발작을 일으킨다는, 최측근이 아니면 절대 모를 지극히 개인적인 이야기까지 너무나 논리적인 문체로 적혀 있었다. 거짓과 과장을 담은 '옐로우 저널리즘'으로 치부하기에 기사 내용은 너무도 상세했고 그럴싸해 보였다. 그 내용이 사실이라고 소비자들이 믿게 된다면 키네틱 우먼, 그녀의 브랜드에게는 사망 선고나 다름이 없었다.

지온이 읽던 기사를 닫았다. 그리고 리차드에게 바로 전화를 넣었다.

"리차드, 다 내려 줘, 하나도 남김없이. 그리고 로펌에 연락해 지금. 댓글 달고 퍼 나른 사람들 다 고소한다고. 비용은 얼마가 들어도 상관없으니까, 한 사람도 누락시키지 말라고."

"아 유 오케이?"

"아직은 괜찮아. 것보다 이게 누구 짓인지 최초 유포자를 반드시 찾아내. 부숴 버릴 거니까."

"최초 기사 올린 매체랑 담당 기자는 이미 알아냈죠. 근데 이메일 계정이 우리나라 게 아니더라고요. 들어가서 패스워드 알아내는 데도 시간이 꽤 걸릴 듯해요."

"10년이 걸려도 좋아. 무조건 찾아내. 그리고 그 기자 정보원이 누군지 그걸 반드시 꼭 밝혀 줘."

"누나, 캄 다운!"

잔뜩 독기가 오른 지온은 아버지의 병실로 향했다. 갑작스런 그녀의 등장에 간호사들이 혼비백산 주변을 정리하고 그녀를 유 회장이 누워 있는 병실로 안내했다. 병상에 아이처럼 잠든 아버지를 보자 씩씩하던 지온이 눈물을 글썽였다. 그때 갑자기 유 회장이 눈을 떴다. 눈물을 흘리고 있는 지온을 보자 무거운 팔을 들어 지온에게 가까이 오라고 유 회장이 손짓을 보냈다. 지온이 무릎을 굽혀 아버지, 유 회장의 얼굴에 자신의 얼굴을 가까이 대자 아빠가 입을 열었다.

"왜 울어?"

"안 울어. 아빠."

"울지 마, 이리 온. 이리……."

"아빠."

"울지 마, 달래야, 이리 온"

"다, 달래?"

당황한 지온은 잡고 있던 아버지의 손을 놓치고 말았다.

진달래…….

유 회장이 방금 지온을 지온의 엄마 이름으로 불렀다. 지온은 조용히 자리에서 일어나 병실을 바로 나갔다. 기억이 멈춘 아버지가 엄마와 빼닮은 자신을 엄마의 이름으로 부른 건 충분히 이해하지만, 심경이 복잡해져서 더 이상 병실에 머무를 수 없었다. 지온은 가회동 자신의 사옥으로 향했다.

"세상에……, 도대체 이게 무슨 기사래."

한편 그 시각, 달리 주방에서 아해는 지온에 관한 온라인 기사를 보다가 그만 전화기를 테이블 위로 던져 버렸다. 아해는 전화기를 다시 주워 방미란에게 전화를 했다.

"방미란입니다. 지금 전화를 받을 수 없으니 메시지나 문자 남겨 주세요."

아해는 손이 부들부들 떨리는 걸 참고 미란에게 문자를 남기기 시작했다.
[미란아, 너 지온이 기사 봤니? 어떡해. 빨리 나한테 전화 좀 해.]

그때 달리 안으로 지온이 훅 들어왔다.
"있었구나."
휴대폰 문자를 보내던 아해가 깜짝 놀라며 지온을 쳐다보았다.
"왜 그렇게 놀라? 나까지 놀라겠다."
지온은 의외로 생기를 잃지 않았다. 아해는 내심 걱정했던 것보다 지온이 밝아 보여 다행이라고 생각했다.
"지온아."
"응, 왜? 너 나한테 무슨 할 말 있어?"
"아, 아니. 그냥."
"그래 보여. 말해. 괜찮아. 아해야."
"기사……."
"기사? 기사 뭐?"
"네 기사 말야. 설마 아직 못 봤어?"
"봤지. 아해야. 이런 적이 뭐 한두 번이니. 파혼했을 때부터 내가 대한민국 가십 걸이었잖아. 신경 안 쓰기로! 아, 나 다즐링 한 잔만 내 방으로 올려 줘. 부탁해."
"어. 알았어. 지온아. 금방 가지고 올라갈게."
"그래. 그럼 나 좀 쉬고 있을게."

3층 자신의 방으로 들어온 지온은 코트를 벗고 자기 자리에 앉았다. 엄마에 관한 가십성 기사도 아버지의 부실해진 기억도 아주 오래된 꿈처럼 아스라이 느껴졌다. 창밖 너머로 단아한 애일당의 지붕이 내려다보였다. 그리고 그 옆에 앙상한 가지만 남은 무화과나무도 보였다.

"올해는 열매 좀 열려라. 제발."

가습기를 켜며 지온이 중얼거렸다. 노을이 지기 시작했다. 최근 심해진 미세 먼지 때문에 오랜만에 보는 겨울 노을이었다. 어둠으로 기우는 빛의 메아리가 둥글게 둥글게 번져 나갔다. 가습기 옆, 사 놓고 손도 못 댄 몇 권의 책들이 보였다. 지온은 제일 위에 있는 책을 집어 들었다. 음식 평론가이자 목수가 쓴 『나무의 맛』이라는 책이었다. 지온은 갑자기 책 표지를 눈앞에 가까이 가져갔다.

"아, 안 보여. 녹색 바탕에 보라색 글씨라니. 센스 없게. 가만있자, 아루투르 시자르 - 에를라흐? 작가가 한 사람이야, 두 사람이야? 흠."

그때 창문 너머로 소란스러운 움직임이 감지됐다. 지온이 창 너머를 내려다보니 낯선 차 한 대가 들어와 있었다. 네 명의 건장한 남자들이 일사불란하게 차에서 내렸다. 엇. 누구지, 뭐 하는 사람들이야. 지온의 경계심이 다시 발동하기 시작했다. 지온은 바로 인터폰을 들었다.

"여보세요."

천국의 목소리가 들려왔다.

"난데, 천국씨. 지금부터 거기서 움직이지 마. 한 발자국도."

"어······. 아, 네."

지온이 인터폰을 끊자, 똑똑. 노크 소리가 들려왔다. 아해가 문을 열어 둔 채 다즐링 홍차를 들고 들어왔다.

"지······ 지온아."

아해의 표정이 순 죽은 시래기처럼 축 처져 있었다.

"왜 그래? 무슨 일인데?"

부러 한톤 높인 지온의 목소리가 문밖까지 새어 나갔다. 대기하고 서 있던 형사 두 명이 지온의 목소리가 들리자 양해도 구하지 않고 방 안으로 저벅저벅 들어왔다.

"어······, 저, 잠시만요."

아해가 형사들을 막아섰다. 방 안의 공기가 이내 무거워졌다.

"무슨 일이시죠? 갑자기."

"아, 네. 조사할 것이 있어서 찾아뵈었습니다. 유지온 대표님."

민희식 경위가 정중하게 인사를 하며 명함을 내밀었다.

"됐어요. 용건만 말씀하세요."

"저, 긴급 제보가 한 건 들어와서."

명함을 도로 집어넣으며 민 경위가 멋쩍게 대답했다.

"근데요?"

그때 민 경위의 옆에 서 있던 최승호 경사가 손에 든 자신의 명함을 꼭 쥔 채 입을 열었다.

"피은영씨 살인 사건 용의자를 찾고 있씀다."

"용의자를 왜 여기서 찾으시나요?"

"용의자의 집에서 어제 오후, 골프백 안에 든 현금 3억이 발견됐슴다. 가방은 사건 현장에서 가지고 나간 걸로 목격자 확인됐고요."

"그래서요?"

표정 하나 바뀌지 않은 채 지온이 되물었다.

"아아……, 저, 용의자 천국씨의 행방이 이틀째 묘연합니다. 그래서 용의자 동선을 따라서 탐문 수사 중이 온데……, 유지온 대표님과 아주 가까운 사이라고 제보가 들어와서……. 혹시 천국씨가 어디 있는지 짚이시라는 데라도 있을까 해서……. 협조 부탁드립니다. 데헤헤헷."

민 경위는 딱딱한 분위기를 어떻게든 풀어 보려고 조심스럽게 질문을 이어 나갔다.

"그럼, 이왕에 여기까지 오셨으니 저도 제보 하나 드릴까 하는데요. 그 사람을 저보다 훨씬 더 잘 아는 사람이 따로 있습니다. 거기 가서 물어보셔야죠. 바로 답

나올 거 같은데."

"아, 네? 그 사람이 누군가요?"

민 경위가 혹해서 다시 물었다.

지온이 책상 위 홍차를 한 모금 들이킨 후 대답 대신 다시 물었다.

"혹시 두 분 커피 하실래요?"

지온이 뒤에 멀찌감치 서 있던 아해를 쳐다보자 아해는 알겠다는 듯 1층 달리 레스토랑으로 내려갔다.

5분 뒤.

"아, 이거, 대단히 감사합니다. 그럼, 저희는 이만……."

아해가 커피를 준비해 다시 지온의 사무실로 올라왔을 때는 이미 민 경위와 최 경사가 탐문 수사를 마무리한 뒤였다. 두 사람은 90도로 자세를 낮춰 지온에게 인사를 하고 있었다. 아해는 벌써 끝난 거야, 하는 눈치였지만 상황은 이미 종료된 뒤였다. 사실 아해는 지온이 형사들에게 무슨 말을 할지 몹시 궁금했다. 왜 지온이 범죄자, 아니 범죄 용의자인 천국을 이토록 필사적으로 숨겨 주는지 아해는 그녀의 의중을 알다가도 모를 일이었다.

"벌써 끝나셨어요?"

"아, 네. 감사합니다."

"이런, 그럼 종이컵에 담아 드릴 테니 커피 가져가세요."

상냥한 아해가 형사들과 함께 1층으로 내려갔다.

"금방 끝나셨네요. 자, 여기요."

아해가 커피를 종이컵에 담아 두 형사에게 나눠주었다.

"아, 네. 감사합니다. 밖에서보다 막상 안에 들어와 보니 여긴 정말 근사한 곳이군요. 근데 뭐 하는 곳인데 이 큰 건물에 여성 두 분만 계시고 텅 비어 있나요? 깜짝 놀랐습니다."

넉살 좋은 민 경위가 만만해 보이는 아해에게 물었다.

"아이, 지금 직원들이 모두 휴가 중이라 그래요. 다음주면 다시 북적거릴 거예요. 그리고 여긴 비건 레스토랑이고요."

"아, 비건이라……. 최 경사, 자기는 비건에 대해서 좀 알지?"

"이제 그만 가시죠, 선배."

그곳에 있는 것 자체가 왠지 괜히 불편한 최승호 경사가 민 경위에게 빨리 철수하자고 표정으로 재촉했다.

"아, 가야지. 저, 그럼 커피 감사히 잘 마시겠습니다. 앗! 아참, 이거."

민 경위는 지온에게 거부당했던 자신의 명함을 아해에게 건넸다. 순간 옆에서 가만히 지켜보던 최 경사는 얼굴이 화끈거렸다. 그는 손에 쥐고 있던 자신의 명함을 아무도 모르게 세게 비틀어 구겨 버렸다. 그리고 나가는 길에 문 앞 쓰레기통에 구겨진 명함을 버렸다. 아해는 두 형사가 나갈 때까지 끝까지 관찰하듯 바라보고 있었다.

지온 역시 형사들이 타고 온 차가 주차장을 빠져나가는 걸 위에서 내려다보고 있었다. 그때 지온의 전화벨이 울렸다. 리차드였다.

"응. 리차드."

"알아냈어요. 대표님. 그 기자 취재 정보원."

"오. 벌써?"

"운이 좋았어요. 혹시나 해서 기자 메일로 들어갔더니……. 그냥 거기에 기사랑 사진 보낸 사람이 버젓이 남아 있던데요."

"법적 대응 준비해 줘. 모조리 다 고소할 거야."

"네."

"아, 잠깐. 그 사람 이름이 혹시 뭐였어?"

"잠시 만요. 아이 피 등록자가……, 'Mi ran Park' 으로 되어 있는데요."

"뭐? 미란 팍?!"

지온은 잠시 후 1층 달리로 내려갔다. 오늘 하루 자신에게 벌어진 일들을 생각해보면 기가 막힐 노릇이었지만, 지온의 표정은 평상시처럼 온화하고 단단했다.

"그 형사들 또 오면 그냥 돌려보내, 아해야."

"응. 근데, 지온아. 이제 어떡해. 나도 위에서 다 들었어. 들으려고 한 건 아니지만……"

"뭘 어떡해. 그 3억이 천국씨 돈이라는 걸 증명해야지."

"목격자도 있다며."

"목격자의 진술은 언제나 번복될 수 있어."

"미안한데 지온아. 나 이해가 잘 안 돼. 지금 이 상황이."

"아해야, 이건 네가 이해되고 안 되고의 문제가 아냐."

"그렇게 말하지 마. 나 서운해."

"미안해, 그래도 어쩔 수 없다."

"변했어."

"뭐가?"

"너가 변했다고. 그깟 호빠 선수한테 네가 이럴 줄은 정말 꿈에도 몰랐어."

"내가 뭘 어쨌는데?"

"그런 남자를 믿고 마음을 주다니, 너답지 않아, 지온아."

"걱정 마, 아해야. 훗, 마음? 누군가한테 줄 마음 같은 거, 나한텐 없어. 넌 평생 옆에서 날 보고도 그런 말이 입에서 나오니?"

"완전 실망이야. 호빠 선수들이 어떤 애들인데……."

"걔들도 사람이야. 인류 역사상 가장 오래된 직업이라고. 아해 네가 생각하는 호빠 선수들은 대체 어떤 애들인데?"

"걔네들은 돈이라면 영혼도 파는 애들이라고! 돈 준다고 하면 똥이라도 집어 먹으려고 달려드는 애들이라고. 이 바보야."

"너, 그날 호스트 바 처음 간 거 아니었니? 대체 그런 전문적인 정보를 넌 어떻게 안 거니? 너 지금 특정 직업군을 너무 싸잡아 비하하는 거 아니야?"

"나 비하한 적 없어. 팩트를 말했을 뿐이지."

"아해야! 이 세상 모든 것엔 진리가 있어. 심지어 오류 속에도. 진리를 깨달으려면 오류를 거쳐야만 해."

"그만하자, 지온아."

"그래. 그만하자."

지온이 달리 현관문을 열었다. 그러다 다시 닫고 뒤돌아 아해에게 물었다. "아해야, 너 혹시 말야."

"혹시 뭐?"

"혹시 너 오늘 나온 기사에 대해서 나한테 뭐 따로 할 말은 없어?"

"없어."

"정말 없어? 있을 텐데."

"무슨 뜻이야?"

지온이 아해에게 다시 천천히 되돌아 다가가며 물었다.

"네 얼굴에 다 씌어 있는데!"

"무슨 말이야?"

"무슨 말이긴. 사진 말이지, 우리 엄마 사진! 애일당에 내가 붙여 놓았던 바로 그 사진! 네가 미란이한테 보낸 그 사진!"

"뭐?"

"어떻게 알았냐고? 훗. 그 사진은 이 세상에 단 한 장밖에 안 남은 사진이야. 그런데 그게 오늘 내 가십 기사에 떡하니 나왔더라. 천국씨가 그랬을 리는 없고.

난 더더욱 아니고. 미란이는 애일당에 들어간 적도 없으니……. 그러니까 너지. 이래도 아니야?"

아해의 얼굴이 백지장처럼 새하얗게 변했다.

"미, 미안해, 지온아. 난 그냥……, 사진 속 너희 엄마가 너무 예뻐서 아무 생각 없이 휴대폰으로 찍은 거였는데……. 수다 떨다가 미란이한테 자랑한답시고 보냈던 것 뿐야. 정말이야. 그게 다야. 근데 그게 이렇게 기사에까지 나올 줄은 정말 몰랐어. 믿어 줘, 지온아. 미안해."

"그래, 아해야. 설마 네가 그런 기사 나가는 데 일부러 일조를 했겠니. 미란이면 몰라도."

"미란이가 정말 그랬어? 설마……."

"내용을 보니까 미란이 혼자서 한 건 아닌 거 같아."

"뭐? 그럼 또 누가 그런 짓을."

"있어. 내가 망하면 좋을 사람. 그리고 처음부터 넌 아닌 거 알고 있었으니까 오해는 마. 나 너 오해한 적 없어. 쯧. 하긴 뭐, 너랑 나 사이에 이게 뭐 죽을죄도 아니고. 우리 엄마 엘리베이터 걸이었던 건 사실이잖아. 나 부끄럽지도 않아."

"……."

지온의 목소리에서 전에 없던 차갑고 모진 마음이 느껴졌다. 한 번도 그런 목소리를 들어 본 적이 없던 아해의 눈에 어느새 눈물이 고였다. 그러자 타협의 기색이 없던 지온도 마음이 조금 누그러졌다. 지온은 아해의 어깨를 다독이며 말했다.

"아해야, 고개 들어 봐. 그리고 지금부터 내가 하는 말 잘 들어."

"응. 미안. 조심할게. 미란이가 그렇게 우릴 배신할 줄은……."

"그러니까. 원래 배신은 가까운 사람만 가능한 짓이야. 상관없는 사람이 등을 돌리든 말든 그게 무슨 배신이 되겠니."

"고마워, 지온아. 다시는 이런 걸로 시끄럽게 안 할게."

"알겠어. 그 대신! 너도 뭐 하나만 해줘, 나한테. 해줄 거지?"

"응. 당연하지, 말만 해. 뭔데?"

아해는 자신의 실수를 만회하기 위해 지온의 부탁이 무엇인지 사력을 다해 귀 기울여 듣고 있었다.

"지금 애일당에 계신 손님 말이야."

"응."

"지금부터 여기에 없는 걸로 해줘."

"어? 아! 알았어. 그럴게."

그때였다. 회사 로비로 커다란 화환 하나가 배달돼 들어오고 있는 게 두 사람에게 보였다.

"뭐지?"

아해가 먼저 로비로 나갔다. 뭔가 이상한 낌새를 차린 지온도 곧장 애해의 뒤를 따라 나갔다. 경비 소장이 막 수령장에 사인을 하고 있었다. 때 아닌 축하 화환이 배달되다니 기이한 일이었다.

"뭐죠? 소장님. 그 화환 어디서 온 거예요?"

아해가 물었지만, 똥씹은 표정을 한 경비 소장은 대답을 못하고 그저 화환 앞을 막아서고만 있었다.

"소장님, 어디서……?"

"아, 그게 저……. 뭔가 잘못 온 거 같습니다."

"누가 보낸 건가요?"

그때 지온이 소장에게 다가서며 다그치듯 물었다.

"보지 마. 지온아. 들어가자."

화환을 먼저 본 아해가 지온을 만류하며 가로막았다.

"비켜!"

27. 에로스, 다른 세상

[謹弔

페미니즘 사망.

상간녀 딸, 유지온 대표님께

K 드림]

지온은 화분에 매달린 리본의 글귀를 읽었다.

"이게 뭐야? 핫. 기막혀!"

"지온아, 그냥 가자. 소장님, 그거 당장 돌려보내세요."

때 아닌 장례식 화환이라니! 하지만 그 몹쓸 조화는 제대로 배달된 것이 맞았다. 수취인은 유지온 대표였고 불명예 퇴사를 한 K가 보낸 것으로 돼 있었다. 그날은 지온에게 참으로 불경한 일들이 연이은 파도처럼 밀려오는 날이었다. 한 발, 두 발…… 자신도 모르는 사이, 지온의 발걸음은 어느덧 애일당을 향하고 있었다. 지온은 자신을 조롱하고 있는 세상으로부터 잠시 도망치고 싶었다. 하루 종일 갑옷을 두른 듯 단단했던 그녀의 얼굴에서 쓰라린 민낯이 드러나고 있었다. 또렷하고 생기 있던 그녀의 눈빛도 초점을 잃어 흔들렸다.

지온이 주머니에서 마스터키를 꺼내 애일당 문을 열었다.

휘릭. 휘리릭.

바람을 가르는 소리가 지온의 귓가에 들렸다. 상심으로 가득한 애일당의 허공을 천국이 손으로 힘차게 가르고 있었다. 그 안에만 하루 종일 갇혀 있던 천국은 지온이 들어온 지도 모르고 상의를 탈의한 채 태권도 품새에 빠져 있었다. 다리와 팔을 동시에 45도로 차고 몇 초간 그 상태로 멈추어 서 있는, 고난이도 동작도 어렵지 않게 보였다. 왼쪽으로 움직이다 오른쪽으로 가기도 하고 방향을 또 바꿔 앞으로 나오기도 했다. 그러다 두 손을 앞으로 가지런히 돌려 모아 마지막 동작을 마무리하고 심호흡을 크게 내 쉬었다. 지온이 기척을 냈다.

"앗. 언제부터 거기 있었어요?"

당황한 천국이 의자 위에 아무렇게나 벗어던진 티셔츠를 입었다. 천국의 정수리에 정전기가 올라 머리칼이 삐죽 하늘로 솟아올랐다. 훗. 지온이 다가가 그의 솟은 머리카락을 차분하게 정돈해 주며 물었다.

"방금 뭐 한 거야? 태권도?"

"아, 네. 마음이 좀 어수선해서……. 운동하면 잡생각이 사라지거든요."

"왜? 많이 불안해?"

"아뇨, 전혀요. 핫."

지온이 보란 듯, 천국이 갑자기 발등을 세우고 양팔을 안에서 바깥 아래쪽으로 힘차게 펴 내렸다.

"훗. 뭐야."

"범서기 손날 아래 해쳐 막기!"

장난기가 발동한 천국이 큰 소리로 외쳤다.

"깜짝이야."

지온이 놀라며 천국의 가슴을 가볍게 한 대 툭 쳤다.

"놀랐어요?"

"조금."

"훗. 재밌네. 또 놀래 줘야지."

불과 몇 분 전까지만 해도 애일당 밖 저세상에서 냉탕과 온탕을 오가던 지온에게 지금 이 따뜻한 순간은 살면서 한 번도 경험해 보지 못한 온기였다. 천국이 전하는 온기는 그 자체로 인생의 고단함을 한 방에 날려 주는 '진짜' 사람의 기운처럼 느껴졌다. 순간 오늘 일어났던 모든 사건들이 별일 아닌 것처럼 대수롭지 않게 여겨졌다. 그리고 순식간에 몸도 마음도 믿을 수 없을 정도로 가벼워졌다. 지온은 다시 기분이 좋아지고 있었다.

"아까 형사들 다녀갔죠?"

"응. 자기 휴대폰이 여기서 잡혔으니 와 봤겠지. 그리고 누가 제보를 넣었대. 믿거나 말거나지만. 감히 나까지 수색은 못 하니까 그냥 탐문 수사하는 척 들이박은 거야. 방어 잘 했으니까 너무 신경 쓰지 마."

"휴대폰은 껐어요, 아까 인터폰 했을 때 느낌이 이상해서."

"잘했어. 천국씨. 나……, 한 가지 물어볼 게 있어. 솔직히 말해 줘."

"뭔데요?"

"자기 오피스텔에서 3억이 튀어나왔대, 골프백 안에서. 그거 무슨 돈이야?"

"설마, 아직도 날 의심하는 건 아니죠?"

"그냥 합리적인 의심일 뿐이야. 그래도 이건 좀……, 꼭 '나 잡아가세요' 하는 거 같잖아."

"그거, 내 돈 아니에요. 설사 돈이 있었다 해도 거기엔 안 두겠죠. 젠장, 그때 거기서 나올 때 가방 안을 확인했어야 했는데……"

"알겠어. 자기 돈 아닌 거 확실하면 됐어. 그리고 나, 천국씨 의심한 적 한 번도 없었어. 그건 확실히 말해 두고 싶어."

"그런데 왜 그렇게 나한테 추궁하듯 계속 그랬어요?"

"혹시라도 자기가 나한테 뭐 숨기는 게 있을까 봐 그랬어."

"거봐, 의심한 거 맞네."

"아니라니까. 우리 집에 앵두 데리고 자기가 처음 왔을 때부터 알았어. 내가 준 시계도 그냥 그대로 놔두고 갔잖아. 난 그때 이미 알았다고, 천국씨가 돈 때문에 우리 엄마 유품 들고 온 게 아니란 걸."

"믿어 줘서 고마워요. 아, 그러고 보니 그날 밤 나오기 전에 릴리하고 언쟁이 좀 있었어요. 언쟁이라기 보단 릴리가 일방적으로 소리 지른 게 다였지만. 그래서 그냥 골프백만 들고 뒤도 안 돌아보고 나왔던 건데……, 그게 마지막이 될 줄은 몰랐죠. 근데 정말 이상하네요. 릴리는 그 안에 돈이 들어 있단 걸 알고 있었을 텐데. 왜 뻔히 보고도 그냥 날 내버려 뒀을까요?"

그날 밤의 기억이 악몽처럼 되살아나자 천국은 자신도 모르게 주먹을 꼭 쥐었다.

"정말 릴리가 아무 반응도 없었어?"

"네."

"둘 중 하나겠지. 자기처럼 안에 돈이 들어 있었는지 몰랐거나 아니면 그 돈, 자기한테 그냥 주려로 이미 마음먹었었거나."

"돈이 그 안에 있었다는 걸 몰랐을 리 없잖아요."

"나도 그렇게 생각해. 분명 자기 주려고 그랬던 것 같아. 그런데 그날 밤, 자기가 갑자기 헤어지자고 하니까 더 화가 났던 건 아닐까? 아무튼, 천국씨. 당분간은 여기서 나가지 않는 게 좋을 것 같아."

"대체 언제까지 이러고 있어야 할지……."

뻐꾹 뻐꾹 뻐꾹

그때 어디선가 뻐꾹새 소리가 들려왔다.

"어, 이게 무슨 소리지?"

지온이 놀라 주변을 살폈다. 천국은 아무렇지도 않은 듯 자리에서 조용히 일어나, 새장 문을 열어 주었다.

"문 열어 달라는 신호에요. 신기하죠? 앵두는 밖으로 나오고 싶으면 꼭 이 소릴 내요. 맨 처음 날 만났을 때도 이 소릴 냈는데."

천국이 앵두를 꺼내 지온의 손등 위에 살포시 내려놓았다.

"우리도 맨 처음 거기서 만났어."

지온이 천국의 눈을 보며 수줍게 말했다.

"그러네. 후훗. 우리 셋 모두 같은 날, 같은 곳에서 만났네요."

지온은 천국의 이야기를 듣다가 뭔가 생각난 듯 자리에서 벌떡 일어났다. 그리고는 창문 틈에 끼어 두었던 엄마 사진을 빼내 다시 자신의 휴대폰 케이스 뒤 포켓에 넣었다.

"아까 기사 봤어요."

"그래? 이제 온 세상이 다 알아 버렸네."

지온의 목소리가 조금 떨렸다.

"그런 기사는 도대체 어떤 인간들이 쓰는 거예요?"

"악마들이 쓰는 거 같지? 아니. 그런 기사도 다 인간들이 쓰는 거야. 가장 가까운 측근들이 제보하고 온 세상에 알려지는 거지. 난 기사보다 그게 더 끔찍해."

"측근들?"

"가족. 친구. 뭐 이런……."

지온은 말끝을 흐렸다. 그녀의 눈에서 눈물이 흐르고 있었다. 한 번도 다른 사람 앞에서 울어 본 적이 없던 지온이었다. 천국이 울고 있는 그녀를 뒤에서 꼭 안아 주었다. 그녀가 천천히 뒤돌아 그에게 키스를 했다.

지온은 천국과 입맞춤한 그 순간, 적어도 자신에겐 아직 원하는 사람에게 키스할 선택 정도는 남아 있다는 생각에 위로가 되었다. 지온은 호스트라는 천국의 직업을 업신여기지 않았지만, 혼이 나가는 환상에도 빠지지 않았다. 지온은 잠시 현혹된 헛것이 아니라 현실에서 진심으로 그를 대할 수 있는 마음의 준비가 된 것 같았다. 자신의 옆에 천국을 세워두기 위해 그의 존재를 부정하거나 혹은 거짓으로 그의 신분을 꾸며대고 싶지도 않았다. 세탁은 옷과 이불만으로도 족했으니까.

한참 키스를 하다 터질 듯 뜨겁게 달아오른 천국이 지온에게 물었다.

"해도 돼요?"

"하고 싶어?"

"응. 너무."

277

"좋아. 그래도 연애는 아냐."

그날 밤 천국은 지온의 문을 열고 안으로 또 안으로 더, 더 깊숙이 들어갔다. 그는 태어나 처음으로 자신이 선택한 여자와 사랑을 나누고 있었다. 그는 마치 처음 동정을 떼는 것처럼 설레고 쑥스러운 기분마저 들었다. 지온은 그날 밤 파혼 후 처음으로 연애 감정을 느끼는 남자에게 섹스를 허락했다. 지온은 충분히 위로받고 있었다.

지온의 몸은 한 번 들어가면 빠져나올 수 없는, 계속 더 들어가고 싶은 산이나 숲처럼 치명적이었다. 천국은 지온의 머리끝부터 발끝까지 구석구석 남김없이, 그녀를 갈구했고 아낌없이 탐닉했다. 천국은 지온이 '그만, 이제 그만!'이라는 소리가 입에서 나올 때까지 그녀와 사랑을 나누었다. 눈 깜짝할 새에 2시간이 지났다. 지온은 그런 자신이 더 믿을 수 없었다. '미쳤어.' 스스로 너무 음탕한 여자가 된 기분이 들었지만, 지온은 그게 뭐든 그의 앞에서만큼은 온전히 자기 자신이 될 수 있었다. 아니, 어쩌면 자신조차 미처 발견하지 못했던 미지의 자신을 이제야 깨우고 있었다고 하는 편이 더 맞을 수도 있었다. 상대에게 보이고 싶지 않았던 면면의 수치스러운 감정조차 그날 밤엔 에로스로 승화되었다. 지온은 천국과 섹스 하는 내내 크나 큰 자유를 느꼈다.

그것은 몸으로부터의 자유, 신분으로부터의 자유, 그리고 낮과 밤으로부터의 자유였다.

천국이 두 번째 사정을 하고 난 뒤에야 두 사람은 서로의 몸에서 가까스로 떨어졌다. 낮은 침대에 누워 가쁜 숨이 잦아들 때까지 두 사람은 호흡을 진정시키고 있었다. 지온의 들숨과 천국의 날숨이 뒤엉키자 머리 위에서 서까래가 빙빙 돌아가기 시작했다. 천국이 긴 집게손가락으로 닿을 듯 말 듯 그녀의 유륜을 돌리며 말했다.

"당신하고 있으면 완전히 다른 세상에 온 기분이야."

"그래? 근데 그게 무슨 뜻이야?"

"달라. 이 세상이 더 이상 내가 알던 세상이 아냐."

"뭐가 다른데?"

"말로는 설명하기가 어려워. 아무튼 그래."

"훗. 나 계속 궁금하게 밀당 중인 거?"

"밀당 아닌데. 진심이야, 진심."

웃. 천국이 자신의 혀를 그녀의 입속으로 집어넣어 부드럽게 두어 번 돌렸다.

"혀 더 내밀어 봐."

지온은 천국이 하라는 대로 혀를 내밀었다. 알 수 없는 수치심이 그녀를 더욱 흥분시켰다. 천국의 페니스는 어느새 또 발기가 돼 그녀의 허벅지에 닿았다. 지온이 천국의 귀두를 손으로 감싸며 자극했다. 이미 두 번이나 사정했음에도 그의 페니스에서는 다시 또 쿠퍼액이 새어 나오기 시작했다. 그녀가 그의 귀두를 꽉 잡았다.

"악. 아파."

"말할 때까지 이거 안 놓을 거야. 훗."

"으. 뭘?"

"다른 세상이라며. 그게 뭔지 말해 줘."

"아, 알았어. 놓아 줘. 아파."

지온이 천국의 페니스를 풀어 주었다. 천국의 페니스에 발기가 풀렸다.

"내 말에 기분 나쁠 수도 있는데……, 화 안 내기. 그럼 솔직히 말할게."

"좋아."

"당신한텐……, 엄마도 있고, 애인도 있고, 창녀도 있는 거 같아. 그 얘기였어. 내가 알았던 여자라는 세계랑 너무 달라. 난 그게 다 별개의 것이라고만 생각했었어."

"그래? 그럼, 난 그중에서 애인만 할래. 그러니까, 그중 하나만 선택해."

"싫어. 난 그런 당신을 선택할래."

천국은 지온의 아래로 거꾸로 내려와 지온의 버자이나를 혀로 애무하기 시작했다.

"핫. 또?"

"너무 좋아. 너무 맛있어."

머리보다 몸이 먼저 안다는 말, 지온은 그 말이 무슨 의미인지 그날 밤 처음으로 제대로 알게 되었다. 그녀보다 한참이나 어린 천국은 자신이 무엇을 하고 있는지도 잘 모른 채 그녀의 온 몸을 영혼까지 달구었다. 닫혔던 그녀의 입술에는 오련한 균열이 일어났고 농염해진 지온의 자태에서는 형언할 수 없는 환희가 넘실거렸다.

그 시각, 애일당 바로 맞은편 도로변으로 회색 차 한 대가 지나다 멈추어 섰다. 차는 내부가 전혀 보이지 않을 정도로 완벽하게 윈도우 썬팅이 돼 있었다. 차 안에는 잠복근무 중인 민 경위와 최 경사가 타고 있었다. 민 경위가 북촌 고로케를 먹으며 최 경사에게 푸념 섞인 질문을 던졌다.

"분명 휴대폰이 이 근방 어딘가에서 훅 꺼졌는데……. 이상하단 말야. 도대체 어디로 사라진 거지?"

"아, 선배. 제발 흘리지 좀 마세요."

옆에 있던 최 경사가 물티슈를 꺼내 선배인 민 경위의 배를 닦아주며 말했다.

"어떻게 생각해? 그 여자."

"누구요? 아, 유지온 대표요."

"응. 아주 귀한 집 핏줄이라 귀티가 줄줄 흐르던데. 근데 뭔가 색기도 줄줄 흐르는 거 같고……. 아무튼 뭔가 묘한 여자 같아. 치명적? 음. 맞아 치명적인 팜므파탈 뭐 그런 느낌이었어."

"모르셨어요?"

"뭘?"

"아, 모르셨구나. 그 여자, 며칠 전에 삼오그룹 혼외 자식이라고 기사 떴잖아요."

"그래? 그럼, 엄마가 왕년에 톱배우였겠네. 어쩐지……"

"어, 아뇨. 그냥 호텔에서 근무하던 여직원이었데요. 것도 승강기 승무원."

"뭐? 엘리베이터 걸? 설마."

"설마가 사람 잡는다죠. 어제 그 여자, 보통내기가 아닐 겁니다. 선배, 그 여자 눈 보셨죠? 바늘로 찔러도 피 한 방울 안 나올 거 같은……. 살다 살다 그렇게 예의 바르게 사람을 하대하는 사람은 처음 봤씀다. 하루 종일 왜 그렇게 제 기분이 더러운 지 곰곰이 생각해 보니까, 그 여자가 우릴 사람 취급도 안 한 거더라고요."

"자격지심이야, 그거."

"네?"

"그건 자네의 자격지심이라고."

"전 그딴 거 안 키웁닷. 그나저나 선배, 분명 저 건물 어딘가에 놈이 숨어 있을 것만 같은데 말임다. 수색 영장 신청해 봤자 커트겠죠? 저렇게 높으신 고관대작의 따님이신데……. 두 사람의 관계를 밝혀내야만 영장을 치든 말든 할 텐데, 그 자체가 지금 불가능하니……. 답답함다."

"괜히 벌집 쑤시지 말고, 일단 좀 잠자코 지켜보자. 이러다 뭐가 꼭 튀어 나오더라고. 만일 저 안 어딘가에 숨어 있다면 제까짓 게 언제까지 저 안에서 버틸 수 있겠어, 제 발로 결국 기어 나오게 돼 있다고."

"넵. 선배, 그럼, 추가 지원팀 요청하게씀다."

"그래. 3교대로 철벽 마크하자고. 그 놈은 저 안에서 있다. 분명히."

그렇게 밤이 깊어 가고 있었다.

28. 로망스, 같은 세상

"여기 있으니까 사는 게 다 꿈같아."

천국은 문득 알 수 없는 말을 되뇌었다. 지온은 아무 말도 하지 않았다. 어쩌면 모든 게 다 꿈일지라도 천국과의 지금, 이 순간만은 현실이기를 간절히 바라고 있었는지도……. 타닥, 바로 그때 침대 옆에서 날카롭게 번쩍 소리가 터지더니 조명이 꺼졌다.

"어? 뭐지?"

지온이 놀라 침대에서 일어났다.

"전기가 나간 거 같은데. 봐요, 가습기도 꺼졌잖아. 차단기 어딨어요?"

천국도 침대에서 일어났다.

"나 뭐가 어디에 있는지 하나도 모르는데. 아마도……."

"아마도 뭐, 여기?"

천국은 지온의 배꼽을 손가락 끝으로 살짝 건드리면서 그곳에 입을 쪽 맞췄다. 지온은 천국의 장난기를 따뜻하게 안아주었다. 두 사람은 실오라기 하나 걸치지 않은 채 깜깜한 어둠 속에서 서로를 부둥켜안고 한참 동안 그렇게 서 있었다.

"배 안 고파? 천국씨."

천국에게 지온이 물었다.

"고파요. 아, 근데 지금이 대체 몇 시지?"

지온과 천국 두 사람은 시간이 얼마나 지났는지 몰랐다. 두 사람의 시간은 애일당 안으로 들어오는 순간부터 그대로 멈춰버렸다.

"라면 끓여 먹을까?"

"우선 전기부터 해결하고요."

지온은 휴대폰에서 손전등 모드를 켰다. 두 사람은 조용히 애일당 문을 열고 통로로 걸어 나갔다. 지온은 천국의 손을 꼭 잡고 걸었다. 그의 손은 두툼하고 아주 컸지만 안전하고 따뜻했다. 필라테스 스튜디오 탕비실로 이어지는 문 바로 앞에서 천국이 걸음을 멈추어 섰다.

"아, 여기 있네."

천국이 내려간 차단기를 다시 올렸다.

"우리 있는 데만 내려갔네요."

"이상하다. 안에서 사용한 것도 별로 없는데, 왜 그게 내려갔지?"

지온이 뭔가 미심쩍은 듯이 말했다.

"그러게. 알 수 없는 일은 언제나 일어나니까."

두 사람은 달리로 숨어들었다. 혹시나 건물 밖에서 누군가 눈치챌까 싶어 두 사람은 레스토랑의 메인 불을 켜지도 않고 주방으로 냅다 달음질쳤다.

"라면이 어디 있더라."

"근데 이런 식당에도 라면이 있어요?"

"웃기지? 이런 화인 다이닝 셰프들도 라면 환장하게 좋아해. 여긴 비건 식당이지만, 스태프 중에 비건이 아닌 친구들이 더러 있거든. 한 친구가 언젠가 혼자 몰래 끓여 먹다가 나한테 딱 걸렸었어. 후훗, 그때부터 걔가 나랑 라면 동지야."

"비건이면 라면도 못 먹나요?"

"쇠고기 스프! 또 면이 대부분 동물성 기름으로 튀기니까. 근데 채식주의자 라면도 나오긴 하니까, 요즘은……. 앗, 여기 있다!"

지온이 라면을 찾았다.

"라면은 내가 끓일게요. 저리 가 앉아 있어요."

천국이 라면을 끓였다. 라면을 먹으며 지온이 말했다.

"한밤에 라면을 먹으면 뭔가 나쁜 짓을 하는 거 같아서 더 맛있어. 훗."

두 사람은 김치도 없이 라면을 4개나 먹었다, 물론 천국 혼자서 3개를 먹은 거지만.

두 사람은 다시 애일당으로 돌아왔다. 사이드 조명도 불빛을 다시 찾았다.

"아, 배불러. 어떻게 천국씨. 나 졸린데 지금 누우면 안 되겠지?"

"당연하죠. 자, 이리 와 봐요."

천국이 지온에게 손을 내밀었다. 지온이 그가 내민 손을 잡자, 천국이 그녀를 번쩍 들어올렸다.

"어맛. 왜 또 그래. 뭐 하려고?"

"훗. 재밌잖아요."

지온이 휴대폰으로 아주 낮게 음악을 틀었다.

"지온씨가 듣는 음악은 다 좋은 거 같아요."

"고마워. 내 음악 취향이 좀 좋거든."

"이건 무슨 음악이에요?"

"디너 왈츠. 색계 봤어? 그 영화에 나오는 음악이야. 근데 너무 짧아서 금방 끝나. 언제나 아쉬워."

천국의 얼굴이 어두워졌다.

"왜 그래. 천국씨."

"우리도 곧 아쉬워지는 순간이 오겠죠."

지온은 대답하지 않았다. 그리고 휴대폰으로 디너 왈츠를 다시 틀었다.

"이러면 돼. 자, 이번엔 무한 반복으로 해 놨어."

지온의 목소리는 의외로 매우 담담했다. 지온은 천국의 팔짱을 꼈다. 그리고 리듬에 맞춰 조금씩 몸을 움직이기 시작했다. 천국도 그녀의 리듬에 몸을 맡겼다. 조명을 받은 애일당의 창에 두 사람의 그림자가 아름답게 너울거렸다. 천국이 지온을 조명 가까이 끌어당겼다. 그리고는 두 손을 포개 그림자를 만들어 보였다.

"늑대. 우오오오오오."

"어머, 진짜 같다."

지온이 감탄했다.

"코끼리 한 번 갈까요? 자, 코끼리."

"풉. 무슨 코끼리가 그래."

"별로야? 자, 그럼 이번엔 나비."

천국이 나비 그림자를 손으로 만들어 훨훨 날갯짓해 보였다. 키가 큰 천국이 나비를 아주 높이, 위로 더 위로 날려 주었다. 천국의 그림자 나비가 지온의 머리 위에 살며시 내려앉았다.

"나비 마음에 들어. 고마워. 천국씨."

"너무 예쁜 꽃이라 정신이 하나도 없어, 라고 나비가 말했습니닷."

지온의 얼굴에 미소가 환하게 번졌다. 천국은 나비가 앉았던 지온의 머리 위에 자신의 입을 맞추었다. 두 사람은 새벽녘에 먹은 라면이 다 소화가 될 때까지 그림자놀이를 하며 아이처럼 낄낄거리며 즐거워했다.

다시 두 사람은 서로를 꼭 안았다. 잠결에 천국이 지온을 자신의 복부 위로 올렸다. 탄력 있는 지온의 엉덩이가 천국의 두 손안에 꽉 차게 들어왔다. 지온은 천국의 몸 위에 올라가 다시는 깨어나지 않을 것처럼 깊은 잠에 취해 갔다.

1983년, 명동의 한 호텔.

엘리베이터 안, 핑크색 한복을 곱게 차려입은 앳된 얼굴의 여자가 서 있었다. 승강기 승무원인 그녀의 왼쪽 가슴에는 '진달래'라고 새겨진 이름표가 단정하게 달려 있었다. 문이 열리자 유일환 회장이 가방을 들고 있는 수행원 한 명과 엘리베이터에 올라탔다.

"문 닫겠습니다. 올라갑니다."

엘리베이터가 천천히 올라가기 시작했다. 찰싹. 유 회장이 갑자기 진달래의 엉덩이를 기다렸다는 듯 차지게 한 대 쳤다.

"어맛"

"이름이?"

당황한 그녀가 부들부들 떨며 아무 대답도 못 하자, 유 회장이 그녀의 가슴께 이름표로 얼굴을 바짝 들이댔다. 비좁은 엘리베이터 안에는 더 이상 물러설 공간이 없었다. 유 회장은 그녀의 이름표를 혹하고 떼어냈다.

"어맛."

그녀가 놀라 소리치자, "쉬~잇!" 수행원이 강압적인 표정으로 자신의 입에 집게손가락을 대 보였다. 떼어낸 이름표를 유심히 보던 유 회장이 적혀 있는 이름을 한 글자씩 눌러 읽었다.

"진달래…… 음…… 이름이 아주 예뻐."

그리고 다시 또 엘리베이터 문이 열렸다.

"아빠. 아, 어…… 엄마."

문이 열린 그곳에 지온이 서 있었다.

"지, 지온아."

엄마의 사무친 목소리가 지온을 불렀다. 지온의 눈에서 뜨거운 눈물이 흘러내렸다. 아버지가 엘리베이터에서 내리자, 문이 서서히 닫히고 있었다. 엄마의 얼굴도 서서히 엘리베이터 문 뒤로 사라졌다. 아빠! 지온을 그냥 휙 지나쳐 복도 안으로 유 회장이 들어가자, 지온이 빠르게 그를 쫓아 뛰기 시작했다.

"아빠! 아빠! 어디 가."

아버지는 이미 보이지 않았다. 복도 끝 방에서 묘한 웃음소리가 새어 나왔다. 지온이 그 방문을 열었다. 그곳에 아버지가 있었다.

"아빠!"

아버지가 소리쳤다.

"문 닫아!"

화들짝 놀라 잠을 깬 지온이 주변을 두리번거렸다. 천국도 눈을 떴다.

"어라, 이 땀 좀 봐."

그녀와 맞닿은 천국의 몸까지 흥건하게 젖어 있었다.

"나쁜 꿈 꿨어?"

"아니, 꿈이 아니었어."

지온이 힘없이 말했다. 마침내, 잃어버렸던 그녀의 기억이 조금씩 돌아오고 있었다.

아침에 출근한 아해는 라면을 끓인 흔적으로 어질러진 부엌 싱크대를 보며 잠시 생각에 잠겼다. 그러다가 갑자기 생각이 떠오른 듯 주방에서 홀로 나가 레스토랑 문 앞에 놓여 있는 쓰레기통을 거꾸로 들어 바닥에 쓰레기를 죄다 쏟아 부었다. 쓰레기 더미를 헤집더니 그 안에서 무언가를 찾아 내었다.

드드드드, 드드드드.

그때 그녀의 호주머니에 있던 휴대폰 진동이 울렸다.

"여, 여보세요."

"나다."

"아, 네. 사모님."

"좀 보자꾸나. 시간 좀 내렴."

"오, 오늘요?"

"왜? 안 되니?"

"아, 아니에요."

"그래. 그럼, 거기서 3시 반."

툭. 전화가 일방적으로 끊겼다. 전화를 걸고, 끊은 사람은 정화경 여사였다.

삼오클리닉 6층, 건강검진 병동의 복도 맨 안쪽에는 표식 없는 방이 하나 있었다. 정화경 여사가 방문할 때마다 혼자서 조용히 머물다 가는 방이었다. 방금 도착한 아해가 정화경 여사를 마주 보고 앉았다.

"늦었지만 새해 복 많이 받으세요, 사모님."

새해 인사를 전한 아해가 바리바리 싸 온 음식을 정 여사 앞에 공손히 내려 놓았다. 한눈에 봐도 정성이 과하다 싶을 정도의 음식이었다. 정갈하게 준비한 그 음식들 모두 정 여사가 좋아하는 것들로 엄선된 메뉴들이었다.

"급하게 나오느라 많이는 못했어요, 사모님."

"간장 게장만 있으면 돼."

"게장은 넣었어요. 갑자기 무슨 일로……?"

"지온이 말이다. 요즘 또 엘리베이터 못 탄다면서?"

"아, 저…….""

"말꼬리 흐리는 거 아니랬지. 어른하고 이야기할 땐."

"죄송합니다. 저……, 최근에 다시 돌아온 것 같아요. 증세가…….""

"흠. 시킨 대로 그건 꼬박꼬박 먹인 게냐?"

"아, 네, 그럼요. 사모님."

아해는 한 치의 망설임도 없이 대답했다. 그러자 정화경 여사가 잠시 대화를 멈추었다. 그러다 다시 의심스러운 눈초리로 입을 열었다.

"아닌데, 아냐. 너 요즘 그거 안 했어."

아해가 고개를 돌렸다.

"사모님, 저 이제 그거 못하겠어요."

"아니, 이게 누구 앞에서 감히!"

"너무 오래 먹였어요. 이제 그만 먹여도 돼요. 지온이 그때 기억은 아예 통째로 다 날아갔어요."

아해는 사시나무 떨듯 온몸을 떨며 고개를 숙였다. 정 여사는 손가락으로 아해의 턱을 들어 올리며 혀를 끌끌 찼다.

"쯧쯧쯧. 이 배은망덕한 것. 애비 출세시켜 주고, 서울대까지 공부시켜 놨더니 이제 와 고작 한다는 소리가……. 대체 약은 언제부터 끊은 거야?"

"자, 작년 여름부터요. 더 이상 그때 이야기는 물어보지도 않고, 잠도 잘 자고 그래서……. 사모님. 이제 프로프라놀롤[14] 그만 먹여도 돼요. 너무 오래, 너무 많이…… 그러다 지온이 진짜 고장난단 말이에요."

"엘리베이터를 또 못 타잖니. 다시 기억이 돌아오고 있는 거라고. 그런 추악한 기억을 다시 끌어내는 게 더 아픈 일이다. 좋은 말로 할 때 당장 오늘부터 다시 먹이거라."

아해가 눈물을 흘리며 두 손을 모아 빌기 시작했다.

"사모님. 이제 그만 놔주세요. 제발, 제발. 우리 지온이……, 그리고 저도요."

"뭐? 기어코 그걸 다시 걔 머릿속에서 끄집어내서 풍비박산을 내야 네 속이 시원하단 말이얏?"

"지온이는 아무 잘못도 없잖아요."

"관세음보살. 이게 다 걔 업보다. 잘못이라면 잘못이지. 타고난 도화살로 지 애비까지……. 누가 들을까 입에 담기도 싫다. 지 애미를 닮아서 어릴 때부터 요망한 게 아주 화냥기까지 빼다 박았어. 어디서 누구 집안을 망치려고 감히."

"지온이 많이 괜찮아졌어요. 진짜예요. 그니까, 저 더 이상 그 약 못 먹여요. 사모님."

"정 네가 그리 나온다면 할 수 없지. 그래, 좋다. 그만 먹이거라. 그럼, 곧 기억이 돌아오겠지. 그때 가서 지온이 걔한테 내가 있는 대로 다 말해 주마. 아해 네가 10년도 넘게 그 몹쓸 약을 끼니 때마다 몰래 타서 먹였다고."

"아~ 아~ 악. 그만, 그만."

아해는 바닥에 주저앉고 말았다.

"자, 그리되면 네 속도 참 시원하겠지? 너도 죽고, 나도 죽고, 지온이도 죽고. 다 죽자."

정 여사가 코트를 입었다. 아해도 주섬주섬 자리를 털고 일어나 가져온 음식

---

14) **프로프라놀롤(Propranolol)** 고혈압, 협심증, 부정맥, 편두통 치료에 효과가 있으며, 정신과적 문제를 해결하기 위해 섭취하기도 하는 약물. 신경 단위인 '뉴런'에서 단백질 합성을 방해하면서 특정 기억을 흐리게 해주는 효능이 있음

보자기를 들고 정화경 여사를 배웅할 준비를 했다. 그런 아해를 힐끔 째려보더니 정 여사가 물었다.

"지온이 걔 요즘 천국인지 뭔지 하는 호스트 바, 접대부 만난다면서?"

"네?" "너도 아는 놈이야?"

"……."

정 여사가 들고 있던 가방을 도로 내려놓으며 아해에게 말했다.

"거기 앉아 봐."

"네?"

아해가 엉거주춤 의자에 다시 앉았다.

"아해, 너. 지금부터 내가 하는 말 잘 들어."

아해는 모든 걸 알고 있다는 표정의 정 여사가 공포스럽고 절망적이었다. 아해는 영원히 마녀 같은 그녀의 손아귀에서 벗어날 수 없을 것만 같았다.

"천국이 걔가 까딱 잘못하다간 우리 집안을 말아먹게 생겼다."

"네? 그게 무슨……."

"이제부터 아해 너는 정신 바짝 차리고 내가 시키는 대로만 하면 된다."

정화경 여사의 눈에서 광기가 내비쳤다.

29. 보통 여자

"마이 퍼니 발렌타인, 스윗 코믹 발렌타인. 유 메이크 미 스마일 위드 마이 하트~."
지온의 핸드백 속에서 휴대폰 벨소리가 울렸다.

"어, 리차드."
"어디 계세요? 대표님, 디스 이즈 얼전트!"
리차드의 긴급 호출이었다. 지온이 서둘러 옷을 챙겨 입기 시작했다.
"조금만 더 있다 가."
천국이 지온의 가슴으로 파고들었다.
"리차드 호출이야. 올라가 봐야 해."
"아직도 연애 아닌가요, 우리?"
"참 이상해. 이 상황에서 연애하면 뭐가 달라져?"
하지만 지온의 기분은 나쁘지 않았다. 아니, 오히려 천국의 그런 철없음에 마음이 놓였다. 뭔가 태어나 처음으로 자기편이 바로 옆에서 든든하게 숨 쉬고 있는 것만 같았다.

애일당에서 천국과 지온 두 사람은 벌써 삼일 낮, 삼일 밤을 함께 보냈다. 오로지 먹고 자고 뜨거운 사랑만을 나눈 삼일이었다. 낮이 밤이 되고 밤은 낮이 되었다. 지온은 천국의 정수리에 가볍게 입을 맞춘 뒤 3층 그녀의 집무실로 올라갔다. 잠시 후, 지온은 리차드로부터 충격적인 보고를 받았다. 오빠 유지홍 부회장과 김남주 변호사의 내통에 관한 것이었다. 천국의 알리바이를 유일하게 증명해 줄 수 있는 지온의 집 CCTV 영상을 김남주 변호사에게 전한 직후 누군가가 리차드 노트북 안에 저장된 오리지널 영상을 삭제했고, 리차드는 김남주 변호사를 의심했다. 그때부터 김남주의 온라인 행적을 뒤따라가던 중 리차드는 그녀가 지온의 오빠에게 영상을 건네게 된 사실 관계까지 파악하기에 이르렀다.

"일단 모른 척해, 리차드."

"아유 시리어스? 당장 고소해야죠."

"놔둬. 더 실수하게. 섣불리 경찰에 신고할 수는 없어. 우리 오빠가 그 영상을 가지고 어떻게 나올지 그것부터 좀 살펴봐야겠어. 본사에 내 사람들이 좀 있어. 얘기해 둘게. 리차드는 우리 오빠 노트북을 해킹해 줘."

지온은 사라진 원본 영상을 되찾아 오기 위해서라도 당분간 김남주 변호사의 배신을 모른 척하기로 했다.

"굿 뉴스도 있는데."

"굿 뉴스?"

"왜 그 펜타곤 나인 영상 말인데요. 확실하진 않지만, 그거 지운 범인이 이용이라는 작자가 확실해요. 그 영상 팔아먹으려고 여기저기 쑤시고 다닌 정황을 보니 분명해요. 그러다 결국 살해당한 거겠지만."

"그걸 어떻게 알았어?"

"히히, 다 아는 수가 있죠. 실은 그 관리소장이 자살했던 보일러실 영상 복원에 성공했거든요. 보기 힘들긴 한데 그래도 한번 보실래요?"

태블릿으로 리차드가 영상을 틀었다. 검은 양복을 입은 남자 두 명 앞에서 관리소장이 무릎을 꿇고 있는 모습이 영상에 나왔다. 잠시 후, 남자 한 명이 재킷을 벗고, 셔츠 소매를 걷어 올린 후 관리소장의 얼굴에 검은 복면을 씌웠다.

"잠깐! 리차드."

지온이 손으로 태블릿의 화면을 정지시켰다. 남자의 팔에 새겨진 용 문신이 또렷하게 보였다. 이어서 리차드가 용 문신을 더 확대해보니 용이 물고 있는 여의주에 임금 '王'자가 새겨져 있는 게 보였다.

"왓 더 헬 이즈 디스?"

"차이니즈 레터야. 임금 왕!"

"오, 킹! 앗, 대표님. 여기서부턴 안 보시는 게 좋을 텐데……."

리차드가 잠시 화면을 정지시켰다.

"괜찮아, 리차드. 계속 플레이해."

리차드가 재생 버튼을 다시 터치했다. 예상대로 놈들이 관리소장을 보일러실 천장 파이프에 매달아 살해하는 충격적인 장면이 흘러나왔다.

"세상에, 몹쓸 놈들……"

지온이 말을 잇지 못했다.

"안보는 게 낫다니까요."

"근데 저 남자들 어디서 본 거 같은데, 누구지? 도대체 누가 저런 천벌받을 짓을. 하늘이 무섭지도 않은가."

"지금 이 영상과 릴리 피 집 영상, 삭제 수법이 일치했어요."

"뭐? 어떻게 일치했는데?"

"둘 다 영상을 삭제하기 전에 특이한 악성 코드를 심어 놓았어요. 두 개 모두 코드가 같은 종류였어요. 한 사람의 소행이란 증거죠. 그런 악성 코드는 해커들마다 취향이 달라서 일치할 확률이 아주 희박하거든요. 사실 거의 불가능하죠."

"죽은 이용이 이 영상을 가지고 있었는데, 그럼 그자의 짓인가?"

"현재로서는 그자의 소행으로 보는 게 맞겠죠. 영상을 봤으니, 그는 죽기 전에 릴리 피와 관리소장을 누가 죽였는지 알고 있었을 거예요. 그러니까 영상을 우리한테 팔아먹으려고 했겠죠. 그런데 이 작자도 이제 죽어 버렸으니……" "죽은 자는 말이 없지. 어쩐다……. 아참, 리차드. 릴리 피 집 앞의 영상 복원은 어떻게 되가?"

"어떻게든 해 볼게요."

"수고해 줘, 김남주는 적당한 타이밍에 해임한 뒤 고소할 거야. 오늘 백업 변호사는 섭외 예정이고."

"오케이. 대표님."

3일 만에 애일당 밖으로 나온 지온은 바깥 공기를 맡으며 어딘가 달라진 기분을 느꼈다. 마치 자신이 전혀 다른 사람이 된 것만 같았다. 모든 게 같았지만, 모든 게 달라 보였다. 길가의 가로등이 애일당 옆 무화과나무를 비추고 있었다. 주차장에서 차를 뺀 지온이 사옥 정문을 통과해 북촌로로 나갔다. 3층에서는 리차드가 건물 밖으로 나서는 유지온 대표를 내려다보고 있었다. 하지만 그녀를 지켜보고 있는 사람은 리차드뿐만이 아니었다.

"앗, 나왔씀닷. 유지온 대표."
　애일당 건너편 노상 주차장에 차를 대고 몇 시간째 잠복근무 중이던 민 경위와 최 경사도 덩달아 그녀의 차를 미행하기 위해 차에 시동을 걸었다. 그때였다. 누군가 그녀의 차 앞으로 휙 뛰어들었다. 앗! 그녀가 브레이크를 가까스로 밟아 차를 세웠다. 철퍼덕. 뛰어든 사람이 차 바로 앞에서 쓰러졌다. 너무 놀란 지온이 사이드 브레이크를 채우고 차 밖으로 황급히 나갔다.

"저, 괜찮으세요?"
　지온이 쓰러진 사람을 살피며 조심스레 물었다. '아야야야야' 신음 소리를 내며 쓰러졌던 사람이 지온의 차 보닛을 잡고 엉거주춤 일어섰다. 옥여사였다.

"아!"
　지온은 기가 막혔다. 사옥 3층에서 내려다보고 있던 리차드는 뭔가 심상치 않음을 느끼고 재빨리 자신의 노트북을 열었다. 길가 CCTV가 그의 노트북에 연결돼 지온과 옥여사가 모니터 화면에 나왔다. 리차드가 화면을 크게 당겨 줌인을 했다. 옥여사가 무릎에 묻은 먼지를 털어내는 장면이 크게 잡혔다. 그러자, 어디에선가 검정색 양복을 입은 덩어리 보디가드 두 명이 그녀의 앞뒤로 나타났다.

"지금 나갈까요? 선배"
"아냐, 잠시만, 조금만 더 지켜보자."

회색 차 안에서 지온과 옥여사를 유심히 지켜보던 민 경위와 최 경사는 조심스럽게 상황을 주시하고 있었다.

"여사님, 괜찮으세요?"
"응, 괜찮다. 용식아."
용식이가 땅에 떨어진 옥여사의 핸드백을 조심스럽게 주워 들었다. 그의 손에 있는 그녀의 핸드백이 유난히 작아 보였다.
"지금 여기서 뭐 하시는 거죠?"
지온은 옥여사에게 따지듯이 물었다.
"뭐 하긴. 계산할 게 있어 왔지. 우리 천국이 어디다 빼돌렸어?"
"그 사람을 왜 여기서 찾으시나요. 딴 데 가서 알아보세요."
지온이 다시 차 안으로 들어가 차 문을 닫으려 하자 옥여사가 차 문을 꽉 붙잡고 놔주질 않았다. 옥여사는 적잖은 나이임에도 불구하고 기력이 만만치 않았다.
"우리 상도덕은 지키자. 다 알고 온 거니까 까불지 마. 너."
"다 알고 오셨다니 그럼 알아서 하시면 되겠네."
지온이 거침없이 차 문을 당겼다. 탁. 차 문에 손이 낄까 화들짝 놀라며 옥여사가 뒤로 한발 물러섰다. 지온은 다시 차에 시동을 걸었다. 그때, 용식이와 다른 또 한 명의 수행원이 지온의 차 앞뒤를 막아섰다. 차 안에서 지온이 사옥 3층을 올려다보았다. 줄곧 상황을 지켜보고 있던 리차드가 휴대폰으로 경찰에 신고를 넣었다.

탁. 차 앞을 가로막고 서 있던 용식이 지온의 차 보닛 위에 겁을 주듯 두 손을 올렸다. 보닛은 제법 따뜻했다. 용식은 은근 보닛에서 손을 떼고 싶지가 않았다. 미적거리는 그의 소매 단 밑으로 팔에 새긴 문신이 드러났다. 그 문신은 분명 리차드가 좀 전에 보여준 영상에서 본 것과 매우 흡사한 문신이었다. 지온은 좀 더 확실하게 확인하고 싶었다. 다시 지온은 차 문을 열고 차 밖으로 나가 용식이 바로 앞에 바짝 다가섰다. 당황한 그가 움찔하며 보닛에서 손을 떼고 뒤로 반걸음 물러섰다.

"아저씨, 지금 혹시 몇 시에요?"

지온이 그가 차고 있는 시계를 손으로 가리키며 물었다. 용식이는 고개를 갸우뚱거리며 지온이 이상한 여자라는 듯 시계를 보며 퉁명스럽게 시간을 알려주었다.

"9시 10분인데요."

"네? 몇 시라고요? 저, 잠시만 실례할게요."

시계를 보는 척 지온은 용식의 팔목을 잡아채 그의 팔에 새긴 문신을 재빨리 매의 눈으로 훑었다.

"뭐 하는 개수작이야?"

그때 옥여사가 지온에게 소리를 질렀다. 지온은 옥여사에게 대꾸도 없이 다시 차 안으로 들어가 문을 쾅 닫았다. 지온은 용식이의 팔에 새긴 문신에서 두눈 똑똑히 여의주에 새겨진 글자를 확인했다. 그 글자는 임금 왕 '王'자가 아니었다. 임금 왕에 점 하나가 더 있는 옥구슬 옥 '玉'자였다. 지온이 리차드에게 문자를 보냈다.

[지금 내 차 가로막고 서 있는 남자 보이지?]

[넵, 대표님. 와이?]

[팔에 용 문신 있어. 우리가 아까 본 그 영상 속 문신이랑 일치하는 것 같아.]

[리얼리? 대표님 차 블랙박스 영상 확보할게요.]

줄곧 건너편 회색 차 안에서 상황을 지켜보던 민 경위와 최 경사가 마침내 차에서 내렸다. 그리고 길을 천천히 건너와 지온의 차 앞에서 멈춰 섰다. 민 경위가 신분증을 높이 들어 올리며, 옥여사에게 큰소리로 외쳤다.

"경찰입니다. 옥경희씨, 맞으시죠?"

"뭐야? 느네들 뭐얏?"

당황한 옥여사가 덩어리 수행원 뒤로 숨었다.

"비키십시오. 같이 연행되기 싫으시면."

최 경사가 덩어리 수행원에게 경고하자 옥여사가 지온에게 들으라는 듯 큰소리로 말했다.

"용식아. 당장 유지홍 부회장한테 전화 넣어."

잠시 후, 고요한 북촌로에 요란한 사이렌 소리를 내며 경찰차 한 대가 들어섰다. 경찰 한 명이 내려 옥여사를 연행해 그 차에 태운 뒤 어디론가 사라졌다. 북촌로는 다시 고요해졌다. 지온이 민 경위에게 가볍게 목례를 하며 말했다.

"제때 와주셨군요. 감사합니다. 민희식 경위님."

"아, 뭐. 이제부터가 시작인 걸요. 근데 조사해도 아무것도 안 나올 수 있습니다."

"옥경희씨가 용의자를 가장 잘 알고 있는 사람이니, 죽은 피해자 또한 가장 잘 알고 있을 거예요. 전 그럼 이만. 아참, 최승호 경사님께서도 오늘 수고 많으셨습니다."

지온은 최승호 경사에게도 가볍게 인사한 후 차에 올랐다. 그녀의 차가 횡하고 어디론가 사라졌다. 잠시 후, 빠져나간 지온의 차량 뒤로 검은색 차량 한 대가 조용히 움직이기 시작했다. 그녀의 차를 미행하는 다른 형사의 차량이었다.

"엥?"

멍하니 지온의 차가 사라진 쪽을 바라보며 최승호 경사가 뭔가 이상하다는 듯 고개를 갸우뚱거렸다.

"왜 그래? 최 형사. 철수해야지."

"제 이름까지 알고 있어요. 저 여자가."

"내가 그랬지? 저 여자, 보통 여자가 아니라니까."

30. 옻독

"20시 12분, 유지온 대표 삼오클리닉 정문 안으로 진입, 오버."

지온의 차를 미행하던 형사가 무전기로 그녀의 동선을 상부에 보고했다. 지온은 주차장에 차를 주차 시킨 후 아버지 유 회장이 입원 중인 병실로 올라갔다.

"아빠."

휠체어에 앉아 벽에 걸린 TV를 보고 있던 유 회장이 지온을 보자 반갑게 웃는다.

"왜 인제 와."

"뭐 보고 계세요?"

"테레비."

"훗, 그러니까 테레비에서 뭐 보고 계시냐고요?"

"조용필."

"네? 아."

유 회장은 의료진이 스마트 TV에 연결 해준 유튜브로 조용필의 노래를 듣고 있었다. 마침, 화면에는 조용필의 노래 '난 아니야'가 흘러나오고 있었다.

"난 아니야, 꽃이 아니야. 난 아니야, 꽃이 아니야."

반복되는 후렴구를 유 회장이 따라 부르기 시작했다.

"아빠, 나 누군지 알죠?"

"이리 온."

지온이 아버지에게 다가가 손을 잡자, 유 회장이 딸의 손등을 자기 얼굴로 가져다 대었다.

"난 아니야, 꽃이 아니야. 난 아니야, 꽃이 아니야."

지온은 처음 듣는 노래였지만 함께 따라 노래를 불렀다. 노래가 끝나자 지온이 TV를 끄고 아빠의 얼굴을 보았다.

"왜 꺼? 테레비 켜. 달래야, 어서."

"아빠……."

"응?"

"난 아니야. 달래 아니라고."

"뭐라고? 달래야."

"달래 아니야, 아니라고!"

지온이 갑자기 버럭 소리를 지르자, 풀이 죽은 유 회장이 고개를 숙였다. 그러자 지온이 휠체어 옆으로 가 허리를 숙여 아버지의 귀에 대고 뭐라고 속삭이기 시작했다. 이야기에 귀 기울이던 아버지가 갑자기 고개를 다시 들었다. 유 회장의 손이 부르르 떨려오기 시작했다.

아~~~~~~~~~~~~~~~~~~~~~~~~~~~아악.

병실에 유 회장의 비명이 울려 퍼졌다. 밖에서 근무 중이던 담당 간호사 둘이 병실 안으로 뛰어 들어왔다.

"무슨 일이세요? 왜 그러세요? 회장님."

간호사들이 바닥에 쓰러져 부르르 몸을 떨고 있는 유 회장을 살피는 동안 지온은 말없이 핸드백을 챙겼다. 그리고 병실에서 조용히 나갔다. 그녀가 나가는 것을 눈치 챈 사람은 아무도 없었다.

"어? 킁, 킁. 이게 무슨 냄새지?"

밤늦은 시각, 갑자기 코를 찌르는 고약한 냄새가 천국의 선잠을 깨웠다. 지온이 애일당을 나가고 몇 시간이나 잠이 들어 있던 걸까? 그는 바닥에 있는 사이드 조명의 스위치를 발로 밟아 켰다. 시간과 날씨를 가늠할 수 없는 이곳에서, 천국은 공황장애처럼 극도의 불안감을 느꼈다. 그는 살인 용의자로 쫓기고 있던 상황에서 밀폐된 공간으로 숨어들었고 삼 일 밤낮은 지온과 함께였지만 지금은 혼자서 덩그러니 남겨졌다. 천국은 마치 버림받은 아이처럼 갈 곳 잃은 기분이 들었다. 얼마나 더 이곳에서 숨어 있어야 하는지, 지금처럼 계속 이렇게 버티면 되는 건지, 휴대폰도 없고, 지온도 없는 애일당에서 그는 갑자기 자신감이 사라져가고 있음을 느꼈다.

배가 고플 때가 이미 지났건만, 애일당 안까지 스멀스멀 내려 온 그 정체를 알 수 없는 냄새가 천국의 식욕을 완전히 잠식했다. 천국은 폐타이어를 태우는 것 같은 독한 냄새에 곧 질식할 것만 같았다. 애일당이 품은 향기로운 나무 냄새는 이미 어디론가 다 사라지고 그 고약한 냄새가 공간에 깃발을 꽂았다.

천국이 인터폰 수화기를 들었다. 그것은 그를 세상과 연결하는 유일한 통로였다. 신호가 갔지만 아무도 받지 않았다. 불안감에 심한 냄새까지, 천국은 머리가 지끈거렸다. 그는 잠시 고민을 하다, 바깥 공기라도 쐬면 좋겠다고 생각했다. 열면 안 되는 애일당의 문을 그가 안에서 열었다. 통로를 따라 내려가니 또 하나의 문이 나왔다. 그 문을 열면 바로 필라테스 스튜디오 탕비실로 이어졌다. 끼리릭, 끼리릭. 이런, 어느새 앵두가 거기까지 뒤따라 나와 있었다.
"어랏, 요 녀석 봐라, 이리 와. 넌 나오면 안 돼. 들어가자."
천국이 앵두를 그의 손 등위에 올렸다. 순간, 아차 싶었다. 애일당의 문은 이미 굳게 닫혀 버렸고, 천국에게는 마스터키가 없었다.
"이런. 어쩐다……."
스스로가 한심했다. 선택의 여지가 없었다. 천국은 앵두를 데리고 어두운 통로를 빠져나와 달리 레스토랑까지 올라가는 수밖에는 없었다.

다행히 레스토랑 안에는 아직 아해가 작업을 하고 있었다. 천국은 인기척을 냈지만 아해는 전혀 알아채지 못하고 일에 집중하고 있었다. 아주 커다란 들통에서 검은색 원액이 펄펄 끓고 있었다. 고약한 냄새의 원흉이었다.
"저……, 아해씨."

"어맛."

"아, 죄송해요. 놀라셨어요? 인터폰을 안 받길래 아무도 없는 줄 알았어요."

"내 정신 좀 봐. 죄송해요. 뭐 필요하세요?"

아해가 급하게 보사노바가 흘러나오는 음악 소리를 줄였다.

"아, 아뇨. 타는 냄새가 나서, 혹시나 해서 나와 봤습니다. 저 근데 지금 이게 무슨 냄새인가요?"

생각해보니, 천국은 자신에게 갑자기 솟구친 불안감이 어쩌면 저 지독한 냄새 때문일지도 모른다는 생각이 불현 듯 들었다.

"아, 별것 아니에요."

침착해 보였지만 아해는 뭔가 들킨 사람처럼 서둘러 하던 일을 정리하는 모습이었다.

"아무것도 아니라기엔 이거 냄새가 너무 심한데요. 하핫."

"거의 다 됐어요. 아, 근데 왜 나오셨어요? 지온이 알면 난리 날 텐데."

"혹시 마스터키 가지고 계세요? 깜빡하고 그냥 나왔는데 문이 닫혀 버려서. 그리고 요 녀석까지 따라 나왔어요."

천국이 손등에 달고 있는 앵두를 들어 아해에게 자랑하듯 보였다.

"어머, 앵두도 왔구나."

아해가 앵두에게 상냥한 목소리로 인사를 건넸다.

"아해씨, 이것도 비건 요리의 일종인가요?"

"아휴, 맙소사. 이거 먹는 거 아니에요. 옻나무 원액인데, 냄새가 좀 지독하죠? 원액이 증발하면 나오는 '우루시올[15]' 냄새에요. 휘발성 페놀 화합물이라 냄새는 좀 심하지만, 이렇게 끓여야 옻독이 다 날아가서 좋은 성분만 남아요. 옻닭 먹는 이치랑 같아요."

---

15) **우루시올** 옻의 주 성분인 우루시올은 산화 효소인 락카아제의 작용을 받아 공기 속의 산소를 흡수하여 검은색 수지 덩어리로 된다. 옻에 예민한 사람은 극소량만으로도 피부염이 생기며 면역 독성으로 한의학에서는 약재로도 사용하지만, 독성이 강해 생명에 치명적일 수 있어 엄격히 관리되고 있다.

"그래요? 아해씨는 근데 이런 걸 어떻게 다 아세요?"

"에이, 뭘. 대학원 전공이 생명과학이라……."

"아, 그런데 이 밤에 그건 왜 끓이세요?"

"도마에 칠하려고요. 여기서 전에 쓰던 원액이 아직 몇 통이나 남아있거든요. 귀한 거라, 그냥 버리기 아까워서……."

"아, 근데 그걸 왜 도마에 칠하나요?"

"냄새는 이래도 항균 효과가 있거든요. 다했어요. 이제 식히기만 하면 돼요. 저……, 뭐 좀 드릴까요? 저도 좀 출출해서."

아해는 옻나무 원액을 끓이던 가스 불을 완전히 끈 뒤, 음식을 준비하러 주방 안으로 들어갔다. 바 테이블 위에서 얌전히 앉아 있던 앵두가 호기심이 발동했는지, 레스토랑 안 여기저기를 기웃거리기 시작했다. 어느새 주방 옆 작은 창고 방 안으로 앵두가 쏙 들어가 버렸다.

"핫. 앵두, 너 거기 들어가면 안 돼. 이리 와."

천국이 앵두를 뒤쫓아 창고방 안으로 들어갔다. 식자재 따위가 보관된 창고로 보였는데 창고 맨 안쪽에 실험실처럼 세팅된 연구 테이블이 놓여 있었다. 그 위로 각종 플라스크와 알코올램프도 보였다. 그런 기구들이 생소한 천국에게는 조금 신기하고 낯선 광경이었다. 창고 안에는 아직 찐득한 우루시올 냄새가 진동하고 있었지만, 각종 이국적인 향신료 냄새와 곡물 냄새가 한꺼번에 튀어나와 엉기는 바람에 천국의 코는 그나마 그 창고방 안에서는 숨통이 트여 즐거워졌다. 보통 향수의 체취처럼 탑, 미들, 베이스 노트로 층이 있는 것은 아니었지만 교통사고처럼 한꺼번에 훅 밀어닥치는 도발적이고도 충동적인 냄새였다. 한쪽 구석에서 앵두가 귀리를 발견하고 콕콕 쪼아 먹고 있었다. 천국은 앵두를 살포시 두 손으로 안아 올렸다.

"안 돼. 앵두."

그때 밖에서 아해가 천국을 부르는 소리가 들렸다.

"식사하세요. 천국씨."

아해는 호박죽과 두부, 채소를 완자로 갈아 넣은 보리 브뤼토를 만들어 내왔다.

"잘 먹겠습니다."

천국은 순식간에 아해가 해준 음식을 다 해치웠다. 식사 후, 아해는 디저트로 천국에게 비건 칵테일을 권했다.

"저, 이거 좀 드셔 보세요. 지온이랑 같이 개발한 친환경 신 메뉴인데요. 쓰레기 제로 웨이스트 콘셉트로 만든 '제로'라는 칵테일이에요. 데킬라 베이스라 조금 독해도 숙면에는 좋아요."

칵테일에는 귀여운 대나무 빨대가 꽂혀 있었다. 천국은 빨대로 한 모금 빨아 칵테일의 맛을 본 뒤 유리컵 가장자리에 묻힌 허브 솔트를 조금 핥았다. 맛의 조화가 아주 훌륭했다. 천국이 제로 칵테일을 벌컥벌컥 다 마셨다. 꽤 도수가 센 칵테일이었지만 감칠맛이 좋아 천국은 금방 한 잔을 다 비울 수 있었다. 그 칵테일 덕분에 우루시올의 고약한 향도 좀 가시는 듯했고 칵테일은 이래저래 기분이 좋아지는 맛이었다. 그런데 조금씩 천국에게 졸음이 몰려오기 시작했다.

아해가 주방에서 졸고 있는 천국을 숨죽여 바라보고 있었다.

31. 미세스 문

같은 날, 새벽 5시, 마장동 문건성 의원의 집.

이른 시간임에도 불구하고 문 의원의 부인인 '미세스 문'이 어딘가에 나갈 채비를 하고 있었다. '미세스 문'의 본명은 '김봄', 하지만 미국식으로 남편 성을 따라 '미세스 문'으로 통했다. 미세스 문은 워낙 정계에 널리 알려진 남편을 둔 덕에 덩달아 유명인의 삶을 살게 된 정치인의 아내였다. 그녀는 그런 삶을 충분히 즐길 줄 아는 여자였다. 지금은 미국에 있는 친정의 가세가 많이 기울어 별 볼 일 없어졌지만, 시집올 때만 해도 그녀는 캘리포니아에서 방귀 꽤나 뀐다는 재미 교포 집안의 막내딸이었다. 교포 2세로 그야말로 남 부러울 것 없이 살아온 터라 미세스 문은 남 신경 같은 걸 쓰고 사는 타입이 절대 못 되었다. 문 의원 부부는 정략결혼 후 애정 없는 '쇼윈도 커플'로 산 세월이 25년, 무늬만 부부로 사는 데에 이골이 날 대로 난 커플이었다. 하지만 세간에서는 슬하에 자식도 없이 둘이 서만 다정하게 사는 정계 최고의 잉꼬부부로 소문나 있었다.

신문을 보던 문 의원이 못마땅한 듯 미세스 문에게 한마디 날렸다.
"꼭두새벽부터 어딜 또 나가?"
"새벽 기도 좀 다녀올게요."
미세스 문은 남편의 물음에 건성으로 대답하고 있었다. 그녀는 현관 신발장 앞에서 어울리는 구두를 고르는 데 더 많은 신경을 쓰고 있었다. 당연히 그녀의 행선지는 교회일 리가 없었다.
"내가 그딴 명품 입고 다니지 말라고 했지. 그러다 진짜 대형사고 한번 치고 싶어?"
그녀는 명품 로고가 사방으로 자잘하게 나 있는 케이프를 입고 있었다. 바지도 같은 로고 패턴의 요란한 원단이다. 구*였다.
"대선 후보자라도 되는 줄 아시나 봐. 아무도 관심 없네요, 당신하고 나한테."
띵동. 띵동. 그때, 문 의원의 집에 때 아닌 초인종이 울렸다.
"꼭두새벽부터 대체 누구지? 의원님, 혹시 누구 오기로 했어요?"

"문이나 열어."

그토록 이른 새벽 찾아온 이는 다름 아닌 성동 경찰서 강세구 서장이었다. 손님이 꼭두새벽부터 들이닥치자 미세스 문은 차라리 잘됐다 싶어 얼른 집에서 나갔고, 문 의원과 강 서장은 서재에서 바둑을 두기 시작했다. 문 의원이 백, 강 서장이 흑을 쥐고 말없이 바둑을 둔 지 어느덧 한 시간이 훌쩍 넘어가고 있었다. 문 의원이 무겁게 입을 떼었다.

"뻔한 놈 하나를 못 엮어 넣어서. 쯧쯧쯧. 그래 가지고야 어디 큰일을 도모할 수 있겠나? 강 서장."

"한 주만 더 말미를 주십쇼. 곧 조용해질 겁니다."

"이번 주말까지 마무리하는 걸로 하지. 못하면 이번 전략 공천은 물 건너간 거고."

"아, 넵. 여부가 있겠습니까."

공천 이야기를 하다 얼떨결에 애먼 데다 바둑돌을 놓아 버린 강 서장이 다시 돌을 집어 올리렸다.

"아, 죄송합니다. 의원님."

찰싹. 강 서장을 잡아먹을 듯 노려보던 문 의원이 그의 말이 채 끝나기도 전에 싸대기를 날렸다. 순간 왼쪽으로 휘청한 강 서장이 가까스로 중심을 잡고 바로 앉았다.

"한 번 둔 돌은 목에 칼이 들어와도 절대 못 물리는 법이지."

정신을 차린 강 서장이 방석에서 내려와 앉아 맨바닥에 무릎을 꿇고 빌기 시작했다.

"용서해 주십쇼. 의원님."

문 의원은 흰색 바둑알이 반쯤 들어 있는 돌 통을 집어 들어 강 서장의 머리 위에 천천히 쏟아 부었다. 와르르르르르. 흰색 바둑알이 비처럼 떨어지며 사방으로 튀어 흩어졌다.

"주워 담아. 한 개도 빠짐없이 죄다!!! 강 서장, 당신이 흘린 바둑알이잖아."
"아, 넵. 의원님."
강 서장이 바닥에 흩어진 흰 바둑알들을 손으로 쓸어 담아 주섬주섬 통에 담기 시작했다.

비슷한 시각, 도산공원 바로 옆, 지온의 집.
간밤에 삼오클리닉을 다녀온 지온은 새벽 6시도 안 돼 일찍 눈을 떴다. 그녀는 샤워도 건성으로 마무리하고 커다란 여행 가방을 꺼냈다. 어디 멀리 떠나기라도 할 사람처럼 서둘러 이것저것 자신의 물건들을 주워 담기 시작했다. 찬장을 열어 천국에게 줄 간식이 될 만한 음식도 되는 대로 빠르게 챙겼다. 회사 직원들이 휴가에서 복귀하기 전까진 그녀에게 아직 며칠의 여유가 더 남아 있었다. 지온은 애일당에서 앞으로 자신의 거취 문제나 천국의 문제를 해결할 방안 등을 좀 더 차분하게 고민하고 싶었다. 무엇보다 그곳에 있으면 머리가 맑아지고 기억도 또렷해지는 기분이 들어 지온은 자꾸 애일당으로 돌아가고 싶은 생각뿐이었다. 그녀는 자신의 집에서는 왠지 한시도 마음을 붙일 수가 없었다. 오전 7시 10분, 짐을 얼추 다 챙긴 지온이 서둘러 가회동 회사로 향했다.

동이 막 트기 시작했다.
아해는 달리 레스토랑에서 뜬눈으로 밤을 지새우고 있었다. 그녀의 앞에서 천국이 테이블 위에 엎드려 자고 있었다. 잠든 앵두도 천국의 팔 안에서 아주 얌전했다. 아해의 손에는 꼬깃꼬깃 구겨진 명함 한 장이 들려 있었다. 명함에 '경사 최승호'라는 이름이 보였다. 아해의 표정은 사뭇 비장했다.

가회동 사옥에 도착한 지온이 회사 안으로 진입하려던 찰라, 뭔가 심상치 않은 조짐을 감지하고 침착하게 브레이크를 밟았다. 사옥 앞에는 경찰차 한 대가 경광

등을 켠 채, 주차장 입구를 보란 듯 막아서고 있었다. 바로 뒤에는 매일 진을 치고 있던 회색 차가 버려진 것처럼 아무렇게나 정차돼 있었다. 차 뒷머리에서 비상등이 쉴 새 없이 방정맞게 깜빡거렸다. 지온은 하는 수 없이 노상 주차장 빈칸에 차를 반듯하게 주차한 후 침착하게 차에서 내렸다. 차에서 내린 후 지온이 자신의 사옥을 한번 올려다 본 후 가볍게 흔들며 긴 머리를 쓸어내렸다. 뭔가 긴장이 되었지만, 그녀의 표정은 어느 때보다 단단해 보였다. 후우. 심호흡을 깊게 내쉬고 지온이 현관 앞 계단에 한 발을 디뎠다. 차르르르르, 사옥 정중앙 회전문이 돌아가는 소리가 그녀의 귓가에 들려왔다. 지온이 계단을 오르던 발걸음을 멈추었다. 저만치 천국이 회전문에서 나오고 있었다. 그의 손에는 수갑이 채워져 있었다.

천국이 체포되었다.

32. 발 달린 골프공

천국은 눈이 반쯤 감긴 채, 자신을 바라보는 지온의 시선을 알아채지도 못했다. 지온은 자신의 눈앞에서 수갑을 차고 끌려 나가는 천국이 믿겨지지 않았다. 천국을 연행하던 최 경사가 지온에게 가벼운 목례를 했다. 잠시 후 천국을 태운 경찰차는 애일당을 떠났다. 그때 어디선가 나타난 민 경위가 지온을 보자 구십 도로 허리를 숙여 인사를 한 뒤 다가왔다.

"아이쿠, 이거 아침부터 출근하시는 데 죄송합니다. 유 대표님."

"무슨 일이죠?"

"방금 피은영씨 살인 용의자를 이곳에서 긴급체포하였습니다."

"네?"

"익명으로 제보가 들어와서. 뭐, 근데 이제 안심하셔도 됩니다."

"아, 네. 그렇군요."

민 경위가 물 만난 여행 가이드처럼 장황하게 설명을 늘어놓기 시작하자 지온은 그를 무시하고 그냥 회사 안으로 쑥 들어가 버렸다. 머쓱해진 민 경위가 차 문을 열었다. 차 안에는 최 경사가 시동을 켜 놓고 민 경위를 기다리고 있었다.

"젠장. 범인을 잡아도, 못 잡아도 다들 나만 푸대접이군."

"네?"

"밟어. 서로 들어가자구. 이제부터 할 일이 태산이야."

지온은 달리 레스토랑을 그냥 휙 지나쳐 3층 자신의 방으로 올라갔다. 막 아침 8시가 되었다. 그녀가 리차드에게 전화를 넣었다.

"리차드? 난데 지금 통화 가능?"

"노 프라블럼. 무슨 일이신데요?"

"천국씨가 체포됐어."

"······."

잠시 후, 한달음에 사무실로 달려온 리차드가 지온과 커피를 마시고 있었다.

"어떻게 된 거예요?"

리차드가 졸린 눈을 최대한 크게 뜨며 그녀에게 물었다.

"간밤에 잠깐 집에 다녀온 사이에 그렇게 됐어. 달리에서 잠이 들어 있다가 체포당한 거 같아."

"네? 애일당이 아니고요?"

"응. 상황을 좀 파악해 줘."

"넵. 그거야 뭐, 당장이라도 가능하죠."

리차드가 노트북에서 사내 CCTV를 접속해 간밤의 상황을 처음부터 재생하기 시작했다.

"잇츠 허! 나우 왓?"

밀고자가 아해였다는 사실이 영상을 통해 명백하게 드러났다. 뿐만이 아니었다. 그녀가 만들어 준 칵테일을 마시자마자 천국이 곯아떨어졌다는 사실도 밝혀졌다.

"지금 아해가 밀고한 걸 따지는 건 무의미해. 그보다 천국씨의 무죄를 증명하는 게 급선무야. 단단히 각오해야겠어. 다음은 내 차례니까, 리차드."

"네? 제가 알아듣게 천천히 좀 설명해 줘요."

"일단 난 새로 선임한 변호사랑 이따 오후에 천국씨 접견 잡을 거야. 사건 당일 밤, 천국씨가 우리 집에 온 그 영상만 있었어도 이렇게까지 안 당해도 되는데, 너무 분해. 김남주 변호사만 아니었어도……."

"이거 말씀이세요?"

리차드가 부스럭대더니 입고 있던 라이더 재킷 안주머니에서 작은 USB 하나를 꺼내 지온의 앞에 내려놓았다.

"뭐야?"

"방금 말씀하신 그 영상요. 김남주가 훔쳐 간 영상."

"정말이야? 이걸 대체 어떻게 복원한 거야? 자긴 정말 천재야, 리차드."

"노, 아임 낫 어 천재. 없어진 걸 복원할 순 없죠. 그냥 노트북을 통째로 다시 훔쳐 왔어요. 후후후. 김남주 변호사! 그 여자, 의외로 자기 노트북 관리가 허술하기 짝이 없던데요."

"이것 봐. 지금 일어나고 있는 일의 최종 타깃이 결국은 나였어, 천국씨가 아니라고. 그가 구속되면 다음은 나를 마녀사냥 하겠지. 내가 우리 그룹에서 퇴출되는 게 그들이 지금 제일 바라는 바니까. 하지만 자기가 준 이 영상만 있으면 천국씨 석방을 요구할 수 있어. 이제부턴 더욱 조심해서 움직여 줘, 리차드. 까딱 잘못하다간 내 얼굴에 침 뱉기가 될 수도 있는 일이니까. 담당 검사 이외에 이 영상의 내용을 알아서는 안 돼. 특히 그 한심한 형사들은 더 더욱 믿을 수가 없어. 언론은 내가 막을게. 자긴 우리 오빠 동선을 모니터링 해 줘. 사람이 더 필요하면 말하고. 본사 사설 보안팀 붙여줄게. 지금부터가 시작이야. 알지? 삼오그룹 주식 빠지면 리차드 자기도 좋을 거 하나 없잖아."

"오 마이……! 나 그거 빠지면 벼락 거지야, 누나."

"그러니까, 최대한 조용히 움직여. 도려낼 것만 도려내야 해."

지온은 리차드와의 미팅을 마치고 비밀리에 선임한 자신의 개인 변호사를 사무실로 조용히 불러들였다.

한편, 체포된 천국은 성동 경찰서에서 강도 높은 심문 수사를 앞두고 있었다. 대기실 안에서 천국에게 물을 마시게 하려고 최 경사가 용을 쓰고 있었다.

"어이, 이봐요, 천국씨. 잠 좀 깨 봐요. 도대체 이 친구, 뭘 먹은 거야. 어이, 천국씨. 천국씨!!!!"

몇 시간이 지나도록 천국이 정신을 차리지 못하자 마음이 더욱 조급해진 최 경사가 그의 이름을 크게 부르며 뺨을 때려도 보았지만 허사였다. 최 경사의 쩌렁쩌렁한 목소리는 대기실 밖에까지 울려 퍼졌다. 때마침 밤샘 조사를 마치고 풀려

난 옥여사가 복도를 지나가다 '천국'이라는 이름을 듣고 발길을 멈췄다.

"저, 순경 언니, 잠시만 실례합시다."

옥여사가 갑자기 복도에서 대기실 안으로 허락도 없이 불쑥 들어갔다.

"앗. 거긴 들어가시면 안 됩니닷. 옥경희씨."

그녀를 안내하던 여순경이 옥여사를 제지했지만, 막무가내인 그녀를 막을 수는 없었다. 대기실 문을 열고 그녀가 이미 안으로 들어와 버렸다.

"천국아~"

천국을 깨우고 있던 최 경사가 화들짝 놀라 자리에서 일어났다. 하지만 잠에 취해 있는 천국은 비몽사몽 잠시 눈을 떴다가는 바로 힘없이 고개를 떨궜다.

"아니, 천국이 네가 왜 여기에……. 근데 왜 저래? 당신들! 우리 천국이한테 뭔 짓을 한 거야. 천국아, 천국아~ 정신 좀 차려 봐. 천국아~"

정신이 혼미한 천국을 잡아 흔들며, 옥여사가 난봉꾼처럼 소리를 질러댔다.

"아니, 여기가 어디라고, 소리를 질러요? 어서 나가세요. 뭐해! 김 순경. 어서 데리고 나가지 않고."

당황한 여순경이 막무가내인 옥여사를 겨우 대기실 밖으로 끌어냈다. 옥여사는 물러서지 않을 태세였다. 질질 끌려 나가면서도 경찰서를 쩌렁쩌렁 흔드는 그녀의 목소리는 더욱 드세고 거칠어졌다.

한바탕 소란에 천국이 조금씩 잠에서 깨기 시작했다.

"어, 여기가 어디죠?"

천국이 말을 하자 최 경사가 물잔을 그의 앞에 들이댔다.

"마셔요, 천국씨. 여기 경찰섭니다. 체포되셨습다."

그가 물이 담긴 종이컵을 받아 들었다. 두 손에 채워진 수갑을 확인하고서야 천국은 현실을 실감했다.

"자, 다 마셨으면 이거!"

최 경사가 똑같은 사이즈의 종이컵을 하나 더 천국에게 내밀며 흔들어 보였다. 종이컵 겉면에 적힌 글귀가 천국의 두 눈에 꿀렁꿀렁 흔들려 보였다.
'첫 뇨는 버리고 중간 뇨를 눈금까지만'

경찰서 정문 앞에서는 용식이가 옥여사를 애타게 기다리고 있었다. 옥여사가 부산스럽게 여순경에게 쫓겨나듯 밖으로 나오자 용식이가 화들짝 놀라며 옥여사에게 달려갔다.
"앗, 여사님. 무슨 일이세요? 괜찮으십니까?"
"괜찮아. 변호사 안 부르길 잘했어. 괜히 돈만 들어. 난 지은 죄도 없는데 뭐. 그리고 내 죄는 내가 더 잘 알아."
"아, 그래도, 걱정했습니다. 앞으론 만일을 대비해서 준비하시는 게…….."
"개자식들. 이제 약까지 처먹여 가며 조사시키네. 내가 신문기자들한테 다 까발릴 거야. 이놈들. 죄 없는 나를 밤새 가둔 것도 모자라 우리 천국이까지……! 내 이 유지홍 새끼를 가만히 두나 봐라. 반드시 다 계산 할 거야. 두고 보라고!"

약에 취한 모습으로 체포된 천국을 보고 충격을 받은 옥여사는 분을 참지 못해 경찰서 앞을 바로 떠나지 못하고 숨을 골랐다. 잠시 후 옥여사가 갑자기 들고 있던 핸드백을 뒤적거리며 뭔가를 찾기 시작했다. 한참을 뒤적거리는데도 찾는 게 안 나오자 들고 있던 백을 높이 쳐 들더니 거꾸로 확 뒤집어 흔들었다. 백 속에 있던 그녀의 물건들이 와르르 콘크리트 바닥 위로 쏟아졌다. 당황한 용식이가 바닥에 떨어진 옥여사의 소지품을 주섬주섬 주우며 물었다.
"아, 여사님. 말씀을 하세요. 뭘 찾으시는데요?"
"청심환…… 용식아, 청심환! 으흐흐~흑……. 나 청심환 좀 찾아 줘."
분에 못 이긴 옥여사가 바닥에 주저앉아 흐느끼기 시작했다. 경찰서 현관 앞을 드나들던 사람들이 그런 옥여사와 용식이를 이상하다는 듯 힐끔거리며 지나갔다.

그날 정오 무렵부터 부슬부슬 겨울비가 내렸다. 송파구 석촌 호수 근방, 이랑이 운영하는 골프 스튜디오 '투 볼즈 2 Balls'가 간만에 문을 열었다. 새벽 예배를 핑계 삼아 집을 나섰던 미세스 문이 그곳에 있었다. 그녀는 이랑으로부터 스윙 자세를 교정 중이었다. 이랑은 그녀의 뒤에 몸을 바짝 밀착시켜 그녀의 스윙을 봐주는 척 자신의 페니스를 그녀의 허리춤에 문지르고 있었다.

"우와! 많이 좋아지셨는걸요?"

"정말? 이게 다 현 프로 덕이지. 뭐."

두 볼이 발그레 상기 된 미세스 문이 이랑을 치켜세웠다.

"얼마나 좋아졌는지, 처음 오셨을 때 비디오랑 어디 한 번 비교해 볼까요?"

이랑이 책상으로 가 컴퓨터 파일을 꺼내 영상 재생 버튼을 눌렀다. 그녀의 예전 영상이 연습실 전면에 설치 돼 있는 스크린 골프 화면 위로 꽉 차게 떴다.

"보세요. 이건 오늘 거. 그리고 저건 삼 개월 전 거. 자, 비교해 보세요."

영상을 틀어 놓고 이랑은 책상 옆에 놓여 있는 민트색 스메그 냉장고 쪽으로 걸어갔다. 그리고 스파클링 와인 한 병을 그 안에서 꺼냈다.

"솔직히 잘 모르겠어. 저 때나 지금이나……. 뭐가 달라진 건지."

달라진 건 하나도 없었다, 단지 이랑과 그녀의 사이가 더 가까워 진 것 외에는. 집 나간 그녀의 골프 실력은 더 나아질 것도, 더 못해질 것도 없이 언제나 제자리였다.

"자, 이거 한잔하고 휘두르시면 기차게 날아갈 거예요. 회원님."

이랑이 그녀의 코앞에 와인 잔을 붙이며 속닥거렸다.

"회원님? 뭐야, 회원님이라니. 그냥 이름 부르라니깐."

"엇참. 회원님이라고 그랬다고? 내가? 에이, 말도 안 돼."

"몰라. 난 이럴 때마다 자기가 좋았다 싫었다 막 그러더라. 사실 나, 자기 다신 안 볼라고 했었어."

"허헛. 봄이야, 나 그런 놈 아니라고 몇 번을 말해."

"치, 아주 선수야. 내가 시벨롬에 며칠 동안 죽치고 앉아서 진상치고 있으니까 이렇게라도 다시 만난 거지, 뭐."

"에이, 아니라니까. 내가 '딱' 먼저 연락하려 했더니, 자기가 '떡'하니 나타난 거지."

"뭐, 떡?"

"응, 떡. 그럼 우리 이렇게 공 한번 '딱' 치고, 요렇게 '떡'도 한번 칠까?"

"아이, 뭐래."

둘의 대낮 골프 레슨은 스파클링 와인 한 병을 어느새 다 비우며 농익어 갔다. 얼큰하게 취한 김봄 씨가 다시 골프채를 꽉 움켜잡고 음주 스윙을 마음껏 휘두르기 시작했다. 빡. 와장창 창창. 술 취한 공이 스크린 옆으로 튀어 올랐다가 아래로 굴러 떨어지며 희한한 파열음을 냈다.

"어맛."

이랑이 공이 떨어진 곳으로 잽싸게 뛰어갔다.

"에고, 아주 개박살이 나 버렸네. 우리 봄이 혼나야겠어."

"쏘리……. 현 프로."

이랑이 크게 실망하며 박살이 난 연두색 쓰레받기를 양손에 들어 올려 보였다.

"대체 그게 뭔데?"

"응, 이거 내가 디게 디게 아끼는 거였어."

"그니까, 그게 뭐냐고? 비싼 거야?"

"응. 다이소 한정판 쓰레받기."

"뭐? 다이소 한정판? 아하하하하, 아하하하하하하. 죽어, 죽어, 나 웃겨 죽어."

미세스 문은 이랑과 함께 있으면 '미스 남가주 진'으로 선발되어 서울에 입성했던 바로 그때가 떠올랐다. 미세스 문이 아니라, 1989년의 김봄으로 돌아가 하루 종일 신나고 설레었다. 하지만 이랑은 많이 지쳐 있었다. 골프 스튜디오를 오픈하면서 시벨롬에서 밤새 일하고난 뒤 레슨이 있는 날이면 낮에도 깨어 있어야 하니 나름 꽤 고된 스케줄이었다. 정식 회원은 겨우 세 명뿐이었지만, 이랑의 포부는 컸다.

골프 스튜디오의 오픈 자금은 방미란에게서 땡겼다. 이랑은 그녀에게 연 3%의 이자를 따박따박 주기로 하고 투자를 받았다. 당연히 골프 레슨이 목적은 아니었다. 언제까지 호스트 선수 생활을 할 수는 없는 노릇이니 이랑은 하루빨리 은퇴하리라 마음먹고 이 골프 스튜디오를 야심차게 차린 것이다. 이랑은 시벨롬에서 엮은 VIP 고객 중에서 자신의 미래에 스폰을 해줄 만한 여자들을 점찍어 자신의 골프 스튜디오로 은밀하게 끌어들였다. 하지만, 이랑은 최근 여기저기서 긁어모은 돈으로 투자한 코인이 폭락하는 바람에 최근에는 빚에 쪼들리고 있었다. 골프 스튜디오가 밥벌이가 될 기미는 보이지 않고, 월세조차 내기 어려운 지경에 이르자 이랑은 계획을 급수정하기에 이르렀다.

"아이, 여기서? 누가 오면 어떡해?"
"오늘 다른 수업 없다니까."

찌익. 이랑이 미세스 문의 *찌 바지의 지퍼를 능숙하게 내렸다. 명품 옷 지퍼라서 그런지 아주 경쾌한 소리를 내며 한 번에 쫘악하고 벌어졌다. 이제 겨우 오후 1시가 지나고 있었지만, 이랑의 골프 스튜디오는 깊은 밤처럼 음산한 기운으로 차올라 어둡고 축축하게 젖어 들었다.

"뭐야. 그 자세. 되게 그로테스크한데. 설정이야?"

다리를 어깨넓이만큼 옆으로 벌리고 기마 자세처럼 엉거주춤 뒤에서 버티고 서 있는 이랑에게 한껏 달아오른 미세스 문이 교태를 부리며 물었다.

"아, 놔. 여자들은 왜 다 나보고 설정이래. 나 원래 이런 놈이야. 자, 더 벌려 봐. 더."

이랑이 그녀의 뒤에서 그녀의 엉덩이 사이를 혀로 현란하게 애무하기 시작했다. 그녀가 축축하게 젖었다.

"흡, 자긴 입이 살아 있어."

"원래 나는 처음 본 여자만 이상형인데 자긴 자꾸 먹을수록 맛이 나."

"그래? 나 맛있어?"

"응. 완전 맛있어. 좆나 맛집이야."

스포츠 경기가 무색할 정도로 질펀하게 한바탕 섹스를 마친 뒤, 미세스 문이 샤워실로 들어갔다. 샤워실 문에는 '회원 전용'이라고 씌어 있었다. 이랑이 미세스 문을 따라 샤워실 안으로 들어갔다.

"아이 뭐야. 여기는 회원 전용 샤워실인데."

"자긴 내 전용이잖아."

"하여간. 비누칠이나 해 봐."

이랑이 그녀의 몸 구석구석 정성껏 비누칠하기 시작했다.

"그나저나, 요즘 우리 영감이 나 새벽에 나가는 거 자꾸 태클 걸어. 당분간 자기 못 볼 수도 있겠어."

듣고 있던 이랑이 잠시 망설이다 넌지시 그녀에게 물었다.

"봄이야, 우리 섹스 하는 거 영상으로 좀 찍을까? 자기 영감한테 보내게. 협박해서 오까네 좀 뜯어내자. 어때?"

"뭐?"

이야기를 듣고 있던 미세스 문이 깜짝 놀라며 뒤에서 비누칠하던 이랑의 손을 꽉 잡아 세웠다.

"앗, 미안. 내가 너무 나갔나? 농담이야, 농담. 데헷."

심상치 않은 분위기에 이랑이 그녀에게 급 사과를 했다.

"이랑씨, 방금 그게 뭔 소리야?"

"미안해, 누나. 농담이라니까."

"아니, 그게 아니라 나 그동안 너가 존나 바본 줄 알았는데 알고보니 천재였어."

정말 굿 아이디어야. 당장 찍어. 후훗. 재밌겠다. 그런 거 찍으면서 하면 더 짜릿할 거 같아. 호호호."

"아, 그래? 나 긴장했잖아. 갑자기 분위기 잡아서. 와, 근데 여기서 같이 샤워하니까 또 꼴린다."

"아이, 정말. 대신 빨리 싸. 나 집에 들어가야 해."

나름의 빅 프로젝트를 성사시킨 이랑은 미세스 문의 입에다 또 한 번 사정해 주고는 으쓱한 기분을 만끽하며 샤워실에서 먼저 나왔다. 옷을 챙겨 입고 드라이기로 머리를 말리고 있는데 갑자기 누군가 이랑을 훅, 밀치며 놀랬다.

"악. 누구얏."

"뭘 그렇게 놀래. 뭐 훔쳐 먹다 들킨 사람처럼."

방미란이었다.

"에이 누나, 이렇게 막 쳐들어오지 않기로 했잖아. 여기 엄연히 예약제 영업장인데."

"웃겨, 난 머다? 너의 투자자다. 잊었어?"

"알지, 내 투자자지. 근데 누나, 지금 회원님이 한 분 와 계셔. 저 안에."

"아, 그래? 쏘리. 잠깐 나갔다가 다시 올까?"

"아냐, 그럴 거까지야, 그냥 저 회원님 가실 때까지만 조용히……."

"응, 알써."

미세스 문이 샤워실에서 나올 때까지, 방미란은 골프 연습을 하는 척 스크린 골프 앞에서 골프채를 휘두르고 있었다. 잠시 후 미세스 문이 밖으로 나왔다. 누가 와 있는 걸 눈치 챈 그녀는 조신하게 자신의 물건을 챙기더니 이랑의 옆구리를 몰래 한 번 꼬집으며 말했다.

"현 프로. 오늘 고생 많았어요. 딴 수업 없다더니 오늘도 양다린가 봐."

"무슨 말씀이신지요? 회원님. 그럼, 다음 주에 또 뵙겠습니다. 큭."

미세스 문이 나가자, 이번에는 방미란이 골프채를 바닥에 휙 던지고 이랑에게 다가왔다.

"뭐 하는 여자야?"

"뭐 하는 여자긴, 그냥 가정주부 회원님이시지."

"팔자 좋네. 가정주부. 그거 원래 내 장래 희망인데. 야, 근데 너 이달 이자 왜 안 넣어?"

"에이, 누나. 왜 그래. 나 그런 놈 아니야. 자, 지금 넣어 줄게. 넣어 주면 되잖아."

이랑은 자신의 신형 폴더 휴대폰을 한 번 열었다간 바로 탁 소리 내 접었다. 이랑은 돈이 한 푼도 없었다.

"뭐야? 왜 안 넣어?"

미란이 또 묻자 이랑이 그녀를 보고 씨익 웃어 보였다.

"에잇, 넣는다니까."

그날 이랑은 이자 대신 자신의 그것을 미란의 입에 쑤셔 넣었다. 이랑의 페니스가 조금씩 부풀어 올라 그녀의 입을 꽉 채웠다. 이랑의 페니스가 죽지 않고 이자로 부활했다.

모범택시를 불러 타고 집으로 돌아가는 내내, 미세스 문은 속이 메슥거렸다. 아무래도 대낮부터 너무 빨리 와인을 마신 게 화근이었다.

"저, 아저씨…… 차 좀 잠시만…… 토 나올 거 같아서…… 욱, 욱."

"아니, 올림픽 도로 한복판에서 어디다 차를 세우란 겁니까? 참으세요."

하지만, 그녀는 토가 나오는 것을 더 이상 참을 수 없었다. 우웩. 결국 그녀는 자신이 분신처럼 아끼는 에르메* 버킨 백을 열고 재빨리 소지품을 뺀 뒤 그 안에다 토를 하기 시작했다. 욱, 욱, 우웩. 그녀의 영혼이 모두 다 빠져나와 백 속으로 빨려 들어가고 있는 것만 같았다.

한편, 그 시각, 지온은 새로 선임한 변호사와 함께 접견실에서 천국을 기다리고 있었다. 가장 마지막 접견 시간을 가까스로 잡아낸 지온은 천국이 오후까지도 잠에 취해서 추가 조사가 제대로 이루어지지 못했다는 이야기를 전해 듣고는 내심 안도하였다. 구치소의 문이 열리고 천국이 들어왔다. 유리벽을 사이에 두고 지온과 천국 두 사람은 아무 말 없이 눈빛만 서로 교환하고 있었다. 새로 선임 된 변호사도 두 사람 사이에 오가는 애틋한 교감을 느낄 수 있을 정도였다.

"아, 인사해, 천국씨. 내 학교 후배야. 지금부터 새로 변호를 맡아 주실 분이야."

"아, 안녕하세요. 천국입니다."

천국이 어색하게 인사를 건넸다. 변호사는 자신의 명함을 천국이 잘 볼 수 있도록 유리 벽 앞에 세워 놓으며 인사를 건넸다.

"안녕하세요. 김태희 변호삽니다."

"……."

천국의 입가에 엷은 웃음기가 돌았다.

"어젯밤엔 어떻게 된 거야?"

지온이 물었다.

"아해씨가 칵테일을 줘서 마셨는데……. 아, 다음은 생각이 잘 안 나요."

"천국씨한테 꼭 말해 둘 게 있어서 왔어. 김 변, 자기가 설명 좀 해 드릴래요?"

지온이 김태희 변호사를 보며 상황 안내를 부탁했다.

"네, 천국씨, 오늘 밤 구속 적부 실질 심사가 있을 겁니다. 저, 그리고, 이거."

김태희 변호사가 직접 가져온 태블릿을 유리 벽 앞에 바짝 대고 세운 뒤 영상을 재생했다. 영상은 천국이 그날 밤, 지온의 집에 들어가고 나온 영상이었다.

"이 영상을 보시면, 사건 당일 오후 다섯 시 그리고 다음 날 새벽 네 시 십 분, 총 두 번에 걸쳐 여기 계신 유지온 대표님의 댁 안으로 천국씨께서 들어가셨습니다. 그리고 두 번째 들어가셨을 때 시간을 보면……, 네 시 조금 넘어 들어가셨다가 나온 시간은 오전 아홉 시 반입니다. 사건 당일 천국씨의 알리바이로 이 영상을 증거로 제출할 예정입니다. 곧 풀려나실 거니까 하루만 더 기다려 주세요."

"아, 네. 근데 이걸 어떻게 찾았나요? 없어졌다면서."

천국이 지온에게 물었다.

"리차드가 찾아냈어."

"아."

그때 눈치를 보던 김태희 변호사가 끼어 들었다.

"혹시 어젯밤에 드신 술에 수면제나 다른 약물이 있었는지 확인 요청하겠습니다. 저, 그럼 내일은 밖에서 뵙겠습니다. 그래도 혹시 모르니 간략하게 필요한 것 몇 가지만 더 여쭙고 가겠습니다."

그 바닥에서 철저하기로 소문난 형법 전문 변호사인 그녀가 노트북을 열어 메모할 준비를 했다. 그리고, 그녀의 질문이 시작됐다.

"생년월일부터 시작하겠습니다. 말씀해 주시죠."

"아, 네. 구십구년 십이월 이십사일 생입니다."

갑작스러운 질문 공세에 천국이 당황하며 지온의 눈을 한 번 흘끔 쳐다보았다. 지온은 고개를 끄덕이며 믿고 협조하라는 표정을 지었다.

"가족은요?"

"없습니다."

"양친 모두 돌아가셨나요?"

"네. 어머니는 제가 태어나자마자 바로 돌아가셨고, 아버지는 제가 고3 때 사고로 돌아가셨어요."

"무슨 사고로 돌아가셨나요?"

"외벽 창문 청소 용역 일을 하시다 밧줄이 끊어져서 돌아가셨습니다."

김태희 변호사는 사건과는 전혀 관련 없어 보이는 시시콜콜한 것까지 천국의 신변에 관한 것이라면 그게 모든 다시 원점에서부터 조사하고자 했다. 한 시간 남짓의 접견 시간이 그녀의 질문으로 채워지는 동안 지온은 답변하는 천국의 얼굴을 뚫어져라 쳐다보고 있었다. 그래도 내일이면 그가 다시 밖으로 나올 수 있는 증거를 확보했다는 안도감과 그 증거가 몰고 올 후폭풍을 염려하는 긴장감이 그곳에 감돌았다.

밤늦은 시간, 파김치처럼 축 처진 이랑이 모처럼 형 일랑의 마장동 오피스텔을 찾았다. 그날은 쌍둥이 형제를 낳아 준 엄마의 기일이었다.

"임마, 얼굴이 왜 그래?"

"아, 형 나 너무 피곤해. 요즘 투잡 뛰잖아. 빨랑하고 치우자."

"아직 시간 안 됐어."

"지금 그냥 하면 안 돼?"

"안 돼."

"씨이⋯⋯ 형. 이따가 나대신 시벨롬 대타 좀 뛰어 줄래? 내가 삼십 줄게."

"됐어."

"사십."

"오십 줘."

"아후, 도둑놈이 따로 없네. 알았어. 오십."

"야, 넌 잘 벌자나. 난 아주 벼락 거지야. 요즘."

자정이 되자, 두 형제는 태블릿에 엄마 사진을 띄워 놓고 제사상 위에 술을 올린 후, 두 번 절했다. 일랑이 손수 준비한 음식들은 웬만한 집 제사상에 견주어도 나무랄 데가 없었다. 둘이서 막걸리 한 잔을 음복한 뒤, 일랑은 이랑의 대타를 뛰기 위해 옷을 갈아입기 시작했다. 벽에 걸린 외투를 내리다 그만 안에 겹쳐 걸어 둔 작업복이 이랑의 배 위로 툭하고 떨어졌다.

"켁"

이랑이 소리를 지르며 일어났다.

"짜식, 엄살은. 아주 할리우드 액션이 따로 없네."

"진짜 아파."

"작업복이 뭐가 아파?"

이랑은 자신의 명치를 강타한 원인을 찾기 위해 떨어진 작업복 주머니를 뒤적거리기 시작했다. 주머니에서 골프공 하나가 튀어나왔다.

"봐. 형. 이런 게 들어 있으니까 아프지. 골프도 안 치면서 작업복에 이런 건 왜 넣고 댕겨?"

"아, 깜빡했네. 그거 주운 거야."

"어디서?"

"성수동 거기. 청소하는데 굴러다니길래 그냥 주워 온 거야."

"어디? 설마 릴리 피 집?"

"응. 나 나간다. 다시 거기다 넣어 놔. 내 거야."

"알았어. 수고해 형. 나, 이틀 동안 못 자서……. 개 피곤해. 지금부터 몰아 자려고."

"자고 있어. 괜히 나가서 또 뻘짓하지 말고."

일랑이 나가고, 잠시 정적이 흘렀다. 골프공을 쥐고 있던 이랑은 으스스한 기분이 들고 소변이 마려운 것처럼 갑자기 온몸이 부르르 떨렸다.

"에이, 씨바. 재수 없어. 죽은 여자 집에서 이런 건 뭐 하러 주워 와."

이랑이 쥐고 있던 골프공을 싱크대 앞 쓰레기통을 향해 훅 집어 던졌다. 틱. 또르르. 실패였다. 골프공은 싱크대를 맞고 굴러와 다시 이랑의 발치로 돌아왔다. 골프공이 자꾸 그를 쫓아오는 것만 같았다.

"에잇. 재수 없어."

이랑이 자리에서 일어나 골프공을 집어 들었다.

"엥? 이게 뭐야."

그 골프공에는 발이 달려 있었다. 그것은 골프공이 아니라, 골프공 모양의

USB이었다.

"하여간. 형은. 나이가 몇인데 아직도 야동을 보고 딸딸이를. 자, 어디 그럼 어떤 요정들이 들어 있는지 한번 맛이나 볼까?"

이랑은 야동을 숨겨 놓은 USB를 동생인 자신에게 들키자 창피한 마음에 형이 둘러댄 거라 생각했다. 호기심이 발동하자, 이랑은 USB를 형 노트북에 바로 꽂았다. 영상 속에 섹시 요정은 없었다. 다만 어딘지 모르는 곳에 설치된 CCTV 영상만이 선명한 화질로 재생되었다. 화면 오른쪽 하단에는 2019년 10월 1일 날짜와 시간이 떠 있었다.

"이 음침함은 뭐지? 야외플[16]이야, 몰카야, 뭐야. 아, 이런 거 보면 범죄인데. 큭"

기대와는 달리 한참을 지나도 영상에는 아무 일도 일어나지 않았다. 인내심이 바닥난 이랑이 급기야 화면을 빨리 돌리기 시작했다. 그러다 갑자기 이상한 장면이 나오자 다시 정상 속도로 재생했다. 화면을 보고 있던 이랑의 얼굴이 조금씩 일그러지기 시작했다.

"아, 뭐야. 씨. 이게 그건가? 옥여사가 나한테 시킨 거……."

이랑은 결코 열면 안 될 판도라의 상자를 열고 말았다.

---

16) 야외에서 하는 섹스 플레이

33. 판도라

"문 닫아!"

아버지가 큰 소리로 지온에게 말했다. 방 안에는 아버지 말고, 한 사람이 더 있었다. 교복을 입고 있는 어린 지온이었다.

"지온아…… 네가 왜 거기에…….".

엘리베이터의 문이 열렸다. 교복의 매무새를 고치며 지온은 탈까 말까 망설이고 있었다.

"지온아, 지온아."

저만치 복도 끝에서 아해가 그녀의 이름을 부르며 뛰어오고 있었다. 아해도 교복을 입고 있었다. 지온은 아해를 그 순간 외면하고 싶었다. 엘리베이터에 올라타자마자 닫힘 단추를 타타탓 여러 번 연속으로 눌렀다. 간발의 차이로 아해의 얼굴 위로 엘리베이터 문이 닫혔다. 분명 아해는 눈물을 흘리고 있었다. 지온은 울고 싶었지만 눈물이 나질 않았다.

엘리베이터가 천천히 내려가기 시작했다. 덜커덕. 갑자기 심한 굉음이 들린 후 엘리베이터는 13층과 12층 사이 어딘가에서 걸려 멈춰 섰다. 평평했던 엘리베이터 바닥이 한쪽으로 심하게 기울어졌고 천장의 형광등이 퍽 소리를 내며 나갔다. 그리고 기나긴 어둠이 시작됐다. 한참 뒤, 다시 덜컹, 덜커덩 굉음 소리가 머리 위에서 요동치며 들려왔다.

추르르르르르르르.

끈이 끊긴 듯 엘리베이터는 다시 엄청난 속도로 내려가기 시작했다. 아니, 어쩌면 다시 올라가고 있었는지도 모른다. 지온은 비명소리조차 입 밖으로 내지 못했다.

"마이 퍼니 발렌타인, 스윗 코믹 발렌타인. 유 메이크 미 스마일 위드 마이 하트~"
악몽을 깨운 건 고맙게도 자신의 휴대폰 벨 소리였다. 달콤한 쳇 베이커의 '마이 퍼니 발렌타인' 벨 소리는 언제나 지온을 안전한 현실로 인도하곤 했다. 방금 전 그것들은 모두 꿈이었다. 지온이 가끔 꾸는 악몽에 최근에 아해가 등장하기 시작했다.

'아니, 아해가 왜 자꾸 내 꿈에…….'

설명할 수 없는 불쾌한 기분이 가시지 않은 채로 지온이 전화를 받았다.

"여보세요. 응, 태희야."

지온이 통화하다 말고 잠시 휴대폰을 귀에서 떼어 시간을 확인했다. 아침 여덟 시 반이었다.

"어머, 선배. 내가 깨웠나 보네."

"괜찮아. 일어났어."

김태희 변호사는 좋지 않은 소식을 전했다. 담당 검사가 릴리 피의 사망 추정 시간의 범위를 넓히는 술수를 써서 지온이 증거로 제출한 CCTV 영상의 결정적 증거력을 무력화시켰다. 새벽 3시에서 다음 날 오전 6시 사이였던 기존의 사망 추정 시간을 새벽 1시부터 다음날 오전 6시 사이로 바꾼 것이다. 따라서 3시 반 넘어 지온의 집에 도착한 천국의 영상은 더 이상 그의 알리바이를 증명할 수 없게 되고 말았다. 꼼짝없이 살인죄 누명을 쓰게 된 천국은 지온의 기대와 달리 결국 구속 기소되고 말았다. 이제 재판을 받기 전까지 결백을 증명하지 못하면 천국은 실형을 면하기 어렵게 되었다.

마침 그날은 '키네틱 우먼'의 직원들이 2주간의 포상 휴가를 마치고, 새해 첫 출근을 하는 날이었다. 지온은 서둘러 회사로 출근을 했다. 그녀는 예정되어 있던 오전 스케줄을 모두 소화했다. 제일 먼저 지온은 화상을 통해 사옥 내 직원들과 전국에 있는 매장 직원들에게 새해 인사와 비전을 발표했다. 최근 급격히 떨어진 직원들의 사기와 브랜드 이미지의 타격을 돌파하고자 하는, 대표로서의 의지를 강력히 피력하는 귀중한 시간이었지만 지온은 좀처럼 집중하기가 어려웠다. 그나마 다행이었던 건 대면이 아닌 화상으로 진행되어서 자신의 얼굴에 드리워진 복잡한 심경을 어느 정도 숨기기가 수월했다. 비전 발표가 끝나자 실시간 익명 사원들의 질문을 사내 인트라넷, '키네틱 톡'으로 묻고 답하는 순서가 시작됐다. 처음에는 의례적인 질문들 한두 개로 시작됐지만, 곧 예민하고 날카로운 질문들이 주저 없이 등장했다.

"대표님, 최근 회사의 경영 악화로 브랜드를 외국계 금융회사에 파신다는 소문이 업계에 파다합니다. 해명 해주시길 바랍니다. 설마 '먹튀'는 아니시겠죠?"

"작년 성탄절, 남성 접대부 골프 라운딩 동영상에 대해서 사원들에게 하실 말씀은?"

"작년 직장 내 성희롱 발생 시 피해자 코스프레한 남성 직원을 두둔한 진짜 이유는 무엇인가요? 설마 그 직원과 개인적인 관계가 있어서 남성 직원의 편을 드신 건 아니신지……."

부정적이고 강도 센 민감한 질문들이 줄줄이 올라오기 시작하자 리차드가 잠시 휴식 시간을 이유로 질의응답 시간을 중지시켰다. 그가 노크를 한 뒤 지온의 방으로 뛰어 들어왔다.
"대표님!"
"굿모닝. 리차드. 질의응답 왜 멈춘 거야?"
"아 유 오케이?"
"괜찮아. 그냥 둬. 하고 싶은 말이 있음 해야지. 딱히 틀린 말도 없던데 뭐."
지온은 그날 잡혀 있던 오후 스케줄을 모두 취소했다.
그 무렵, 이랑은 골프 공 속 영상의 충격에서 조금씩 벗어나며 자본주의적 사고 모드로 돌입했다. 그 무시무시하고 끔찍한 영상 속 현실을 사회정의를 위해 쓸 것인가, 아니면 인생 역전의 기회로 삼을 것인가에 대해 고민을 시작한 것이다. USB 속에 담긴 그 영상들은 총 여섯 개, 그중 하나는 잠금이 걸려 아무리 해도 열 수가 없었다. 모두 편집이 안 된 오리지널 버전의 CCTV 영상들이었다. 영상 중에는 에덴 골프장에서 몰래 찍은 '몰카' 영상도 포함되어 있었다. 아마도 릴리 피가 만일을 대비해 가지고 있던 필살기가 분명했다.

사실 전날 밤 이랑은 형 집에서 자지 않고 USB를 가지고 곧장 자신의 오피스텔로 도망치듯 나갔다. 그리고 자신의 노트북에 모든 영상들을 옮겨 담은 뒤 무슨 이유에서였는지 3개의 각기 다른 편집본을 추가로 만들었다. 편집이 다 끝난 뒤 이랑은 미세스 문에게 문자를 보냈다.
[프로젝트에 대해 급 상의할 게 생겼음. 곧 만나.]
하지만 이틀이 지나도 미세스 문에게 답장이 오질 않자, 초조해진 이랑은 옥여사에게 전화를 걸어 간을 보기 시작했다.

"어, 이랑이니. 너 소식 들었지?"
"뭘요? 누님."
"모르는 거야, 모르는 척하는 거야? 천국이 빵에 간 거."
"'빵'이요? 설마 '뼝'이죠? 재벌 딸 빽 있는 놈이 빵엘 왜 가요?"
"왜 가다니! 너 지금 그딴 소리가 나와? 천국이 뒤 좀 그렇게 살피라고 했건만……. 쯧쯧쯧, 넌 어떻게 제대로 할 줄 아는 게 한 개도 없니?"
"에이. 누님도 참 가식적이시다. 천국이가 지금 누구 때문에 빵엘 갔는데. 허긴, 하마터면 천국이 새끼 대신 내가 갈 뻔했지. 어디 그 잘난 입으로 함 말해 보시죠. 그날 밤, 왜 나를 릴리 피한테 보낸 건지. 왜 저더러 그 여자를 꼬셔서 밖으로 데리고 나오라고 한 거죠? 네? 천국이 자식 대신 날 엮어 넣으려고 한 거잖아.

이래도 아냐? 누가 모를 줄 알아?"

"현이랑! 네가 아주 돌았구나. 야, 너. 입조심 해."

"이거, 우리 누님이 편애가 너무 심하시네. 나 같은 놈은 깜빵 가 인생 조져도 되고. 천국이 새끼는 털끝 하나도 건드리면 안 된다, 머 그런 거죠. 네? 저도 이제 대충 감 잡았어요. 그 여자 왜 죽었는지."

"명 재촉하는 소리 말고 닥치고 조용히 살아."

"오래 살아서 뭐 해요? 전 그냥 짧고 굵게 살다 갈랍니다. 그러니까, 누님이 저한테 제대로 보상을 좀 하셔야 할 타이밍인 거 같은데, 이따 밤에 가게로 좀 나오시죠. 간만에 회포도 풀 겸."

"무슨 개수작야? 코인 같은데 처박지나 말고 주는 푼돈이나 따박따박 모아. 다 꽝 썩어 문드러지기 전에."

"칫. 지금 릴리 피, 그 여자 집에서 굴러다니던 그 영상들 막 입고됐습니다요. 아주 애타게 찾고 계시던 것 같던데. 따끈 따끈 할 때 오셔서 가져가세요. 옥경희 여사님."

"구라치지마. 네깟 놈은 평생 다꽝이나 팔다가 뒈져."

"하아, 나원 참. 그렇게 개무시 치시다 후회하실 텐데. 뭐, 할 수 없죠. 관심이 없으시다면야. 유지온 대표는 아주 좋아라 하실 거 같은데. 투자가치가 높은 사람한테 넘기는 게 저도 뭐 훨씬 보람차고 좋죠. 그래도 떡정도 정이라, 예의상 한 번 물어본 것뿐입니다. 뭐, 아무도 안 사면 그때는 그냥 확 다 유튜브에 뿌려 버린 다음에 경찰서로 갈라니까. 아시죠? 나 입 되게 가벼운 거. 누님이 저한테 시킨 짓 경찰서에 가서 확 다 불어 버릴라니까. 이따 마음 변하시면 가게로 나오시든가. 끊습니다, 누님."

이랑은 옥여사를 시벨롬으로 요상한 방식으로 불러냈다. 그러나 교활한 그녀가 올지는 미지수였다. 이랑은 보험을 드는 셈 치고 바로 유지온 대표에게도 전화를 걸었다. 수요가 많아야 가치는 올라가는 법이니까. 하지만, 오후 스케줄을 다 취소하고 3층 방안에 틀어박혀 있던 지온은 전화기를 꺼 놓은 상태라 그의 전화를 받을 수 없었다. 이랑은 자신이 들고 있는 영상들이 뭘 의미하는지 정확히 몰랐으나 한 가지만은 확실하게 알고 있었다. 그 영상들이 천국을 감옥에서 빼낼 수 있는 결정적 증거라는 것! 그 영상 중에는 천국이 그날 밤 사건 현장에서 완전히 떠난 뒤 바로 진짜 범인으로 보이는 자가 릴리 피 집 안으로 들어가는 장면이 고스란히 찍혀 있는 영상도 있었다. 물론 현장 근처에서 그즈음 배회하고 있던 이랑, 자신의 모습도 영상에 보였다.

지금 옥여사와 유지온 대표야말로 그 누구보다도 천국을 감옥에서 빼내고 싶을 거라는 사실을 이랑은 잘 알고 있었다. 그래서 그는 간절히 원하는 그 두 여자를 경쟁시켜 영상의 가격을 더 높게 흥정할 얄팍한 계획을 실행하려는 중이었다.

지온이 전화를 받질 않자, 성격 급한 이랑은 차분히 기다리지 못하고 지온의 가회동 회사로 직접 찾아 나섰다.
"죄송합니다. 메모는 전해 드리겠습니다만, 우선 대표님과 약속을 잡으신 뒤에 다시 방문해 주시길 바랍니다."
회사 분위기가 좋지 못한 상태에서 약속도 없이 무작정 찾아온 이랑은 지온의 비서에게 문전박대를 당했다. 실망한 이랑은 메모를 남기고 돌아섰다.

'필요한 영상을 가지고 있습니다. 오늘 밤 가게에서 뵙죠. 내일이면 제가 마음이 변할 수도 있답니다.'

하지만 이랑은 운 좋게도 로비에서 아해를 우연히 만나게 되었다. 아해는 앵두를 새장에 넣고 달리로 막 들어가는 중이었다.

"오, 안녕하세요?"

"누구……?"

"아해씨? 맞네. 안녕하세요? 저 이랑입니다"

"어머, 이랑씨. 여기는 어쩐 일이세요?"

"천국이 때문에 볼일이 좀 있었는데 생각보다 여기 문턱이 아주 높네요. 젠장, 하핫."

"천국씨요?"

"비서한테 메모는 남겼는데……. 혹시 지온씨 보거든 오늘 밤 가게에서 제가 꼭 좀 긴히 보잔다 전해 주십쇼. 아해씨도 같이 오세요, 헤헷. 간만에 제가 아주 제대로 모시겠습니다."

아해는 주변을 살폈다. 혹시나 누가 이랑을 알아볼까 덜컥 겁이 나기도 했다. 아해도 회사 분위기가 심상치 않다는 걸 잘 알고 있었기에 매사 조심스러웠다. 이랑은 아해에게 그렇게 전언을 남기고 그곳을 배회하듯 떠돌다 떠났다.

아해는 망설이다 다즐링 홍차를 쟁반에 받쳐 들고 3층 지온의 방의 문을 두드렸다.

"지온아, 차 한잔하자."

두 사람은 오랜만에 마주 앉아 차를 마시고 있었다.

"이렇게 둘이선 정말 오랜만이네. 그치? 지온아."

"그러게."

지온은 아해의 물음에 줄곧 짧게, 아주 짧게만 대답하고 있었다.

"실은 나 좀 전에 로비에서 이랑씨 만났어. 천국씨 일로 무슨 할 말이 있다던데. 못 만났니?"

"메모 봤어."

"아, 그렇구나. 알았어."

"오늘 거기 갈 거야?"

"글쎄."

차를 다 마실 때까지 냉랭하게 자신을 대하는 지온에게 아해는 뭔가 기가 눌린 듯 의기소침해졌다.

"차 다 마셨으니까 이만 내려갈게. 지온아."

아해가 방을 나가려 일어서자 지온이 그녀에게 물었다.

"약속 왜 안 지켰니?"

"어?"

"서로 없던 일로 하기로 했잖아."

"범죄자잖아. 그 사람."

"뭐?"

"천국씨, 위험해. 너한테 위험하다고. 지온아."

"그래서 칵테일에 수면제까지 탄 거야? 그게 범죄야. 아해야."

"어쩔 수 없었어. 그걸로 욕을 먹으라면 얼마든지 먹을 각오 돼 있어, 난."

"그 사람, 그날 밤 줄곧 나하고 있었어. 범죄자 아니야."

"증거 있어? 증거도 없잖나."

"내가 증인이야."

"지온아, 난 네 친구로서, 그리고 모범 시민으로서 그저 내 할 일을 했을 뿐이야. 약속 못 지킨 건 유감이지만."

"모범 시민? 훗. 됐어, 고만해."

"지온아, 너 요즘 왜 그래? 사람 비웃는 버릇까지 생기고. 너, 그 사람 만나고부터 정말 이상해졌어."

지온은 갑자기 자리에서 일어나 문 앞으로 걸어가 직접 문을 열어 주며 아해에게 말했다.

"이만 나가 줄래?"

하지만 아해는 물러서지 않았다.

"지온아, 넌 왜 득이 되는 사람과 독이 되는 사람을 혼동하니?"

"혼자 있고 싶어."

"지온아, 이러지 마 제발. 우리 이러지 말자."

아해가 지온에게 다가가 지온의 뺨을 살며시 어루만졌다. 지온은 소름이 돋았다. 평생 자매처럼 함께해 온 아해였는데…… 왜 그 순간, 그녀의 손길이 갑자기 그토록 혐오스러웠는지 지온은 도통 알 수가 없었다. 지온은 손사래를 치며 뒤로 물러서다 그만 아해가 들고 있던 쟁반을 건드리고 말았다. 쨍그랑. 엄청나게 큰 소리를 내며 차 쟁반이 바닥에 떨어졌다. 하지만 신기하게도 떨어뜨린 홍차 잔과 접시는 하나도 깨지지 않았다. 소리에 놀란 비서와 건너편 방에 있던 리차드가 지온의 방으로 뛰어 들어왔다. 썰렁한 두 사람의 분위기에 비서는 바닥에 떨어진 찻잔과 접시를 얼른 치우고 그 방에서 서둘러 나갔다. 반면, 리차드는 아무 생각 없이 방 안으로 들어와 천연덕스럽게 두 사람에게 물었다.

"혹시, 두 분 지금 싸우시는 중?"

흥. 지온이 방에서 제일 먼저 나가 버렸다. 몇 초 후, 아해도 그 방을 빠져 나갔다.

"뭐지? 이 시츄에이션은."

방 안에는 리차드만 혼자 덩그러니 남았다.

한편, 일층 달리 레스토랑에서는 뜻밖의 손님이 아해를 기다리고 있었다.

"안녕하세요?"

"누구…… 아, 안녕하세요?"

뜻밖의 손님은 최승호 경사였다.

"최승홉니다. 기억하시죠? 데헷."

그가 멋쩍게 웃었다.

"무슨 볼일이라도?"

"아, 아님닷. 그냥 식사하러…… 저의 소중한 정보원 관리 차원에서……, 데헷."

341

최 경사는 지난번 아해의 신고로 용의자를 체포할 수 있었고 그로 인해 경찰서 내 입지가 상당히 굳건해졌다. 사실 아해를 맨 처음 만난 그 순간부터 노총각이었던 최 경사는 묘한 분위기가 풍기는 그녀에게 강하게 끌렸다. 그래서 바쁜 와중에도 사적으로 그녀를 한 번 더 만나고 싶다는 마음에 그날 그곳에 우연을 가장해 손님으로 들른 것이었다.

"뭐 드시겠어요?"

"아, 전 고기면 뭐든 다 잘 먹습니다. 하하핫"

"……."

그날 최 경사는 대체육으로 만든 버섯 햄버거와 레모네이드를 마시고 돌아갔다. 최 경사는 그것이 진짜 고기인 줄 알고 먹었고, 아해는 대체육으로 만든 비건 버거라는 설명을 따로 해주지도 않았다.

그즈음, 3층 집무실에서 나온 지온이 향한 곳은 애일당이었다. 매트리스 위에는 체포 전 천국과 함께 잠들었던 흔적이 고스란히 남아 있었다. 그것을 보자 지온은 눈물이 핑 돌았다. 아, 내가 자꾸 왜 이러지, 바보처럼. 피곤해서 그런가. 자책으로 눈물을 삼키던 지온의 귓가에 천국의 목소리가 들려오는 것만 같았다.

"저, 주제넘은 소리지만……. 슬픈 것도 너무 참으면 병 돼요."

맞아. 참으면 병 돼, 그게 뭐든. 천국의 목소리를 들은 지온은 하루 종일 신경이 예민해 쓰러지기 일보 직전이었건만 갑자기 힘이 생기는 것만 같았다. 지온은 천국이 다시 나올 때까지 침대 정리를 따로 안 하리라 마음먹었다. 마치 천국이 여전히 그곳에 머물고 있기라도 하는 것처럼 지온은 애일당 안에서 한참 동안 왔다 갔다 하며 시간을 보냈다. 짧았지만 천국과 함께했던 그곳의 추억을 떠올리며 지온은 애일당의 높은 서까래 위에다 그의 이름을 늘 하던 대로 적어 보았다.

쳇 둘

아, 맞다. 지온은 순간, 차 안에 두고 온 짐들이 생각났다. 그녀는 주차장으로 급히 내려가 차 트렁크를 열었다. 며칠 전 바리바리 싸 온 짐이 고스란히 차 안에 있었다. 짐을 꺼내고 지온이 차 트렁크 문을 쿵 세게 누르며 닫았다.

"어맛."

이랑이 그녀 앞에 서 있었다. 지온은 놀란 가슴을 쓸어내리며 단호한 목소리로 이랑을 나무랐다.

"이랑씨! 이렇게 자꾸 불쑥불쑥 회사로 찾아오면 곤란해. 여긴 내 직장이에요."

"아, 저……."

이랑은 막대기처럼 그저 눈만 끔뻑거리며 지온을 바라보고 서 있었다. 몇 초간의 침묵이 흘렀다. 앗. 그제야 지온이 소스라치게 놀라 두 손으로 입을 막으며 뒷걸음쳐 물러섰다.

"어머, 미안해요. 아니죠? 아니야. 그쪽, 이랑씨 아니죠."

"네, 형 일랑입니다."

그날 지온은 두 번 놀랐다. 한 번은 주차장에서 훅 튀어나온 일랑이 때문에 놀랐고, 아무리 일란성 쌍둥이라지만 이랑이와 너무나 닮은 일랑의 모습에 또 한 번 놀랐다. 자세히 보니 일랑은 이랑이보다 어깨가 조금 더 넓었고 말수도 적어 차분한 분위기였다.

"천국이가 며칠 동안 연락이 안 돼서요. 여기 오면 안 되는 거 알지만 걱정돼 왔습니다."

"어서 차에 타요."

"네?"

"여긴 보는 눈이 너무 많아서."

지온은 일랑을 차 조수석에 태우고 이야기를 나누기 시작했다.

"저, 많이 놀라셨죠? 죄송합니다."

"아니에요. 나야말로. 못 알아보고 괜히 화내고."

"괜찮습니다. 늘 있는 일이라 익숙해요. 그나저나 천국인 잘 있는 거죠?"

"구속됐어요. 어제."

"정말요? 결국 그리 됐군요. 어쩐지 뭔가 자꾸 불길한 예감이 들더라고요."

일랑이 몹시 실망하는 표정을 짓다가 다시 입을 열었다.

"그래도 설마 했었는데……. 저, 지온 대표님. 그래도 그 짜식이 누구 죽이고 그럴 녀석은 정말 절대 아니거든요. 분명 뭔가 착오가 있을 겁니다. 도와주세요."

"알아요, 처음엔 반신반의했지만. 일랑씨가 믿는 것처럼 나도 천국씨를 믿어요. 다만……."

"다만 뭐죠?"

"알리바이가 없어요. 아니, 소용이 없게 됐어요. 게다가 지금 불리한 증거가 튀어나오는 바람에……."

"불리한 증거라뇨?"

"천국씨 오피스텔에서 골프백이 발견됐는데 그 안에서 현금이 나왔대요. 그것도 3억이나."

"네? 3억이요? 말도 안 돼. 그 녀석이 그만한 돈이 있을 리가 없어요."

"본인도 모르는 돈이래요."

"후우, 이제 그럼 천국인 어떻게 되는 건가요?"

"무죄를 입증할만한 다른 증거들을 찾고 있어요. 저, 그런데 실은 아까 이랑씨가 왔다 갔어요."

"이랑이 새끼가요?"

"천국씨 관련해서 무슨 영상이 있다면서 꼭 좀 만나자고 메모를 두고 갔어요. 그래서, 이따 만나 보려고요. 혹시, 그게 뭔지 미리 좀 알아봐 줄 수 있을는지. 그래도 일랑씨가 친형이잖아요."

"그럼요. 제가 당장 알아보고 연락드릴게요. 이 새끼를 그냥 작살을 내서……."

"아, 안 돼요, 그러시면. 그냥 살살 구슬려서 눈치 못 채게."

일랑을 보낸 지온은 다시 애일당 안으로 들어갔다. 차에서 꺼내 온 짐들을 트렁크에서 꺼내 한쪽에 두고, 애일당 안에 나뒹굴고 있는 천국의 옷가지들을 하나씩 주워 트렁크 안에 가지런히 접어 넣었다. 지온은 집에 그것들을 가지고 가서 깨끗하게 세탁할 참이었다. 출소하게 되면 그가 당장 입을 옷들이 필요할 테니까.

지온이 하루 종일 꺼 놓았던 휴대폰을 켰다. 휴대폰을 켜자마자 그녀를 잡아먹을 것처럼 수십 개의 메시지가 동시에 쏟아졌다. 지온은 다시 전화기를 끄고 싶었지만, 하필 그때 득달같이 전화 벨이 울려 대기 시작했다.

"네, 여보세요."

배다른 동생, 유지나였다.

"언니. 나야. 병원이 아주 난리 났었네. 도대체 아빠 귀에다 대고 뭐라고 한 거야? 대체 뭐라고 했길래 아빠가 발작을 하고 저러셔?"

"너까지 알 거 없는 일이야. 그니까 나랑 아빠 사이에 끼어 들지 마."

"중증 치매 환자랑 무슨 대화가 된다고 자극을 해. 상속세 해결하려면 그래도 최소 일년 이상은 아빠가 더 버텨 주셔야 한다고. 우리 제발 이성적으로 대응하자. 이제부터 언니는 공식적으로 아빠한테 접근 금지야. 당분간 병원에 나타나지도 마."

"훗. 맘대로 해. 나도 이제 거기 가고 싶은 마음 추호도 없으니까."

"도대체 요즘 언니까지 왜 그래? 나 오빠가 벌인 일 수습하기도 벅차니까 제발 언니라도 조용히 좀 있어 주면 안 돼? 이렇게 할 거면 진짜 빨리 주식 털고 손 떼.

그거 쥐고 자폭하지 말고."

"응. 자폭할 거야. 그러니까 꿈 깨. 너희들이 가지고 있는 그 주식, 곧 휴지 조각 만들어 줄게. 기다려."

"갑자기 왜 이러는 건데? 내가 이유나 좀 알고 당하자."

"이유는 너랑 오빠가 더 잘 알자나."

"오빠랑 난 달라. 같은 취급하지 마, 언니. 그보다 지금 내가 전화한 건 정말 큰일이 터질 거 같아서야."

"큰일?"

"언니가 어제 검찰에 제출한 그 증거 영상인가 뭐 때문에 지금 출입 기자들이 냄새 맡고 내 전화기 폭발하기 일보직전이란 말이야. 언니가 천국인가 하는 그 친구랑 대체 무슨 관계냐고. 아무튼 실시간으로 기사 터지기 일보 직전이야. 기레기들이랑 유튜버들이 지금……. 내가 다 막을 순 없어. 감당이 도저히 안 된다고. 그러니까, 지금부터 언니 기사는 언니가 알아서 처리해. 그리고 그 책임을 반드시 이사회에서 물을 거야."

유지나 이사는 할 말을 다하자 전화를 일방적으로 툭 끊어 버렸다. 통화를 마치자 지나의 입에는 가증스러운 웃음기가 돌았다.

"살살해. 지나야."

그녀 앞에는 오빠 유지홍 부회장이 앉아서 두 사람의 통화 내용을 스피커폰으로 듣고 있었다.

"이제 보도 자료 배포할 차례네. 언니랑 천국이랑 관계는 우리 회사랑 무관하다, 모 이렇게."

"지나 넌 홍보팀에서 공식적인 대응만 해. 그걸 기정사실화 시켜 버리라고. 확! 그리고 지라시는 미래 전략팀에서 비공식적으로 돌리게 할 테니까 넌 빠져."

"그래? 기사 앵글은?"

"앵글이야 뻔하지. '유지온 대표, 치정에 얽힌 살인마 호빠 선수와 떡 치다가 조년 패가망신하다' 머 대충 이런 콘셉트로다가 확!"

지온은 배다른 오빠와 여동생이 어떤 행보를 보일지 누구보다 더 잘 예측하고 있었다. 그러나 이상하게도 이젠 더 이상 아무 상관이 없는 사람처럼 초연할 수 있었다. 손에 잡을 수도 없는 그 따위 주식, 어차피 내 것이 아니었어, 라는 생각마저 들었다. 하지만 그냥 이대로 순순히 물러설 생각은 추호도 없었다. 돈과 권력을 위해서가 아니라 자신의 미래를 위해 구겨진 자존심을 현금보다 더 빳빳하게 다려 펴야 했으니까. 지온이 리차드를 방으로 불러들였다.

"네. 대표님."

"이따 저녁에 시간 돼?"

"?"

저녁 6시, 목이 따끔거릴 정도로 희뿌연 미세 먼지가 심했다. 일랑은 장어덮밥을 포장해 동생 이랑의 오피스텔로 찾아갔다. 하루 종일 각성이 돼 여기저기 미친놈처럼 뛰어다닌 이랑은 막 잠이 들락 말락, 머리에 새집을 짓고 침대에 앉아 있었다.

"잉? 형이 이 시간에 웬일이야? 오늘은 부르는 데 없어?"

"오늘은 쉬는 날. 자, 이거!"

일랑이 이랑이 좋아하는 장어덮밥 도시락을 테이블 위에 올렸다.

"오, 대박. 나 장어 먹고 싶었는데. 역시 우린 통한다니까. 큭."

두 사람은 맛있게 도시락을 눈 깜짝할 새 비웠다. 다 먹고 빈 용기를 분리수거 통에 넣는 이랑에게 일랑이 물었다.

"맥주 있냐?"

"형, 오늘 왜 그래?"

이랑이 냉장고에서 맥주 두 캔을 꺼냈다. 캔 하나는 일랑이 앉아 있는 식탁 위에 올려놓고, 자신은 다른 캔 하나를 쥐고 침대 위로 휙 뛰어 올랐다. 누가 쌍둥이가 아니랄까 봐 두 사람은 박자를 맞추듯 정말 한 치의 오차도 없이 동시에 칙! 하고 맥주 캔을 땄다. 그런데 이랑이가 딴 맥주 캔에서 거품이 훅 터져 나왔다. 에이, 씨바. 이랑의 배가 온통 맥주로 젖었다. 형 일랑이 수건을 집어 동생의 배를 살살 닦아주며 말했다.

"칠칠맞긴."

"큭. 고마워. 형."

"너, 천국이 구속된 거 왜 나한테 말 안 했어?"

"안 하긴. 말할 새가 없었던 거지. 그게 뭐 숨긴다고 숨겨질 일도 아니고."

이랑이 일랑의 눈을 피하며 대답했다.

"너, 나한테 뭐 숨기는 거 있지?"

"숨기긴 뭘 숨겨? 형이야말로 나한테 숨기는 게 많던데."

"뭔 소리야. 그나저나 너, 요즘 뭘 하고 다니길래 얼굴이 그 모양이냐?"

"사돈 남 말 하시네. 아, 왜 갑자기 분위기 싸하게 무게 잡고 그래?"

"골프 스튜디오는 차려놓고 왜 안 나가는데?"

"안 나가긴. 요즘 예약이 뜸해서 그런 거지."

"들어간 돈도 만만치 않을 텐데 앞으로 어쩌려고 그래? 나도 힘들어. 요즘 업계 또라이들이 덤핑치는 바람에 좆나 청소해 봐야 어씨 월급 주고 나면 남는 것도 없어."

일랑은 동생 이랑을 잘 알고 있었다. 툴툴대도 언제나 형 말을 가장 잘 듣는 놈이란 걸. 그래서 조금씩 그의 입을 열려고 시동을 거는 중이었다.

"그래? 그래도 형은 열심히 일해서 일한 만큼은 버는 줄 알았는데."

"요즘 노동해서 어떻게 먹고 사냐? 시간이 돈을 벌어야 먹고 살지. 근데 우리같이 몸빵하는 놈들은 일하느라고 돈 벌 시간이 없잖아. 빚 안 지고 입에 풀칠이나 하면 다행이지."

"그치? 내 말이 그거야. 그니까 우리 형제가 힘을 합해서 기회를 만들어서 탁!

한 방에 인생 역전을 하자! 이 말이지."

"짜식! 기회가 미쳤다고 우리한테 오냐? 이렇게 이 정도 얼굴로 태어난 것만 해도 다행인 거지."

"허긴, 우리 형제는 생긴 게 기회라면 기회지. 우리 형아, 참 잘났어! 큭"

"미친 놈. 그게 다 너 잘났다고 하는 말인 거자나."

"당연하지. 형 가오가 곧 내 가오 아니겠어? 암만. 그래서 말인데, 내가 우리 형 가오 제대로 한번 살려줄라고, 뭘 좀 준비 중이란 말이지. 프로젝트!"

"왜 괜찮은 스폰서라도 하나 물었냐? 너, 방미란이랑 잘 돼 간다며?"

"됐어, 그 짠순이 년은 짜도 짜도 소금만 나와. 니미, 내가 뭐 소금 장수할 일 있어? 밝히긴 또 존나 밝혀요. 맛도 드럽게 없는 년이. 아참, 형! 그래도 그년이랑 나인 척 함 할래? 연예인이잖아."

"됐고. 내 가오 살릴 프로젝트가 뭔지 그거나 말해 봐, 어서."

일랑이 이랑에게 정보를 알아내기 위해 거짓으로 프로젝트에 관심이 있는 척했다.

"좋아. 그럼 한 가지만 나한테 사실대로 말해 줘. 그때 그 골프공 말인데, 그거 왜 형이 가지고 있었어?"

"골프공? 무슨 골프공?"

이랑이 일어나 책상 서랍에 두었던 골프공 USB를 꺼내 일랑에게 내밀었다.

"다 알고 있었으면서 왜 천국이 감옥에 가게 놔둔 거야? 이제 보니 옥여사, 그 교활한 늙은 년이 이거 때문에 날 시켜서 릴리 피를 유인하라고 했던 거였어. 그날 밤 내가 그 집에 안 들어가고 그냥 내뺀 게 신의 한수였지. 까딱 잘못했다간 지금 천국이 대신에 내가 깜빵에 있을 뻔 했다고."

일랑은 이랑이 무슨 소리를 하는지 모두지 따라잡을 수가 없었다.

"하나씩 차분히 말해 봐. 그 골프공은 내가 주운 건데 대체 네가 왜 가지고 있냐?"

"주웠어? 이걸? 어디서?"

"새꺄. 말했잖아. 너 그거 이리 내."

일랑이 이랑의 손에 쥔 골프공을 빼앗으려 하자 날쌘 이랑이 몸을 잽싸게 피했다.

"아, 왜 그래. 형제끼리. 반띵하자."

"야, 이 개새끼야. 그게 대체 뭔데. 반띵이래?"

일랑이 이랑에게 또 달려들었다.

이랑은 다시 또 피했다. 일랑은 약이 올랐지만 참았다. 아까 오후에 지온이 한 말이 생각났기 때문이었다.

"좋아. 반띵해. 그니까 이리 내."

"아주 우리 형이 생각보다 아주 고단수라니까. 지 혼자만 부귀영화를 누릴라고 아주……. 이 동생은 쌩까고. 이제 보니까 연기력도 아주 아카데미 남우주연상 감이라니까."

"알았어. 미안. 나 너 쌩 안 까. 너 반띵. 오케이? 그니까 그거 이리 내."

"진작 그렇게 나올 것이지."

이랑이 골프공 USB를 일랑에게 던졌다.

"근데 나한테 이미 복사본 있어. 그리고 그 릴리 피 집 영상에 내가 나오는 장면 하나 있는데 그거는 벌써 다 편집해서 걸어 냈지. 후훗. 하나씩 다 차례로 팔 거야. 고객의 구미에 맞게 맞춤 NFT 오리지널 편집본으루다가. 큭."

"복사본?"

일랑이 골프공을 받아 들고는 자세히 살폈다. 그리고, 그것이 골프공이 아니란 사실을 그제야 깨달았다. 바보! 그 안에 그토록 중요한 게 들어 있었다는데 그것도 몰랐다니. 일랑은 부주의한 자신이 한심스러웠다. 골프공을 쥔 일랑의 손이 부르르 떨려 왔다.

"이랑아. 내가 아주 좋은 생각이 있거든."

"오, 뭔데?"

"일단 영상 틀어 봐. 내가 같이 보면서 설명해 줄게."

일랑은 이랑을 구슬려 영상을 재생하도록 유도했다. 이랑이 보여 주는 화면에 일랑은 온몸이 저릿저릿 심장이 터질 것만 같아서 더 이상 눈 뜨고는 볼 수가 없었다.

"아, 근데. 파일 한 개가 안 열려. 고게 꼭 돈이 될 거 같은데 말야. 내가 아무래도 내일 용산에 가서 비번을 알아낼까 봐. 거기 가면 전화기 포렌식도 하고 다 푼다던데. 형 혹시 아는 사람 없어?"

"아……."

일랑은 더 이상 이랑의 말이 들리지 않았다.

"형! 아는 사람 없냐구?"

"어, 없어."

"근데 이거, 파일 이름이 '35'로 돼 있거든. 처음엔 그냥 숫자 인줄 알았는데 아무래도 삼오그룹 이야기하는 거 같아. 그치? 내 말이 맞지? 이게 유지온 손에 들어가면 난리가 날 인간한테 탁! 팔아야 팔자를 고칠 수 있을 텐데 말야. 그게 누굴까용? 훗. 나는 알쥐."

퍽! 윽.

"아 씨바. 왜 때려? 돌았어?"

더 이상 동생의 말을 들어줄 수가 없는 형은 동생을 향해 주먹을 연거푸 세 대 날렸다. 퍽, 퍽, 퍽.

"아, 왜 때려!"

"고만해. 고만하라고. 이 씹새끼야. 네가 그러고도 내 동생야? 이리 내. 그리고, 그거 다 지워. 이 쓰레기 같은 새꺄."

일랑은 이성을 잃고 이랑의 노트북을 부엌 싱크대 쪽으로 있는 힘껏 집어 던졌다. 노트북은 개박살이 났고, 이랑은 형을 노려보며 흥분을 감추지 못했다.

"아직 할부도 안 끝난 노트북은 왜 때려 부수고 지랄이야? 니미. 아후……. 후우. 내가 진짜 친형이라서 참는다. 그만하자. 그만해. 아, 씨바. 내 이럴 줄 알았다니까. 그리고 그거 부셔도 소용없어. 원본은 내 메일함에도 다 있거든. 아참, 그거 알아? 천국이 그 새끼한테 유리한 파일은 내가 싹 다 지워버렸지. 릴리 피 죽인 진짜 범인이 나오는 거엔 나도 얼쩡거리고 나오 길래 그냥 싹 다 삭제해 버렸다고. 그 USB 안에도 없어. 내가 다 지워버려서."

"뭐야? 너 이 개새끼!"

"형은 이제부터 형 아니야. 꺼져. 당장 여기서 나가라고."

일랑은 동생 이랑에게 쫓겨나듯 오피스텔에서 나갔다. 그리고, 그길로 골프공 USB를 들고 지온의 사무실로 향했다.

저녁 8시 정각, 가회동 사옥, 3층 지온의 방에서는 일랑이 와 있었다. 지온은 리차드를 불러 일랑과 셋이서 그가 들고 온 USB를 놓고 심각하게 이야기를 나누기 시작했다.

"죄송합니다. 제대로 다 알아 듣지는 못했지만, 이랑이 자식이 중요한 파일을 다 지운 거 같아요. 릴리 피 죽인 진짜 범인이 나오는 영상을 삭제했다고 했어요."

"고생했어요. 일랑씨. 아직 희망은 있어요. 이 비번이 걸린 파일 안에 뭔가 중요한 증거가 될 만한 게 있을 지도 모르죠. 리차드, 오래 걸릴까? 나 오늘 밤, 이랑씨 만나기 전에 이거 꼭 열어보고 갔으면 좋겠는데."

"글쎄요. 개인 비번은 영원히 못 풀 수도 있어요."

"아, 그런 거야?"

지온이 실망하는 표정으로 물었다.

"혹시, 릴리 피 생년월일 아세요?"

리차드가 물었다.

"잠시만, 김태희 변호사가 알 거야."

지온이 그녀에게 문자를 넣었고 잠시 후 답변이 들어왔다.

"1989년 5월 22일이래, 리차드."

리차드가 생년월일의 숫자 조합으로 입력해 비번을 유추하는 프로그램을 돌리기 시작했다. 무작위로 각출하는 수만 개 숫자의 조합들이 비밀번호를 하나씩 하나씩 빛의 속도로 대조해 나갔다.

"저스트 웨잇. 근데 안 열리면 다른 절댓값으로 바꿔서 또 넣어야 해요. 그걸 반복하다가 날 세는 거죠. 그래서 힌트가 되는 똑똑한 절댓값이 없으면 영원히 못 찾을 수도 있어요."

십여 분이 넘도록 맞는 번호를 찾아내지 못하자 지푸라기라도 잡고 싶은 절박한 심정으로 모두가 초조해졌다. 그때, 지온이 소리쳤다.

"리차드!"

"네?"

"99년 12월 24일. 이걸로 해봐."

"예스, 맴."

지온이 불러 준 숫자는 천국의 생년월일이었다. 리차드가 숫자 조합을 재입력한 후 프로그램을 다시 돌렸다. 그러나 10분이 넘게 프로그램을 돌렸지만 역시나 이번에도 비번이 풀릴 조짐이 보이질 않았다.

"이것도 아니면 뭘까……. 앗. 렛 미 트라이 디스 원."

리차드가 혼잣말로 중얼거리다 갑자기 프로그램을 멈추고 새로운 절댓값을 설정해 입력했다. 지온과 일랑은 숨죽이며 리차드를 지켜보고만 있었다. 다시 프로그램이 돌았다. 잠시 후, 틱! 소리가 나며 프로그램이 멈추었다.

'Number Matched'

"이거네!"

리차드는 찾아낸 비밀번호를 재빨리 암호가 걸려 있는 파일에 입력했다. 마침내 그 파일이 열렸다. 비번은 숫자의 조합이 아니었다.

릴리 피의 비밀번호는 christmas이었다.

34. 리셋

"지금 이 영상은 촬영이 끝나면 바로 이용 기자에게 전송할 거예요. 흐흑. 지쳤어. 더는 짓밟히며 살지 않을 거야. 지긋지긋해. 다, 전부다. 흐흐흑."

감정이 북받쳐 오른 릴리 피는 잠시 말을 잇지 못했다. 암호가 풀린 그 영상은 릴리 피가 직접 찍은 셀카 동영상이었다. 영상 속 그녀는 머리에 붕대가 감겨 있었다. 뭔가 불길한 예감에 삼오클리닉에 입원 중임에도 불구하고 그녀가 직접 촬영한 것으로 보였다. 영상의 길이는 5분이 조금 넘었으며 영상 속에는 그녀가 누구로부터 협박을 당하고 있는지, 또 누구로부터 돈을 받았는지는 물론, 지온으로부터 받은 달러까지도 언급돼 있었다.

"알아요, 저도 잘한 건 없다는 거. 네. 맞아요. 나, 몸 팔고 돈 받았고요, 몸 팔면서 얻어 들은 정보로 돈도 좀 만졌어요. 그런데…… 이제 그게 부메랑이 되서 저한테 한꺼번에 다 돌아오는 중인 거 같네요. 언제 죽어 나가더라도 하나도 이상할 게 없을 정도예요. 헌데 제가 죽더라도, 절대 자살은 아니니 꼭 부검해 주세요.

최근에 옥경희 여사가 보낸 용역들로부터 협박을 당했어요. 훗. 사실 시작은 제가 먼저 했지만. 옥여사, 그 여자가 오줌 지릴 만한 영상을 갖고 있거든요. 그 파일 안에는 옥여사에게 사채 빚이 있던 어떤 여자가 자기가 보는 앞에서 남편이 살해당하는 장면이 찍혀 있어요. 사고로 위장해서 보험금까지 받아 냈더군요. 나쁜 년! 저와 이용 기자가 다 확인했습니다. 몇 주 전, 전 이 모든 사실을 알고 옥여사를 만났어요. 근데 그 여자가 뭐라는지 아세요? 당장 그 영상을 내놓지 않으면 절 죽여 버리겠대요. 쓰레기 같은 년. 영상을 줘도 절 죽이려 들 텐데…… 제가 미쳤어요? 그걸 주게.

또 있어요. 이건 정말 기막힌 얘기라서…… 그 보험금 수령인을 보다가 너무 익숙한 이름이 튀어나와서…… 몇 번이나 확인했네요. 혹시 동명이인은 아닌지…… 부디 그러길 바랬건만. 근데……보험금 수령인이 누군지 알아요? 바로 억울하게 돌아가신 천호진 씨의 아들 천국! 바로 제가 잘 아는 그 천국이라는 사람이었어요. 자, 보이시죠? 이게 바로 아주 쌩쇼를 하면서 어렵게 구한, 그때 그 보험금 수령증 사본이구요. 그리고 여기 서명란에는 당시 천국이가 미성년자라서 대신 새엄마가 대리 수령한 뒤 서명한 거예요. 자, 보세요. 이게 그 나쁜 년의 싸인이에요."

화면 가득 보험금 수령증의 이름과 사인이 잠시 클로즈업되었다.

"김진숙이라는 여자는 보험금을 탄 후 행방이 묘연합니다. 아마 옥여사가 죽였을지도 모르죠. 그리고…… (드드드드) 어? 누구지?"

촬영하는 도중에 그녀의 폰으로 전화가 들어왔고 영상은 거기까지였다. 영상 속 릴리 피의 주장은 어디서부터 어디까지가 진실인지 알 수 없었으나, 그 영상을 보고 있던 세 사람은 그만 충격에 휩싸이고 말았다. 지온이 앞에 있는 에비앙 생수병을 바닥이 보일 때까지 한 번에 다 비웠다.

"이 영상만으론 천국씨의 무죄를 증명할 수가 없어. 이건 일방적인 릴리 피의 주장일 뿐이야. 물론 죽은 자가 한 말이라 신빙성은 높지만. 어쩐다. 아, 맞다. 내가 왜 진즉에 이 생각을 못했을까? 일랑씨, 혹시 릴리 피가 사는 집 어딘지 아시죠?"

"네. 압니다만."

"리차드, 같이 가서 그 집 거실 월패드 해킹해서 확인 좀 할 수 있을까? 사건 당일 밤부터 다음 날 아침까지 영상이 필요해. 경찰은 그게 사라졌다고 하지만 난 믿을 수 없어."

"한번 확인해 보죠, 뭐. 사라졌다 해도 운이 좋으면 복원할 수도 있어요. 대신 복원하려면 해킹이 아니라 직접 그 집 안으로 들어가야 하는데…….”

"저, 경찰에 신고하는 게 낫지 않을까요?"

그때 일랑이 조심스럽게 두 사람에게 말했다.

"아뇨."

"노오우."

지온과 리차드가 동시에 일랑에게 '아니'라고 대답했다.

"일랑씨! 불안하시면 여기서부턴 빠지셔도 좋아요."

"아, 아닙니다. 제 동생이 중요한 증거가 되는 영상 파일을 다 지운 마당에 뭐라도 도와야죠."

"좋아요, 그럼. 일단 일랑씨는 쓰고 계신 휴대폰 좀 리차드에게 잠시만 맡겨 주세요. 이제부턴 우리 셋이서 한 팀처럼 움직여야 하니까. 자, 그럼 30분 후에 시벨롬으로 출발합시다."

지온은 릴리 피 거실의 월패드에서 사라진 영상 자료를 복원해 볼 참이었다. 또 영상 거래를 미끼로 이랑을 만나면 옥여사를 유인할 수 있을지도 모른다는 나름의 계산이 서 있었다. 지온은 현장을 모두 녹취해 대화 속에서 결정적인 증언을 끌어낼 각오를 다짐하고 있었다. 불법 녹취가 법정에서 증거로 채택되지 못한다 해도 최소한 언론플레이는 할 수 있을 거라고 그녀는 판단했다. 정확히 30분 후, 세 사람은 시벨롬으로 향했다.

"야하, 지온 대표님. 이거 너무 오랜만이신 거 아녜요? 부킹도 다 펑크 내시더니. 천국인 잘 있죠?"

간만에 시벨롬에 나타난 지온을 보고 태리 사장이 반색을 하며 반겼다.

"죄송했어요. 오늘 만회할게요. 저, 혹시 이랑씨는?"

"앗, 잠시만요. 죄송한데 저희 업소가 남자 고객이 출입금지라서…….”

태리 사장이 리차드를 슬쩍 보며 지온의 눈치를 살폈다. 일랑은 지온의 차 안에서 두 사람의 일이 끝날 때까지 대기하고 있기로 했다.

"아, 리차드 인사해요. 제 후배지만 남자 고객 아닌데."

"네?"

"게이라고요."

리차드가 눈이 똥그래져 지온의 귀에 대고 항의했다.

"하우 데어! 누나. 이렇게 막 아우팅시키기 있기 없기?"

약삭빠른 태리 사장이 상황을 곧바로 파악한 뒤 지온에게 고개를 숙여 인사하며 말했다.

"앗, 실례했습니다. 너무 잘생겨서 전 도시락[17] 싸 오신 줄 알았어요. 어서 올라가시죠. 마침 오늘 괜찮은 바이 선수가 하나 나와 있어요. 제대로 모시겠습니다."

"얌전히 술만 마시다 갈 거니까, 그냥 적당히 알아서 해 줘요. 대신 이랑씨랑 30분만 먼저 보고 나서."

"이랑이요? 이상하네, 이러면 이랑이 오늘 더블 부킹인데."

"네?"

"옥여사가 오늘밤에 이랑이랑 이미 부킹이 돼 있거든요."

"아!"

지온의 입가에 회심의 미소가 돌았다.

"암튼 올라가세요. 옥여사님은 오시려면 아직 멀었으니까."

VIP 룸 안에서는 이미 이랑이 스카치 반병을 비운 채 얼굴이 벌겋게 된 상태로 지온을 기다리고 있었다. 그의 얼굴에 긴장한 모습이 역력했다. 지온이 리차드와 룸 안으로 들어서자 그가 자리에서 벌떡 일어섰다. 누구? 리차드를 보자 이랑이 조금 겁을 집어먹은 듯했다.

---

17) **도시락** 호스트바에서 지명한 선수를 업소 밖으로 데리고 나와 또 다른 호스트 바로 데리고 가는 경우 원정을 나간 선수를 칭하는 은어.

"앉아, 이랑씨. 여긴 우리 회사 CIO야."

"네? 씨아이오요?"

"응. 최고 정보 관리자라고. 디지털 영상을 사러 왔는데 디지털 최고 담당자랑 같이 와야 하자나. 안 그래?"

"아, 네, 역시."

"아까는 미안했어. 우리 사무실까지 왔던데 내가 오늘 일정이 좀 바빴어. 그나저나 무슨 영상인데? 일단 봐야 살지 말지, 값을 흥정하든 말든 하죠."

"역시 촉이 빠르시닷. 자, 그럼 바로 보실까요?"

이랑이 영상의 하이라이트만 편집한 버전을 바로 재생했다. 그리고 한참 동안 앞뒤 안 맞는 이야기를 장황하게 늘어놓았다.

"그만해. 이랑씨. 그래서, 얼만데?"

지온이 이랑의 어설픈 흥정을 단칼에 자르며 본론으로 들어갔다.

"20억. 뭐, 원래는 한 30억 받아야 하는데."

"훗. 생각보다 많이 비싸네. 난 한 2억 생각했는데. 예산보다 한참 초과라 어렵겠네요."

"쳇, 유 대표님, 사실 이거 옥여사가 보지도 않고 자기 먼저 달라고 하는 거예요."

이랑은 기분이 상한 듯 자리에서 벌떡 일어났다.

"앉아, 이랑씨. 5억!"

못이기는 척 이랑이 다시 자리에 앉으며 흥정을 했다.

"에이, 진짜. 5억으로 팔자를 어떻게 바꿉니까? 15억!"

지온이 이랑에게 바짝 다가앉으며 다시 베팅을 시작했다.

"15억으로도 팔자는 못 바꿔, 이랑씨. 7억! 이 이상은 안 돼. 싫으면 없던 일로 하고."

"10억!"

안달이 난 이랑이 10억을 간절하게 불렀다.

"좋아, 8억!"

지온이 마지막으로 8억으로 최후통첩을 하자, 이랑이 고개를 끄덕였다.

"하여간 있는 분들이 더 해."

"리차드!"

지온이 리차드를 보며 이름을 부르자, 리차드가 바로 기내용 리모* 알루미늄 여행 가방을 테이블 위에 올린 뒤 열어 보였다. 가방 속에는 5만 원 권 신사임당께서 노랗게 꽉 차 계셨다. 리차드가 이랑에게 간단히 지급 조건을 안내하기 시작했다.

"2억입니다. 나머지 6억은 내일 이 시각까지 가상 화폐로 지급될 겁니다."

"가상 화폐? 아, 잠깐만. 코인? 난 코인으로 받겠단 말 안 했는데."

"코인 싫어? 할 수 없지. 리차드! 철수합시닷."

탁 소리를 내며 리차드가 가방을 일부러 세게 덮었다. 그러자 이미 코앞에서 현금을 본 이랑은 눈이 뒤집혀 알루미늄 가방을 와락 끌어안으며 말했다.

"아, 잠깐만. 왜들 이리 성격이 급하실까. 알았어. 알았다고요."

"현금 십억 이상이면, 바로 금감원에서 감사 뜰 각이야. 내가 이랑씨를 뭘 믿고 현금으로 다 줘? 막말로 원본 파일 나한테만 독점으로 주는 것도 아닐 텐데."

"제가 요즘 코인으로 폭망을 해 놔서."

"걱정 마, 이번엔 코인으로 팔자 한 번 제대로 고치게 해 줄게. 리차드, 자세히 안내 좀 해 드리세요."

"네. 이랑씨 혹시 코인믹싱[18] 코인믹싱. 암호 화폐 세탁. 마약상들이 흔히들 하는 돈세탁 방법. 국내 사이버 보안 업체들도 믹싱 추적 프로그램을 개방해 보유하고 있는 상태라 기본적인 추적은 가능하지만, 믹싱을 수천수백만 번 하게 되면 추적이 불가능해진다.

---

18) **코인믹싱**. 암호 화폐 세탁. 마약상들이 흔히들 하는 돈세탁 방법. 국내 사이버 보안 업체들도 믹싱 추적 프로그램을 개방해 보유하고 있는 상태라 기본적인 추적은 가능하지만, 믹싱을 수천수백만 번 하게 되면 추적이 불가능해진다.

아시나요?"

"코인믹싱?"

"모르시는군요. 자, 그럼 간단하게 설명해 드릴게요. 우선 코인 하셨다니까, 본인 명의로 계좌는 있으실 테고. 가상 계좌를 지금 하나 보내 드리겠습니다. 자, 지금 폰 확인해 보세요."

리차드가 '두루킹'처럼 바로 그 자리에서 시연에 들어갔다.

"아, 받았어요. 근데 이게 뭔가요?"

"링크 클릭해 보세요."

"열었어요."

"그럼, 지금 보낸 비번 넣으시고 계좌 엑세스되는지 확인하십시오."

"잠깐만, 아. 됩니다."

"굳! 자, 이제부터 제가 그 계좌로 잔금 6억 어치 비트 코인을 넣겠습니다. 송금, 엔터! 함 보세요. 들어갔죠?"

"아, 들어왔습니다."

"퍼펙트! 자, 그럼, 지금부터 제가 그 코인들을 수백 개로 쪼개서 다시 다른 지갑들로 이동시키고 그걸 수천수백만 번 반복시킬 겁니다."

"수천수백만 번이나요? 아니, 그걸 다 누가 하는데요?"

"하핫. 제가 하는 건 아니고요, 제가 만든 프로그램이 하는 거죠. 렛미 쇼 유. 자, 보세요. 얘네들이 알아서 열일하고 있죠?"

리차드는 가져온 노트북을 뒤로 돌려 이랑에게 보여주었다. 실제로 코인들이 잘게 쪼개지면서 다시 다른 지갑들로 계속해서 입금되고 있었고, 그 작업이 반복적으로 계속 일어나고 있었다.

"이 작업은 최소 하루 정도 걸립니다. 이런 식으로 잘게 쪼개져서 분산돼 있던 코인들이 원래 진짜 이랑씨의 코인 계좌로 모두 되돌아갈 겁니다. 늦어도 내일

이맘쯤이면요. 물론, 수천만 번 이동하면서 암호 화폐 고유 번호도 수천만 번 바뀔 겁니다. FBI라 해도 어디서 그 코인을 받은 건지 추적이 불가능해요. 받는 즉시 현금화시키시면 원금 보장! 더 두셔도 되고요. 하지만 그 다음부터의 리스크는 모두 본인 몫입니다. 언더스투드?"

이랑은 리차드의 상세한 설명을 들은 후에야 고개를 갸우뚱하면서도 잔금 지급 방식에 동의했다. 그리고 돈 가방과 자신의 USB를 맞교환했다. 리차드가 건네받은 USB를 확인한 뒤 지온에게 오케이 사인을 보냈다. 그로써 모든 흥정은 끝이 났다.

똑똑. 그때 밖에서 노크 소리가 들려왔다. 이랑은 재빨리 돈 가방을 테이블 아래로 감추었다.

웨이터가 문을 열었고 그 뒤에 서 있던 옥여사가 앞으로 나서며 말했다.

"당장 나왓."

이랑이 얼굴을 구기며 옥여사에게 불만에 찬 목소리로 대답했다.

"지금 비즈니스 중이잖아요, 제가."

"지랄하고 자빠졌네. 미친 새끼. 까지 말고 당장 안 나와?"

"한발 늦으셨다고요. 이 고객님께서 이미……"

"고객님? 재벌 딸년 호갱님께서 고객님이니? 그걸로 우리 천국이 빵에서 꺼내준다면야 나야 뭐, 손 안 대고 코 풀고 좋지. 용식아! 저 새끼 당장 끌어내. 이랑이 너, 그동안 나랑 밀린 계산 좀 하자."

시벨롬에는 수행원 나부랭이들을 절대로 데리고 다니지 않았던 옥여사였다. 하지만 그날은 어쩐 일인지 그녀가 양옆에 두 명이나 끼고 그곳에 나타났다. 옥여사의 말이 떨어지기 무섭게 용식이가 이랑의 목덜미를 질질 끌고 복도로 나갔다.

"이거 안 놔? 놓으라고. 아, 씨바. 내 발로 나간다니까."

이랑이 소리를 지르며 거세게 저항했지만 용식이의 힘에는 당할 재간이 없었다. 옥여사가 룸 안으로 들어와 지온의 앞에 와 앉았다. 그리고 복도로 나간 용식이에게 지시했다.

"아후, 시끄러. 용식아, 놔줘라. 제 발로 간다잖니."

용식이가 이랑의 멱살을 그제야 풀어 주었다.

"이랑씨."

그때 지온이 이랑의 이름을 부르며 테이블 밑을 가리켰다. 리차드가 테이블 밑에서 돈 가방을 꺼내 이랑에게 건네주자, 복도에서 눈치를 보고 있던 이랑이 잽싸게 돈 가방을 받았다.

후다닥. 돈 가방을 받자마자 이랑은 냅다 줄행랑을 쳤다. 용식이가 잠시 방심한 틈을 타 이랑은 복도에서 이미 사라지고 없었다. 용식이가 이랑을 쫓아가려 하자 옥여사가 제지하면서 퉁명스럽게 한마디 내뱉었다.

"놔둬라. 제깟 놈이 뛰어 봤자 벼룩이지. 금세 제 발로 나타날 거니까 그냥 둬. 번잡스러워."

"옥여사님, 그러지 마시고 이랑씨랑 계산 먼저 하시죠."

지온이 상대하기 싫은 척 옥여사를 자극시켰다.

"아니, 그보다, 우리 둘이서 해야 할 계산이 먼저야."

"네?"

"우리 천국이 빵에서 빼낸 다음엔 어떻게 할 건데? 설마 자기가 데리고 살건 아니겠고."

옥여사가 천국이 이야기를 꺼내면서 갑자기 지온에게 바짝 다가왔다. 위협을 느낀 리차드가 그녀를 막아섰다. 그러자 용식이도 재빨리 룸 안으로 들어와 리차드를 가로막았다. 어이가 없다는 듯 옥여사가 리차드를 보고 물었다.

"넌 또 뭐니?"

"리, 리차든데요."

"너도 여기 선수니?"

"아, 아닌데요."

"어쩐지. 비켜. 용식이 너도 나가 있어. 정신 사나워."

옥여사는 모두를 룸 밖으로 내보내고, 지온과 단둘이 이야기를 나누고 싶어했다.

"지온 대표. 방금 이랑이한테 호구 잡혀서 산 그 영상들, 나 다 알아. 다들 내 돈 떼먹고 몇 년 동안 잠수타다가 그렇게 된 것들이야. 다 뒈질만 하니까 뒈진 거야. 이랑이 저 등신이 철 지난 옷 가져와서 지금 지온 대표 앞에서 패션쇼 하구 자빠진 거 같은데. 정신 차려! 그거 사고사로 둔갑시킨 거, 나 아니야. 그거 그 잘난 느이 오라버니 유지홍이야. 그러니까 이 옥경희 건들지 마세요. 나 건드리면 너도, 느이 식구도 다 죽어."

"뭐? 확실한가요?"

"못 믿겠으면 잘난 느이 오라버니한테 직접 물어보시든지."

"막 던지지 마. 우리 오빠가 왜? 당신이 죽인 사람을 뭐가 아쉬워서 우리 오빠가 처리해?"

"느이 오라버니랑 직접 계산하라니까 왜 자꾸 나한테 그러실까나. 문건성 의원이랑 진행하는 김포공항 재개발 사업 알지? 그게 나가리 될까봐 삼오그룹 유지홍 부회장님께서 직접 발 벗고 나서서 사고사로 몸빵하신 건이라고요."

"지금 뱉은 그 말, 확실한 거죠? 아니시라면, 나중에 모든 법적 책임을 지셔야 할 겁니다."

"캬하. 법적 책임 같은 소리하고 앉았네. 이러지마, 지온 대표. 나 법 없이도 살 여자야. 남자 없인 못 살아도."

"그럼, 좋은 정보에 보답하는 뜻으로 한 가지 알려 드릴까 하는데."

"필요 없어. 그보다 우리 천국이 나오면 나랑 어떻게 계산할 거야? 그거나 말해."

"그러니까요. 이 얘기를 먼저 들어야 그것도 계산이 될 텐데 말이죠."

"해 봐. 그럼."

"아까 영상을 보니까, 당신이 사주해서 죽인 사람 중에, 건물 외벽 청소하고 있던 분이 계시던데. 왜 아무 죄 없이 살해당하는지도 모르고 떨어져 죽은 그 가엾은 사람 말이에요. 옥여사님, 혹시 그 사람이 누군지는 아시죠?"

"쳇. 아니, 이 옥경희가 내 돈 떼먹고 도망간 년 기둥서방까지 알아야 하나?"

"글쎄, 이젠 좀 아셔야 할 타이밍인 거 같은데."

"무슨 뚱딴지같은 개소리야?"

"그 기둥서방이 천국씨 아버지라면요?"

"구라치지 마. 천국이 아버지가 거기서 왜 나와?"

"어머, 모른 척하시긴. 피은영씨한테 협박당하고 계셨으면서. 천국씨가 알게 될까봐 그래서 이용 기자도, 릴리 피도 당신이 다 제거한 거잖아. 아니야? 내 말이 틀려?"

"시끄러. 지들이 깝치다 스스로 명 재촉한 거지. 그러니까, 지온이 너도 나한테 함부로 깝치지 마라. 명이 확 주는 수가 있어."

"누구 명이 길고 짧은지는 머지않아 알게 되겠죠. 이 건으로 곧 경찰에서 조사가 시작될 거예요."

"넌 신고 못 해. 신고하면 너도, 느이 회사도 다 끝장날 텐데. 그걸 알고도 감히 네가 날 신고한다고? 그러다 우리 다 죽어."

"훗. 별 걱정을 다 하시네. 그거야말로 우리 가족끼리 따로 계산할 거니까 여사님께서 신경 쓰실 일이 아닌 것 같은데요. 아무튼, 오늘은 여기까지! 멀리 안 나갑니다, 옥여사님."

"이 쌍년이!"

퍽! 옥여사가 던진 위스키 병이 지온의 머리 위로 날아왔다. 다행히 지온을 살짝 비껴간 병은 벽에 정통으로 날아가 부서졌고, 이내 산산조각이 나 바닥에 흩어졌다. 사방에 스카치위스키가 튀었고, 룸 안에서는 독한 위스키 술 냄새가 그득하게 차올랐다. 병 깨지는 소리에 룸 밖에 있던 리차드와 용식이 그리고 웨이터들과 태리 사장까지 깜짝 놀라 VIP 룸 안으로 우르르 몰려들었다.

지온이 환하게 웃으며 태리 사장에게 큰소리로 외쳤다.

"여기, 다시 세팅해!"

35. 연애편지

"이랑이 새끼 당장 잡아 와."

"네. 여사님."

옥여사가 시벨롬 VIP 룸에서 나와 용식이에게 지시했다. 사실 옥여사는 지온이 조금 전 해 준 천국의 아버지에 관한 이야기의 전말을 이미 오래전부터 알고 있었다. 천국에게 호감이 생기면서 그의 빚을 털어 주고 싶었고, 그 과정에서 천국이 자신이 죽인 사람의 아들이었단 걸 우연히 알게 되었다. 그와의 악연으로 행여나 천국에게 버림받을까 두려웠던 옥여사는 몇날며칠을 고민하다 결국 그와의 인연을 반전시키고 싶은 마음에 찔끔찔끔 할부로 원금을 상환해 주는 척 시간을 질질 끌었다. 적어도 빚을 다 갚을 동안만이라도 천국을 자기 곁에 묶어 두고 싶은 심정에서였다.

한편 차 안에서 대기하고 있던 일랑은 휴대폰이 방전 돼 꺼지자, 늘 파카 주머니에 가지고 다니던 작은 시집을 꺼내 읽기 시작했다. 그런데 한참이 지나도록 지온과 리차드로부터 아무런 소식이 없자 조금씩 좀이 쑤시오기 시작했다. 마침 소변도 볼 겸 겸사겸사 주변을 조심스레 살핀 후, 차에서 내렸다. 퍽! 윽. 일랑이 머리를 잡고 바닥에 쓰러졌다. 일랑을 이랑으로 착각한 용식이가 그의 뒤통수를 각목으로 세게 내리치는 바람에 일랑은 그 자리에서 정신을 잃었다. 용식이는 일랑을 검은색 BM* 승용차 트렁크에 싣고서 출발했다.

잠시 후, 의식이 돌아온 일랑은 안간힘을 써 보았지만 아무 소용이 없었다. 한 시간쯤 후, 트렁크 문이 열렸고 용식은 그의 얼굴에 검은 복면을 씌웠다. 계단을 몇 번 오르고, 어디론가 또 끌려간 후에야 일랑은 복면을 겨우 벗고 나무 의자에 걸터앉아 가쁜 숨을 재대로 내쉴 수 있었다. 의자는 몹시 차가웠다. 그러나 그것도 잠시였을 뿐, 일랑의 입에 재갈이 또다시 물렸다. 일랑은 자신을 납치한 자가 영상에서 봤던 옥여사의 하수인임을 단박에 알 수 있었다. 끌려온 곳에는 옥여사의 용역 건달들이 열댓 명 정도 주변에 대기하고 있었다.

"넵, 여사님. 묻어 버릴까요? 아, 넵. 따로 말씀 주실 때까지 대기하겠습니다. 그럼 이랑이, 이 새끼는 당분간 여기에 두겠습니다."

용식이는 아주 낮은 소리로 통화했지만, 워낙 조용한 곳이라 통화 내용을 똑똑히 들을 수 있었다. 일랑은 또 그렇게 운이 나빴다. 용식이가 그에게 다가오자 일랑은 자신은 이랑이가 아니라고 열심히 재갈 물린 입으로 설명했으나 그에게 돌아온 대답은 용식이의 거대한 귀싸대기 뿐이었다. 그가 후려갈기는 귀싸대기에 일랑의 입 안쪽의 실핏줄이 터졌다. 비릿한 피 맛이 느껴질 정도로 용식의 귀싸대기는 강력했다. 오해가 풀릴 때까지 일랑은 그냥 잠자코 있기로 마음먹었다. 그것만이 살길이었다.

한편 시벨롬에서 밖으로 나온 지온과 리차드는 일랑이 온데간데없이 사라진 것을 한 발 늦게 알게 되었다. 조수석 차 문은 활짝 열려 있었고, 그가 읽던 책이 차 옆에 쓰레기처럼 떨어져 있었다. '이병률 작가'의 시집 『바다는 잘 있습니다』의 표지가 반쯤 찢겨져 바람에 너덜대고 있었다. 리차드가 그 책을 안타깝게 주워 지온에게 보였다. 지온은 리차드를 시켜 바로 그 자리에서 블랙박스를 확인했고, 일랑이 옥여사 일당에게 납치당한 사실을 알게 되었다. 리차드가 위치 추적 앱을 작동시켰지만 일랑의 휴대폰은 이미 방전되어 꺼진 상태였다. 지온은 그 자리에서 이랑에게 바로 전화를 걸었다.

"어디세요? 지금 좀 봐야겠어요. 이랑씨."

"지금은 쫌."

"일랑씨가 없어졌어요. 어디에요? 지금."

이기적이고 얍삽한 이랑은 그새 시벨롬 주방으로 스며들어 자기 한 몸을 숨기고 있었다. 지온과 리차드는 비상구를 통해 시벨롬 주방으로 몰래 들어가 이랑을 다시 만났다.

"옥여사, 그 늙은 년이 아주 제대로 돌았군."

이랑은 호탕한 척 말했지만 목소리는 잔뜩 겁에 질려 있었다. 보다 못한 지온이 이랑을 나무라듯이 한마디로 상황을 정리했다.

"이랑씨가 가서 당장 형 찾아와. 그때까지 코인 지급 보류야."

"쳇. 아주 지 마음 대로군."

"응. 내 맘대로야. 몰랐어?"

"그럼, 나도 그 영상 못 줘. 도로 내놔요."

"리차드!"

리차드가 주머니에서 USB를 꺼내 이랑에게 흔들어 보이면서 먼저 돈 가방을 달라고 손짓을 보냈다. 하지만 이랑은 돈 가방을 꼭 껴안으며 버티기 시작했다.

"이건 못 주지. 마이낑인데."

"마이낑. 왓츠 마이킹?"

리차드가 지온의 얼굴을 쳐다보며 그 이상한 단어의 의미를 물었다. 그러자 지온은 어이없는 듯 대화를 이어갔다.

"선금."

"아, 선금."

그제야 리차드가 그 의미를 알아차렸다. 그때 옆에서 이 세 사람의 대화를 가만히 듣고 있던 주방 이모가 갑자기 뭐가 마음에 안 드는지 프라이팬을 휘두르며 세 사람을 모두 주방에서 내쫓기 시작했다.

"다들 안 나가!"

시벨롬 주방 이모는 그간 일랑과 이랑 형제가 번갈아 그곳을 몰래 드나들고 있단 사실을 알고 있었다.

"보자 보자 하니까 아주 이것들이! 남의 주방서 뭣들 하는 짓이야?"

얼떨결에 쫓겨 나가는 이랑에게 주방 이모께서 한 말씀 더 보태셨다.

"얼굴값 좀 해라, 이노마. 마이낑을 받아 처 묵었음 가서 니 형을 구해 와야지. 이 나쁜 노마."

"들으셨죠? 이랑씨. 자, 가서 얼른 얼굴값 하세요."

"그럼, 이 가방은 가져가도 되죠?"

이랑이 돈 가방을 꽉 껴안으며 지온에게 물었다.

그날 밤, 지온은 집이 아닌 애일당으로 향했다. 지온은 천국의 온기가 아직 남아 있는 그곳으로 돌아가고 싶었다. 또 아해가 돌보고 있긴 하지만, 앵두가 잘 있는지도 살피고 싶었다. 어쨌든 애일당, 그 안에서는 생각이 명쾌하게 잘 정리되곤 했었으니 복잡하게 꼬인 지금의 상황을 그 안에서 하나둘씩 해결해야겠다고 지온은 생각했다. 그날 밤, 애일당 안에서 지온은 뜬눈으로 밤을 지새웠다. 아침 7시, 지온이 김태희 변호사에게 통화가 가능한지 문자를 넣었다. 그러자 바로 전화가 왔다.

"네, 선배."

"일찍부터 미안. 천국씨 재판이 언제로 잡혔다고 했지?"

"다음주 수요일 예정인데, 왜요?"

"그 재판 일주일만 연기 시킬 수 있어? 그 사이에 내가 정리할 게 좀 생겨서…… 재판에 제출할 영상이랑 녹취 파일이 추가됐거든."

"재판 연기는 문제없어요."

"이따 오후에 우리 사무실로 들어올 수 있어?"

"그럼요. 선배. 3시 어때요?"

"좋아. 그리고 나 내일 그 사람 면회 잡은 거, 그것도 다음 주로 좀 미뤄 줄래?"

"네. 선배. 근데 무슨 일 있어요? 왜 갑자기 다 연기를 해요?"

"……"

오후 3시, 지온은 3층 자신의 사무실에서 김태희 변호사와 만났다. 두 사람은 영상과 음성 파일을 꺼내 놓고 법률적으로 하나씩 따져 가며 짚어 나가기 시작했다. 그리고 재판부의 관점에서 볼 때 천국이 무죄 판결을 받을 수 있겠다는 확신을 얻었다. 하지만 그 증거가 몰고 올 후폭풍에 대해서는 두 사람 모두 답이 없었다. 밤늦게까지 머리를 맞대고 여러 각도에서 논의를 해 보았지만, 도무지 결론이 나질 않았다. 지온은 결국 다음날 오전, 회사 법률 자문 팀을 극비리에 소집하기에 이르렀다. 반나절 넘게 자문을 구한 후, 그녀가 스스로 내린 결론은 삼오그룹 주식을 모두 포기하겠다고 선언하는 길뿐이었다. 그리고 그것은 곧 자신의 '진짜 같은 가짜' 가족과의 손절을 의미했으며 동시에 진짜 자신의 삶을 찾는 '리셋' 선언이기도 했다. 회의가 끝나 갈 무렵, 그녀가 자신의 생각을 발표하자, 법률 자문 팀이 술렁거렸다. 뭔가 이해할 수 없는 결정이기 때문이었다. 그뿐만이 아니었다. 지온은 최근 잡음이 끊이질 않았던 '키네틱 우먼' 브랜드 또한 현재 진행 중인 외국계 금융회사에 더 이상의 네고 없이 즉시 매각하라고 지시했다. 왜 갑자기 모든 일에 속도를 내는지에 대해선 딱히 부연 설명도 하지 않았다. 남들이 보기에 그런 지온의 모습은 대담하다 못해 무모해 보이기까지 했다. 하지만 지온의 속내는 찻잔 속 태풍처럼 일촉즉발 터지기 일보 직전이었다. 천국이 구속되고 치열했던 일주일이 그렇게 지나가고 있었다.

지온은 천국을 다시 만날 때까지 시간이 필요했다. 처음엔 하루라도 빨리 그를 구치소 안에서 빼내고 싶었고, 그 이유가 자신의 자리를 지키기 위한 명분 때문이라고 굳게 믿었다. 그런데 스스로 모든 것을 버린 이 마당에 더 이상의 명분은 사라지고 없었다. 대신 자신이 천국에게 얼마나 간절한 마음인지, 자석처럼 끌리는 자신의 절절한 감정을 어쩔 수 없이 인정하게 되었다. 천국에게조차 그 마음을 들키고 싶지 않았던 그녀였다. 어차피 그와 자신은 삶의 길이 다르다고 생각했다. 이제 곧 세상이 그녀에게 돌을 던질 거라는 사실도 지온은 잘 알고 있었다.

하지만 그를 향한 자신의 감정이 진심이라는 사실 하나만으로도 그런 것 따윈 전혀 두렵지 않았다. 다만, 지온에게 남은 단 한 가지의 두려움은 바로 천국이었다. 과연 떳떳하게 그의 눈을 똑바로 쳐다 볼 수는 있을까? 지온은 도저히 자신이 없었다. 자신의 가족으로 인해 죄 없는 그의 아버지가 허망하게 죽었다. 그로 인해 그가 살아왔을 험난한 지난 몇 년간의 삶에 대해 과연 어떻게 용서를 구할 수 있단 말인가. 그것이 불가능한 일이라는 걸 지온은 그 누구보다 잘 알고 있었다. 천국을 다시 만나는 것보다 용서를 구하는 것이 먼저라고 지온은 생각했다. 지온은 천국에게 펜을 들었다.

지온은 애일당 안에서 그와 함께 보냈던 짧고도 강렬했던 시간들을 조금씩 곱씹어 돌이켜 보았다. 생각하면 할수록 기억은 하얗게 뭉개져 형체 없이 부유하고 있었다. 간직할 추억조차 부실한 자신의 기억 속에서 없어질까 봐 지온은 초조해졌다. 애써 집중해서 생각하면 할수록 최근 한 달 사이에 일어났던 천국과의 모든 일들이 거짓말처럼 느껴졌다. 꿈인지 생시인지 잘 분간이 안 될 정도로 지온의 머릿속은 뒤죽박죽이었다. 지온은 벌써 삼 일째 물과 커피 이외엔 아무것도 먹지 않고 그냥 애일당 안에만 처박혀 있었다. 천국과 함께 누워 사랑을 나누었던 이불 속에서 천국의 체취를 맡으며 편지를 쓰고 또 썼다. 하지만 편지를 쓰면 쓸수록 글의 의미를 잃어버리는 것만 같았다. 다 써 놓고 보니, 그것은 용서를 구하는 사과의 편지가 아니었다. 오히려 사랑을 전하는 연애편지라고 하는 게 더 옳았다. 다시, 또 다시 써 보았지만 지온은 어쩔 도리가 없었다. 그렇게 그녀는 삼 일만에 가까스로 사과의 편지 한 장을 완성할 수 있었다. 이제 그 편지를 김태희 변호사 편에 구치소로 전달만하면 되었지만, 여전히 지온은 그 편지를 자신의 품에 지니고 있었다. 그 편지를 던지는 순간 지온에게서 모든 것이 떠나 버릴 것만 같았다.

아무것도 가진 게 없는 천국과 함께하는 동안, 지온은 자신이 진정한 자유를 느꼈다는 걸 알게 되었다. 그와 함께 있으면 백 퍼센트 아니 천 퍼센트 온전히 자기 자신이 될 수 있었다. 천국은 그녀에게 그런 힘을 주는 존재였다. 지온도 천국의 자유를 되찾아 주고 싶었다. 그녀는 그를 믿었고, 그를 믿는 자신을 믿기로 했다. 그렇게 애일당의 밤이 깊어 가고 있었다.

"문 닫아!"

지온의 아버지가 또 소리쳤다. 아버지의 눈은 몹시 풀려 있었고 입에선 술 냄새가 진동했다. 잠들어 있던 지온이 그 소리에 깜짝 놀라 눈을 떴다. 방 안에는 아버지 말고, 한 사람이 더 있었다. 교복을 입고 있는 어린 지온이었다.

"지온아…… 어서 나와. 거기서 어서 도망쳐."

지온이 지온에게 속삭였다.

유 회장은 지온의 치마에 손을 넣었다.

"안 돼, 하지 마. 도망쳐. 지온아, 어서."

지온의 몸은 움직이질 않았다.

엘리베이터 문이 또 열렸다. 교복의 매무새를 고치며 지온은 탈까 말까 망설이고 있었다.

"지온아, 지온아."

저만치 복도 끝에서 아해가 그녀의 이름을 부르며 뛰어오고 있었다. 아해도 교복을 입고 있었다. 지온은 아해를 그 순간 외면하고 싶었다. 엘리베이터에 올라타자마자 닫힘 단추를 타타탓 여러 번 연속으로 눌렀다. 간발의 차이로 아해의 얼굴 위로 엘리베이터 문이 닫혔다. 분명 아해는 눈물을 흘리고 있었다. 지온은 울고 싶었지만 눈물이 나질 않았다.

추르르르르르르르.

끈이 끊어진 것처럼 엘리베이터는 다시 엄청난 속도로 내려가기 시작했다. 아니, 어쩌면 다시 올라가고 있었는지도 모른다. 지온은 비명조차 입에서 나오지 않았다.

5시간 만에 엘리베이터 문이 열렸다. 구조대가 갇혀 있던 어린 지온을 그 안에서 꺼냈다. 실신해 다음 날 깨어난 지온은 아무것도 기억하지 못했다. 아니, 기억하고 싶지 않았다. 그로부터 몇 달 후 지온은 뉴욕으로 유학을 떠났다.

꿈이었다. 꿈을 깬 지온은 다시 아침을 맞았다.
어쩐 일인지 그날 아침 지온은 명상 없이 하루를 시작했다. 며칠 동안 카페인으로만 속을 채우다 보니 기력은 떨어졌지만 각성 상태가 지속된 탓에 정신은 아주 또렷했다.

꿈이 아니었어.
지온은 그간 자신이 망각했던 기억의 조각들을 뒤죽박죽 뒤 섞인 채 꿈속에서 만나고 있었음을 깨닫게 되었다. 애일당에 들어온 지 나흘 만에 마침내 지온은 자신을 평생 따라다닌 악몽의 실체와 마주하게 되었다.

테이블 위에는 천국에게 보낼 한 통의 편지가 가지런히 놓여 있었다.

36. 러브 엠바고

2019년, 10월 1일.

하늘이 열린다는 개천절, 천국의 아버지는 성수동 삼오그룹 사옥 외벽을 청소하는 도중 줄이 끊어져 현장에서 추락사했다. 사고 당시, 옥상에서는 천국의 새엄마 진숙씨가 2인 1조로 청소를 돕고 있었다. 사고 후, 보험사 조사관들은 줄이 끊어진 단면을 근거로 줄이 자연적으로 쓸려서 끊어진 것이 아니라 누군가 칼로 자른 것에 가깝다며 강한 의혹을 제기했다. 게다가 여분의 안전장치였던 줄마저 같은 방식으로 끊어진 것을 두고 경찰에 재조사를 수차례 요청했지만 어찌된 영문인지 번번이 묵살 당하고 말았다. 이유는 간단했다. 고의적인 살해를 뒷받침해 줄 만한 뚜렷한 직접적 증거가 없었다는 것. 보험사도, 경찰도 현장의 CCTV 영상은 끝내 찾을 수가 없었다. 당시 경찰과 언론은 입을 맞춘 듯 건물의 기기 고장으로 원래부터 촬영된 것이 아무것도 없었다고 사실을 왜곡했다. 이제 와 진실은 영원히 알 수 없게 돼버렸지만, 천국의 아버지가 이미 이 세상 사람이 아니라는 건 그 무엇보다 확실한 현실이 되고 말았다.

아버지가 돌아가시고 장례를 치르는 동안에도 천국은 3일 동안 한숨도 자지 못했다. 경찰서에, 보험 회사에 그리고 장례식장에서 화장터까지 미친 듯이 여기저기를 뛰어다녔다. 아버지를 고향인 춘천 소양호 근처에 모시고 집으로 돌아온 천국은 그길로 바로 쓰러져 깊은 잠에 빠져 버렸다. 문득 기분이 묘해 잠에서 깨어났을 때엔 이미 팬티와 이불이 푹 젖어 있었다. 천국은 수치심에 벌떡 일어났다. 그리고는 곧장 이불을 세탁기에 넣어 돌린 후 샤워를 하는 척 입고 있던 팬티를 화장실에서 몰래 빨았다. 새엄마 진숙씨는 그런 천국을 가만히 지켜보고만 있었다. 허나 천국은 정확히 알고 있었다, 그것이 몽정이 아니었다는 사실을…….

그리고 바로 다음 날 아침, 진숙씨가 홀연히 사라졌다. 천국은 며칠 동안 여기저기 새엄마가 갈 만한 곳들을 수소문하며 찾아다녔다. 주로 그녀가 다니던 교회

사람들을 위주로 찾아다녔지만 모두 허사였다. 일주일이 지나 겨우 실종신고가 접수됐지만, 그 또한 별반 소득이 없었다. 한참이 지난 뒤에야 천국은 진숙씨가 아버지 보험금을 챙겼고, 살고 있는 집까지 사채업자에게 담보로 넘겼다는 사실을 알게 되었다. 천국은 거리로 나앉게 된 것보다도 진숙씨가 사라진 후, 세상에 혼자 버려진 것에 더욱 절망했다.

"210번, 변호사 접견입니다."

교도관이 천국의 수감 번호를 불렀다. 지온은 김태희 변호사와 함께 접견을 왔지만, 어쩐 일인지 변호사를 대기시키고 혼자 접견실 안으로 들어갔다. 그곳에 오기 전 지온은 김태희 변호사에게 음성 파일과 영상 파일 일부를 추가 증거로 검찰과 재판부에 제출하도록 지시했다. 이제 며칠 후면 열리게 될 천국의 재판에서 그 증거물들은 법적 효력을 발휘할 것이고, 그 증거들이 가져올 엄청난 사회적 여파는 온전히 지온이 감당해야만 할 몫이 되었다. 그래서 지온은 그 여파를 최소화하기 위해 증거 제출의 시점을 재판 당일까지 미루어 왔다. 사전에 엠바고[19]를 걸어 둔 셈이었다.

유리창 너머로 연두색 수용자 복을 입고 쓸쓸하게 웃고 있는 천국이 보였다. 지온의 반가운 시선은 왠지 자신이 없어 보였다.

"잘 지냈어요?"

그녀가 머뭇거리는 사이, 천국이 먼저 지온에게 인사말을 건넸다.

"응. 천국씨는?"

대답 대신 천국은 고개를 한 번 크게 끄덕였다.

"염려하지 마. 다 잘 될 거니까."

---

19) **엠바고.** embargo 일정한 시간까지 보도를 금지함

"믿어요. 아 참, 나 우리 아버지가 꿈에 나왔어요."

"정말? 길몽이네."

"응. 그런 것 같아."

"아참, 천국씨, 내 태명이 뭔지 알아?"

"응? 태명?"

그녀의 뜬금없는 태명 이야기에 천국은 의아했다.

"천국씨가 가져다준 우리 엄마 노트에 내 태명이 적혀 있더라고."

"그걸 읽었다고요? 하나도 못 알아보겠던데."

"훗. 나 말고는 아무도 못 읽어. 내가 우리 엄마 딸이니까."

"그게 어느 나라 말이었어요? 영어 같지는 않던데."

"풉. 그거 그냥 한글을 뒤집어서 적은 거야. 아마 우리 엄마도 나처럼 왼손잡이였던 거 같아. 문장을 오른쪽에서 왼쪽으로 적으셨더라고. 것도 아주 능수능란하게."

"아, 그런 거였군요."

"근데……."

지온은 갑자기 풀이 죽어 말꼬리를 흐렸다.

"근데 왜요?"

"있지, 실은 나 요즘 예전 기억들이 새록새록 떠올라. 그런데 천국씨랑 만났던 최근 일만 희미하네. 이상하지 않아?"

"앗. 나도 그런데. 이 안에만 있으니까 더 그런 거 같기도 하고. 다 나 혼자 꾼 꿈같아."

천국이 그렇게 말한 뒤 오른손을 유리창에 살며시 갖다 대었다. 그리고 미소 지으며 말했다.

"이참에 우리, 좋은 것만 되살려서 기억해요. 지온씨."

"응. 그럴래."

지온도 자신의 왼손을 천국의 손 위에 맞춰 대었다. 맞대고 있는 손바닥 사이의 찬 유리창으로 천국의 따뜻한 온기가 지온에게 전해졌다.

"그래서! 지온씨 태명이 뭐였는데?"

"아, 내 태명! 웃지 마, 천국씨. 내 태명은 떡국."

"떡국? 하하. 귀엽네."

"응. 너무 마음에 들어. 자기 이름처럼 내 태명도 '국'자로 끝나. 자, 들어봐. '천국 앤 떡국' 어때? 근사하지? 꼭 무슨 영화 제목 같지 않아?"

천국은 지온의 그런 모습이 낯설었다. 하지만 그 또한 아직 자신이 모르고 있던 지온의 모습이겠거니 짐작했다. 천국은 자신을 만나러 와준 서른아홉 살, 그 새 더 귀여워진 지온이가 한없이 사랑스럽기만 했다.

"내가 원래 1월 1일이 예정일이었나 봐. 일주일 일찍 태어난 거래. 훗. 떡국 먹는 날 태어난다고 태명을 그렇게 짓다니. 어쩐지, 내가 떡국을 참 잘 먹어."

"아. 그랬구나. 갑자기 떡국 먹고 싶다, 나."

"나오면 제일 먼저 떡국 해 줄게. 같이 먹자. 조금만 더 버텨."

"응."

"또 하나 있어. 우리 엄마가 나처럼 프랑스 영화를 좋아했더라고. 천국씨 혹시 알아? '빗 속의 방문객'이란 영화?"

"아니. 난 프랑스 영화 잘 모르는데."

"있어. 강간당한 여자가 범인을 총으로 쏴 죽였는데 마침 그 범인을 쫓고 있던 탐정 같은 한 남자가 시골로 찾아와. 근데 범인을 쫓던 탐정이 그만 그 여자에게 반하게 돼서 그 여자를 완전범죄로 만들어 줘. 아주 원원이지."

"아, 이런. 지금 여기서 듣기엔 좀 그런 스토리네. 허헛."

천국은 접견실 주변을 잠시 살폈다.

"훗. 적절치는 않네. 근데 뭐 어때. 영화데. 아무튼, 우리 엄마가 제일 좋아한 가요도 그 노트에 적혀 있었어. '떠날 때는 말없이'랑 또 뭐였더라…… 아, 맞다. '꽃밭에서' 둘 다 이봉조라는 당대 최고의 작곡가가 만든 노래야. 아마 자긴 모를 거야. 너무 옛날 노래라."

"아냐, 나도 '꽃밭에서'는 알아요."

"아, 그래? 그리고, 나 또 생각나는 거 있는데. 것도 말해도 돼?"

천국은 그저 웃으며 그녀의 맥락 없는 이야기를 모두 다 들어주었다. 그날 지온의 이야기는 끝이 없었다. 면회 시간이 다할 때까지 마치 하나라도 빼먹으면 큰일 날 것처럼 지온은 자신이 기억나는 전부를 천국에게 쏟아 붓고 있었다. 그런 지온의 모습은 결코 정상적으로 보이지 않았지만, 천국은 끝까지 그녀를 경청해 주었다. 그토록 행복하게 말하는 지온의 모습을 처음 보았기 때문이다. 말하는 내내 그녀의 눈동자에서는 생기가 넘쳤고 천국에게도 그 행복한 기운이 온전히 전해졌다.

어느새 면회 시간이 다 되었다.

"천국씨. 너무 미안해."

"뭐가?"

"……."

지온은 뜬금없이 천국에게 미안하다는 말을 남기고 접견실을 나왔다. 천국은 그녀가 자리를 뜨고 완전히 시야에서 사라질 때까지 그녀가 남기고 간 손바닥 자국을 바라보며 접견실에 앉아 있었다. 천국은 그때까지만 해도 그녀가 남긴 '미안해'라는 말의 의미를 전혀 알지 못했다.

대기실에서는 김태희 변호사가 면회를 마치고 나온 유지온 대표를 기다리고 있었다.

"아, 선배. 면회는 어땠어요? 천국씨는 별일 없죠?"

"응. 재판 준비는?"

"네. 깔끔히 다 정리됐어요. 이제부턴 검사가 난감하겠죠. 당장 판사한테 다른 범인을 잡아다 앉혀 놔야 할 테니까."

"그럼, 다음주 재판까지 대언론 보안 유지 철저히 해 줘. 아참, 이거."

지온은 흰 편지 봉투 하나를 내밀었다.

"이게 뭐예요? 선배."

"재판 다 끝나고 그 사람 구치소에서 나오면…… 그때 직접 전해 줘."

"네? 선배가…… 아, 네…… 알겠습니다."

김태희 변호사는 더 이상 토를 달지 않고 지온이 내민 편지를 무겁게 받아 넣었다.

복도로 나온 지온이 조금 앞서 걷더니, 엘리베이터 문 앞에서 멈춰 섰다. 김태희 변호사는 잠시 당황했다. 잠시 후 엘리베이터 문이 열리고 지온은 엘리베이터 안에 자연스럽게 올라탔다. 김태희 변호사가 잠시 머뭇거리자 지온이 그녀에게 말했다.

"뭐해, 안 타고?"

"앗, 넵. 선배님."

둘은 엘리베이터를 타고 일 층으로 내려갔다. 지온은 자신이 엘리베이터에 타고 있다는 사실을 전혀 의식하지 않는 사람처럼 태연하게 행동했다.

영민한 김태희 변호사는 그 순간 아무 말도 하지 않았다.

37. 그들만의 리그

이랑은 형을 구하기 위해 일주일 가까이 옥여사의 동선을 사방팔방 쫓아다녔지만 허사였다. 솔직히 그는 형의 안위보다는 행여 지온으로부터 잔금을 못 받을까, 그것에 더 신경이 곤두서 있었다. 그러던 와중에 마침 미세스 문으로부터 연락이 왔다.

"어쩔 수 없었어. 요즘 유지홍이 검찰 조사받는 바람에 덩달아 우리 영감까지 아주 난리야. 일주일 내내 꼬리 자르기만 하더니, 좀 전에 갑자기 자진해서 검찰 출두했어. 뭐, 청와대에 누구, 믿을 구석 하나 생겼겠지."

"그러니까, 내가 진작 만나자고 했잖아. 우리 봄이, 오빠한테 혼 좀 나야겠는걸."

"몰라. 지금 혼날 기분 아냐. 어딘데?"

거의 열흘 만에 이랑은 미세스 문을 만났다. 그는 미세스 문을 만나자마자 자신이 그동안 구상한 계획에 대해 털어놓기 시작했다. 이랑의 제안은 간단히 말해 자기 대신 잡혀간 형을 구하기 위해 일단 옥여사를 먼저 유인해 내겠다, 그거였다.

"그 늙은 여자를 유인해서 뭐 하게?"

미세스 문이 도무지 이해할 수 없다는 표정으로 되물었다.

"그래야 우리 형을 빼내지."

"뭐? 자기 형을?"

이랑은 그간의 일들을 자신에게 유리한 부분만 편집해 설명했다. 그리고 옥여사의 유인책으로 미세스 문의 남편인 문건성 의원만한 사람이 없다고도 했다.

"그게 자기 생각대로 다 될까? 난 아니라고 봐. 그리고 나는 이딴 일에 엮이기 싫어. 괜히 일만 더 복잡해져."

예상외로 미세스 문이 비협조적으로 나오자, 이랑은 그런 그녀를 자극할 비장의 카드를 꺼내 들었다.

"우리 봄이, 이걸 보면 당장 이혼하고 싶을걸?"

"됐어. 이혼은 신혼여행 가면서부터 하고 싶었어. 후, 몰라. 그 인간 감옥 가면 대충 뭉개다 이혼하려고 했는데. 아무래도 그 영감, 감옥은 절대 안 갈 거 같지? 내가 봐도 그래. 정말이지 이 세상 최강 미꾸라지야."

"그러니까. 이참에 감옥엘 보내 버리잔 얘기지."

"꿈 깨. 검찰도 못 보내는 감옥을 우리가 무슨 수로 보내? 아무튼, 그게 뭔데? 틀어나 봐."

이랑이 휴대폰을 들고 화살표 모양의 재생 아이콘을 콕 눌렀다. 영상은 작년 크리스마스, 이용이라는 작자가 몰래 촬영한 것이었다. 에덴 골프장에서 피 흘리며 쓰러져 있는 릴리 피를 문 의원이 유린하는 충격적인 장면이 화면에서 흘러나왔다. 영상이 채 끝나기도 전에 그녀가 이랑의 휴대폰을 뒤집었다.

"짐승만도 못한 놈. 성적 취향하곤. 이래서 내가 그 인간이랑 더는 못 살겠다는 거야. 내 말 이해하지? 말도 마. 지금 내 통장에 얼마 있는지 알아? 이천도 없어. 그 개새끼 매달 쥐 부랄 만한 생활비 주면서 엄청 생색내거든. 하여간, 생각보다 더 개 쓰레기였네. 나, 이거 당장 경찰에 넘길래."

"안 돼. 한몫은 챙기고 보내야지."

"한몫? 이게 진짜 돈이 돼? 자기 계획이 도대체 뭔데?"

이랑이 몇 개의 동영상을 더 보여주자 머리 나쁜 미세스 문의 마음은 남편에게서 완전히 돌아서고 말았다. 그녀는 이랑의 무모한 계획에 적극 동참하기로 그 즉시 합의했다.

그날 밤, 집으로 돌아온 미세스 문은 문 의원이 검찰 조사를 받고 있는 틈을 타 남편이 집 금고에 몰래 숨겨 둔 대포폰을 꺼냈다. 그녀는 이랑이 시키는 대로 그 폰으로 옥여사에게 협박 문자를 정성껏 보냈다. 문자를 보낸 후 미세스 문은 폰에서 보낸 메시지를 삭제하는 것도 잊지 않았다.

[옥여사.

아시다시피, 내가 지금 검찰 조사받는 중입니다. 헌데 내 담당 검사님께서 옥여사를 좀 보자시네. 그래도 그전에 나랑 합은 맞추고 다녀오셔야죠.
살길은 내 자세히 알려 드릴 터이니 너무 걱정은 마시고.
그럼, 내일 밤 자정, 마장동 축산물 시장, 동문 옆 3번 냉동창고에서 보시는 걸로.
아참, 일랑이는 내일 같이 데리고 나오시죠. 내가 볼일이 좀 있으니까.

문건성 의원]

서울 근교, 모 폐교에 최측근 수하들과 함께 몸을 피신하고 있던 옥여사가 그 문자를 받았다.
"뭐야, 쟤가 여기 있는 걸 어떻게 알고 있지? 대체 정보가 어디서 새는 거야? 그것부터 당장 찾아 내."
옥여사가 제일 싫어하는 것이 바로 조직 내부의 배신자였다.
"아무래도 이랑이 새끼가 문 의원한테 붙은 거 같습니다. 여사님."
기가 죽은 용식이가 작은 소리로 대답했다.
"내 애당초 이럴 줄 알았어. 그러게 왜 저 쓸데없는 걸 잡아와서는……. 용식이, 너! 내가 나중에 따로 다 계산할 거야."
"죄송합니다. 여사님. 너무 똑같이 생겨서."
"근데 닮기는 참 많이 닮았어."
옥여사가 구석에 찌그러져 있는 일랑을 신기하다는 듯 또 한 번 힐끗 쳐다보았다.

잠시 후, 문 의원 대포폰으로 옥여사의 답 문자가 들어왔다. 내일 협상을 수락한다는 내용의 문자였다. 단, 일랑을 데려오는 조건으로 그쪽에서는 이랑을 데려오라는 요구를 해 왔다. 문 여사는 받은 문자를 재빨리 지운 뒤 금고 속에 다시 전화기를 집어넣고 금고를 잠갔다. 그리고는 이랑이 일을 꾸미고 있는 마장동 축산물 시장으로 나갔다.

그 시각, 이랑은 무척 분주했다. 그는 아예 시장에서 정육점 하나를 통째로 빌려 놓고 일을 벌였다. 정육점은 쌍둥이 형제가 어릴 적 오랫동안 아르바이트를 했던 '마산 정육점'이란 곳이었다. 이랑은 바로 옆 냉동창고까지 섭외하기 위해 생돈을 무려 3백만 원이나 썼다. 고집이 무척 센 정육점 사장도 수완 좋은 이랑이 설득한 끝에 일찍 퇴근시켰다. 이랑은 냉동창고 안에 몰래카메라를 3대나 설치한 후 미세스 문을 기다리고 있었다. 이제 마지막으로, 정육점 안에 새로 장만한 노트북을 연결하여 일종의 상황실로 세팅만 하면 모든 준비가 끝이었다. 어두워서 자세히 보이진 않았지만 냉동창고에서 일어나는 일들을 실시간으로 모니터하기에는 그것으로 충분했다.

"아후, 고기 비린내. 여기 입구부터 진짜 냄새 쩐다. 대체 왜 하필 이런 데서 만나기로 한 건데?"

미세스 문이 정육점 안으로 두리번거리며 들어왔다.

"오, 왔어? 우리 봄이가 한우 좋아해서 특별히 여기 빌린 건데. 왜?"

"됐어. 빨리 찍기나 해."

두 사람은 사전에 냉동창고에서 문 의원에게 보낼 협박 영상을 찍기로 모의했다.

"실감나게 때려야 해. 쎄게! 알았지? 한 번에 끝내자고."

"응. 걱정 마. 나만 믿어. 자, 하이~ 큐!"

이랑은 영화감독이라도 된 양 호기로운 목소리로 큐 사인을 외쳤다. 찰싹. 휴대폰 영상 녹화가 시작되자마자 이랑이 그녀의 따귀를 가차없이 후려갈겼다.

"아~~~~~악. 살려주세요. 사람 살려. 아~~~~~~~~~~~악"

"컷. 하나씩 끊어 가자. 아팠지? 미안."

휴대폰 카메라가 꺼지자, 이랑이 미안해하며 미세스 문의 뺨을 어루만졌다.

"훗. 괜찮아. 내가 이래봬도 소싯적에 영화도 한 편 했었어. 개 망해서 아무도 모르지만."

"어쩐지 눈빛이 달라. 자, 다음엔 몸값 요구하는 부분이야. 오케이?"

"응. 오케이. 큐 사인 조바."

"하이~ 큐!"

"여보. 내일 자정까지 10억 준비해서 오세요. 아니면 저 죽어요. 여보~~~ 흐흐흑, 여보……."

미세스 문이 절절하게 애원하다가 흐느끼기 시작했다. 그녀의 눈에선 어느새 진짜로 눈물이 흘렀다.

"컷! 대박. 자기, 지금 진짜로 운 거야?"

"응. 내가 진짜 너무 몰입했나 봐. 후우. 근데 우리 짠돌이 영감이 돈 가지고 올까? 나 때문에?"

"훗. 걱정 마. 릴리 피 나오는 영상 같이 보낼 거야. 안 오면 경찰에 영상 바로 넘기지 뭐."

"응. 알았어."

이랑은 찍은 영상을 바로 편집해 문 의원에게 보냈다. 벌써 밤 11시가 훌쩍 넘어가고 있었다. 이랑과 미세스 문은 다음날 거사를 위한 모든 세팅을 완료했다. 뿌듯해진 이랑이 주인의 허락도 없이 정육점 냉장실을 마음대로 열었다. 이랑은 육회 감으로 좋을 커다란 고깃덩어리를 꺼내더니 둘이서 먹을 만큼 적당히 칼로 도려내었다.

"뭐 하는 거야? 안 나가?"

"응. 잠깐만 기다려 봐."

이랑은 도려낸 고기를 잘게 썰더니 종이에 둘둘 말아 싸며 미세스 문에게 말했다.

"이제 가자."

이랑은 미세스 문의 손을 잡고 마장역 근처에 있는 형, 일랑의 오피스텔까지 사이좋게 걸어갔다. 오피스텔에 도착한 두 사람은 별 대화도 없이, 걸신들린 사람들처럼 육회에 소주 각 1병씩을 마시고는 자연스럽게 옷을 벗고 섹스를 했다. 미세스 문은 그날 밤 오르가슴에 도달하지 못했지만 이랑의 기분을 배려해 가짜로 두 번이나 싼 것처럼 연기를 했고, 이랑은 전혀 그것을 눈치 채지 못했다. 이랑도 긴장을 한 탓인지 몇 번이나 용을 썼으나 끝내 사정하지 못했다. 미세스 문과 이랑은 그렇게 샤워도 하지 않은 채 그대로 잠자리에 들었다. 잠자리가 바뀐 미세스 문이 쉽게 잠들지 못해 뒤척였다.

"왜? 얼른 자."

"몰라. 잠이 안 오네."

"우리 봄이, 한 번 더 박아 줄까?"

"아이, 아냐."

미세스 문은 아니라고 말했지만, 어느새 몸을 배배 꼬면서 이랑의 품으로 파고들었다. 이랑은 그녀의 버자이나에 손가락을 하나씩 차례로 두 개를 집어넣었다. 결국 그날 밤, 이랑의 손가락 끝에서 미세스 문은 오르가슴에 도달했다. 미세스 문이 잠이 들자, 이랑은 조용히 일어나 정성껏 메모를 쓰기 시작했다. 그리고 잠든 그녀를 힐끗 한 번 내려다본 뒤 자신의 여권과 유지온 대표로부터 건네받은 돈 가방을 챙겨 나와 근처 마장역으로 뛰어갔다. 날은 꽤 쌀쌀했지만 이랑은 하나도 춥지 않았다. 곧 부자가 된다고 생각하니 한기조차 느껴지지 않았다. 이랑은 전철역 사물 보관함에 가방과 여권을 넣고 열쇠는 주머니에 잘 챙겼다. 집으로 다시 돌아온 그는 이불 속 미세스 문 옆에 나란히 누웠다. 이랑은 정확히 다음날 오전 11시에 일어나 미세스 문을 깨웠다.

한편, 그 즈음, 검찰 조사를 마치고 귀가한 문 의원은 집에 부인이 없자, 그녀에게 곧장 전화를 걸었으나 전원이 꺼져 있다는 음성 안내만이 흘러나왔다. 그는 뭔가 불길한 기운을 느꼈다. 먼저 자신의 서재로 가서 자신에게 불리하게 작용할지도 모를 모든 자료들을 찾아 정리하기 시작했다. 그리고 금고 속에서 권총을 꺼내 실탄을 다섯 발 장전한 후, 대포폰의 전원을 켰다. 그러자 문자 메시지와 두 개의 영상이 동시에 떴다. 문 의원은 떨리는 손으로 메시지를 읽어 내려갔다.

[문 의원,
미세스 문은 우리가 보호하고 있으니, 시간 되시면 찾아가세요.

장소: 마장동 축산물 시장, 동문 바로 옆 3번 냉동창고
시간: 오늘 밤 자정
몸값: 현금 10억, 네고는 없음.
조건: 재개발 건에 대한 신변 안전보장

함께 보내드린 동영상이 경찰에 전달되거나, 소셜 미디어에 퍼지길 원치 않으실 줄로 믿어요. 설마 그 영상 들고 경찰에 가서 신변보호 요청 따윈 안 하실 거죠?

옥경희 드림.]

드디어 자정이 되었다.
마장동 축산물 시장, 마산 정육점에서 이랑과 미세스 문은 모니터를 보며 옥여사와 문 의원이 나타나기만을 기다리는 중이었다. 이랑은 만반의 준비가 되었다고 자신하고 있었다.
"자기야, 근데 어제보다 화면이 좀 어두운 것 같지 않아?"
"아, 씨바, 저 안쪽에 불이 나갔네. 잠시만, 내가 지금 가서 좀 보고 올게."
이랑이 막 자리에서 일어나는 그 순간, 화면 속 냉동창고 문이 살짝 열렸다.

"어맛, 왔네 왔어. 누구지? 누구야?"

흥분한 미세스 문이 호들갑을 떨기 시작했다. 그녀의 얼굴에서는 일말의 긴장감도 찾아볼 수 없었다. 정육점에서 몰래 지켜보는 모니터 화면이 미세스 문에게는 액션 영화의 한 장면과 조금도 다를 바 없었다. 냉동창고 문을 열고 안으로 들어온 사람은 한눈에 봐도 덩어리가 묵직한 용식이었다. 얼굴에 복면을 쓴 일랑을 앞세우고 용식이가 창고로 들어왔다. 옥여사는 맨 뒤에 붙어 엉거주춤 따라오고 있었다.

"근데 저 사람들 걸음걸이가 왜 저래?"

화면 속 세 사람 모두 펭귄처럼 뒤뚱거리며 걷고 있었다.

"바닥이 조낸 미끄러운가 봐. 어젠 저 정도로 미끄러운 줄 몰랐는데. 큭."

일랑이 현장에 도착한 걸 확인한 이랑은 그 즉시 바로 유지온 대표에게 문자를 보냈다.

[우리 형 찾았습니다.

장소는 마장동 축산물 시장, 동문 옆 3번 냉동창고.

서두르세요. 언제까지 여기 있을지는 나도 모르니까.

얼굴값 했으니 잔금 꼭 이행하시길.

이랑.]

천국의 재판을 앞두고 있어 줄곧 사태를 예의주시하던 지온은 문자를 받자마자 바로 리차드에게 정보를 공유한 후, 만일의 사태를 대비해 그곳으로 사설 경호 인력 10명을 투입시켰다. 그리고 그녀도 리차드와 함께 마장동으로 곧바로 출발했다.

창고 문이 또다시 열렸다.

이번에 들어온 사람은 문 의원이었다. 그는 바퀴가 달린 커다란 돈 가방을 끌면서 힘겹게 창고 안으로 들어왔다. 가방이 무거운지 움직임도 둔해 보였다. 모니터 화면을 지켜보던 미세스 문은 노트북 속으로 빨려 들어갈 것처럼 얼굴을 화면에 바짝 붙이며 사납게 혼잣말을 해댔다.

"진짜 왔네. 저 미친놈. 근데 지금 혼자 온 거야? 쫄보 주제에 뭘 믿고 혼자 와. 여기가 어디라고."

"조용히 좀 해 봐. 봄이야."

이랑과 미세스 문이 지켜보고 있는 모니터 속 세상과 실제 냉동창고 안의 분위기는 완전히 달랐다. 어둡고 영하 20도인 창고 안은 도륙된 고깃덩어리 수십 개가 통째로 쭈욱 매달려 있어 살기가 맴돌았다. 고깃덩어리 뒤에서 숨죽여 기다리던 옥여사가 막 안으로 들어온 문 의원을 발견하고는 큰소리로 외쳤다.

"이랑이는? 그 새끼는 왜 안 데려왔어? 이거 계산이 틀리잖어."

하지만 사방의 얼음과 걸려 있는 고깃덩어리에 소리가 묻혀 그녀의 목소리는 잘 들리지 않았다.

"뭐라고? 누구?"

"이랑이 왜 안 데리고 왔냐고?"

"뭔 소리야? 우리 와이프는 어딨는데? 봄이야. 봄이야."

문 의원이 엉금엉금 미끄러운 바닥을 기어가듯 창고 안쪽으로 들어가기 시작했다. 창고 안으로 깊숙이 들어온 그는 휴대폰 조명을 여기저기 비추며 미세스 문의 이름을 불렀다.

"시끄러. 니 마누라 여기 없어. 이랑이나 내놔. 그 새끼는 어딨냐고?"

"이랑이? 걔가 누군데?"

"……."

"……."

갑자기 뭔가 잘못됐다는 생각이 스치자, 문 의원과 옥여사는 약속이라도 한 듯 입을 다물었다. 문 의원은 빠르게 뒷걸음질치기 시작했다. 잠시 후, 맨 처음 들어왔던 출입문이 그의 등 뒤에 닿았다. 문 의원이 무거운 돈 가방을 창고 문에 기대어 세웠다. 그리고 안주머니에 손을 넣어 뭔가를 꺼내려는데…… 툭. 겨우 세워둔 돈 가방이 바닥에 힘없이 엎어졌다. 에이, 씨. 그는 다시 돈 가방을 미끄러운 바닥에서 일으켜 세웠다. 타타탓. 그때 어디선가 신문지로 돌돌 말아 날을 감춘 사시미칼이 엄청난 속도로 문 의원에게 날아들었다. 용식이었다. 하지만 그 소리에 문 의원 혼자 제풀에 놀라 중심을 잃고 미끄러지는 바람에 죽자사자 달려든 용식이까지 스텝이 꼬이며 결국 둘 다 얼음바닥에 엉키며 고꾸라졌다.

탕!

놀란 문 의원이 얼떨결에 총을 쐈다. 총알은 용식이의 왼쪽 다리를 관통했다. 아, 으으으윽. 용식이의 신음 소리가 어둠 속에서 흩어졌다. 그의 다리에서 뿜어진 피가 바닥에 튀자 이내 얼어붙었다. 어둠 속에서 용식이가 몸을 추스르며 일어섰다. 그는 칼을 고쳐 들고 문 의원을 죽일 듯 노려보았다. 그가 다리를 절면서 문 의원을 향해 한발 한발 다가갔다.

"미쳤어? 저리 안 가? 너 내가 누군 줄 알고!"

겁에 몹시 질린 문 의원이 용식이의 얼굴에 총구를 겨누며 소리쳤다. 용식이가 총구 앞에서 멈추어 섰다.

"뭐 하는 짓들이야. 그만두지 못해. 지금 우리끼리 싸울 때야?"

고깃덩어리 뒤에서 숨을 고르던 옥여사가 두 사람을 자제시켰다.

"헐. 뭐야. 우리 영감 지금 총 쏜 거야?"

바로 옆 마산 정육점에서 화면을 지켜보고 있던 미세스 문이 총소리에 놀라 이랑에게 물었다.

"아이, 씨바. 니네 영감 총 갖고 있단 말 왜 안 했어?"

"금고에만 있길래 가짜 총인 줄 알았지. 저 영감이 지금 제대로 미쳤네."

이랑에게 던진 미세스 문의 짜증 섞인 투정에는 일말의 걱정도 묻어 있지 않았다.

탕!

열이 잔뜩 오른 문 의원이 갑자기 옥여사의 목소리가 들려오는 쪽으로 경고 사격을 한 방 날렸다. 피슉. 총알은 옥여사가 붙들고 있는 고깃덩어리로 날아가 정통으로 콱 박혔다. 총알이 박히는 충격이 바로 뒤에 매달려 있던 옥여사의 손끝에까지 전해졌다.

"돌았어? 왜 자꾸 총질이야. 고만해. 지금 어따 대구 총질이야!"

이야아압. 그 순간을 놓칠세라 용식이는 다시 한 번 문 의원을 향해 무시무시한 사시미칼을 들고 돌진했다. 퍽. 탕! 윽. 하지만, 쓰러진 사람은 거대한 용식이었다. 그의 머리를 총알이 관통했다.

"용식아~!"

옥여사가 고깃덩어리 뒤에서 애타게 용식이의 이름을 불러 보았지만, 용식이는 더 이상 대답이 없었다. 용식이는 방금 죽었고 죽기 전 그가 휘두른 칼에 문 의원은 왼팔을 깊게 베었다. 문 의원의 소매 아래로 벌건 피가 뚝뚝 떨어져 내렸다.

휙.

창고 문이 또 열렸다. 이랑이었다. 혹여 돈을 가지고 문 의원이 현장을 빠져나갈까, 불안해진 이랑이 창고 안으로 뛰어 들어온 것이다. 장갑을 낀 이랑의 손에는 정육점에서 들고 나온 날카로운 고기 정형용 칼이 들려 있었다. 창고 안은 생각보다 훨씬 더 어두웠다. 갑자기 어두운 곳에 들어온 이랑은 앞이 제대로 보이질 않았고 바닥은 뱀장어처럼 몹시 미끄러웠다. 그는 창고 안에 들어오자마자 희뿌

연 시야를 더듬어 문 앞에 세워진 돈 가방을 찾아 두손을 더듬거렸다. 그때 그의 손아귀에 돈 가방이 들어왔다. 이랑은 가방 손잡이를 필사적으로 꽉 틀어쥐었다.

탕!
또 한 발의 총성이 울렸다. 앗. 이랑이 반사적으로 몸을 확 낮추었다. 억세게 운 좋은 이랑은 기적적으로 총알을 피했다. 바닥에 엎어진 이랑은 아무것도 보이지 않았으나 위로 곤추세워 꽉 쥐고 있던 칼자루만은 놓치지 않고 제대로 잘 붙들고 있었다. 툭. 그의 근처 어딘가로 뭔가 바닥에 굴러 떨어지는 소리가 들렸다. 총이었다. 칼자루를 꼭 쥐고 있던 이랑의 손이 점점 더 묵직해져 왔다. 아, 뭐지? 이 찝찝한 기분은…… 서서히 어둠이 걷히며 칼날 끝에 매달려 있는 뭔가가 보이기 시작했다. 그것은…… 문 의원의 목덜미였다. 헉. 어느새 찐득한 피가 칼날을 타고 그의 손등으로 흘러내리고 있었다. 크게 놀라 칼에서 손을 확 떼어 내며 이랑이 소리쳤다.

"정당방위! 이건 정당방위얏."
화들짝 놀라 뒷걸음치던 이랑의 등짝이 무언가에 세게 부딪혔다. 악. 또 뭐야.
"끄으으응."
그것은 일랑이었다. 일랑은 입에 재갈이 물린 채 신음 소리를 뱉으며 도움을 요청하고 있었다.
"앗. 형!"
"으의! 으의!"
이랑은 재빨리 일랑의 복면을 벗기고 입에서 재갈을 풀었다. 일랑은 가쁜 숨을 몰아쉬며 이랑에게 말했다.
"헉헉. 이랑아. 이것도 좀 풀어 줘."
"아! 알았어, 형."
뒤로 두손을 결박하고 있던 검정색 노끈을 이랑이 가까스로 끊어 냈다. 하지만 발목과 허벅지에 칭칭 동여맨 끈들은 아무리 애를 써봐도 쉽게 풀어질 기미가 보이질 않았다.

덜컹.

그 순간, 창고 문이 다시 또 열렸다. 미세스 문이었다. 그녀는 위험에 처한 이랑을 지켜보고만 있을 수 없었다. 그녀의 두손에도 정육점에서 들고 나온 무기가 들려 있었다. 생김새부터가 무시무시한 발골 손도끼였다. 하지만, 정작 그녀의 두손은 겁에 질려 덜덜 떨고 있었다.
"왜 들어왔어? 봄이야, 나가. 어서."
이랑이 미세스 문에게 크게 소리쳤다.
"이랑씨? 거기 이랑씨야? 갑자기 자기가 안 보여서 놀랬잖아. 흐흑."
미세스 문의 목소리에 반가움과 두려움이 뒤섞여 있었다.
"어랍쇼. 이 연놈들이 아주 날 쌍으로 멕인 거였어!"
옥여사가 어느새 떨어뜨린 문 의원의 총을 주워 들고 다시 고깃덩어리 뒤로 숨어 들어가 있었다. 그때, 옥여사와 일랑의 눈이 딱하고 마주쳤다.

웃.
탕!
그녀는 일말의 망설임도 없이 형제를 향해 방아쇠를 당겼다. 어둠 속에서 사정없이 총알이 날아왔다.
"안 돼, 위험해. 이랑아."
형, 일랑이 몸을 날렸다.

옥여사가 천천히 고깃덩어리 밖으로 나와 그 간악한 모습을 드러냈다. 이번엔 도끼를 들고 있는 미세스 문에게 총구를 겨누며 천천히 다가왔다. 점점 가까워지는 총구 앞에서 미세스 문이 부들부들 몸을 떨며 소리쳤다.

"오지 마, 오지 마아~"

코앞까지 다가온 옥여사가 미세스 문의 관자놀이에 차가운 총구를 바짝 들이댔다. 미세스 문은 기도하는 심정으로 두 눈을 꽉 감았다. 마침내, 옥여사가 방아쇠를 꾹 당겼다.

틱. 웃.

총알이 바닥나고 더 이상 없었다.

미세스 문이 다시 눈을 떴다.

"끼야~~~~~~~~~~앗."

기선 제압이라도 하듯, 방금 지옥에서 살아 돌아온 미세스 문은 있는 대로 기를 모아 옥여사를 향해 기괴한 비명을 질러댔다. 그녀의 기세등등한 살기에 밀려버린 옥여사가 문 쪽으로 도망치기 시작했다. 하지만 바닥이 너무 미끄러워서 마음처럼 빨리 뛸 수가 없었다. 평소 균형 감각에 자신이 있던 미세스 문은 전력 질주하듯 미끄러운 바닥을 마구 뛰어 옥여사를 쫓아갔다. 그녀는 옥여사를 금세 따라 잡았다. 옥여사의 목덜미가 거의 손에 잡힐 듯 말 듯 가까이에 보이자, 에잇, 이때얏. 미세스 문이 들고 있던 도끼를 있는 힘껏 탁 내던졌다. 쿵. 하지만, 힘을 너무 준 나머지 미세스 문이 그만 미끄러지며 얼음 바닥에 그대로 고꾸라지고 말았다.

윽.

기구하게도 고꾸라진 미세스 문은 쥐고 있던 도끼에 제 얼굴을 찍고 말았다. 미스 남가주 진, 김봄 씨는 그렇게 마장동 축산물 시장, 차가운 3번 냉동창고 안에서 즉사를 하였다. 고기를 저장하던 냉동창고는 이제 시체 저장소가 되어 버렸다.

"ㅇㅇㅇㅇㅇㅇㅇㅇㅇ흑"

옥여사의 입에서 살았구나 안도의 한숨이 삐져나왔다. 명분도 없고, 이유도 없는 황망한 모두의 죽음 앞에서 옥여사는 다리에 힘이 풀려 제자리에 풀썩 주저앉았다.

뜨득.

살벌한 어둠 속에서 아주 작지만 섬뜩한 소리가 울렸다. 그 소리는 분명 문 의원의 목에 꽂혀 있던 사시미칼이 뽑히는 소리였다. 칼이 뽑힌 자리에서 피가 분수처럼 훅 솟구쳤다. 사방에 피가 튀었다. 냉동창고 안은 피비린내와 고기 냄새가 한데 섞이며 역하게 진동했다. 그 순간, 긴 사시미칼이 어둠 속에서 번뜩이며 살기를 내뿜었다. 옥여사는 죽을힘을 다해 자신의 몸을 겨우 일으켜 세웠다. 칼날을 피해 옥여사는 슬금슬금 뒷걸음질로 도망치기 시작했다.

"오지 마. 오지 말래도."

결국 옥여사는 창고 문 바로 앞까지 내몰렸다. 그녀에겐 더 이상 물러설 공간이 없었다. 서슬 퍼런 긴 칼날이 그녀의 목 앞으로 점점 더 다가왔다. 웃. 그때 그녀의 허리춤 뒤로 툭 튀어나온 문고리가 닿았다. 그녀는 재빨리 손을 뒤로 뻗어 손잡이를 돌렸다. 눈 깜짝할 새 문이 열렸고, 옥여사는 그 문틈 사이로 연기처럼 빠져나갔다.

냉동창고 안에는 한동안 정적이 흘렀다. 툭! 칼이 바닥에 떨어지는 소리가 들렸다. 그리고 또 창고 문이 열렸다.

지온의 사설 경호원들이 그곳에 도착한 것은 모든 상황이 종료되고, 약 20분쯤 지난 뒤였다. 지온과 리차드도 연이어 도착했다. 사설 경호원들은 그녀와 리차드가 창고 안으로 들어가는 것을 한사코 막았다. 대신 마산 정육점으로 둘을 안내했다. 리차드가 노트북에 저장된 영상을 재생시켰다. 두 사람은 숨죽여 영상을 끝까지 지켜보았다. 잠시 침묵이 흘렀다.

이윽고 지온이 리차드에게 물었다.

"누구지? 맨 마지막에 나간 사람이······."

38. 처음 만나는 자유

언제 죽을지 모르는 게 사람이었다. 그걸 모르니 또 살아갈 수 있는 게 사람이기도 했다. 전날 밤, 마장동 사건 현장에서 받은 엄청난 충격과 공포를 무릅쓰고 지온은 바로 그 자리에서 리차드에게 녹화된 영상을 지우라고 지시했다. 그리고 직접 112에 익명으로 신고한 뒤 일행 모두를 데리고 바람처럼 그곳을 빠져나왔다. 현장에 있던 노트북과 설치되었던 카메라는 모두 수거해 그날 새벽 리차드가 직접 파기해 버렸다.

다음날 이른 아침, 지온의 사무실. 뜬눈으로 지샌 리차드와 지온이 다즐링 홍차를 마시며 아침 뉴스가 나오기만을 기다렸다. 하지만 전날 그 사건에 관한 뉴스는 오후 늦게야 겨우 단신 몇 개가 보도된 것이 전부였다. 사람이 넷이나 죽었는데도 단신 뉴스는 고작해야 30초를 넘지 않았다. 그나마 죽은 사람 가운데 유명 정치인 부부가 껴 있어 단신 뉴스에라도 나온 것이 분명했다. 누군가 필시 이 사건을 은폐 축소하고 있다는 합리적 의심을 지온은 지울 수 없었다.

모든 뉴스는 전날 사건에 대해 일제히 치정에 얽힌 납치 살인으로 규정하여 보도하고 있었고, 사망자는 총 4명으로 문 의원 부부와 박용식 그리고 현일랑으로 밝혀졌다. 용의자는 현재 경찰 수사 중이라고 간단하게만 밝혔다. 그게 다였다.

"아, 일랑씨가……."

지온의 얼굴이 갑자기 어두워졌다.

"오 마이…… 그때 그냥 같이 움직일 걸 그랬나 봐요. 젠장."

리차드도 일랑의 죽음을 몹시 안타깝게 생각하고 있었다.

"저게 다라고? 쏘 스투핏. 누나, 제가 저 경찰님들을 좀 도와드릴까요?"

뉴스를 보다가 답답해진 리차드가 고개를 절레절레 흔들며 지온에게 물었다.

"기다려, 리차드. 한 번에 끝낼 일, 괜히 여러 번 하지 말자. 곧 천국씨 재판이야. 그 월패드 영상, 우리 쪽에서 증거로 제출하면 그 순간부터 다시 전 국민이 지켜보는 사건이 될 거야. 그렇게 되면 경찰도 이 사건, 지금처럼 쉽게 축소하거나 은폐할 수 없게 돼."

리차드는 이틀 전, 릴리 피의 아파트 거실에 몰래 잠입해 월패드에 담긴 영상을 복원해 빼내는 데 성공했다. 다행히 월패드 블랙박스 안에는 릴리 피가 살해당하는 장면이 고스란히 녹화돼 있었다. 릴리 피를 살해한 자는 바로 옥여사의 하수인, 박용식이었다. 그는 죽었지만, 그에게 살인을 사주한 옥여사는 아직 살아 있으니 끝까지 그 죄를 찾아 묻겠노라 지온은 다짐했다. 천국에게 조금이나마 속죄하기 위해서는 그 길만이 최선이었다.

"네, 맞아요. 릴리 피가 문 의원에게 폭행당하는 증거 영상까지 제출하면 경찰도 더이상 문 의원과의 연관성을 묻어 버릴 수 없겠죠. 그래도 안 되면 익명으로 투서라도 보내야죠, 뭐. 히히."

"아니, 리차드. 문 의원도 죽었어. 죽은 자에 대한 사건이라고 검찰은 더 이상 수사하지 않을 거야. 사건을 덮기 위해 그거보다 더 좋은 명분은 없을 테니……. 나한테 따로 생각이 있어."

"생각? 어떻게 하실 생각인데요?"

"……."

지온은 대답하지 않았다.

며칠 뒤, 천국의 재판이 열렸다. 재판부에 추가로 제출한 확정적 증거들은 천국의 무혐의를 입증하고도 남았다. 하지만 지온에게는 이제부터가 진짜 시작이었다. 천국의 재판이 끝남과 동시에 제출된 증거에 입각하여 지온의 오빠, 유지홍 부회장은 바로 전격 구속기소되었다. 2019년 10월 1일, 삼오그룹 본사 옥상에서 일어난 살인사건의 증거은폐 혐의였다.

뿐만 아니라 같은 건물, 옥상 보일러실에서 자살로 처리됐던 관리소장의 사건까지도 전면 재수사로 전환되었다. 하지만 배후 용의자로 지목된 옥여사가 잠적해 버려 경찰은 그녀의 긴급 수배령을 내리고 모든 수사를 공개로 전환해 언론에 천명하기에 이르렀다. 이제 남은 화살표는 죽은 문건성 의원을 가리키기 시작했고, 지온의 예상대로 검찰은 '공소권 없음'으로 그에 대한 수사를 곧바로 종결하고자 했다. 그러나 지온은 무덤에서 문 의원을 다시 소환시키고자 했다. 그 여파로부터 천국도, 지온도 결코 자유로울 수 없겠지만 이미 각오는 되어 있었다. 눈치 빠른 매체들은 벌써 죽은 문 의원과 지온의 오빠. 유지홍 부회장과의 유착 관계에 대해 소설처럼 기사를 써 대기 시작했다. 지온은 이 타이밍을 놓치지 않았다. 눈치 빠르고 목마른 매체들에게 문 의원의 만행이 담긴 영상을 익명으로 제보하도록 지온은 지시하였다. 단, 릴리 피의 얼굴을 완벽하게 모자이크 처리해 사자의 명예가 더 이상 해를 입지 않도록 만전을 기했다. 이와는 반대로, 지온은 리차드에게 문 의원의 변태적이고 간악한 모습이 더욱 부각 되도록 편집의 묘미를 한껏 살려 달라 주문했다. 물론 보도자료도 빠뜨리지 않았다. 그 보도자료에는 릴리 피를 청부살인한 사람이 바로 옥경희라는 것, 그리고 그녀가 삼오그룹 유지홍 부회장과 함께 문건성 의원에게 김포공항 재개발 사업권 로비를 위해 릴리 피를 앞세워 성 상납까지도 불사했다는 사실이 적나라하게 적혀 있었다.

그 동영상이 제보되자, 마장동 살인사건은 일파만파 인터넷뿐 아니라 공중파 뉴스에까지 다시 주요 뉴스로 심도 있게 다루어지기 시작했다. 죽은 자는 말이 없었으나 매체는 너무나도 할 말들이 많았다. 지온의 전략은 주효했다. 릴리 피와 문 의원과의 관계가 세상에 알려지자, 줄곧 자신의 직접적 혐의를 부인하며 책임을 회피하던 유지홍 부회장도 마침내 사면초가에 직면했다. 그날 밤, 유지홍 부회장은 불법 로비, 횡령배임에까지 혐의가 추가되었다. 뿐만 아니라 며칠 전 마장동 축산물 시장에서 일어난 살인사건까지도 배후 용의자로 지명되었다. 결국, 유지홍 부회장은 무기한 경영의 공백이 불가피했고 삼오그룹의 주가는 하루아침에 곤두박질치며 폭락했다. 이로써 지온의 바람대로 유지홍 부회장이 집행유예로 기사회생해 나올 확률은 '0' 아니, 마이너스가 되었다.

사전에 모든 걸 하나씩 준비해 온 지온은 천국의 재판을 하루 앞두고 극적으로 '키네틱 우먼'을 매각하는 데 합의하였다. 이제 지온은 더 이상 브랜드의 주인도, 삼오그룹의 경영진도, 유 씨 집안의 장녀도 아니었다. 오롯이 그녀 자신 외에 그 어떤 이름도 그녀를 정의할 수가 없게 되었다. 지온은 가슴에서 부질없던 모든 계급장을 떼어 내고, 그 허무한 빈자리에 자유와 자아를 채워 넣기로 했다. 이제 애일당에서 마음을 정리하고 그곳에 있는 몇 개의 작은 짐과 추억을 빼나오는 일만이 그녀에게 남았다.

한편 천국은 구치소에서 간단한 행정 절차를 마친 뒤 출소를 앞두고 있었다. 김태희 변호사가 대기실에서 그를 기다리는 중이었다. 이윽고 문이 열리고 천국이 들어왔다.
"정말 다행입니다, 천국씨. 축하드려요."
"감사합니다."
천국은 김태희 변호사에게 깍듯이 인사를 했다.
"저, 지온씨는?"
"아, 갑자기 일이 생기셔서. 저 그보다, 이거."
김태희 변호사가 증거물로 압수되었던 문제의 골프백을 천국에게 내밀었다.
"이게 뭐죠?"
"경찰과 검찰이 모두 천국씨 돈이라고 주장했던 바로 문제의 돈이에요. 3억. 무죄 받으시면서 더 이상 증거 효력을 상실해서 제가 회수해 왔습니다. 그들 말대로 천국씨 집에서 가지고 나온 것이니 다시 본래 제자리에 갖다 놓는 게 맞는 거죠. 자, 받으세요."
"아…… 그게 그렇게 되는 건가요?"
"저, 그리고 재판과정에서 다 들어 이미 아시겠지만, 천국씨, 아버님 말씀이에요."
"그 얘긴 더 이상 안하셔도 됩니다."
천국은 지온의 가족과 연루된 자신의 아버지의 죽음에 대해 더 이상 왈가왈부하고 싶지가 않았다.

"아, 네. 알겠습니다. 선배가 그것 때문에 많이 힘들어 하셨어요. 아 참, 이거. 선배가 천국씨 한테 꼭 좀 잘 전해 드리라고."

김태희 변호사가 조심스럽게 지온의 편지를 천국에게 내밀었다.

"지온씨가요?"

"네. 편지 같은데 사실 자세한 거는 저도 잘……."

"편지요?"

태어나 처음으로 누군가로부터 받은 편지였다. 하지만 그것이 그저 단순한 러브레터가 아니라는 걸 천국은 이미 알고 있었다. 구치소 안에서도 신청만 하면 얼마든지 외부로부터 전자 메일을 주고받을 수 있었다. 그럼에도 굳이 그녀가 제3자를 통해 편지를 전달했다면 그것은 분명 더 이상 그녀가 자신과 소통할 창구를 열어 두지 않겠다는 걸 의미했다. 그 편지는 천국에게 이별을 통보하는 편지임이 너무나도 자명했다.

천국은 지온의 편지가 구겨질세라 세로로 반듯하게 세워 코트 왼쪽 안주머니에 천천히 밀어 넣었다. 편지는 천국의 심장을 스쳐 안주머니 깊숙이 꽂혔다.

"어디 쪽으로 가시죠? 모셔다 드릴게요."

"아, 아닙니다. 그냥 근처 전철역까지만 부탁드립니다."

천국은 김태희 변호사의 호의를 정중히 거절하고 전철을 탔다. 전철에서 내려서는 다시 버스로 갈아탔다. 천국은 일랑이 안치된 수원 납골당으로 향하고 있었다. 흔들리는 버스 안, 천국은 심장에서 지온의 편지를 꺼내 들었다. 이별을 예감하는 편지에 천국의 손이 버스 손잡이처럼 출렁거렸다.

찾구써.

미리 출하해.
이 택지를 많이 갖고 있는 데쯤이라서 계산 밖에 갖고 있는 사거니에.
그 그렇게 줄게 만드면 지금 이 택지를 쓰고 있어.

찾구써는 제쪽에 있는 사람 같은 중에서 가장 속한할 사람이었어.
인제 이야기하려고 모르는 사람들을 충격을 알아 온 사기로는
그 찾구써가 신기하게 했어. 아이니, 이제도 빠하고 있다 햇지만...
물론 찾구써의 친음을 조금은 알 것 같아.

찾구써랑 함께 한 모든 시간은 않 최고의 시간이었어.
많은 동요하이었지만, 이건째로 안 들에 안 쓰서 같혐 우미.

한 택지를 쓰고 있는 이 순서, 사무나 핥은 것들이 회자가 되.
사이면 많이 없었지.
사는 건강 갑사을 때리에 아아 볼 줄은 아는 동결해라고 하는 갑자기이고
갑지건인이자어.
사보라 다리는 사이에 행한 엄합건.
엄해부라는 건강에 해한 엄합건.
갑지사 우리의 인조첫 불속한 이오로 건주겠었어.
차기는 우리 마디의 유품을 계 챌려해 중 경멸고 소중한 인양인 얼이야.

어서 인병은 샀발인 것 들네.
가라사 오른느 가라자 샐해할 수는 없지만 아이라고 가라 들지는 샐해할 수 있잖아.
난 꽁꽁히 그 순간을 기억해.
그래 내 앞에서 찾구써가 '진짜'라고 있겠다고 때를...

408

형국씨는 선택했고 그 선택을 듬뿍 받았어.
이제, 자기는 자유야.
이게 내가 선택할 수 있는 다가오이 있고.
사도 형국씨로 자유롭지 않게.

미안해.
우리 가족을 만신시 내가 건강시킨 모든 사실해. 미안해.
그런데도 그 붕고, 고통음을 빼놓고서 다 감당해 나가는 자기가
를 바려.
결단 그것을 형국씨 마음에서 지워 줄 정도로 바라지는 마.
그러나 사랑 별이 지지도 마음의 아픔도 사람과세 지나가 버려.
그러가, 부디 특별하듯고, 애매들히 헐려.

나는 이제부터 행복하지 않을 때 행복하게 만들어 줄게.
그러서 내게 저자기 말이 없어 헤어져, 형국씨.
보동 자자기 이리 있으면 안녕기 도 우연히 만난다면 모르게.
우리가 그랬던 것처럼.

더 이상 꼭같은 마음으로 형국씨를 사랑하는 건 멈출지언정 사랑하는 마음으로 형국씨를 기억할게.
행운을 빌어.

지읗이가.

P.S. 출소하면 리치고가 영덕할 거야. 그 전화 꼭 받아요, 형국씨.

앗, 이런. 천국은 자신의 눈을 믿을 수 없었다. 지온이 쓴 편지는 거울에 반사된 것처럼 온통 뒤집혀 있었다. 천국은 문득 지온의 생모가 남긴 노트가 떠올랐다. 그리고 지온이 일부러 그렇게 쓴 것이 아니라는 것도 천국은 잘 알고 있었다. 무의식중에 편지를 그렇게 적고 있었다니…… 얼마나 힘이 들었으면…… 천국은 순간 그녀를 향한 연민으로 가슴이 먹먹해졌다.

편지를 읽을 수 없어 난감해진 천국이 주머니에서 휴대폰을 꺼냈다. 그리고 편지를 무릎에 올린 뒤 사진을 찍었다. 그리고 그 사진 파일을 열어 〈l〉 기능 버튼을 눌렀다. 사진을 뒤집으니 그제야 천국의 두 눈에 편지가 바로 보였다. 세상도 그랬으면 좋으련만…… 하는 생각으로 천국은 지온의 편지를 읽어 내려가기 시작했다. 읽고 또 읽고 반복해서 읽다 보니 어느덧 천국은 목적지에 도착해 있었다. 가족이라고는 사라진 동생 외에는 아무도 없는 일랑의 유골함 앞은 썰렁할 게 뻔했다. 그래도 다행히 누군가 환하게 웃고 있는 그의 영정사진 옆에 시집 한 권을 두고 갔다. 자세히 보니, 죽기 전, 일랑이 평소 가지고 다니며 즐겨 읽었던 이병률 시인의 『바다는 잘 있습니다』라는 시집이었다. 시집은 표지가 반쯤 찢겨진 채 일랑의 사진 옆에서 너덜대고 있었다.

천국은 향을 피우고 일랑의 명복을 빌었다. 친구의 죽음이 선뜻 믿기진 않았지만 그래도 그를 보내야겠기에 그 순간 암울한 현실을 받아들여야 했다. 기도하는 동안에도 아무 생각이 나질 않았다. 텅 빈 생각이 하얗게 천국의 머릿속을 채웠다.
일랑을 떠나보내고 천국은 자신이 돌아가야 할 곳이 어딘지 더욱 막막해졌다. 살고 있던 논현동 오피스텔로 가자니 원래도 잘 들어가지 않았던 곳이라 썩 내키지 않았다. 그렇다고 해서 죽은 일랑의 집으로 가자니 왠지 너무 쓸쓸할 것만 같아서 망설여졌다. 밤 열시, 천국은 신사역 사거리에서 무거운 골프백을 짊어지고 강남역 방향을 바라보며 그렇게 한참을 우두커니 서 있었다. 때마침, 지나가던 택시 한 대가 천국의 앞에 와 멈춰 섰다. 그는 아무 생각 없이 그 택시에 몸을 실었다.

"청담동이요."

천국은 시벨롬으로 향했다.

그 시각, 시벨롬에서는 방미란과 유지나 이사가 단둘이서만 술에 취해 있었다.

"나 다시 애들 아빠랑 재결합할까 봐, 언니."

오빠가 구속된 뒤 모든 것을 자포자기하고 싶은 유지나 이사가 술 취한 목소리로 말했다.

"딴 놈이라면 모를까. 한 번 해봤으면 됐지 뭘 또 하니?"

"몰라. 이혼하고 다시 여자가 된 줄 알았는데…… 막상 여자로 사니까, 살기가 너무 외로워. 그냥 다시 엄마로 살까 봐."

"너 지금 그거 가짜 외로움이다. 있지, 내가 요요 올 때 느끼는 가짜 배고픔 같은 거."

"언니는 몰라. 내가 지금 얼마나 죽을 맛인지. 오빠 구속되는 바람에 당장 다음 주부터 내가 나서서 세무조사를 받아야 해. 엄마는 이제 하와이에서 다시는 안 들어오겠대, 쪽팔린다고."

"아후, 또 너희 정화경 여사님 오바 하신다. 야, 시간 금방 가. 사람들은 또 금방 잊을 거고. 그냥 기다리면 돼. 돈도 많은데 뭐가 문제니? 나처럼 프리랜서가 문제지."

"그나저나 지온 언니는 뭐 한데? 아주 여우라니까. 어떻게 알고, 내놓으랄 때는 그렇게 버티더니만…… 오빠 구속되기 한 달 전에 자기 지분 나한테 몽땅 다 넘긴 거 알아? 얼씨구나 하고 다 받아 챙겼는데, 그 바람에 나 지금 완전 폭망했잖아."

옆에서 두 사람의 이야기를 말없이 듣고만 있던 태리 사장이 눈치를 살피다 조용히 물었다.

"저, 뉴페 새로 들어왔는데 지금 들어오라 할까요?"

"야, 지금 우리 심각한 얘기하는 거 안 들려? 그리고 너는 왜 '킹스맨'에서 닳고 닳은 애들을 너네 가게에 데꾸 와서는 자꾸 뉴페라고 개구라 치니? 오늘도 또 사기 치면 나 이제 여기 다신 안 온다."

"에이, 누님. 왜 그러세요? 내가 더 잘한 데도."

"이게 너가 잘한다고 될 일? 너희 선수들이 잘해야지."

지난번에 합석했던 뉴페와는 뭐가 또 안 좋았는지 방미란이 생트집을 잡으며 강짜를 부리기 시작했다. 매상을 쫀쫀하게 더 올려도 시원치 않을 테이블에서 저조한 분위기가 계속되자 바람을 좀 쐴 겸 태리 사장이 잠시 룸 밖으로 나왔다. 마침 두툼한 순철이가 복도를 지나가고 있었다.

"순철아, 네가 저 진상 방에 좀 들어가 있어라. 좀 있다 천국이가 이리로 온다니까 나 30분만 있다가 들어갈게."

"천국이가요? 출소했대요?"

"응. 오늘 했어."

"알겠어요. 저 방은 제가 알아서 할게요."

순철이는 방미란과 유지나 이사가 있는 룸 안으로 슬며시 들어가 노래방 리모컨에 번호를 찍고 마이크를 들었다. 박효신의 야생화 반주가 흘러나왔다.

"어머? 순철이 왔구나."

방미란이 그에게 인사를 했다. 순철이도 90도로 인사를 한 뒤 노래를 부르기 시작했다. 감미로운 그의 목소리에 두 여자는 눈을 꼭 감고 그의 노래에 빠지기 시작했다. 후렴구가 시작되자 노래 사이사이마다 두 여자는 백악기 익룡처럼 찢어지는 환호성을 질러댔다. 그날도 태리 사장은 침울한 테이블 분위기 반전에 순철이를 앞세워 성공적이었다.

"오, 천국아. 이거부터 먹어라."

천국이 도착하자마자 태리 사장은 주방 이모에게 특별히 부탁해 가져온 두부를 그에게 직접 손으로 떠먹였다. 천국은 새끼 새가 먹이를 받아먹듯 두부 한모를 우물우물 순식간에 받아 삼켰다. 미지근한 두부가 목구멍으로 넘어갈 때 그간의 억울함과 설움도 같이 넘어가는 기분이 들었다. 멈춰 버린 화면 속에서 아버지도, 진숙씨도, 이랑이도 여기에서 저기로…… 천국을 바라보며 봄처럼 웃고 있었다. 하지만 그곳에 지온은 없었다.

"야, 임마, 정신 차려. 갑자기 왜 그래, 너!"

태리 사장이 넋이 나간 천국의 어깨를 잡고 흔들었다.

"아…… 죄송해요, 형. 혹시 그 뒤로 이랑인 여기 한 번도 안 왔나요?"

천국이 태리 사장에게 넌지시 물었다.

"거기서 다들 뒈진 다음에 아주 흔적도 없이 사라졌어. 아무도 몰라. 그 새끼 어디로 발랐는지. 근데, 걔가 쌍둥이였냐? 주방 이모님도 아시던데…… 젠장, 나만 몰랐네."

"어디로 갔는지 혹시 뭐 짚이는 데라도 없어요?"

"뻔하지."

"뻔하다뇨?"

"밀항."

"밀항?"

"응. 밀항. 그 자식, 입만 열면 한몫 잡아서 밀항한다고 그랬어. 미친놈. 진짜로 여기저기 루트를 알아보고 다니더라니, 이렇게 훅 사고치고 사라질 줄이야……"

"……"

"아참, 너 뉴스 봤지? 옥여사, 그 늙은 여우, 지금 수배 중이잖아. 아, 씨바. 깔아놓은 외상값도 몇 천이나 있는데…… 천국이 너, 외상값 회수 될 때까지 나 너

와리 못 떼 준다. 아무튼 그 여자 때문에 아주 온 나라가 발칵 뒤집혔잖아."
옥여사 이야기가 나오자 갑자기 천국이 자리에서 벌떡 일어났다.
"벌써 갈라고? 야, 천국아, 그럼 너 딱 일주일만 쉬고 다시 복귀하는 거다. 알지? 너 요즘 이 바닥에서 핵인싸 된 거, 유지온 대표랑 사귄다고. 이럴 때 노 저어라."
"형, 저 이만 가 볼게요."

가게에서 나온 천국은 지온에게 다시 또 전화를 걸었다. 하지만, 지온의 전화기는 꺼져 있었다. 그래도 천국은 계속 그녀에게 전화를 걸었다. 그러다 결국 휴대폰 배터리가 방전돼 나가 버렸다. 천국은 큰길까지 걸어 나가 보이는 대로 택시를 잡아타고는 무작정 가회동 지온의 회사 앞으로 갔다. 회사 정문은 굳게 닫혀 있었고 건물은 새어 나오는 불빛 하나 없었다. 새벽 5시가 지났지만 북촌로는 차 한 대도 없이 고요하기만 했다. 혹시나 하는 마음에 주차장을 기웃거려 보았지만 지온의 차는 그곳에 없었다. 천국은 그냥 회사 앞에서 아침까지 지온을 기다리기로 마음먹었다. 날이 몹시 추웠다. 3억이 들어 있는 골프백은 어느새 천국에게 짐이 되어 가고 있었다. 천국은 언 몸을 녹이기 위해 잠시 가회동 성당 맞은편 편의점 안으로 들어갔다. 강렬한 형광 조명에 눈이 부셔 천국이 순간 주춤했다. 하지만 편의점 안은 꽤 따뜻했고 익숙한 냄새 때문인지 마음이 안정되는 기분이 들었다. 천국은 컵라면 한 개를 집어 계산을 한 뒤 뚜껑을 열어 뜨거운 물을 부었다. 라면이 익는 동안 멍하니 창밖 길가를 바라보았다. 어느새 라면이 익었다. 천국은 컵라면 뚜껑을 열고 나무젓가락으로 면을 휘적거렸다. 그때 편의점 문이 열렸다.

39. 길티 플레져

앗. 천국은 지온이 편의점 안으로 들어오는 것을 보았다. 하지만 그 여자 손님은 지온이 아니었다. 실망한 천국은 컵라면을 후루룩 해치우고 편의점에서 바로 나왔다. 동이 틀 때까지 지온은 나타나지 않았다. 우연을 기대해서였을까? 천국은 아까보다 더 춥고 피곤했다. 결국 천국은 지온을 기다리는 걸 포기하고 일랑의 마장동 오피스텔로 갔다. 일랑의 오피스텔은 그동안 비어 있었는데도 중앙난방식 오피스텔이어서 그런지 여전히 따뜻했다. 천국은 일랑의 침대 위에 고단한 몸을 뉘었다.

그리고 다시 눈을 떴다. 헉. 몇 시지? 천국은 휴대폰을 열어 시간을 확인했다. 오후 다섯 시 반. 한 번도 안 깨고 내리 아홉 시간이나 자다니…… 침대에서 일어나 앉은 천국은 원룸 안을 한 바퀴 둘러보았다. 일랑이 더 이상 이 세상 사람이 아니라는 게 도저히 믿기지 않을 정도로 모든 게 예전 그대로였다. 그간의 경험에 비추어보면, 망자의 집은 망자의 기운이 있기 마련인데 일랑의 집은 전혀 그렇지 않았다. 뭔지 모를 생기가 여전했다.

드드드드. 그때 천국의 휴대폰 진동이 울렸다. 리차드였다.

"아. 천국씨. 저 리차드인데요. 우선 축하드려요."

리차드는 유지온 대표로부터 명을 받고 천국의 계좌에 위로금을 송금했으니 확인해 보라고 전했다. 천국은 그 돈을 왜 그녀로부터 받은 건지 도무지 이해할 수 없었다. 얼떨결에 통화를 마친 천국은 자리에서 나와 일랑의 물건들을 하나씩 정리하며 챙기기 시작했다.

'내가 지금 뭐 하고 있는 거지?'

문득 의미 없는 유품 정리를 멈추고 천국은 1층 관리실로 뛰어 내려갔다. 그리고 관리소장에게 일랑의 오피스텔 계약 상황에 대해 문의했다. 안 그래도 사망 소식을 뉴스로만 전해 듣고는 어쩌지도 못하고 있던 터라, 관리소장은 반색하며 천국을 집주인과 바로 연결해 주었다. 천국은 자신의 이름으로 그 집의 계약을 그 자리에서 바로 1년 더 갱신할 수 있었다.

 구치소에서 나오면서부터 천국은 줄곧 충동적으로만 행동하고 있었다. 논현동 자신의 집을 두고서 또 일랑의 오피스텔까지 계약 연장하다니…… 별다른 이유도 없었고 설명할 수도 없었다. 그저 아직은 일랑을 그냥 그렇게 보낼 수 없어서, 마음의 준비가 안 되어서…… 그 정도 외에 달리 설명할 이유가 딱히 떠오르지도 않았다. 그 순간, 천국은 지온과 이대로는 죽어도 끝낼 수 없다는 생각이 들었다. 그래서 돈을 되돌려 주겠다는 명분으로라도 그녀를 다시 만나야겠다고 마음먹은 뒤 자신의 계좌 잔액을 확인해 보았다. 일, 십, 백, 천…… 입금된 금액에는 '0'이 엄청나게 많아 일일이 다 세어보아야만 하는 엄청난 액수의 금액이었다. 10억! 천국은 보고도 믿을 수 없었다. 애초에 그녀와의 핑크빛 미래를 상상한 것은 아니었지만, 그렇다고 이렇게 돈을 받고 그녀와 끝내는 건 더 더욱이 아니라는 생각이 들었다. 상황을 정리하기 전에 적어도 단 한 번만이라도 그녀의 얼굴을 다시 볼 수만 있다면…… 천국의 마음은 점점 더 간절해져만 갔다. 어느새 천국은 다시 가회동 애일당으로 향하고 있었다. 왠지 그곳에 가면 지온이 꼭 있을 것만 같았다.

 서로가 뭔가 통했던 건지, 때마침 그 시각, 지온도 아해를 만나기 위해 가회동 사옥으로 가고 있었다. 아해는 지난 금요일, 비서를 통해 정식으로 지온에게 미팅을 요청했었다. 가는 길에 지온은 꺼 두었던 휴대폰을 잠시 켰다. 새벽녘 천국으로부터 부재중 전화가 여러 번 와 있었음을 확인했지만, 더 이상 그의 전화에 미련을 두지 않기로 했다. 지온이 바로 휴대폰의 전원을 껐다. 천국에게 전화를 걸지도 모르는 자신을 믿을 수 없었기 때문이다. 또 유지홍 부회장이 구속되기는 했지만, 정식 재판을 받고 그에 따른 죗값을 확실히 선고받기 전까지는 지온은 천국을 대면할 자신도 없었다. 더 이상 스스로 유 씨 집안의 사람이라 생각하지 않아도 여전히 유지홍 부회장은 지온의 주홍글씨였다.

지온이 가회동 사옥에 도착했다. 그녀보다 조금 앞서 도착한 천국이 지하 주차장 입구로 걸어 내려가고 있었지만, 지온은 그를 못 보고 스치듯 지나쳤다. 지온이 차에서 내려 차 문을 막 닫으려는 찰나, 그녀 앞으로 씩씩하게 걸어오는 천국의 모습이 보였다. 천국씨…… 지온은 차 문을 닫는 것도 잊은 채 그 자리에서 망부석처럼 굳어 버렸다. 한 발, 두 발…… 천국이 다가와 그녀를 꼭 안아주었다.

"천국씨, 실은 내가……."

"쉿. 그냥 가만히 있어요."

천국은 지온을 꼭 안으며 그녀의 귀에 속삭였다.

"내가 너무……."

"가만히 있으래도."

천국은 지온이 더 이상 아무 말도 못 하게 더 꼭 끌어안았다. 천국의 품에서 지온은 뜨거운 눈물을 흘렸다. 지온을 달래 주려 천국이 상냥하게 입을 열었다.

"지온씨, 겁쟁이네."

"응. 너무 기가 막혀서…… 법적으로 좀 정리되면 그때 다시 보려고 했었어."

"우리 아버지 돌아가신 게 지온씨 잘못은 아니잖아요. 그러니까 그만 울어요."

천국은 가볍게 지온에게 키스를 했다. 천국의 키스는 지온의 죄책감마저 황홀하게 만들고 있었다. 그 순간, 두 사람에게 언어는 더 이상 소통의 도구가 아니었다. 두 사람은 그렇게 서서 한참 동안 입맞춤으로 못 다한 이야기를 나누고 있었다.

그때 갑자기 주차장 입구에서 인기척이 났다. 천국의 품 안에 있던 지온이 예민하게 반응하며 소리쳤다.

"거기, 누구얏."

후다닥. 분명히 수상쩍은 소리가 들려왔었다.

"내가 가 볼게. 차에 타고 있어요."

천국은 지온을 차에 태운 뒤 소리가 나는 쪽으로 조심스럽게 다가갔다. 하지만 이미 그곳에는 아무도 없었다. 천국은 다시 지온의 차에 다가가 유리창을 가볍게 톡톡 두드렸다. 지온이 창문을 내렸다.

"이제 괜찮아요. 아무도 없으니까 그만 차에서 나와요."

"아…… 내가 너무 예민한가 봐. 미안, 천국씨."

지온이 차에서 내렸다.

"있죠, 지온씨. 나 그 돈 못 받겠어요."

"그 얘기라면 더 이상 하지 마."

"나 보고 그 돈 받고 떨어지라는 소리 같아서 나, 싫어요."

"이해해. 그래도, 면죄부까지는 아니라도 날 용서해주는 셈치고 좀 받아 주면 안 될까?"

"당신 잘못 아니래도."

"모르겠어. 다 내 잘못 같아."

"그만 하래도."

"알았어. 그만 할게. 아, 맞다. 근데 지금 내가 회사에서 아해랑 마무리할 일이 좀 있어. 나, 회사 다 정리했거든."

"아, 일 봐요. 돈도 돈이지만…… 편지 보고 그냥 당신 얼굴이라도 한번 볼 수 있을지…… 그래서 무작정 왔던 거예요, 너무 보고 싶어서."

"응. 이따 끝나고 바로 전화할게."

"응. 알았어요."

천국이 지온을 그대로 둔 채, 아쉬운 마음으로 주차장에서 천천히 걸어 나갔다. 지온은 멀어져 가는 그의 뒷모습을 바라보다 갑자기 천국에게 소리쳤다.

"잠깐만! 천국씨."

천국이 그녀의 뒤를 돌아보았다. 어느새 그녀가 천국에게 한달음에 뛰어와 그의 바로 뒤에 와 서 있었다.

"천국씨, 이거. 차고 가."

지온이 자신의 손목에서 빈티지 롤렉* 오이스터 시계를 풀어 천국의 손목에 채워 주었다.

"갑자기 이건 왜?"

"몰라, 늘 마음에 걸렸어. 그때 내가 준 걸 그냥 놔두고 간 게. 이제 이거 차고 가면 왠지 다시는 나쁜 일 안 생길 거 같아."

"아, 이런."

"나 이제 진짜 가 봐야 해. 천국씨."

"응. 이따 통화해."

천국은 지온의 이마에 가볍게 입을 맞추었다.

"알았어. 이따 전화할게. 천천히 빨리 와. 천국씨. 같이 떡국 먹자."

"훗. 응."

지온은 천국과 가벼운 작별 인사를 나눈 뒤 로비에 있는 달리 레스토랑으로 올라갔고 천국은 일랑의 오피스텔로 돌아갔다. 달리 레스토랑에서는 아해가 다음 날 발렌타인 프로모션 준비로 분주했다. 그녀는 우유 대신 아몬드 밀크를 넣은 비건 초콜릿을 만들며 지온을 기다리고 있었다. 지온은 천국이 체포된 뒤 아해와 거의 소원한 상태가 되었지만 그렇다고 해서 비즈니스까지 바로 손절할 수는 없는 노릇이었다. 무엇보다 식음료 사업이 본사와 복잡하게 연동돼 있었고 최근 지온이 지분을 정리한 마당에 한번은 두 사람이 허심탄회하게 이야기를 나누어야만 했다. 그러던 차에 아해가 먼저 미팅을 요청한 것이다.

"왔니?"

아해가 지온을 보자 손에 낀 라텍스 장갑을 벗으며 짧게 인사했다.

"바쁘니?"

"아니야. 거의 다 됐어. 앉아."

냉랭하고 서먹한 인사말이 오간 뒤, 지온은 테이블 구석에 놓여 있는 새장을 발견했다. 지온이 앵두에게 다가가 인사를 했다.

"안녕, 앵두야. 잘 있었니?"

지온의 목소리는 조금 전 아해에게 건넸던 그 목소리라고는 도저히 믿을 수 없을 정도로 상냥하고 사랑스러웠다. 앵두도 오랜만에 본 지온을 보더니, 밖으로 나오고 싶다며 부리로 문고리를 물고 거꾸로 매달려 애교를 부렸다. 아해는 앵두에게만 다정하게 대하는 지온에게 서운한 마음이 들었지만, 꾹 참고 지온이 좋아하는 다즐링 홍차를 준비하기 시작했다. 바쁘게 움직이는 아해의 주방에서는 찻잔끼리 만드는 달그락거리는 소리가 간간이 들려왔다. 지온은 한때 아해의 다즐링 홍차뿐 아니라, 그녀가 차를 준비할 때 내는 달그락 소리까지도 무척 사랑했었다. 하지만 그날 오후는 달랐다. 그 소리는 지온의 예민한 신경을 더 자극할 뿐 백색 소음만도 못한 천한 소음처럼 여겨졌다.

아해가 테이블 위에 찻잔과 찻주전자를 나란히 내려놓았다. 그리고 둘이서 조용히 침묵을 마시기 시작했다.

"들었어. 지온아."

분위기를 살피던 아해가 비건 초콜릿이 담긴 접시를 지온의 앞으로 내밀며 입을 열었다.

"어떤 거? 천국씨 나온 거? 아니면 나 회사 매각한 거?"

"둘 다."

"응. 필요한 거 있으면 말해, 뭐든."

"필요한 거? 훗."

지온이 종일 아해가 만들었을 비건 초콜릿 한 조각을 베어 물었다. 뒷맛이 조금 묘하게 쌉싸름한 다크 초콜릿이었다. 맛이 꽤 좋았지만, 분위기상 내색하지는 않았다.

"필요한 거 없어. 다만, 나 혼자서 이 식당이 무슨 의미가 있을지······."

"선택의 여지가 별로 없었어. 아해야."

"그래서, 네가 결국 선택한 게 천국씨야?"

아해는 그날, 평소와는 달리 자신의 생각을 숨기지 않았다. 지온은 당황하진 않았지만 천국의 이름을 그런 식으로 거론하는 아해가 뻔뻔하게 느껴졌다.

"내가 선택한 건······ 천국씨의 무죄였지, 천국씨는 아니었어."

"천국씨나 천국씨의 무죄나. 너랑 나 사이에 그런 말장난은 그만하자. 팩트는 지금 지온이 네가 회사도 버리고 가족도 버렸단 사실이잖아. 앞으로 또 뭘 더 버릴 건데? 그 남자가 너한테 정말 그럴 만한 가치가 있는 거니? 남자는 그냥 남자일 뿐이야. 이 초콜릿이 그냥 초콜릿인 것처럼."

아해의 목소리가 갈라졌다.

"어차피 다 내 손을 떠날 것들이었어. 너도 뉴스 봐서 잘 알 텐데."

"넌 항상 그런 식이야."

"그런 식? 그런 식이 대체 무슨 식인데?"

"답 미리 다 정해 놓고 아닌 척 행동하다가 갑자기 확 통보하는 식."

"내가 그랬나? 잘 모르겠는데."

"응. 넌 언제나 그랬어. '달리'를 접는 것까지도 미리 다 정해 놓고 아닌 척하다가 지금 확 나한테 알려주고 있잖아. 그러면서 뭐 필요한 게 없냐고?"

지온은 잠시 말을 아꼈다. 아해의 입장에서 보면 그리 틀린 말도 아니었기 때문이었다.

"그들만의 리그였어."

지온이 입을 열었다.

"그들만의 리그?"

"응. 나만 몰랐었다고. 그들이 단 한 번도 날 식구로 생각하지 않았다는 걸. 그들이 날 버린 거지, 내가 가족을 버린 게 아니야. 아해야, 기억 안 나? 그날 밤!"

"머? 그날 밤?"

"응. 그날 밤! 내가 하루 종일 엘리베이터에 갇혀 있었던, 그날 밤!"

"!"

엘리베이터 이야기가 나오자 갑자기 아해는 전의를 상실한 듯 그냥 잠자코 들고 있던 찻잔을 만지작거렸다.

"정화경 여사가 시키디? 입 다물고 있으면 너 팔자 고쳐 준다고?"

"지온아, 너 지금 그게 다 무슨 소리야?"

"나 다 생각나, 이제."

아해가 들고 있던 찻잔을 테이블에 내려놓으며 입을 열었다.

"너까지 잃고 싶지 않았어. 지온이 넌, 내 말이 무슨 뜻인지 이미 알 거야."

"아니, 전혀 모르겠는데."

"너한테 유일한 가족은 바로 나였어."

"맞아, 내 유일한 친구이자 내 유일한 가족이었지, 아해 네가. 하지만! 지금은 아냐. 내 기억이 돌아온 이상 그럴 순 없어. 넌 절대 모를 거야, 어느 날 문득 자기 자신이 낯설고 불편해지는 그 기분을! 그게 얼마나 공포스럽고 외로운 건지. 너도 똑같아. 아니, 더 나빠. 내가 헤매고 있을 때 너라도 제대로 나한테 모든 걸 사실대로 말해 줬어야 하는 거 아니야? 네가 내 유일한 가족이었다며…… 그런데 그런 네가 어떻게……."

쿵. 그때 지온이 앉아 있던 의자가 뒤로 휙 넘어갔다. 지온이 바닥에 너부러지며 쓰러졌다.

"다 하늘의 뜻이야. 지온아."

아해가 쓰러진 지온을 바라보며 혼자서 중얼거렸다.

"죽어. 죽어. 죽어. 죽어. 죽어. 죽어."

아해와 함께 지내는 동안 앵두가 새로운 단어를 배우고 있었다.

40. 마이 퍼니 발렌타인

"지온씨는요?"

"어서 오세요, 천국씨. 잠시만 여기서 기다리고 계세요. 지온이 곧 내려올 거예요."

꼬박 하루가 지나도록 지온은 아무런 연락도 없었다. 전화를 해봐도 신호는 갔지만 그녀가 그의 전화를 받질 않았다. 이상하게 생각한 천국은 다음 날 오전 아해에게서 갑작스러운 연락을 받고 달리 레스토랑으로 달려갔다. 처음엔 가게 안이 너무 조용해서 브레이크 타임인 줄로만 알았다. 달리는 발렌타인데이인데도 점심 영업만 하고 문을 일찍 닫은 상태였다. 지온의 회사가 매각 확정된 이후, 회사도 임시 휴업에 들어간 상태여서 건물에는 개미 새끼 한 마리 없이 적막하기만 했다.

"드세요. 이거 꼭 드셔야 한다고 했어요. 지온이가……."
"네?"
아해는 출소를 축하한다며, 오븐에서 통구이 한 두부 위에 강된장 소스를 맛깔스럽게 뿌리고 그 위에 볶은 깻잎 고명까지 얹어 천국만을 위한 음식을 내어 왔다. 간단해 보일지 몰라도 강된장을 만드는 데만 족히 30분 이상은 걸려야 완성되는 요리였다. 생경한 두부 요리였지만 친근한 풍미가 느껴졌다. 그러나 천국은 식욕이 돌지 않았다. 게다가, 지온과 함께 떡국을 먹기로 하지 않았나. 또, 바로 이 자리에서 지난번 그녀가 준 칵테일을 마신 뒤 필름이 끊긴 적도 있지 않은가. 천국에게 그녀가 주는 음식이 썩 내킬 리가 없었다. 지온이나 김태희 변호사가 직접 말해준 적은 없으나 천국은 그날, 자신을 밀고한 사람이 아해라는 걸 누구보다 잘 알고 있었다. 그럼에도 천국은 지금 지온을 다시 만날 수만 있다면 그 무엇도 아무런 상관이 없었다. 그래서 그녀의 연락을 받자마자 바로 그곳으로 달려올 수 있었다. 천국이 음식에 손을 대지 않자, 마음이 불편해진 아해가 조심스럽게 입을 열었다.

"안심하시고 드셔도 돼요."

"네?"

"그때는 제가 오해를 해서 그만……."

"아, 네."

　천국은 예의상 강된장이 묻어 있는 부분을 조금만 젓가락으로 떼어 내어 입에 넣었다. 적당한 온도에 그야말로 풍미가 살아 있었다. 그러나 그 순간에도 자신의 후각과 미각을 총동원해 혹시 뭔가 그 속에 이상한 것이 들지 않았는지 체크하며 음식을 씹고 있었다. 강된장에서 은근하게 땅콩 향이 올라왔다.

"어때요?"

"아는 맛이라 더 좋네요. 근데 강된장에서 땅콩 향이……."

"강된장 볶을 때 식물성 피넛버터 좀 넣어 봤는데……, 왜 이상해요?"

"아, 아닙니다. 더 좋아요."

　아해는 천국의 절대 미각에 각별한 호감을 느끼면서도 뭔가 알 수 없는 경쟁심이 생기는 것만 같았다.

"아참, 내 정신 좀 봐. 이것도 드셔야 해요."

　아해가 주방으로 가 펄펄 끓고 있는 뚝배기를 들고 나와 천국이 보는 앞에 내려놓으며 말했다.

"이건 지온이가 특별히 부탁해서…… 제 조수가 반나절 동안이나 지켜 서서 만든 영계백숙인데요. 지온이 올 때까지 편하게 드시고 계세요. 전 잠시만 나갔다 올게요."

　고기 먹는 모습을 자연스럽게 피하기 위해 아해는 가게 문을 열고 회사 로비 쪽으로 살며시 나갔다. 문이 닫히면서 찬바람이 한 움큼 레스토랑의 따뜻한 공기를 헤쳐 놓았다. 고요하던 레스토랑을 휘감은 찬바람은 아무도 모르게 바닥에 떨어져 있던 앵무새 깃털들을 부양시켰다. 하나둘 떠오르던 앵두의 깃털들이 눈처럼 흩날렸다. 천국은 불현듯 뭔가 이상한 느낌이 들기 시작했다. 영계백숙 옆에 숟가락을 내려놓고는 천국이 자리에서 일어났다. 바 테이블 구석에 빈 새장이 보였다. 어, 앵…… 앵두! 그러다 갑자기 무슨 생각이 들었는지 테이블 위에 올라와 있는 영계백숙을 들여다보았다. 우웩. 순간 구역질이 난 천국은 그만 바닥에 토를 하고 말았다. 설마…… 설마…… 천국은 본능적으로 지온에게 전화를 걸었다. 제발 받아, 제발. 천국은 간절한 마음으로 계속해서 통화 버튼을 눌렀다. 계속해서 신호가 가고 있었는데도 그녀는 전화를 받지 않았다. 그때 어디선가 귀에 익은 음악 소리가 천국의 귓가에 들려왔다. 그 음악은 분명 지온의 휴대폰 벨소리, 쳇 베이커의 '마이 퍼니 발렌타인'이었다. 천국의 귀는 점점 크게 들려오는 벨소리를 쫓기 시작했다. 창가 두 번째 테이블 바닥에서 천국은 지온의 휴대폰을 찾아내었다.

"뻐꾹 뻐꾹 뻐꾹 뻐꾹"

바로 그 시각, 짙은 어둠 속에서 앵두가 뻐꾹새 시계 알람 소리를 내며 울기 시작했다. 약에 취해 잠에 빠져 있던 지온이 그 소리를 들으며 조금씩 의식이 돌아오기 시작했다. 비몽사몽 정신줄을 잡아가는 지온에게 앵두의 울음소리는 뻐꾹 뻐꾹 더 애달프게 들렸다. 남에 둥지에 딸을 낳고 노심초사하는 마음으로 울고 있는 구슬픈 어미 뻐꾹새의 소리…….

마침내 지온의 정신이 돌아왔다. 하지만, 지온의 몸은 여전히 깊고 질펀한 늪에 갇혀 있었다. 초점이 풀린 눈동자 위로 눈꺼풀이 자꾸만 흘러내렸다. 주변을 살폈지만, 아무것도 보이지 않았다. 단어 한마디도 입 밖으로 튀어 나오지 못하고 그녀의 목구멍에서 옹알이처럼 뭉개졌다. 톡. 지온의 배 위에 무언가가 올라왔다. 앵두였다. 차츰 지온의 눈에 공간의 윤곽이 들어오기 시작했다. 그녀는 애일당 안에 누워 있었다.

또 한참이 지났다. 지온은 여전히 몸을 움직일 수 없었다. 처음에는 끈 같은 것에 묶여 있다고 생각했지만, 그게 아니라, 그저 자신의 몸이 마비된 상태라는 걸 곧 인지하게 되었다. 애를 써 보니 그래도 손가락 몇 개는 겨우 움직일 수 있었다. 코어에 집중하고 호흡만 사용해서 지온은 자신의 몸을 굴려 보았다. 그야말로 필사적이었다. 한 번, 두 번. 세 번. 네 번…… 쿵. 마침내 침대 밑으로 떨어졌으나, 지온에게는 어떤 감각도 느껴지지가 않았다. 지온은 그 순간 구르는 것 외에 할 수 있는 일이 아무것도 없었다. 출입문까지 3초면 닿을 거리였지만, 지금 그녀에게는 3년이 걸려도 갈 수 없을 듯 아득히 멀게만 느껴졌다. 비 오듯 쏟아지는 땀으로 지온의 온몸이 흠뻑 젖었다. 어디선가 앵두가 날아와 지온의 코에 머리를 비비기 시작했다. 지온의 한쪽 눈에서 눈물이 흘렀다. 그것은 슬픔의 눈물이 아니었다. 근육이 마비되어 눈이 제대로 감기지 않자 눈에서 내보내는 액체, 살기 위한 몸부림이었다.

일어나야 해. 저 문으로 나가야만 해. 지온은 호흡을 모아 단전을 내뿜으며 더 세게 몸을 굴리려 애를 써보았다. 앵두도 그녀를 응원하고 있었다. 한 번, 두 번, 세 번……. 지온은 조금씩 지쳐 가기 시작했다. 기도가 막힌 듯 호흡이 어려울 정도로 숨이 차올랐다. 끝끝내 지온은 문 앞까지 굴러가는 데 성공했다. 이를 악물고 손을 뻗어 올렸지만, 문고리에 손이 닿지 않았다. 다시 한 번 있는 힘을 다해 손을 뻗어 문고리를 잡았지만, 힘이 없어 곧 바닥에 팔이 떨어지고 말았다. 온몸의 관절이 다 남의 팔다리인 양 마음처럼 되지 않고 따로 움직였다. 마지막으로 한 번만 더. 지온은 끝까지 포기하지 않았다. 팔을 또 뻗어 올렸다. 이번엔 제대로 문고리에 손이 닿아 손가락이 걸렸다. 체중을 실어 걸린 손을 아래로 당겼다. 문이 열렸다. 그러나 기력을 다한 지온은 다시 정신을 잃고 말았다.

천국은 지온의 휴대폰을 손에 꼭 쥔 채, 경사진 어두운 복도를 단숨에 뛰어 올라가 애일당 입구로 갔다. 출입문이 조금 열려 있었고 열린 문틈으로 나올까 말까 망설이고 있는 앵두의 모습이 보였다.

"휴우, 앵두야. 무사했구나."

천국은 그제야 조금 안도의 숨이 터져 나왔다. 조용히 다가가 손등을 내밀자 앵두가 폴짝 올라탔다. 천국은 일어나 앵두를 자신의 어깨 위에 살포시 내려놓은 뒤 문을 확 열었다. 헉. 유쾌하지 않은 꽃향기가 밀폐된 공간에서 진동하고 있었다. 산소가 부족해 머리가 어지러울 지경이었다. 한 손으로 코를 쥐고 애일당 안으로 발을 디뎠다. 앗. 천국의 발치에 물컹한 뭔가가 걸렸다. 앗. 그것은 지온이었다.

"앗. 지온씨. 정신 차려요. 지온씨. 지온씨."

천국은 지온을 안아 올려 침대에 눕히고 전기 스위치를 켰다. 애일당 안은 온통 흰 장미꽃들로 가득차 있었고, 지온은 웨딩드레스를 입고 있었다. 엽기적인 광경에 천국은 그만 온몸에 소름이 바싹 일었다. 순간, 갑자기 애일당 전체가 정전이 되었다. 다시 공간은 칠흑 같은 어둠에 짓눌려 정적에 휩싸였다. 하지만 천국의 두 눈에는 방금 전의 광경이 플래시백처럼 사라지지 않고 계속 남아 있었다. 퍽. 으. 악.

끼끼끼끼끼끼 끼끼끼끼끼르륵

앵두가 놀라 괴상한 소리를 내며 서까래 위로 날아올랐고 그 순간, 애일당 내부에 다시 불이 켜졌다. 지온의 옆에는 아해가 쓰러져 있었다. 천국의 뒤통수에서 붉은 피가 흘러내리고 있었다. 타고난 운동신경으로 어둠 속 치한을 제압한 천국은 기가 막혔다. 때려눕히고 보니, 그 치한이 아해였다니……. 아해는 천국으로부터 급소를 가격 당해 잠시 기절한 상태였다. 꿈인지 생시인지 도무지 분간이 안 되는 상황이었다. 천국은 지온의 상태부터 살폈다. 맥박이 낮고 호흡이 약했다. 119, 119에 연락해야 해. 천국은 호주머니에서 휴대폰을 찾았다. 하지만 그의 휴대폰은 보이질 않았다. 조금 전의 몸싸움으로 휴대폰을 떨어뜨린 것이 분명했다. 천국은 급하게 바닥 여기저기를 손으로 훑어가며 살펴보기 시작했다. 아…… 왜 이러지? 천국의 눈앞이 갑자기 아득해졌다. 중심을 잡아 보려고 애를 썼지만, 마룻바닥이 천국의 얼굴 위로 올라왔다가 또 바로 옆으로 지나갔다. 쿵. 천국이 마루에 쓰러졌다. 물속에 빠진 것처럼 천국의 정신이 조금씩 현실에서 멀어져 갔다.

잠시 후, 아해가 뒷목을 잡으며 깨어났다. 천국이 쓰러지고 10분쯤 후였다.
"아…… 머리 아파…… 어?"
아해의 눈앞에 천국이 엎드린 채 쓰러져 있었다. 현실감을 되찾은 아해는 자리에서 벌떡 일어났다. 경계심과 적개심으로 가득 찬 두 눈으로 천국을 노려보며 그녀는 살금살금 그에게 다가갔다. 천국은 미동도 없이 쓰러져 있었다. 아해는 숨죽이며 그의 상태를 관찰하기 시작했다. 완전히 정신을 잃었다는 걸 확인한 후에야 안심이 됐는지 얼굴에 비뚤어진 미소가 맴돌았다.
"후훗. 후후훗. 하핫. 하하하하. 하하하하하. 아 하하하하하하하하하."
미소로도 성에 차지 않았던지 한 번 터져 버린 그녀의 웃음소리는 한동안 멈출 줄을 몰랐다. 아해의 천박한 웃음소리는 적막한 애일당을 가득 채웠다.

드디어 그녀가 웃음을 멈추었다. 잠시 애일당에 고독한 적막이 흘렀다.
"쳇. 단순하기는. 한 번도 아니고 두 번씩이나…… 아하하하하하. 너무 웃겨. 너무 바보 같잖아."
아해가 천국을 내려다보며 통쾌하다는 듯 크게 비웃었다. 그때 앵두가 서까래 위로 휙 날아오른 후 창문 모서리에 튀어나온 쇠 장식에 내려앉았다.
"어?"
아해가 옆에 떨어져 있는 홍두깨를 집어 들고는 앵두의 곁으로 서서히 다가갔다. 휘리릭. 앵두가 다시 날아올랐다. 이번에는 아해가 닿을 수 없는 서까래 맨 꼭대기, 삐져나온 기둥 위로 날아가더니 갑자기 방금 전 아해의 웃음소리를 똑같이 따라하기 시작했다.

"아하하하하하하. 아하하하하하하. 아하하하하하하. 아하하하하하하."

"너! 죽어. 이리 안 내려와. 에잇."

아해는 당장이라도 앵두를 때려잡을 기세로 홍두깨를 휘저었다. 놀란 앵두는 어딘가로 사라지고 없었다. 다시 암막 같은 적막이 세 사람을 감쌌다. 아해는 누워 있는 지온을 보며 미친년처럼 혼잣말을 중얼거리기 시작했다.

"훗. 나도 선택의 여지가 없었어. 응. 아무렴. 나도 선택의 여지가 없었다고, 지온아. 가족도 버리고, 회사도 버리고, 그리고 이젠 것도 모자라 나까지…… 나까지…… 후우…… 내가 이러려고 여기까지 온 줄 알아? 내가 너한테 버림받으려고 너의 아버지까지……! 흐흐흑."

아해는 감정에 복받친 듯 잠시 말을 멈췄다. 그러다 이번에는 천국을 보면서 다시 또 횡설수설하기 시작했다.

"무죄 선고받았으면 조용히 네 자리로 돌아가 살 것이지……. 감히 여기가 어디라고 또 나타나!"

말하다 제풀에 화가 치밀었는지, 아해는 들고 있던 홍두깨를 쥐어짜듯 두손으로 꽉 잡고 위로 힘껏 들었다가 그대로 아래로 내리꽂았다.

"다 네 자업자득이야. 자업자득!!!!"

퍽. 으윽. 홍두깨는 천국의 얼굴 위로 그대로 떨어졌다. 천국의 코에서 피가 터져 나왔다. 으으으윽. 천국이 신음을 터뜨리며 몸을 옆으로 뒤틀었다. 옆에 쓰러져 있던 지온의 웨딩드레스가 천국의 코에서 쏟아지는 피로 벌겋게 물들기 시작했다. 아해는 그 광경을 신기한 구경거리라도 되는 듯 뚫어져라 바라보며 계속해서 중얼거렸다.

"지키려고 한 게 고작 이깟 호스트 나부랭이라니. 만난 지 3개월도 안 된 놈하고 수십 년 동안 네 곁에서 오직 너만을 위해 헌신한 나를……! 뭐? 선택의 여지가 없었다고? 쳇. 그게 할 소리야? 그렇게 말하면 다 끝인 거냐고, 그런 거야? 야, 유지온 말 좀 해 봐 봐. 너랑 내가 고작 그런 사이냐고. 야, 유지온! 미안하다고 해. 네가 잘못했다고 하라고!

난 너 하나만 지키면 됐는데, 천국이 네가 우리 둘 사이에 낀 뒤부턴 모든 게 다 뒤죽박죽 엉망진창이 돼 버리고 말았어. 지온이가 원래 그런 애가 아니었는데…… 쯧쯧. 정작 소중한 것들은 다 버리고, 그 가치조차 알아보지도 못하다니…… 그래. 이제 모든 걸 내가 멈추는 수밖에……. 달리 방도가 없잖아. 안 그래?

지온아. 나도 너 미워하기 싫어. 너도 나한테 미움 받는 거보다 차라리 그냥 이대로 멈추는 게 낫지? 그래, 안 그래? 응? 지온아."

한참을 주기도문을 외우듯 빠르고 낮은 목소리로 중얼거리던 아해는 침대 위에 있는 지온을 뒤에서 안아 마룻바닥 아래로 조심스레 끌어내렸다. 쿵. 지온이 잠시 눈을 떴다가 감았다.
"앗. 미안. 지온아."
지온을 일부러 바닥에 떨어뜨린 아해가 지온에게 건성으로 사과했다. 끄응. 지온은 배 위에 손을 감싸고 신음을 뱉으며 아주 고통스러운 표정을 지었다.
"그, 그만해…… 아해야…… 으으으으."
잠깐 정신을 차린 지온이 힘겹게 말문을 열었다.
"지온아, 언제가 네가 나한테 그랬지? 모든 것에 진리가 있다고. 심지어 오류 속에도. 훗. 네 말이 맞네. 난 지금 진리를 깨달으려고 그 오류를 거치는 중이야."

"그만해, 아해야. 미안하다고 했잖나⋯⋯ ㅇㅇㅇㅇ⋯⋯."

지온은 진심을 다해 아해에게 사과했다. 순간 마네킹처럼 아해의 몸이 굳었다.

"늦었어!"

아해는 지온에게 차갑게 대꾸했다. 그리고, 침대에 걸터앉아 멍하게 허공을 바라보기 시작했다.

잠시 후, 아해는 입고 있던 옷을 하나씩 하나씩 차례로 벗어 침대 위로 집어 던졌다. 팬티에 브래지어까지 다 벗어 던진 아해는 나체로 애일당 안을 유유히 한 바퀴 돌아보며 걸어 다녔다. 꽃들 사이에 장식된 수십 개의 양초에 그녀가 빠짐없이 불을 붙이기 시작했다. 수많은 양초가 동시에 타들어가면서 밀폐된 애일당의 공간에는 점점 더 산소가 부족해 숨을 쉬기조차 어려울 지경이 되어 가고 있었다. 아해는 천국과 지온의 사이를 비집고 들어가 알몸인 채로 반듯이 드러누웠다. 앗, 차거. 바닥은 냉골이었지만 아해는 아랑곳하지 않았다. 아해는 지온의 손과 천국의 손을 자신의 배 위로 당겨 두 사람의 손을 포갰다. 그리고, 맨 위에 자신의 두 손을 얹었다.

"어쩌면 이건 우리 셋의 새로운 시작일지도 몰라."

아해가 허공에 대고 중얼거렸다.

모든 게 아해, 그녀의 계획대로 되었다. 만족스러운 듯 두 눈을 꼭 감은 아해는 무언가를 우적우적 입에 넣고 씹기 시작했다. 자신이 만든 환각제가 들어있는 비건 초콜릿이었다.

"그러니까⋯⋯ 이걸로 퉁 치자고. 아 추워라⋯⋯."

반듯이 누워 있던 아해가 몸을 옆으로 돌려 지온의 어깨에 얼굴을 묻었다. 아해는 조금씩 정신을 잃어 갔다.

파드득. 그때 서까래 위로 앵두가 다시 날아올랐다.

컥. 컥. 크억. 무의식 상태에서 콧속에서 터진 피를 콧구멍으로 꿀떡꿀떡 넘기던 천국은 피를 토해 내는 바람에 극적으로 숨통이 트였다. 천국의 정신이 조금씩 돌아오고 있었다.

그 시각, 바로 위 달리 레스토랑에선 멋진 슈트 차림의 한 남자가 문을 열고 안으로 들어왔다.

"실례합니다. 아해씨, 어? 아무도 없나…… 저, 안에 아무도 안 계십니까?"

그 남자는 몰라볼 정도로 멋지게 차려입은 최승호 경사였다. 붉은 장미꽃 한 다발을 수줍게 손에 들고 아해를 만나러 깜짝 방문을 하러 온 참이었다. 창가 테이블에 자리를 잡고 최 경사가 앉았다. 머리를 긁적이며 가지고 온 꽃다발을 옆자리에 조심스레 모셔 두었다. 설마 다른 남자 손님이 먼저 와 있는 건 아니겠지. 순간 최 경사의 머리엔 괜한 짓을 하는 게 아닌가 복잡한 걱정이 스쳐지나갔다. 최 경사는 그렇게 그날 오후, 아해를 기다리기 시작했다. 하지만 십 여분이 지나도록 레스토랑 안에는 개미새끼 한 마리 나타나지 않자 최 경사는 일단 가게 안부터 살폈다. 바 테이블 위에는 조금 전까지, 누군가 식사를 한 흔적이 역력했으며 바닥에는 심지어 토한 자국까지 그대로 남아 있었다. 최 경사는 영원히 풀리지 않을 미제 사건 현장에 와 있는 것처럼 찜찜한 기분을 떨칠 수 없었다. 그때, 어디선가 불에 타는 냄새가 스멀스멀 올라오기 시작했다. 최 경사는 반사적으로 주방 안으로 뛰어 들어갔다. 주방 안 화기는 모두 안전하게 꺼져 있었다. 그는 건물 로비로 뛰어나가 또 살펴보았다. 더 심하게 타는 냄새가 올라왔지만, 여전히 출처를 찾을 수가 없었다. 그러나 그런 상황을 쉽게 포기하고 물러설 최 경사가 아니었다.

최 경사는 로비 중앙에 놓여 있는 빨간 소화기를 번쩍 집어 들었다. 그리고 타는 냄새를 쫓아서 자신의 코를 따라 움직이기 시작했다.

41. 천국의 아침

아침 여섯시 반. 식목일이 지났는데도 날은 여전히 쌀쌀했다. 열차는 인천 공항 제1 여객 터미널로 향하고 있었다. 네이비색 야구 모자를 푹 눌러 쓴 천국이 창가 좌석에 앉아 차창 밖을 바라보고 있었다. 천국이 타고 있던 칸에는 승객이 중국인 관광객으로 보이는 여성 두 사람뿐이었다. 다시는 떠올리고 싶지 않은 그 날 밤, 천국은 처음부터 지온을 미팅에 보내지 말았어야 했다. 그녀 곁에서 떨어져 있지도 말았어야 했다. 아해가 준 두부 요리를 먹지도 말았어야 했다. 휴대폰을 잃어버리지도 말았어야 했다. 그렇게 끝없이 꼬리에 꼬리를 문 자책이 천국을 집어삼키고 있었다. 그 끝없는 자책의 끝은 언제나 같았다.

'지온은 나를 만나지 말았어야 했다'

천국은 바보 같았던 자신을 도저히 용서할 수 없었다. 만일 최승호 경사가 조금이라도 늦게 내려왔더라면 어떡할 뻔 했을까. 천국과 지온은 이미 이 세상 사람이 아니었을 것이다. 아해가 밝힌 수십 개의 양초들은 바닥까지 타들어 간 뒤, 오래된 목조건물인 애일당을 삽시간에 집어삼켰다. 천만다행으로 최 경사가 소화기로 불길을 조기 진압했고, 곧 소방차가 출동해 애일당은 내부만 좀 탔을 뿐 겉은 멀쩡하게 살아남았다. 물론 질긴 앵두도 화염 속에서 목숨을 부지하고 살아남았다. 그러나 아해는 그렇지 못했다. 죽기 전날, 그녀는 옻나무 원액이 증발할 때 발생하는 우루시올과 마취제 성분을 합성해 만든 독극물을 비건 초콜릿 안에 몰래 넣었다. 즉사할 정도의 치명적인 독극물의 양은 아니었지만, 극소량만 먹어도 10분 내로 신경계가 마비되며 최소한 며칠 동안 움직일 수 없고 호흡조차 힘겨운 독극물이었다. 그런 독극물을 먹고서 꼬박 하루가 지난 뒤에야 지온은 천국에게 발견되었고, 천국은 그런 지온의 옆에서 같이 사경을 헤매었다. 독극물을 먹은 지온은 지독히도 운이 나빴다. 그녀는 옻칠한 애일당 내부가 타면서 발생한 맹독성 연기까지 마신 탓에 구조 당시부터 혼수상태에 빠졌고 여전히 깨어나지 못하고 있었다. 반면, 천국은 운이 좋았다. 독이 들어간 두부를 먹고도 바로 토하는 바람에 그

양이 극도로 미비해 구조된 다음 날부터 바로 의식을 되찾을 수 있었다.

그가 눈을 뜨고 제일 먼저 확인한 사실은 지온의 생사 여부였다. 다행히 그녀가 살았다는 이야기를 전해 듣고 안도했지만, 지금까지도 그녀가 깨어나지 못하게 될 줄은 꿈에도 몰랐다. 더욱 충격적이었던 소식은 지온이 자신의 아이를 임신 중이었다는 사실이었다. 임신 5주 차로 접어 들었던 천국의 아이는 애일당에서 허무하게 그 짧은 생을 마치고 소멸하였다.

변명 같지만, 천국은 그녀 곁에 있고 싶어도 그것조차 허락되지 않았다. 함께 병원에 입원하고 있을 때는 보고 싶으면 몰래 찾아가 그녀의 손이라도 잡아 줄 수 있었건만, 퇴원하고부터는 김태희 변호사를 통해서만 가끔 그녀의 안부를 전해 듣는 게 전부였다. 지온이 천국에게 십억을 송금한 것을 알게 된 지온의 가족들은 그것을 빌미로 천국에게 지온의 접근 금지 명령을 내렸고, 모든 것에 환멸을 느낀 천국은 결국 배낭 하나 들쳐 메고 무작정 여행을 떠나기로 했다. 떠나기 위해서 가는 것이 아니라, 다시 그녀의 곁으로 돌아가기 위해 떠나는 길이었다. 천국은 배낭을 싸며 자신과 약속했다. 다시 돌아올 때는 꼭 아침을 되찾아 오겠노라, 그래서 지온과 함께 태양이 뜨는 것을 함께 바라보리라, 천국은 그리 굳게 다짐했다. 이렇게라도 목표를 세우지 않았더라면 천국은 단 한 발짝도 세상 밖으로 나올 수 없었을 것이다.

어느새 천국이 타고 있던 열차가 청라국제도시역에 도착했다. 천국이 타고 있는 칸으로 새로운 승객들이 올라탔다. 천국은 이어폰을 꽂고 모자를 푹 눌러쓴 채로 음악을 듣고 있었다. 툭툭. 바로 뒷좌석에서 누군가 천국의 어깨를 두 번 치더니 뒤로 돌아볼 겨를도 없이 천국의 옆자리로 번개같이 옮겨 앉았다. 옆 승객은 베이지색 버버* 트렌치코트에 하늘색 등산 모자를 푹 눌러 쓰고 있었다. 뭐지? 하는 순간 정면을 똑바로 응시하던 그 승객이 천국에게 물었다.

"어디로 갈 거니?"

그 승객은 지명 수배 중인 옥여사였다.

"그런 건 왜 묻죠?"

천국은 놀랐지만 담담하게 대꾸했다.

"허긴. 어차피 갈 길이 피차 다른데……."

"암스테르담. 어디로 가세요?"

"……."

옥여사는 눈물을 삼키며 말했다.

"자수하러 갈 거야. 날 용서하지 마."

옥여사는 조용히 자리에서 일어나 의자 등받이를 잡으며 힘겹게 통로로 나갔다. 마침, 열차가 휘어진 구간을 지나며 잠시 심하게 흔들렸다. 쿵. 옥여사가 중심을 잃고 천국의 앞에서 그대로 쓰러졌다. 벗겨진 모자 위로 늙고 지친 그녀의 얼굴이 추레하게 민낯을 드러냈다. 그녀의 입에는 회한의 거품이 일며 흘러내렸고 한 많은 사지가 뒤틀리며 굳어지기 시작했다. 몇 주간 쉬지도 못하고 도망만 다니던 그녀가 천국을 보자 긴장이 풀어졌는지 또 발작을 일으킨 것이다. 열차에 타고 있던 승객들이 놀라 그녀를 쳐다보았다. 천국은 재빨리 그녀를 안아 올려 칸 밖으로 업고 나갔다. 다행히 칸과 칸 사이에 있는 연결 공간에는 아무도 없었다. 순간이었지만, 아주 잠시 천국은 그녀의 숨통이 막히게 그냥 엎어진 채 바닥에 내쳐 두고 싶은 강한 충동을 느꼈다. 그러나 천국은 곧바로 마음을 고쳐먹고 그녀의 기도를 확보한 후 제대로 바닥에 눕혔다. 천국이 입고 있던 아노락 바람막이 점퍼를 벗어 둘둘 말아 그녀의 목 뒤에 단단히 받쳤다. 그리고 침착하게 119에 전화를 걸어 공항 응급실 구조대를 요청했다. 십분 뒤, 열차가 제1 여객 터미널에 도착하자 대기하던 역무원들이 열차 안으로 들어와 천국에게 물었다.

"보호자세요?"

"아뇨, 모르는 사람입니다."

그렇게 대답하고 천국은 암스테르담행 비행기를 타러 공항으로 갔다. 멀어져 가는 그의 뒷모습을 바라보며 옥여사가 침을 흘리며 중얼거렸다.

"브라보!"

그는 암스테르담에서 시작해 유럽 여기저기를 정처 없이 수 개월 간 떠돌았다. 파리로, 베를린으로, 런던으로…… 런던에서 또 로마로, 로마에서 리스본으로, 리스본에서 모나코로…… 그러다 정신을 차리니 어느새 다시 암스테르담이었다. 그새 석 달이 지나가 있었다. 작은 골목에서 또 더 작은 골목으로 들어가 천국이 아주 작은 호텔을 하나 발견했다. 예약도 없이 천국은 무작정 호텔 안으로 들어갔다. 다행히 그를 재워 줄 빈방이 아직 남아 있었다. 방 열쇠를 받아 들고 3층 방으로 올라가자마자 배낭을 바닥에 휙 집어 던지고는 일주일 만에 뜨거운 물로 샤워를 했다. 따르릉. 따르릉. 그때 호텔방 전화기에서 벨소리가 울렸.

"아, 헬로우."

서툰 영어로 천국이 전화를 받았다. 로비 프론트에서 걸려 온 전화였다.

"Mr. Choeon, you have a guest at the lobby lounge bar right now."

"파든 미? 아유 슈어 잇츠 마이 게스트?"

믿을 수는 없었지만 분명 로비 라운지 바에서 손님이 천국을 기다리고 있다고 했다. 어, 이상하다. 내가 여기 묵고 있는 걸 알고 있는 사람이 없는데…… 천국은 서늘한 기분마저 들었다. 머리에 물기도 제대로 말리지 않고 천국은 로비 라운지 바로 내려갔다. 바는 사람들로 북적거렸다. 키가 아주 큰 네덜란드 사람들과 세계 각지에서 모여든 다양한 인종의 여행객들이 한 데 섞여 술을 마시며 흥청거리고 있었다. 바 맨 끝에서 모자를 푹 눌러 쓴 동양인 남성 한 명이 맥주를 마시고 있었다. 천국은 그 동양인 남성에게 조심스럽게 다가갔다. 앗. 그를 기다리고 있던 동양인 남성은 서울을 탈출해 세상 어딘가를 떠돌고 있는 이랑이었다. 천국이 이랑의 뒤로 쓱 다가가 인사 아닌 인사를 건넸다.

"뒤질래?"

"앗. 새끼. 이미 뒈졌다."

"어랏. 너는……!"

그는……, 다른 사람은 몰라도 천국은 한눈에 알 수 있었다. 그가 이랑이 아니었다는 것을. 일랑은 세상 어딘가에 그렇게 살아 있었다. 주위를 조심스럽게 한 번 살핀 뒤 천국은 일랑의 옆에 더 바짝 다가가 앉았다. 일랑의 모습은 꽤 야위어 보였다.

"어떻게 안 거야?"

"뭘?"

"여기 오늘 밤 내 숙소 말야."

"자식. 네놈이 뛰어 봤자 내 손바닥 위지. 넌 어떻게 안 거야?"

"뭘?"

"나."

"홋. 몰랐어? 너가 훨씬 못생겼잖아, 이랑이보다."

천국이 대답했다. 일랑이 웃었다.

어둠 속에서 죽어 가면서도 이랑은 일랑에게 키 하나를 쥐어 주었다. 전철역 보관함 열쇠였다. 마치 죽을 걸 미리 알고 있었던 사람처럼 이랑은 전철역에 필요한 모든 걸 잘 준비해 보관해 두었다. 쌍둥이 형제는 말하지 않아도 늘 그들만이 통하는 무언가가 있었다. 그저 키 하나만 쥐어 주었을 뿐이었지만 일랑은 남은 과정들을 모두 알아서 혼자서 처리할 수 있었다. 일랑은 그날 밤 곧장 마장역으로 달려가 보관함에서 돈과 이랑의 여권을 챙겼다. 그리고, 인천으로 가 밀항선을 타고 중국으로 건너갔다. 그렇게 중국에서 베트남, 베트남에서 파리, 파리에서 암스테르담으로 들어왔다고 했다. 일랑은 그렇게 동생 이랑의 여권에 자신의 삶을 보태어 살고 있었다. 그래서였을까, 이랑이 겹쳐진 일랑의 모습엔 천국이 익히 알고 있던 그의 모습이 하나도 남아있지 않았다. 그는 전혀 새로운 사람이었다. 일랑도, 이랑도 아닌.

천국이 여행을 떠난 뒤 지온이 깨어날 기미가 전혀 보이질 않자, 리차드는 독단적으로 이랑에게 지불하기로 했던 코인들을 다시 회수하려고 했다. 그러던 중 지온이 한 말이 자꾸 귓가를 맴돌았다.

"누구지? 맨 마지막에 나간 사람이. 내말 오해하지 말고 들었으면 해, 리차드. 난 누가 죽고 누가 살기를 바라는 마음에서 하는 말이 절대로 아냐. 단지, 혹시라도 누군가 내 편에 서서 날 도우려고 하다 죽었다면 내가 확실히 알아야 하지 않겠어? 또, 반대로 살아 있다면 그에 상응하는 보상을 꼭 해 주고 싶어."

뉴스에 일랑이 죽었다고 나오자, 리차드는 솔직히 많이 실망했었다. 죄 없는 젊은 사람 하나가 동생 잘못 둔 죄로 그리 되었다고 생각했다. 하지만, 지온은 달랐다. 그녀는 맨 마지막에 나간 사람이 일랑일지도 모른다는 의심의 눈초리를 여전히 거두지 않았다. 그리고, 막상 지온이 혼수상태로 사경을 헤매게 되자, 리차드는 심경이 복잡해졌다. 그녀가 그렇게 되기 전 마지막으로 나눈 대화가 자꾸 마음에 와 걸렸던 것이다. 고심 끝에 리차드는 이랑의 텔레그램으로 미친 척 메시지를 하나 슬쩍 보내 보았다.

[안녕하세요? 저는 리차드입니다.]

너는 누구냐, 리차드는 직접 당사자에게 물어보고 싶었다. 그것만큼 확실한 방법은 없었으니까. 하지만 속이 뻔히 들여다보이는 질문을 대놓고 물어볼 수도 없는 형국이었다. 보안상의 문제도 있었지만, 살아남은 자가 일랑이 아니라 정말

이랑이라면 그 또한 인간으로서 할 질문이 아니란 생각이 리차드에게 들었다. 그런 질문을 하느니 차라리 그냥 아무 소통도 하지 않는 편이 더 도리에 맞는다고 생각한 리차드는 그래서 그렇게 막연한 안부 문자를 보냈던 것이다.

그리고 다음 날, 리차드는 반가운 답장을 한통 받았다.
[바다는 잘 있습니다.]

답장을 받고 리차드는 뛸 듯이 기뻤다. 리차드는 그 즉시 그에게 새로운 비번을 부여해 주었다. 덕분에 일랑은 코인을 무사히 채굴할 수 있었다. 그 후 두 사람은 간간이 선문답 같은 소식을 비밀리에 서로 주고받았다. 천국이 암스테르담에 도착하던 바로 그날 밤, 리차드는 일랑에게 천국이 근처에 있다는 문자를 보냈다. 천국이 호텔에 체크인 하자 신용카드 승인이 떴고, 리차드는 그것으로 바로 주소를 알아내 일랑에게 보내 주었다. 그날 밤, 천국과 이랑, 아니 '일랑'은 롱티 한 잔씩을 마시며 서로의 안부를 확인했다. 빈속에 롱티 한 잔이 다 들어가니, 천국은 취기가 확 올랐다. 순간 둘이 아니라, 이랑이까지 셋에서 함께 술을 마시고 있다는 묘한 착각이 들었다.

"천국아."
일랑이 천국의 이름을 불렀다.
"응?"
"넌 너의 미래에 희망이 있니?"
"갑자기 뭔 소리야?"
"난 없다고 생각했거든. 넌 어떠냐?"
"몰라. 난 그런 거 생각해 본 적 없어. 난 그런 복잡한 거 생각 안 해. 그냥 오늘만 생각하기에도 벅차."

"허긴, 지금 잘살고 있는 놈들이나 미래에 희망이 있다고 떠들겠지. 근데 난 말야. 요즘은 조금씩 희망이 보이는 거 같기도 해. 가끔 내가 나 아닌 거처럼 느껴져. 그동안 난 나를 좀 많이 별로라고 생각했던 거 같아."

"아, 그래? 난 말야…… 아니다, 관두자."

천국은 말을 하려다가 그만두었다. 둘은 서로에게 다음 행선지 따위를 묻지도 않은 채 한 시간 만에 그 자리에서 그렇게 서로 헤어졌다. 살아 있으면 그걸로 되었다고 천국은 생각했다. 미래에 대한 희망보다는 그냥 살아 있으면 그게 미래고 또한 행복이라고 생각했다. 그래서 살아서 다시 만난 일랑이 죽도록 고마웠고, 그렇게라도 다시 만날 수 있는 자신이 죽도록 대견했다. 꼭 끝까지 살아남아서 지온을 다시 만나러 돌아가야겠다는 생각에 천국의 마음이 더 단단해졌다.

다음 날 저녁, 천국은 공항에서 비행기를 타고 노르웨이 오슬로 공항에서 내렸다. 트롬소[20]로 가는 연결 편 비행기를 타려면 3시간을 더 공항 환승 라운지에서 대기해야만 했다. 잔잔한 음악 소리가 라운지를 기분 좋게 채워 주고 있었다. 길버트 오 셜리반의 '얼론 어게인 네추럴리'였다. 공항 바닥에 길게 누워 있던 지친 여행자는 흥얼거리며 그 노래를 따라 부르기 시작했다. 천국은 바닥에 누워 있으면 언제나 더 많은 냄새를 맡을 수 있었다. 자신의 겨드랑이에서 풍기는 쾌쾌한 냄새, 공항의 멜랑꼴리한 소독약 냄새, 유럽인들의 묘한 치즈 노린내…… 수많은 이국적 냄새가 한 데 뒤엉켜 천국의 콧속을 들락거렸다. 어느새 천국은 그 다양한 냄새의 층 어딘가에서 습관처럼 지온의 향기를 떠올렸다. 정확히 떠오르지 않았지만, 죽을 힘을 다해 그 향기를 기억하려 애쓰고 있었다. 그것은 그리움의 몸부림이었다. 그녀를 영원히 각인시킬 그 향기만은 잃고 싶지 않았다. 휘잉, 훗. 근처 어디선가 그리운 그녀를 닮은 향기가 불어왔다. 천국의 두눈이 번쩍 떠졌다. 재빨리 주위를 둘러보았다. 라운지 바로 건너편 KLM 항공사 체크인 데스크

---

20) **트롬소** 노르웨이의 북극권 최대 도시로, 북위 70도에 위치하며 북극권의 파리라 불린다. 오로라를 볼 수 있는 명소로 유명하다.

옆으로 동양 여자 하나가 검고 긴 머리를 휘날리며 휙 지나갔다. "지온씨!" 천국은 지온을 보았다. 분명 지온이 지나갔다. 천국은 일어나 그녀를 향해 무작정 뛰었다. 그러나 잡힐 듯 가까이 있던 그녀는 막상 다가가니 그의 눈앞에서 사라지고 말았다. 아, 이런…… 아주 잠깐이었지만 불꽃같은 희망이었다. 터덜터덜 천국이 다시 제자리로 돌아왔다. 앗. 내 배낭!

그 자리에 있어야 할 그의 배낭이 감쪽같이 사라지고 없었다.

정확히 이십 분 후면, 천국은 트롬소행 연결 편 비행기에 탑승해야만 했다. 다행히 지갑과 탑승권을 끼워 둔 여권은 주머니에 있었다. 공항 안내 데스크로 뛰어 가 보았다. 신고 접수된 것 중에 천국의 배낭으로 보이는 건 없다는 게 그들로부터 들은 대답의 전부였다. 분실물을 찾으려면 내일까지 기다려 봐야 하지만, 그것도 장담할 수 없다고 했다. 그때 천국의 귓가에 지온의 목소리가 들려왔다.

"천국씨가 정해. 시간 없어, 빨리 정해. 인생은 선택이야."

천국이 자신에게 외쳤다.

"직진!"

천국은 트롬소행 비행기에 몸을 실었다.

비행기에서 내려다본 노르웨이의 땅은 온통 새하얀 눈 언덕뿐이었다. 마치 달 위를 날고 있는 것만 같았다. 바다도 땅도 나무도 하늘도 온통 하얀 눈들로 덮여 있었다. 하얗게 뒤덮인 세상 위로 날아가는 비행기가 하늘로 나는지, 땅에 내리는지 알 수가 없었다. 천국은 그렇게 트롬소에서 배낭 없이 하루를 보냈다. 낯선 날이었다. 오늘이 16일인지 17일인지 확실하지 않았고, 확실할 필요도 없는 그런 날이었다. 그저 몇 달째 유럽 이곳저곳을 떠돌아다니고 있어서 정확한 시간 따위 천국에게는 더 이상 무의미했다. 그동안 그의 뇌 속의 부신피질이 아예 녹아내려 시간에 대한 개념도 함께 증발해 버렸는지도 모른다.

하루 종일 호텔 방에서 나가지도 않고 천국은 테라스에서 온종일 하늘만 바라보고 있었다.

하루 종일 해가 지지 않는 밤이었고, 낮이었고, 아침이었다.

트롬소, 그곳은 백야였다.

해가 지고 있었다.

아니, 해가 뜨고 있었다.

해가 떠 있는 밤이었다.

그것은 도무지 알 수 없는 그런 종류의 하늘이었다.

천국의 아침은 여전히 밤이었다. 그렇지만, 하얀 밤이었다.

Le paradis noir

천국의 밤

초판 1쇄 인쇄일 2022년 3월 3일

지은이 황의건 | **발행처** 신파출판 | **발행인** 박명선
편집   STUDIO KIO, 박명선
출판 등록 2022년 1월 10일 (제 2022-000005호)

주소 서울시 강서구 곰달래로 43길 7 2층
메일 parkmsun59@gmail.com | **인스타그램** @newave_co

© 황의건, 2022

ISBN 979-11-977876-0-7 (00800)

* 책값은 뒤표지에 있습니다.
* 이 책의 저작권은 저자에게 있습니다.
* 이 책의 내용의 전부 또는 일부를 사용하려면 반드시 저자와 출판사의 서면동의가 필요합니다.